高等院校信息管理与信息系统专业精品规划教材

信息资源管理与实践

周 苏　王硕萍　编著

机 械 工 业 出 版 社

本书是高等院校相关专业"信息资源管理"课程的应用型、实践型主教材。本书通过一系列在网络环境下学习和实践的实验练习，把信息资源管理的概念、理论知识与技术融入到实践当中，从而加深对该课程的认识和理解。课文和实验练习包含了信息资源管理知识的各个方面，内容涉及信息资源管理的基本概念、信息资源管理的应用基础、信息资源管理的技术基础、信息资源管理的数据库基础、信息系统资源管理和网络信息资源管理等，全书包括可供选择的 16 个实验和 1 个实验总结。每个实验中都包含所需的工具及准备工作和实验步骤指导，以帮助读者加深对教材中所介绍概念的理解并掌握主流软件工具的基本使用方法。

　　本书可以作为高等学校信息类相关专业本科生的教材，也可供相关工程人员学习参考。

图书在版编目(CIP)数据

信息资源管理与实践/周苏，王硕萍编著. —北京:机械工业出版社,2010.3
(高等院校信息管理与信息系统专业精品规划教材)
ISBN 978 - 7 - 111 - 29659 - 1

Ⅰ. 信…　Ⅱ.①周…②王…　Ⅲ. 信息管理 - 高等学校 - 教材　Ⅳ. G203

中国版本图书馆 CIP 数据核字(2010)第 018385 号

机械工业出版社(北京市百万庄大街22号　邮政编码 100037)
策划编辑:张宝珠
责任编辑:张宝珠
责任印制:李　妍
北京汇林印务有限公司印刷
2010 年 3 月第 1 版·第 1 次印刷
184mm×260mm·16.5 印张·407 千字
0001－3000 册
标准书号: ISBN 978 - 7 - 111 - 29659 - 1
定价: 28.00 元

出 版 说 明

　　信息管理是信息技术应用中非常重要的一个领域。信息技术行业专业技术人才知识更新工程的实施，对于促进信息技术人才的培养有着非常重要的意义。

　　当前，信息管理与信息系统等专业的毕业生社会需求量很大，就业形势良好，各大学相关专业都开设信息管理的相关课程，其对应教材的需求量也非常大。为此，机械工业出版社推出了这套"高等院校信息管理与信息系统专业精品规划教材"。其目标是：建设一批符合信息管理人才培养目标的、适合相关专业人才培养模式的系列精品教材。为国家各级管理部门、信息产业、工商企业、金融经贸、科研院所等行业培养具备现代信息管理基础知识、计算机信息处理技术，能从事信息资源管理与开发、信息网络管理应用、信息系统开发与管理等方面工作的现代信息管理高级人才。

　　本系列教材系统全面地介绍了信息系统与信息管理的相关理论、技术知识，强调体系结构的合理性，既符合理论要求，又以实际开发过程为准则，体系更完整，在理论与实际结合方面更合理。

机械工业出版社

前　言

高等教育的大众化、普及化对强调应用型、教学型的相关课程的教学工作提出了更高的要求，新的高等教育形势需要我们积极进行教学改革，研究和探索新的教学方法。在长期的教学实践中，我们体会到"因材施教"是教育教学的重要原则之一，把实验实践环节与理论教学相融合，抓实验实践教学促进学科理论知识的学习，是有效提高教学效果和教学水平的重要方法之一。随着教改研究的不断深入，我们在教学实践中已经开发了数十本以实验实践方法为主体开展教学活动的具有鲜明教学特色的课程主教材，相关的数十篇教改研究论文也赢得了普遍的好评，并多次获得教学优秀成果奖。

本书是一本优秀的以信息时代为应用背景的"信息资源管理"课程新教材。全书以实验实践为主线开展教学，通过一系列在网络环境下学习和实践的实验练习，把信息资源管理的概念、理论知识与技术融入到实践当中，从而加深对该课程的认识和理解，切实提高学生信息资源管理的知识和应用水平。本书教学内容和实验练习包含了信息资源管理的各个方面，涉及信息资源管理的基本概念、信息资源管理的应用基础、信息资源管理的技术基础、信息资源管理的数据库基础、信息系统资源管理和网络信息资源管理等。全书共7章，包括可供选择的16个实验和1个课程实验总结，以帮助读者熟练掌握信息资源管理的理论、应用与技巧。

每个实验均留有"实验总结"和"教师评价"部分；每个单元设计了"单元学习评价"；本书最后的课程实验总结部分还设计了"课程学习能力测评"等内容，希望以此方便师生交流对学科知识、实验内容的理解与体会，以及对学生学习情况进行必要的评估。

本书由周苏、王硕萍编写。何洁、沈璐、王文、顾小花等对本书的部分编写工作提供了帮助，本书的编写还得到了浙江大学城市学院、浙江商业职业技术学院等多所院校师生的支持，在此一并表示感谢！本书相关的实验素材可以从机械工业出版社网站（www.cmpedu.com）的下载区下载。欢迎教师索取为本书教学配套的相关资料和交流：E-mail：zs@ mail. hz. zj. cn，QQ：81505050，个人博客：Http://blog. sina. com. cn/zhousu58。

编　者

读 者 指 南

"信息资源管理"是信息管理与信息系统、工商管理等相关专业学生必修的一门专业课程，也是信息管理专业的一门主干课程。

通过本课程的学习，学生不仅应该能够综合运用所学的信息技术、管理学、经济学、系统科学等众多学科领域的专门知识，深刻认识信息资源与信息化对社会、经济等各方面发展的战略意义以及对信息资源进行科学管理的重要性，而且应该能够熟练掌握信息资源管理的基本理论、基本方法与基本技能。因此，本课程是形成信息管理类专门人才的知识结构和能力结构的一个重要教学环节。

本课程的总体教学目标是：培养学生掌握信息资源管理的基本理论、基本方法与基本技能，使之具备分析与解决信息化建设过程中有关信息资源管理的各种问题的初步能力。

通过本课程的学习，学生应该能够达到以下几个方面的具体要求：

- 理解信息、信息资源、信息产业、信息化、知识经济、知识管理等基本概念，联系实际认识信息资源管理在社会经济和组织机构发展中的战略意义。
- 掌握信息资源管理的基本内容、基本方法与基本技能。
- 了解信息系统的评价、运行、维护和安全等方面的基本方法与基本技术。
- 了解网络信息资源管理的基本内容、基本方法与基本技术。

本书是为高等院校相关专业"信息资源管理"课程编写的应用型、实验型主教材，目的是通过一系列在网络环境下学习和实践的实验练习，把信息资源管理的概念、理论知识与技术融入到实践当中，从而加深对该课程的认识和理解。

对于已经具备计算机应用基础知识，并希望通过进一步学习得到提高的读者来说，本书也是一本继续教育的良好读物。

相信本书的实验内容将有助于"信息资源管理"课程的教与学，有助于读者对理解、掌握和应用本课程内容建立起足够的信心和兴趣。

实 验 内 容

本书的实验练习包含了信息资源管理知识的各个方面，包括可供选择的 16 个实验和 1 个课程实验总结。每个实验中都包含所需的工具及准备工作和实验步骤指导等，以帮助读者加深对课程教材中所介绍概念的理解以及掌握主流软件工具的基本使用方法等。

第 1 章 信息资源管理的基本概念。包括信息时代与信息资源和知识经济与电子政务等教学内容及其相关实验。通过实验了解信息资源管理的基本概念和内容，了解网络环境中主流的信息资源管理技术网站，掌握通过专业网站不断丰富信息资源管理最新知识的学习方法，尝试通过专业网站的辅助与支持来开展信息资源管理应用实践；通过实验理解电子政务的基本概念，熟悉电子政务的基本类型、定义和内容，了解网络环境中主流的电子政务技术支持网站、掌握通过专业网站不断丰富电子政务最新知识的学习方法，尝试通过专业网站的辅助与支持来开展电子政务应用实践。

第 2 章 信息资源管理的应用基础。包括信息资源管理的理论基础、了解 ERP、客户关系管理 CRM 和 SCM 与戴尔供应链管理等教学内容和相关实验。通过实验了解信息资源管理的基本内容和基本理论，通过在因特网上详细了解一些重点的信息资源管理网站，进一步掌握通过专业网站丰富信息资源管理最新知识的学习方法，学会通过专业网站的辅助与支持来开展信息资源管理应用实践；通过实验了解和熟悉 ERP 的基本概念与基本内容，了解网络环境中主流的 ERP 技术网站，尝试通过专业网站的辅助与支持来开展 ERP 应用实践；通过实验了解和熟悉 CRM 知识，理解和掌握 CRM 的管理思想以及应用方法；了解和熟悉供应链管理知识，通过对著名电子商务网站戴尔公司供应链管理的分析，进一步加深理解和掌握 SCM 的管理思想以及应用方法。

第 3 章　信息系统的技术基础。包括计算机网络技术、Web 技术与多媒体技术等教学内容和相关实验。通过实验，进一步掌握 Windows 操作系统的主要的系统管理操作；通过对操作系统安全功能的运用，进一步了解操作系统的网络安全特性和安全措施，学习和掌握操作系统安全特性的设置方法。

第 4 章　信息资源管理的数据库基础。包括数据库技术基础、数据仓库与数据挖掘和数据存储解决方案等内容和相关实验。通过学习和实验，了解如何运用数据库和数据仓库作为 IT 工具来管理和存储信息，以及如何运用数据库管理系统和数据挖掘工具来分析存储在数据库和数据仓库中的信息；了解使用先进的数据管理技术来构建企业商务智能，掌握数据备份的基本概念与内容，了解主流的数据备份技术。

第 5 章　信息系统资源管理。包括标准化与信息资源管理标准、信息系统质量管理、信息系统项目管理和信息系统安全管理等内容和相关实验。通过学习和实验，了解标准化在信息资源管理过程中的重要意义和作用，了解支持国家标准和其他相关标准信息的专业网站，熟悉和掌握信息资源标准化的概念，较为系统和全面地了解与信息资源管理相关的国家标准；通过实验，了解项目管理的基本概念和项目管理核心领域的一般知识；初步掌握项目管理软件Microsoft Project 的一般界面和基本技能；通过实验，定义信息安全的基本概念，熟悉信息安全技术和信息安全管理的主要内容，了解信息灾难恢复规划、数据备份技术和数据容灾技术的基本概念等。

第 6 章　网络信息资源管理。包括网络信息资源的分布、网络信息资源的组织和评估以及网络信息检索等内容和实验。通过实验，熟悉网络信息资源的基本知识，掌握常用网络信息检索工具的使用，掌握利用网络资源获取有用信息的方法。

实　验　要　求

尽管全部实验有 16 个之多，但并不一定都要完成。按不同的教学安排和要求，教师可以根据实际情况、条件以及需要，从中选取部分实验必须完成，部分实验由学生作为家庭作业选择完成。部分实验可能需要占用课后时间才能全部完成。

本书的相关实验素材可以从机械工业出版社网站（www.cmpedu.com）的下载区下载。

致教师

现有的"信息资源管理"主教材大都有理论性很强，而实践与应用性偏弱的特点，对教学活动的开展带来了一定的困难。但是，信息资源管理活动本身具有鲜明的应用性，因此，应该充分重视这门课程的实验环节，做到以实验与实践教学来促进理论知识的学习。

作为一本学习信息资源管理知识的应用型、实践型教材，本书提供了一组与网络学习密切相关的实验练习，以作为信息资源管理课程内容的补充，学习信息资源管理知识在实践中的应用。

为方便教师对课程实验环节的组织，我们在实验内容的选择、实验步骤的设计和实验文档的组织等方面都做了精心的考虑和安排。相信教师和学生都可以通过本书提供的实验练习来研究概念的实现。

本书的全部实验，都经过了严格的教学实践的检验，取得了良好的教学效果。根据经验，虽然大部分的实验确实能够在一次实验课的时间内完成，但学生中普遍存在以下两个方面的问题：

1）常常会忽视对课程内容的阅读和理解，而急功近利，只求完成实验步骤。

2）在实验步骤完成之后，没有投入时间对实验内容进行消化，从而不能很好地进行相关的实验总结。

因此，为了保证实验的质量，建议教师重视对教学实践环节的组织，例如：

1）在实验之前要求学生对课文和实验内容进行预习。实验指导老师在实验开始时应该对学生的预习情况进行检查，并计入实验成绩。

2）明确要求学生重视对实验内容的理解和体会，认真完成"实验总结"、"单元学习评价"等环节，并把这些内容作为实验成绩的主要评价成分，以激励学生对所学知识进行积极和深度的思考。

如果需要，教师还可以在现有实验的基础上，在应用实践方面做出一些要求、指导和布置，以进一步发挥学生的潜能和激发学习的主动性和积极性。

关于实验的评分标准

合适的评分标准有助于促进实验的有效完成。在实践中，我们摸索出了如下评分安排，即：对于每个实验以 5 分计算，其中，阅读课文（要求学生用彩笔标注，留下阅读记号）占 1 分，完成全部实验步骤占 2 分（完成了但质量不高则只给 1 分），认真撰写"实验总结"占 2 分（写了但质量不高则只给 1 分）。以此强调对课文的阅读和强调通过撰写"实验总结"来强化实验效果。

致学生

对于信息管理及其他相关专业的学生来说，信息资源管理肯定是需要掌握的重要知识之一。但是，单凭课堂教学和一般作业，要真正领会信息资源管理课程所介绍的概念、原理、方法和技巧等，是很困难的。而经验表明，学习尤其是真正体会和掌握信息资源管理知识的最好方式是理论联系实际，进行充分的应用实践。

本书为读者提供了一个研究信息资源管理知识的学习方法，你可以由此来学习和体验信息资源管理的知识及其应用。

下面两点对于提高你的实验效果非常重要：

1）在开始每一个实验之前，请务必预习相关的课文内容，课文和实验内容有着密切的联系。

2）实验完成后，请认真撰写每个实验的"实验总结"，认真撰写每个单元的"单元学习评价"和最后的课程实验总结，完成"课程学习能力测评"等内容，把感受、认识和意见或建议等表达出来，这能起到"画龙点睛"的作用，也可以此和老师进行积极的交流，以及对自己的学习情况进行必要的评估。

另一方面，可能仅靠书本所提供的实验还不够。如果需要，可以在这些实验的基础上，结合应用项目，来进一步实践信息资源管理知识，以发挥自己的潜能和激发学习的主动性与积极性。

实验设备

个人计算机在学生，尤其是专业学生中的普及，使得我们有机会把实验任务分别利用课内和课外时间来完成，以获得更多的锻炼。这样，对实验室和个人计算机的配置就有不同的要求。

实验室设备与环境

大多数用于信息资源管理实验的工具软件都基于 Windows 环境，用来开展信息资源管理实验的实验室计算机，其操作系统建议安装 Windows XP Professional 或者 Windows Vista。

由于大多数实验都需要因特网环境的支持，因此，用来进行信息资源管理实验的实验室环境，应该具有良好的上网条件。

个人实验设备与环境

用于信息资源管理实验的个人计算机环境，一般建议安装 Windows XP Professional 或者 Windows Vista 操作系统。需要为实验准备足够的硬盘存储空间，以方便实验软件的安装和实验数据的保存。

在利用个人计算机完成实验时，要重视理解在操作中系统所显示的提示甚至警告信息，注意保护自己数据和计算环境的安全，做好必要的数据备份工作，以免产生不必要的损失。

没有设备时如何使用本书

如果本书的读者由于某些客观原因无法获得必要的实验设备时，也不用失望，我们相信您仍将从本书中受益。本书以循序渐进的方式介绍了每个实验的相关知识和实验任务，读者通过认真和仔细分析实验的操作步骤，相信也能在一定程度上有所收获。

Web 站点资源

几乎所有软件工具的生产厂商都对其产品的用户提供了足够的因特网支持，用户可利用这些支持网络来修改错误、升级系统，以及获得更新、更为详尽和丰富的技术资料。

由于网络资料的日新月异，我们不便在本书中一一罗列，有要求的读者可以上网利用 Google、百度等搜索工具即时进行检索。

目　　录

第1章　信息资源管理的基本概念

我们正处在一个信息时代，这是一个知识成为生产力的时代。今天，人们正在比以往更多地利用信息，以获得竞争的优势，引进并更好地利用 IT 技术来创造竞争优势。

本章主要介绍与信息资源管理相关的若干基本概念，包括信息、知识、资源、信息资源、知识经济和知识管理等。正确理解这些基本概念是学习和掌握信息资源管理知识的重要前提。因此，要求读者必须做到理论联系实际，深刻理解并掌握本章所介绍的基本概念，以便为进一步学习打下坚实的基础。

1.1　信息时代与信息资源

在我国，信息资源已经是人们所熟知的一个名词。"信息资源"在我国的广泛宣传来自二十多年前邓小平同志对《经济参考报》的一句著名题词："开发信息资源，服务四化建设"。这个题词对推动改革之初的中国信息化建设、推动中国经济由计划体制转向市场体制起到了重要作用。

信息资源开发利用的口号在进入 21 世纪后开始呈现疲惫状态。虽然反复强调开发信息资源的重要性，但却未见满意效果，一些文章批评电子政务做成了信息孤岛，缺少信息互联与共享，信息资源的建设严重滞后于信息基础设施的建设。而这些批评也并未使电子政务建设产生明显的改观。

为强调信息资源的重要性，人们总是引用"信息资源与物质、能源并列构成支撑社会的三大资源"的说法。但引用者并没有说清楚这里的"信息资源"是什么含义。一个名词所代表的含义常常是变化的，不同的场合有着不同的含义，"信息"就是如此。一种概念的流行并非人为定义的结果，而是一种社会需求的体现，是一种历史事件，只有从概念产生、流行、应用的发展背景去研究才能深刻地理解它。理解信息资源概念的本质及对环境的依赖关系，将会大大减少信息资源开发利用及信息共享的盲目性，提高信息化建设的效益。

如今，每个组织都需要人、信息和信息技术这三种重要资源（以及许多其他资源，如资本）来有效地在市场中投入竞争，这三个要素相互联系、相互作用，共同构成了具有统一功能的有机整体——信息系统。实际上，人和信息，而不是技术，才是现代管理中最重要的资源。简单地说，信息资源就是经过整理的有用信息的集合，信息系统的资源管理主要是指对信息系统有关的信息人员、信息和信息技术的管理。

1.1.1　信息时代

人们常用最具代表性的生产工具来代表一个历史时期，人类文明的发展经历了石器时代、青铜器时代、铁器时代、蒸汽时代、电气时代、原子时代等。用这种思维模式来观察 20 世纪，我们可以看到，在近 100 年里，人类从电气时代走进了信息时代。

信息时代又称信息化时代，简单地说，就是信息产生价值的时代。信息化是当今时代发展的大趋势，它代表着先进生产力。关于信息时代的时间跨度，欧美及发达国家的概念是从1969年~未来，在我国及部分发展中国家则指的是从1984年~未来，比欧美大约晚了15年。

进入20世纪50年代末，计算机的出现和逐步普及，把信息对整个社会的影响提高到一种绝对重要的地位。信息量、信息传播的速度、信息处理的速度以及应用信息的程度等，都以几何级数的方式在增长，人类社会进入了信息时代。

这一时期，人类所取得的重大突破有：

1945年，第一部电子计算机投入使用；

1957年，第一颗人造卫星由前苏联发射升空，开辟了航天时代；

1961年，前苏联进行了人类第一次无人驾驶的宇宙飞船登月试验，并取得成功；

1969年，美国阿波罗号飞船使人类第一次在月球上留下足迹；

1983年，第一个机器人在前联邦德国大众汽车股份公司投入服务；

1989年，互联网出现，全新的网络经济从此迅猛发展。

1.1.2　信息是一种重要资源

在信息时代，知识来源于我们能及时地获取信息并知道该用它做什么。

1. 数据、信息和商务智能

为了理解信息和商务智能（Business Intelligence，BI）的本质，我们先来了解另一个术语——数据。数据是指那些未经加工的事实，是对一种特定现象的描述。例如，当前的温度、影碟出租的价格以及你的年龄等，这些都是数据。而信息是指在特定背景下具有特定含义的简单数据。比如，假设你要决定穿什么衣服，那么当前的温度就是信息，因为它正好与你即将作出的决定（穿什么）相关。

信息也可以是那些经过某种方式加工或以更具意义的形式提供的数据。例如，在企业中，影碟出租的价格对于一个销售人员来说可能是信息，而对于一个负责确定月末净利润的会计而言，它可能就只代表数据。

商务智能就是信息，但它又是一种知识——有关你的客户、竞争对手、商业合作伙伴、竞争环境以及内部运作的知识——它使你有能力作出有效的、重大的，通常也是战略上的商业决策。商务智能使组织能够发掘出信息的真实价值，从而采取创造性和有利的步骤来获取竞争优势。因此，商务智能不只是产品目录。它能将产品信息及其广告策略信息以及客户统计信息结合起来，从而来帮助确定不同的广告媒介对于按地域划分的客户群的有效性。

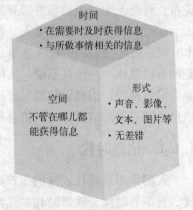

2. 信息的个人维度

为了运用信息去工作，并且把信息作为一种产品来生产，我们可以从信息的三个维度——时间、空间和形式来确定人们对信息的需要，如图1-1所示。

（1）时间维度

信息的时间维度包括两方面：在人们需要时及时获得信息；所得到的信息与你正要做的事情相关。就像组织中

图1-1　信息的个人维度

的许多资源一样，信息也会变得陈旧和过时。例如，若想今天进行股票交易，就需要知道现在的股票价格，如果你的股票价格信息总是滞后，你就会被市场淘汰。因此，只有描述了适当时期的信息才是有用的和相关的。

（2）空间维度

得不到的信息对你来说就是无用的。信息的空间维度阐述了信息的便利性，即不管人们在哪里，都能够获得信息。无论你是在旅馆里、家中、课堂上、办公室、开车途中，甚至是在飞机上，都可以获得所需要的信息。信息的空间维度与笔记本电脑、上网本和智能手机（以及到处存在的计算机）是紧密相关的。

为员工提供远程接入时，为了保证信息的安全性和保密性，许多企业都建立了内部网。内部网是一种组织内部的网络，它能通过特殊的安全装置——防火墙（由软件、硬件或二者结合构成）防御来自外部的访问。因此，如果你所在的企业拥有内部网，那么你在办公室以外的任何地方都可以上网获取信息，只需具备网络浏览器软件以及通过防火墙的密码。

（3）形式维度

信息的形式维度包括两方面：一是以最适当的形式，即声音、文本、影像、动画、图像等提供的信息；二是信息的准确性，即我们需要的是无差错的信息。

3. 信息的组织维度

信息的组织维度包括信息的流动、信息的粒度、信息描述的内容以及信息是如何被使用的（被用做事务处理或信息分析处理）等内容。

大多数人把传统组织的结构看成是一个多边四层的金字塔，如图1-2所示。组织中的信息面向四个方向流动，即向上、向下、水平和向内/向外。

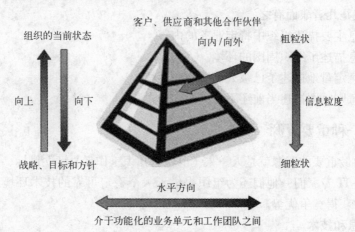

图1-2　一个组织、组织的信息流和信息粒度

组织结构从上到下的层次分别是：

- 战略管理层，为组织提供整体的方向和指导。
- 战术管理层，根据企业战略，开发下一级的目标和战略。
- 运作管理层，管理和指挥日常的运作并实施企业的目标和战略。
- 非管理层，由非管理层的普通职工构成，他们每天在做诸如命令处理、开发并生产产品和服务，为顾客提供服务之类的具体工作。

以学校为例，战略管理层一般由校领导组成，战术管理层包括各学院的院长，运作管理层则由系主任和各教研室主任构成，最后一层则是授课教师。

向上流动的信息描述了基于日常事务处理的组织的当前状态。例如，当一项销售活动发生时，信息来源于组织的最基层，然后通过各个不同管理层次向上流动。信息收集是 IT 日常工作的一部分，它将信息向上传送给负责监督并对问题和机遇作出相应对策的决策者们。

向下流动的信息包括战略、目标和指令，许多组织利用协同技术和系统共享来传递这类信息。

信息水平流动或者水平流动的信息是介于各职能业务部门和工作小组之间的。例如，学校各个系都要进行课程安排，这些信息会水平流向教务部门，然后形成全校的课程安排表（在网上学生可以随时随处获得它），而且协同技术和系统也支持信息的水平流动。

最后，向外/向内流动的信息包括与顾客、供应商、经销商和其他商业伙伴交流的信息。这些信息流才是电子商务的实质。如今，所有组织都不是孤立的，必须确保自己的组织拥有与外界所有商业伙伴沟通的信息技术工具。

图 1-2 说明了信息的另一个组织维度——粒度。信息粒度是指信息详尽的程度。信息粒度由粗到细，粗粒度信息是指高度概括的信息，而细粒度信息则是非常具体的信息。组织中最高层处理的都是粗粒度信息，如年销售量；而组织的最低层需要的则是细粒度信息。以销售为例，非管理层需要的是描述每笔交易的具体信息，即交易发生的时间、现金支付还是信用卡支付、销售人员是谁、顾客是谁等。

因此，组织最低层产生的交易信息（细粒度）在信息的向上流动过程中相互整合，从而具有粗粒度特征。

信息的另一个组织维度是信息所描述的内容。信息有可能是内部的或外部的、客观的或主观的，也可能是几者兼而有之。

1）内部信息主要描述组织中特定业务的内容。

2）外部信息描述了组织周围的环境。

3）客观信息定量地描述了已被人们所知的事物。

4）主观信息则试图描述当前还不为人所知的事物。

1.1.3 人是一种重要资源

任何组织中最重要的资源就是人。人（也就是知识工作者）订立目标、执行任务并服务于顾客。特别是 IT 专家们，他们还为组织提供了一个稳定可靠的技术环境，使组织能平稳运作并在市场中获得竞争优势。

1. 精通信息和技术

在企业中，最有价值的财产不是技术，而是人的头脑。IT 是一种能帮助人们加工处理信息的工具，但它只能在人的大脑支配下工作。例如，电子制表软件能帮助人们快速生成一张高质量图表，但它既无法告诉操作者该建立条形图还是饼状图，也不能帮助决策者决定是采用区域销售还是人员销售，这些都是需要人来完成的任务。这也正是在经济管理类专业中包括人力资源管理、会计学、金融学、市场营销学和生产运作管理等课程的原因所在。

尽管如此，技术对我们来说也是一个相当重要的工具。技术能提高人的工作效率，帮助人们更好地理解问题、剖析机会。因此，学习如何运用技术对我们而言十分重要。同样，理解所处理的信息也相当重要。

一个精通技术的知识工作者懂得如何运用技术以及何时运用技术，即懂得应该购买什么技术，如何开发利用应用软件的优点，以及把各个企业连接起来需要怎样的技术基础等。

精通信息的知识工作者应当做到：

- 确定自己的信息需求。
- 知道如何获得信息以及在哪里获得信息。
- 理解信息的含义（例如，将信息转变为商务智能）。
- 能够在信息的基础上采取适当的行动，以帮助组织获取最大利益。

2. 人的社会责任感

作为一名精通技术与信息的知识工作者，不仅要学会如何运用技术和信息来为组织获取利益，同时还必须认识到自己的社会责任：这就是道德的重要性所在。道德是一系列帮助指导人的行为、行动和选择的原则或标准。道德同法律的影响一样，但道德又不同于法律，法律会明确要求或禁止人们的某些行为，而道德则更多的是对个人或文化的诠释。因此，一项决策或行动可能的结果或期望的结果对不同的人来说可能会有对有错。所以，道德方面的决策是复杂的。

为了帮助读者更好地理解道德与法律之间的关系，请参见图1-3。

图1-3由四个象限组成，对于一项行为，在道德方面所做决定的复杂度位于第 III 象限（合法但违背道德）。我们希望总能处于象限 I。如果我们的所有行为都保持在该象限，那就说明既遵守了法律又是合乎道德的，因此这是一种向社会负责的方式。由于人们可以更加方便、快捷地获取、发送和使用信息，所以说技术增加了社会中道德的复杂度。

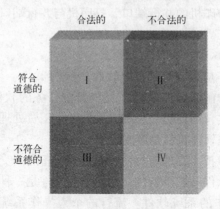

图1-3　遵循道德和法律

对于保护个人和组织的网络资源的重要性，我们强调得还不够。在信息时代，作为一个富有社会责任感和道德责任感的人，不仅要约束好自己的行为，还会涉及其他人的行为，如在面对计算机犯罪时如何保护自己。

1.1.4　信息技术是一种重要资源

信息技术是信息系统中的第三种重要资源。正如前面所定义的，信息技术（IT）是指各种以计算机为基础的工具，人们用它来加工信息，并支持组织的信息需求和信息处理任务。因此，IT 包括用来获取股票价格的移动电话、个人数字助理（Personal Digital Assistant，PDA）、上网本、个人计算机、组织间互相沟通的大型网络乃至因特网。

1. 信息技术的主要类型

信息技术有硬件和软件两种基本类型。硬件通常是指组成计算机系统的物理设备；软件就是用来完成某个特定的任务，由计算机硬件执行的一系列指令。例如，PDA 本身就是硬件设备，它包含一些软件，可以用来安排日程、更新地址簿等。

（1）硬件

硬件可以分为 6 类：输入设备、输出设备、存储设备、CPU（中央处理器）和 RAM（随机存储器，即内存）、远程通信设备和连接设备。

- 输入设备是获取信息和指令的工具，包括键盘、鼠标、触摸屏、游戏杆、条形码阅读器和读卡器（用于读取信用卡及其他）。
- 输出设备是用来看、听或其他接收信息处理结果的工具，包括打印机、显示器和扬声器等。
- 存储设备是用来存储信息以备日后使用的工具，包括硬盘、闪存和 DVD（数字化视频光盘）等。
- CPU（中央处理器）是解释并执行软件指令、协调其他硬件设备共同工作的硬件。流行的个人计算机 CPU 包括 Intel Pentium、Xeon 产品线以及 AMD Athlon 系列。
- RAM（随机存储器）是临时保存正在处理的信息和 CPU 当前需要的系统和应用软件指令的存储器。
- 远程通信设备是用来与其他人或区域之间收发信息的工具。例如，上网使用的调制解调器就是一种远程通信设备。
- 连接设备包括连接打印机的并行端口、打印机与并行端口之间的连接线和内部连接设备等。

（2）软件

软件可以分为两大类：应用软件和系统软件。

- 应用软件是帮助用户解决特定问题或完成特定任务的软件。例如，Microsoft Word 能帮助用户写学期论文，因此它是一种应用软件。工资处理软件、协作软件（如电视会议软件）和库存管理软件等都是应用软件。
- 系统软件负责处理像技术管理与协调所有技术设备之间交互工作这类特定任务。系统软件包括操作系统软件和工具软件。操作系统软件是一种控制用户应用软件并管理硬件设备如何协调工作的系统软件。流行的个人操作系统软件包括 Microsoft Windows（所有系列）、Linux（一种开放源代码操作系统）以及 UNIX 等。

（3）工具软件

工具软件是一种能为客户操作系统提供附加功能的软件。工具软件包括防病毒软件、屏幕保护软件、卸载软件（卸载不需要的软件）、文件保护软件（通常包括加密软件）等。

2. 普适计算：分布式计算、共享信息、移动计算及其他

全球商业经济在任何时间、地点、地理范围、语言或文化下都持续运作。任何一个想成功的企业，都必须构建一个技术平台和基础构架，并以同样的方式运作。这就提出了普适计算这一观念。

普适计算是有关计算技术的一种观念，它强调通过技术，应该能在任何时间和任何地点工作，获取所需的组织内外的商业合作伙伴的信息。为支持这一观念，分布式计算、共享信

息、移动计算就显得尤为重要了。

（1）分布式计算

分布式计算是将计算功能分布到企业各职能部门和知识工作者的计算机上的一种环境。由于价格低廉、功能强大的小型系统（如智能手机、上网本、笔记本电脑、台式计算机、小型计算机和服务器）的出现，分布式计算变得更加可行。技术架构也是十分重要的，如集成中间件可以使不同的计算机和网络彼此之间交流并共享信息。

（2）共享信息

共享信息是指组织将信息放置在一个集中地点，允许任何人获取并使用的一种环境。例如，共享信息允许销售部门的员工获取在制品的制造信息，以确定产品何时能够发货。在学校，教务部门可以获取财政部门的信息，以确定通过奖学金或贷款，某学生可以少付多少学费。为了支持共享信息，大多数企业都将信息保存在数据库中。事实上，数据库已成为企业组织信息并向所有人提供信息的标准。

（3）移动计算

移动计算是一个广义的术语，它描述了使用技术进行无线连接以及使用集中式的地点信息和/或应用软件的能力。移动计算就是无线连接。例如，移动商务这一术语描述了利用移动电话、PDA、上网本、笔记本电脑等无线设备进行的电子商务。利用这些无线设备，用户在飞机场候机时也能买卖股票、查看天气预报、下载音乐、阅读电子邮件等。如今的商业是全球化的，已经打破了地理界限。我们所需要的是，无论在哪里都能移动计算和无线获取信息及软件。

1.1.5 信息资源管理

信息资源管理（Information Resource Management，IRM）是20世纪70年代末、80年代初开始首先在美国出现的新概念，其后，发展很快。到80年代末、90年代初，信息资源管理在理论研究和实践方面均已走向成熟，其重要表现是企业决策层里设立了专门负责信息资源管理的岗位——信息主管（Chief Information Officer，CIO）。

美国信息资源管理专家霍顿（F. W. Horton）和马钱德（D. A. Marchand）等人是IRM理论的奠基人、最有权威的研究者和实践者。他们关于IRM的论著有很多，其主要观点有：

1）信息资源与人力、物力、财力和自然资源一样，都是企业的重要资源。因此，应该像管理其他资源那样管理信息资源。IRM是企业管理的必要环节，应该纳入企业管理的预算。

2）IRM包括数据资源管理和信息处理管理。前者强调对数据的控制，后者则关心企业管理人员在一定条件下如何获取和处理信息，且强调企业中信息资源的重要性。

3）IRM是企业管理的新职能，产生这种新职能的动因是信息与文件资料的激增、各级管理人员获取有序的信息和快速简便处理信息的迫切需要。

4）IRM的目标是通过增强企业处理动态和静态条件下内外信息需求的能力来提高管理的效益。IRM追求"3E"——Efficient、Effective和Economical，即高效、实效、经济。"3E"之间关系密切，相互制约。

信息资源管理的思想、方法和实践，对信息时代的企业管理具有重要意义，它为提高企业管理绩效提供了新的思路，它确立了信息资源在企业中的战略地位，它支持企业参与市场竞争，它成为知识经济时代企业文化建设的重要组成部分。

1.1.6 信息主管

信息系统的建设与应用，不仅能有效提高组织的效益，更重要的是能实现一种先进的管理理念和管理思想。而要达到这个目的，从管理者的角度出发，必须要有一个能够对信息系统资源进行合理组织和有效配置，把信息系统建设与组织经营管理的目标紧密结合起来的高层管理人员，这个管理角色就是人们常常提到的信息主管——CIO，其中文意思是"首席信息运营官"或"信息主管"。

1. CIO 的产生

CIO 的出现是企业信息资源管理发展到一定阶段的必然产物。CIO 是信息获得了组织（如企业）的战略资源地位所必需的管理岗位。企业只有从战略高度开发信息资源、科学合理地管理信息资源、充分有效地利用信息资源，才能在竞争中取胜。能否真正把信息看做企业的宝贵战略资源并有效地加以开发和利用，是企业决策者所面临的新的挑战。正是为了迎接这一挑战，CIO 才脱颖而出，被推上了信息资源管理主角的地位。

从 20 世纪 80 年代起，为保证信息资源的充分开发和有效利用，人们对信息资源管理问题给予了高度重视。为了从组织机构上保证和加强美国联邦政府各部门的信息资源管理活动，美国政府要求各部门都要设立 CIO 这一新职位，并委派副部长和部长助理级官员来担任此职，从较高层次上全面负责本部门信息资源的开发利用。

CIO 的出现有效地改善了美国政府部门宏观层次的信息资源管理，其成功经验促使一些大公司将这一职位连同其名称一起引入到企业管理中。1981 年，美国波士顿第一国民银行经理 William R. Synnott 和坎布里奇研究与规划公司经理 William H. Grube 两人在其著作《信息资源管理：80 年代的机会和战略》中强调了在企业中设立 CIO 的必要性，并首次给 CIO 下了一个明确的定义："CIO 是负责制定公司的信息政策、标准、程序方法，并对全公司的信息资源进行管理和控制的高级行政管理人员。"之后，企业 CIO 开始出现在美国的一些大公司和企业集团里。由于设置合理、成效显著，其他企业也竞相效仿，并很快在美、日等发达国家普及开来。在西方工商企业界眼中，CIO 是一种新型的信息管理者。他们不同于一般的信息技术部门或信息中心的负责人，而是已经进入公司最高决策层，相当于副总裁或副总经理地位的重要官员。CIO 的产生，标志着现代企业管理从传统的人、财、物三要素管理走向了人、财、物、信息四要素管理的新阶段，从战略高度充分开发信息资源。科学管理信息资源和有效利用信息资源，已是现代企业能够在日益激烈的市场竞争中克敌制胜的公开秘密。

2. CIO 在组织管理中的地位

CIO 这个职位的地位随着信息技术在企业中的价值而提升。其实，CIO 的概念本身已经告诉我们，这个职位是那些重视把信息技术作为发展企业核心竞争力的企业才值得设立的。这些企业至少要在信息化方面作出战略发展的定位，以长远发展的眼光来规划和实现自己的信息化目标。在一个组织中，CIO 是全面负责信息工作的主管，但又不同于以往只是负责信息系统开发与运行管理的单纯技术型的信息部门经理。作为组织高级管理决策层的一员，CIO 直接向最高管理决策者负责，并与总裁或首席执政官（Chief Executive Officer，CEO）、财务主管（Chief Financial Officer，CFO）一起构成组织的"CEO-CFO-CIO 三驾马车"。换言之，CIO 是既懂信息技术又懂业务和管理，且身居要职的复合型人物。推动组织信息化的复杂性告诉我们，信息系统的实施应用往往是一把手工程，CIO 只有在成为 CEO 的左膀右臂时，才能协调信息技术与业务部门的合作，帮助企业提升信息化水平。

3. CIO 的基本职能

按照上述要求，CIO 的基本职能应该是：

1）参与高层管理决策，引导企业在信息社会中保持竞争优势。作为组织管理决策的核心人物，CIO 自然有权参与组织的高层管理决策活动，但 CIO 的参与具有其自身的特点，即运用自己掌握的信息资源武器帮助最高决策者制定组织发展的战略规划，通过充分有效地利用组织内外信息资源，寻求组织的竞争优势或强化组织的竞争实力。同时，CIO 不应只是负责信息资源管理范围内的决策活动，还必须参与讨论组织发展的全局问题。为此，要求 CIO 必须对影响整个组织生存与发展的各方面问题都有相当全面和清楚的了解。

2）发掘企业信息资源的战略价值。作为统管整个组织的信息资源的最高负责人，CIO 应该根据组织发展战略的需要，及时制定或修改组织的信息政策与信息活动规划，以实现行政管理的战略意图。

3）管理组织的信息流程，规范组织信息管理的基础标准。作为信息管理专家，CIO 要主持拟定组织信息流程的大框架，建立信息管理的基础标准，如数据元素标准、信息分类代码标准、用户视图标准、概念数据库标准和逻辑数据库标准等，以改造杂乱无章的数据环境。实践证明，一个组织只有以数据集成为基础，以总体数据规划为中心，面向信息流程进行应用系统开发，才能取得良好的结果。

4）负责组织的信息系统建设规划与管理。作为组织信息系统建设的直接领导者，CIO 对信息系统的开发计划、运行管理、安全管理、人员配备、经费预算等要进行宏观控制和协调，统筹考虑系统建设的硬件、软件和应用问题。同时，还要代表本单位与专业的信息系统开发者、技术设备提供商打交道，与技术服务商建立"战略协作伙伴关系"，并根据组织的业务管理需要，对他们提出的信息技术"全套解决方案"进行审议。

5）为组织经营管理提供有效的信息技术支持。管理和技术是当今组织发展的两大关键，管理问题相对而言是比较稳定的，而技术热点在迅速变化。作为信息专家，CIO 必须密切注意信息技术的发展变化，分析新技术对组织经营管理与竞争战略的影响，以便及时作出快速反应。

6）评估信息技术的投资回报问题。面对眼花缭乱的信息技术，CIO 必须注意研究信息技术对企业的价值回报问题，在信息技术投入和组织管理效益之间寻求某种平衡。这是一个 CIO 能够在现代组织日趋激烈的技术竞争中立于不败之地的重要条件。信息技术的先进性和可用性都是毋庸置疑的，但如果脱离本单位的实际情况，盲目而片面地追求引进和实施一些新技术，不考虑其成本效益关系，就会把自己置于被动地位，丧失在高层管理决策中的地位。

7）组织内部的宣传、咨询和培训。作为分管信息技术部门和信息服务部门的最高负责人，CIO 在行政管理层次上要宣传信息部门及人员的作用，让组织的高层领导充分认识到信息资源对组织发展的重要性，同时应指导高层管理人员更有效地利用组织内部和外部的信息资源，为他们提供信息或信息技术咨询服务。在运作层次上，CIO 要帮助信息技术人员以及所有用户转变观念和认识，对其意见、询问和求助应给予很好的反馈，同时还要认真做好各级信息系统使用者的培训工作，这实际上就是要求 CIO 积极维护组织的信息化环境。

8）信息沟通与组织协调。CIO 作为一个跨技术、跨部门的高层决策者，应充分利用组织内外可以控制的信息资源，不断完善组织的信息基础结构，并注意协调好组织管理与信息技术的关系。在传统的组织体制下，管理与技术是相对封闭的，管理者大都不知道信息技术究竟能为管理带来什么，而信息技术人员也只是从技术标准和设备性能上来考虑问题，不大清楚组织的目标，也不能有效地支持决策。CIO 则从组织管理的角度有意识地选择和运用信息技术，通过对信息资源的充分开发和有效利用来促进组织管理机制的变革和业务结构的调整甚至重组，从而提高组织的管理决策水平，增强组织的市场竞争力。

必须注意的是，上面介绍的是按照 CIO 本身的定义确定的职责范围，而眼下国内很多企业的 CIO 仍然主要在履行一个信息部门经理的责任，并无真正参与组织高层战略规划的权利，这与国外真正意义上的 CIO 还有不小的距离。这一方面可能与组织最高管理层的认识和观念有关，另一方面也可能与 CIO 人选本身的素质有关。

4. CIO 的素质要求

美国信息产业协会在 20 世纪 70 年代末曾为信息经理制定了明确的职业标准要求。其中规定，信息经理的一般工作职责包括"规划、设计、完善、安装、运行、维护及控制人工信息系统和自动化信息系统；在不同管理层次上为团体用户和个人用户提供信息管理方面的建议和帮助"。

为此，要求信息部门的经理应具备的素质包括：

1）管理经验。作为一个高层管理者，CIO 必须具有多学科和交叉领域的职业技能，能运用信息科学的理论基础为各种层次的管理者和用户服务；对本行业的发展背景要有全面的了解，对企业管理的目标要有明确的认识，对经营决策和竞争环境的基本情况要有充分的掌握，并且要有丰富的管理实践经验。实践证明，一个成功的 CIO 至少需要 5~8 年的管理经验积累。

2）技术才能。CIO 应具有一种或多种信息技术专长，具备为企业经营管理与竞争战略发展的需要推荐与开发新技术的能力，对信息技术的发展动向及其对企业的影响要有敏锐的洞察力、富有远见和技术创新精神。

3）经营头脑。CIO 的工作必须以提高企业的效益和竞争力为目标。因此，CIO 应具有经济方面的规划预算信息密集、资本密集、劳动密集产品的基本知识，以及在各种竞争性组织资源之间及内部进行权衡的能力。要有精明的商业经营头脑，应了解信息技术何时何地何种情况下在哪些方面能为达成这一目标起到关键作用，能够把信息技术投资及时转变成对企业的回报，方为自己在企业中树立起公认的有重大贡献的角色形象。

4）信息素养。CIO 应具有强烈的信息意识和较高的信息分析能力，能够为企业高层的战略决策发挥信息支持作用。特别是对来自外界环境的大量模糊、零碎而杂乱的信息，应有高度的判别能力和挖掘信息价值的艺术，才能使自己的决策能力达到战略决策的水平。

5）应变能力。面对日新月异的信息技术和急剧变化的竞争环境，CIO 要有较强的应变能力，要能够抓住一瞬即逝的机遇，对各种变化作出迅捷及时的反应。CIO 还应有良好的心理素质，能承担得起来自技术和环境变化的压力，具有敢于迎接各种困难和挑战的勇气。

6）表达能力。CIO 必须具备良好的口头和文字表达能力，能够把看起来是高深莫测的信息技术向高层管理决策者和基层业务人员都解释清楚，消除企业中的"高技术恐惧症"。

特别是对于非技术型用户，要尽量避免采用技术性术语。

7）协调能力。作为企业信息流的规划者，CIO 要善于协调企业内部各层次、各部门、各环节的关系以及企业与其协作伙伴的关系。要有良好的人际关系和广泛的亲和能力，善于对话和沟通，能够适应企业的文化和传统，使信息技术与管理体制相得益彰。

8）领导能力。CIO 要有领导威信和支配企业信息资源的权利，能建立一个有效的信息资源管理班子，既能指挥信息部门的工作，也能对企业的信息政策和策略起领导作用。

CIO 在企业管理中的地位和职能决定了他应该具备比信息经理要高得多的素质要求。一个合格的 CIO 必须是管理与技术两方面的全能型人物。而且总的来说，CIO 的组织管理水平比他的信息技术才能更重要。这也是与其所处的管理地位相对应的，毕竟 CIO 的职能与一般中层的信息部门经理是不同的。

1.1.7　主要术语

确保自己理解以下术语：

电子政务	信息	信息主管（CIO）
分布式计算	信息的个人维度	信息资源
共享信息	信息的粒度	信息资源管理（IRM）
空间维度	信息的流动	形式维度
能源	信息的三个维度	移动计算
普适计算	信息的组织维度	硬件
软件	信息基础设施	运作管理层
商务智能（BI）	信息技术	战略管理层
时间维度	信息技术的基本类型	战术管理层
数据	信息时代	组织结构
物质		

1.1.8　练习与实验：熟悉信息资源

1. 实验目的

本节"练习与实验"的目的是：

1）通过阅读和分析"实验案例"，熟悉数据、信息、信息技术和信息系统等重要概念。

2）熟悉信息资源管理的基本概念，了解信息资源管理的基本内容。

3）通过因特网搜索与浏览，了解网络环境中主流的信息资源管理技术网站，掌握通过专业网站不断丰富信息资源管理最新知识的学习方法，尝试通过专业网站的辅助与支持来开展信息资源管理应用实践。

2. 工具/准备工作

在开始本实验之前，请回顾课文的相关内容。

需要准备一台带有浏览器，能够访问因特网的计算机。

3. 实验内容与步骤

[概念理解]

请通过阅读教科书和查阅网站资料，尽量用自己的语言解释以下信息资源管理的基本概念：

1）数据：_____
_____

2）信息：_____
_____

3）信息技术（IT）：_____
_____

4）信息的个人维度：_____
_____

5）信息的组织维度：_____
_____

6）信息资源：_____
_____

7）信息资源管理（IRM）：_____
_____

8）信息主管（CIO）：_____
_____

[**实验案例 1**]　　在现实生活中精通和运用信息的案例。

先来看一个在现实生活中精通信息的知识工作者的特定案例。

几年前，一家零售商店的经理收到一些有趣的信息：周五晚上婴幼儿纸尿布销量在一周尿布销售总量中占有很大比例。一般情况下，商家会决定要确保尿布在周五有充足的库存，或实行特价，以便在那一时段进行促销。但该商店经理并没有这样做，她首先观察信息，认为这还不是全面、完整的信息。也就是说，在她采取行动之前还需要更多的信息。她想知道"为什么在那段时间里会出现尿布销量的突升"，以及"都是哪些人在购买它们"。在该商店的销售系统中并没有"商务智能"的功能，于是，她安排一个员工周五晚上专门在卖尿布的通道上记录与该情况相关的信息（她知道如何获得和在哪里获得信息）。商店经理了解到，周五晚上大多数尿布都是被一些年轻男性顾客买走了。很明显，他们是被指派在下班回家的路上购买周末需用的尿布。这时经理的反应是在尿布旁边摆放有奖的各种啤酒。从此，每个周五晚上不仅是尿布销售的高峰时间，同时也成为啤酒的有奖销售高峰。

从这则简单故事中，我们能学到一些重要的道理。首先，技术并不是万能药。尽管计算机系统在周五晚上会生成有关尿布销售情况的初始报表，而零售店经理并没有局限于这些信息来设计解决方案；其次，这则故事帮助我们区分信息和商务智能的区别。在这个案例中，周五晚上的尿布销售量是信息，而商务智能包括：

- 谁在周五晚上购买尿布？
- 为什么这些人在周五晚上购买尿布？
- 这些人还会需要哪些补充商品？

一个较好的经验法则是，当你收到信息并利用这些信息做决策时，首先要问自己以下问题：谁、什么、何时、为什么、哪里、怎样？这些问题的答案将帮助你获得商务智能并作出更好的决策。

请分析：从以上案例，你得到了什么启发？请简述之。

_____

_____

_____

[实验案例2]　财富在城外沉睡。

人类目前使用的能源90%是石油、天然气和煤。这些燃料的形成过程需要亿万年，是不可再生的资源。太阳能、风能、地热能则是可再生的，被称为可再生资源。

中国森林的覆盖率只有世界平均值的1/4。据统计，自20世纪50年代以来，中国森林每年以1.6万公顷的速度在消失，所以保护森林资源，要做到"珍惜纸张，使用再生纸，减卡救树"等。

北京的人均水资源拥有量只有全国人均水资源量的1/8，是世界人均水资源量的1/30，是个严重缺水的城市之一。

大城市是工业和生活垃圾的巨大集散地，特别是高科技垃圾会产生新的污染。在北京城郊的四周，大量的垃圾远远地包围着城市。那些大大小小的几十处垃圾场，就像城市躯体上的暗疮、溃疡，影响着城市的环境质量。

其实，垃圾虽然肮脏，但并非一无是处。在一些发达国家，垃圾已成为可再生利用的宝贵资源。一些可分类的垃圾，如废纸、废钢铁、旧轮胎等都可以重新利用，那些无法再生的垃圾则可以制造建材，或是焚烧发电。据计算，燃烧每吨垃圾的热量相当于150 kg标准煤的发热量。因此，垃圾已被视为一种便宜的能源，经营和利用垃圾已经成为一门新兴的朝阳产业。

（资料来源：高舸，财富在城外沉睡，北京晚报，2000-3-10）

请分析：

1）垃圾是可再生资源还是不可再生资源？

_____

2）能否利用先进的信息技术和方法来处理垃圾资源？请举例描述。

_____

_____

3）从以上案例，你得到了什么启发？请简述之。

_____

_____

[实验案例3]　商业驱动技术。

在任何商业活动中，人或者说知识工作者是成功的关键，知识工作者既了解信息又精通技术。尽管对于后者来说，可能并不拥有太多对于技术的"热情"。为技术而技术并不是件好事，商业活动会促使你进行选择并使用技术。

在网络服务公司担任CIO（首席信息官）的Mike Hugos指出："商业并不是关于技术的，而是利用技术来挣钱的。我发现大多数IT人员并不理解这一点。他们总是轻视简单的解决方案，转而投入复杂、昂贵的项目，而这些项目最终又不能交付。商业需要解决方案，而不是冰冷的技术。"Mike 本身是一名 IT 人员，他认识到商业必定驱动技术，而不是相反。

想想你的职业选择，往往也是商业驱动技术。技术是一组工具，它对于企业效率、效益来说十分重要且不可缺少。但是只有当业务活动推动你对技术进行选择和使用时，对技术的使用才能获得成功。

请分析：你是否认同 Mike Hugos 的观点？为什么？

_____

_____

4. 实验总结
请在"实验总结"中谈谈你对"信息资源管理"的初步认识。

_____

_____

_____

5. 实验评价（教师）

_____

1.1.9 阅读与思考：科学管理之父——泰罗

凡是研究管理学的人，要掌握管理学的内核和真谛，都无法绕开泰罗。"科学管理之父"弗雷德里克.W. 泰罗（Frederick Winslow Taylor）是举世公认的古典管理理论的主要代表人物见1-4。在管理学的创立时期，伴随着机器化大工业的飞速发展，泰罗给世人竖起了一座丰碑。他从企业管理出发，为管理学大厦奠定了丰厚的基石。正是他搭起的平台，使众多的研究者和实践者在管理领域里作出了令人目不眼接的建树。如果说，研究经济学必须从亚当·斯密开始，那么，研究管理学就必须从泰罗开始。

图1-4　泰罗

颠覆"劳动总额"谬论

"工人对工作、同伴和雇主的义务是什么？"如果说科学管理在实质上包含着对这一问题全面心理革命的要求的话，那么泰罗的秒表首先颠覆的是深藏于广大工人脑海的"劳动总额"理论。

"劳动总额"理论是一种很久以来就在工人当中广泛流传的谬论。这种理论设想，世界上的工作量是有限的，今天干得多，明天就干得少。因此，加速工作会使大批工人失业。这种谬论成为当时绝大部分工人的坚定信念。这不仅导致了有意磨洋工现象的普遍出现，而且使得工人对机器的引入心存疑虑："既然一个工人提高劳动速度，就可能使他本人或其同伴失去工作，那么威力巨大的机器对工人的替代作用更是不可想象。"因此，工人们本能地对先进机器的应用持抵制态度。以棉纺织业为例，产量是传统手工织布机三倍的动力织布机早在 1780～1790 年间就已发明问世，但是，按照"劳动总额"理论的逻辑，织布工人将会因动力织布机的应用所带来的产量提高而裁减到原来用工人数的 1/3。但事实上，正如泰罗指出的，采用动力织布机后的 1912 年，英国曼彻斯特织布工人每天生产的棉布长度虽然比采用手工织布机的 1840 年增加了 8～10 倍，但用工人数反而由 1840 年的 5 000 人增加到 265 000 人。工人产量的增加并不会产生解雇工人的后果，相反还会增加工人的就业机会。这样，科学管理就从工人自身的利益出发，给"劳动总额"谬论致命一击，解除了缠绕在广大工人思想深处的桎梏。

值得一提的是，科学管理的这种看法其实与现代经济学的观点不谋而合。当企业劳动生产率大幅提高时，一则产品的生产成本下降，使产品价格下降，在国外市场的竞争力将大幅提升，从而推动产品的出口销售，进而拉动就业机会。二则劳动生产率的提高带来工人收入的增加，会拉动内需刺激消费，从而增加就业岗位，当时的福特制就是这方面最显著的例子。

通向阶级合作的金钥匙

科学管理诞生以前，工业革命一直显示的是机器的巨大威力，生产的进步主要由资本的力量推动。在以李嘉图为代表的古典经济学家眼里，除了勤劳或懒惰、强壮或不强壮之间的分别外，劳动者之间并无不同。从劳动出发增加生产则无外乎延长劳动时间，或者提高劳动强度两种手段。因而，当时的多数企业老板见物不见人，对机器关怀备至、细心呵护，对工人却粗暴残忍、漠不关心。

马克思创立的剩余价值学说就是对当时现实情况的理论反映。绝对剩余价值生产也好，相对剩余价值生产也罢，工人除了当牛做马，以牺牲休息时间、损害自己的健康为代价和更艰苦地劳动以外别无他法。既然如此，那么工人寻求出路的根本办法就只有一条：通过暴力的阶级斗争使工人占有生产工具和生产资料。

科学管理的出现提供了一把金钥匙——提高劳动生产率，从而解开了只有阶级斗争才能解决问题的死结。科学管理教会工人科学合理地工作，通过提高工人的劳动生产率，为工人缩短了劳动时间、节省了无用的劳动并减轻了劳动者的困苦。在科学管理的方式下，工人能挣到更多的钱，但是力气花得并不比过去大，收入的增加不再是用更艰苦的劳动换来的。因而，一个工人能年复一年正常地完成一个劳动日的最佳工作量，下班后仍然精神旺盛。空想社会主义者欧文虽然远在科学管理时代之前就提倡阶级合作，但他在当时的社会经济技术条件下没有也不可能找到通向阶级合作的正确路径——提高工人的劳动生产率，最终的失败也就不可避免。

为管理者正名

20 世纪以来，人们越来越清楚地认识到管理的重要性及作用。瑞士经济学家肯特（Kent）就曾经说过："19 世纪是工业世纪，20 世纪则作为管理世纪而被载入史册。"现代经济学理论认为，在整个生产活动中，管理同土地、资本、劳动三要素共同组合创造产品，管理者在把传统的生产三要素给予结合方面起了卓绝的作用，而掌握管理要素的管理者也由此成为社会上的特殊阶层——经理阶层。

然而，在科学管理诞生以前的相当长时期内并非如此。在制造业者中间，几乎普遍存在着这样一种信念：要讲究经济，脑力劳动者即所谓非生产者，在人数上同生产者即实际用双手干活的那些人的比例，越小越好。这实际上是将管理人员视同累赘和包袱。不过，平心而论，如果仔细考察一下当时的现实环境，这种认识的存在却也有其道理。根据早期的文献，工业革命完成之初，既没有普遍适用的管理知识体系，又没有共同的管理行为准则来指导管理者的行动，企业主们常常单纯地出于可靠的考虑让亲属来担任管理职务，而这些管理者之所以对担任管理职务很感兴趣，主要是因为这可以使他们享受到诸如有权雇用自己妻女之类的特权。"他们的管理知识和能力少得可怜，仅凭个人认知和经验做事，实际上是不忠诚、逃避责任的和酗酒的"。在这样的情况下，所谓"管理者"的存在不过是使企业平白无故地增加了一笔额外的费用开支，确切地说，其实是直接生产者在养活这些"管理者"。

科学管理的出现扭转了这一传统认识。与亚当·斯密劳动分工协作推动专业化的思路一脉相承，科学管理提倡职能管理原则、计划与执行相分离，通过改造组织方式，将计划和其他脑力劳动都集中由经过专门训练而且特别适合于从事这部分工作的管理者来承担，进一步实现劳动的专业化分工，以管理人员专业化的方式推动管理者不胜任问题的解决，并在实践中取得了显著的成效。例如，在伯利恒钢铁公司（Bethlehem Steel Corp.）进行的砂土搬运试验中，公司实施科学管理后第三年，费用相比实施前节省了 36417 美元，搬运一吨砂土的平均费用由 0.072 美元下降到 0.033 美元，而这 0.033 美元中已经包括了办公室、工具房费用和所有监工、领班、办事员和计时员工资等在内。

可以说，始自科学管理，人们开始走出了以往简单要求压缩非生产人员的思维误区，并从实践中领悟到管理者是价值的创造者而不是非生产者，管理者在价值创造中所起的作用，甚至比直接生产者还要大。可以说，管理者与生产者的关系如同军队中的将军和士兵的关系一样，虽然在第一线冲锋陷阵的是士兵，但是对战局起着决定性作用的却是将军。

科学管理理论虽然仅是管理理论丛林中的一支，但是科学管理在管理学上却具有划时代的意义。正是从科学管理开始，管理学沿着伽利略、牛顿创立的实验科学道路，告别了单纯的经验总结和智慧技巧，由治术发展为一门科学，迄今仍不失其光彩。正是出于这一原因，管理大师德鲁克由衷地赞叹："泰罗的科学管理思想是自联邦文献以后，美国对西方思想作出的最特殊的贡献！"

（资料来源：管理学家 http://www.guanlixuejia.com/）

请分析：

1）阅读以上文章，请回答：泰罗"科学管理"理论的主要贡献是什么？

_____

_____

2）作为一名大学生，你怎么理解科学管理思想对你职业生涯的影响？

_____

_____

1.2 知识、知识经济与知识管理

知识经济（Knowledge Economy）是进入 21 世纪以来世界经济的新特点和发展趋势，被认为是在世界经济中占主导地位的经济形式。人们认为，当前世界经济正处在由工业经济向

知识经济过渡的时期。

正是在这个时候，中国的信息化实际上已经进入信息资源管理阶段，人们所熟悉的数字城市、电子政务等概念，都属于信息资源管理的概念和范畴，都在试图通过有效的信息资源管理来提升信息化的应用水平。

1.2.1 知识的概念

自有人类文明以来，知识作为人类认识自然和社会的阶段性成果，就一直受到人类的重视。例如，英国著名学者培根（Francis Bacon）有一句名言被广为流传，即："知识就是力量。"在现代社会中，知识的作用和重要性日益明显。

1. 知识的定义

在西方，关于知识的研究主要集中于认识论（Epistemology）这一哲学分支。最初的研究可以追溯到希腊时代的诡辩学（Sophist），其基本观点是："所有知识都是来自于个人的经验，而每个人对事物的感受不同，因此知识仅仅是相对于个人而言的，没有绝对意义的知识。"

到了苏格拉底（Socrates，公元前470年~公元前399年）和柏拉图（Plato，约公元前427年~公元前347年）时代，这种诡辩论被推翻。柏拉图否定了知识仅仅是一种感知的说法，并指出：尽管在认识事物的过程中，其感受具有因主体不同而不同的主观性，但归根结底，被观察或认识的事物本身是客观而确定的。正是基于这种"知识必然是稳定并具有相应客体"的假设，柏拉图将知识定义为"经过证实的正确的认识"，这一基本定义一直保持到1960年。

20世纪60~90年代期间，又出现了很多关于方法论的研究，因为方法论是获取知识的手段。也就是说，只有在正确的方法论指导下获得的认识才能称为知识；否则只能算是想法或者信仰。由此引发了关于方法论的很多争论。

由于知识的内在复杂性和开放性，很难对知识进行较为明确的定义。正如著名哲学家罗素在《人类的知识》一书中经过仔细分析后得出的结论："知识是一个意义模糊的概念。"

《韦氏（Webster）词典》对知识的解释是："知识是通过实践、研究、联系或者调查获得的关于事物的事实和状态的认识，是对科学、艺术或者技术的理解，是人类获得的关于真理和原理的认识的总和。"

诺贝尔物理奖获得者彭亚斯认为："知识不是一堆杂乱无章的信息，而是有关世界怎样进行的信念。"他认为，只有转化为知识的信息才是有意义的信息。因此，用知识比信息更确切。信息是经过加工、组织后的数据，知识则是基于信息之上的有关事实之间的因果或者相关性的联系，它使人们可以预测未来的结果。

彼得·德鲁克（Peter F. Drucker）指出："知识是一种能够改变某些人或某些事物的信息，这既包括使信息成为行动基础的方式，也包括通过对信息的运用使某个个体（或机构）有能力进行改变或者进行更有效行为的方式。"

1973年，美国学者贝尔在其著作中指出："知识是对事实或者思想的一套有系统的阐述，提出合理的判断或经验性的结果，它通过某种交流手段，以某种系统的方式传播给其他人。"

在上述观点中，"知识"不再是一个简单的、多元素的无序集合，而是被纳入一个动态的、与人或组织交互的系统。更确切地说，只有在"使用"的过程中，知识才体现出其价值，才成为有实践意义的、真正的知识。

在中国5000年的历史文化发展过程中，也积累了相当丰富的关于知识概念的探索。"知识"一词在《辞源》中有两种解释：其一是"相识见知的人"；其二与现代汉语中的含义相近，"指人对事物的认识"。1980年出版的《辞海》中将"知识"定义为"人们在社会实践中积累起来的经验"，并指出："从本质上说，知识属于认识的范畴。"《现代汉语词典》中关于"知识"的定义是"人们在改造世界的实践中获得的认识和经验的总和"。有学者综合以上说法，认为"知识是人们通过学习、发现以及感悟所得到的对世界认识的总和，是人类经验的结晶"。以上说法都可以称得上是关于知识的权威定义。

1998年3月，国家科技领导小组办公室在《关于知识经济与国家知识基础设施的研究报告》中，对"知识经济"中的"知识"作出如下定义：经过人的思维整理过的信息、数据、形象、意向、价值标准以及社会的其他符号化产物，不仅包括科学技术知识（知识中最重要的部分），还包括人文社会科学的知识、商业活动、日常生活以及工作中的经验和知识、人们获取并运用和创造知识的知识，以及面临问题作出判断和提出解决方法的知识。这一定义基本上概括了国内专家和学者对知识概念的理解和认识。

此外，对"知识"概念通常还有两种理解，即广义知识和狭义知识。广义知识是指人们通过学习、积累、发现、发明各种知识的总和，包括普通知识和专业知识。狭义知识是指知识经济研究的知识，通常指专业知识。

2. 知识与信息的关系

长期以来，学术界对知识与信息之间的关系存在以下三种不同观点：

（1）知识是信息的一部分

该观点认为知识是经过加工的信息。支持该观点的研究人员将信息的范围看得非常广泛，除了包括信息产业使用的知识技术（如计算机、光导纤维、卫星等）以外，还包括新材料、新能源、生物工程、环境保护等。

人们不仅能通过信息感知世界、认识世界和改造世界，而且能将获得的信息转变成知识，作为认识和改造世界的武器。把信息转化为知识，再把知识转化为智慧，是一种动态的开拓过程。反过来，智慧又会转化为新知识，新知识又会转化为新信息，人们通过一定的手段和社会传递过程，并借助媒体将新信息传给使用者。

（2）信息是知识的一部分

世界经济合作与发展组织（Organization for Economic Co-operation and Development, OECD）的专家支持这种看法。1996年，OECD出版局出版了《以知识为基础的经济》一书，书中引用了1994年鲁德尔和约翰逊在《学习经济学》一文中提出的划分信息与知识的观点："信息一般是知识的know-what（知事）和know-why（知因）范畴……其他类型特别是know-how（知能）和know-who（知人）方面的知识，是属于'隐含经验类知识（tacit knowledge）'，更难于编码化和度量。"

（3）知识与信息有区别

知识与信息的本质区别是：信息是人们通过采集、识别、变换、加工、传输、存储、检索和利用等过程获得的，人类通过认识论信息（以区别于本体论信息）可以发现新的事物，认识它们的现象，其表现形式有数据、资料、消息、新闻、情报等；知识是指人们对认识论信息进行深加工，通过逻辑的或者非逻辑的思维、推理来认识事物的本质，创造新的知识。

3. 知识的特性

知识有许多特性，包括智慧性、客观性、依附性、不磨损性、非遗传性、增值性和共享性等。

1）智慧性。它是指知识是人脑创新的成果，是人类智慧的结晶。从这个特性可以引申出知识与信息的区别：在人类出现以前，地球已经存在，就有大量的本体论信息；人类出现以后，通过信息采集将一部分本体论信息转化成认识论信息（如各种学说、经典著作等）。

2）客观性。它是指知识是人脑对信息加工的客观成果。人类对自然、社会、思维规律等的认识是客观的，这些规律是不以人的意志为转移的。

3）依附性。它是指所有知识都有载体，随着载体的消失，依附在其上的知识也会消失。

4）不磨损性。它是指知识在使用过程中不发生磨损，可以被重复使用，发生磨损的是知识的载体。例如，一本宋版书流传至今天，纸张早已发黄变脆甚至破损，但书中所记载的知识并未发生丝毫变化。

5）非遗传性。它是指知识不可以通过血缘关系进行遗传。例如，父母都是学富五车的大学问家，其子女则有可能是知识贫乏的人，父母所拥有的丰富知识不能由其后代继承。

6）增值性。它是指知识在生产、传播和使用过程中，有不断被丰富和被充实的可能性。

7）共享性。它是指一个人拥有的知识不排除其他人也同样完整地拥有。科学知识通常不保密，可以为全人类所共享使用。

4. 知识的分类

从古至今，人类积累了无数的知识，如果不对其进行合理的分类，人们就难以找到知识创新的规律和科研工作的主攻方向，也难以提出和发展新的边缘学科或者交叉学科。因此，对知识进行科学分类意义重大，它能克服知识的局限性和零乱性，促进知识的系统化，使之发挥更大的作用。

（1）知识的科学分类方法

可以按照不同标准对知识进行分类。

1）按领域划分。可将知识分为哲学知识、社会科学知识和自然科学知识。

2）按用途划分。可将知识分为科学知识、技术知识、文化知识。

3）按状态划分。可将知识分为存量知识和流量知识。存量知识是指人类出现以来所积累的知识；流量知识是指当前（如当年）所创新的知识。

4）按水平划分。可将知识分为低级知识、中级知识和高级知识等三种类型，也可将知识分为低级知识、中低级知识、中级知识、中高级知识和高级知识等五种类型。

5）按性质划分。可将知识分为普通知识和专业知识两种类型。普通知识是每个人为了生存、生活必须掌握的知识，由于不同的人所受的教育和生活阅历不同，所以他们的普通知识各不相同；专业知识是指研究专业问题时必须具备的各种知识。

6）按载体划分。可将知识分为隐性知识和显性知识两种类型。隐性知识又称为默认知识，它是存在于个体中私有的特殊知识，通常来自于实践并依赖于体验、直觉和洞察力，包括概念、形象、信仰、观点、价值体系、具体技能和技术等；显性知识又称为明确知识，即用文字、语言、图形等表现出来的知识。

（2）OECD 的知识分类方法

1996 年，世界经济合作与发展组织在题为《以知识为基础的经济（The Knowledge-Based

Economy）》的报告中，为了便于进行经济分析，将对经济有重要作用的知识分为以下四种类型：

1）知事类知识（Know-What）。它是指关于事物或者事实方面的知识。其主要特点是：这类知识与通常所说的信息概念比较接近，它可以被计量；许多领域的专家（如律师、医生、药剂师等）都需要这类知识，以便完成他们的工作。

2）知因类知识（Know-Why）。它是指关于科学原理以及自然规律的知识。例如，牛顿的"万有引力定律"、爱因斯坦的"相对论"、麦克斯韦尔的"量子理论"等都属于知因类知识。知因类知识的主要特点是：这类知识是许多产业中技术进步、产品及工艺发展的基础；专业机构和组织（如研究所和大学）是这类知识产生和不断涌现的地方，企业为了获取这类知识通常要与上述机构或者组织打交道。

3）知能类知识（Know-How）。它是指做事的技巧和能力，包括技术、技巧和诀窍等。例如，商人对新产品市场前景的判断技能、人事经理招聘员工的技能等都属于知能类知识。知能类知识的主要特点是：这类知识往往是单个产业所拥有的、由它自身发起并仅限于其自身范围内而不向外传播的知识，并且往往是一些秘诀和窍门。产业网络的形成最重要的一个原因就是企业之间分享和组合技能要素的需要。

4）知人类知识（Know-Who）。包括谁知道什么的信息、谁知道如何做什么的信息以及特殊社会关系的形成等，这些使与有关专家建立联系从而有效利用他们的知识成为可能。知人类知识对于竞争日趋加剧的众多企业来说，它要比其他类型的知识具有更重要的现实意义。

5. 知识对经济的作用

劳动者的人力资本有两个重要的决定因素：一个是劳动者具有的体力；另一个是劳动者具有的知识和技术。劳动者在任何生产活动中都有体力和脑力的投入，后者在现代社会中已越来越重要。

知识对人类经济生活具有重要意义，这一认识可以追溯到很远。在西方经济理论中，比较成功地描述了知识对经济发展作用的理论，是兴起于 20 世纪 80 年代的以罗默（P. M. Romer）、卢卡斯（R. E. Lucas）等学者为代表的"新经济增长理论"。该理论认为：一国的长期经济增长的根本推动力是知识积累、技术进步和人力资本的提高；知识和技术的增长和人力资本的提高，可以通过持续投资于研究与开发（R&D）活动和教育事业，以及通过在生产中学习而获得；由于技术进步等可以通过投资活动获得，所以它们不再是令经济学家们难以打开的"黑箱"，技术进步在生产函数中被内生化了，因此新经济增长理论又称内生增长理论；富国由于具有更多的知识技术和高水平人力资本积累会更富，而穷国则会更穷；由于知识技术的外溢特性，国际贸易可以加速知识技术在全球的传播以及人力资本的流动，国际贸易的原则不仅是自然资源禀赋的"比较成本优势"原则，而且是"技术和人力资本优势"原则。由此可见，在新经济增长理论中，知识和人力资本是其核心内容，其研究内容中包含了知识的生产、积累和传播问题。

西方经济学说一般将生产过程抽象为一个简单的生产函数，认为生产过程的投入要素有劳动力、资本（包括机器设备以及原材料）和知识技术，而产出是新产品。对生产过程的这一描述至少忽略了两方面的因素：一是没有看到生产过程同时又是一个知识繁殖的过程；二是生产中人们所结成的生产关系被忽略了。美国经济学家阿罗（K. J. Arrow）提出了"边干边学"（Learn by Doing）思想，卢卡斯应用这一思想研究了人力资本的积累。在他们看来，物质生产过程同时也是知识生产过程，而且两者之间互相关联。对物质生产过程的一个较全面的描述可以表示为：劳动力 + 资本 + 知识→新产品 + 新增的知识。

投入的知识来自三部分：一部分是劳动者具有的知识和创新能力，即人力资本中的知识；另一部分是所采用的新技术、新方法、新专利等；第三部分是由于资本投入（如采用先进设备）带来的知识和技术转移，这一部分作为隐含在技术设备载体中的知识，不一定由劳动者完全掌握。劳动者通过创造性的生产活动，最终产出新产品，同时也产出新知识。产出的知识也包括三部分：一部分是生产者通过生产实践获得的技术、知识和技能等的提高（如生产技能的提高、创新能力的培养等），即人力资本的增加；另一部分是在生产过程中产生的新发明、新创造以及新专利，表现为一种无形资产的增加；第三部分是隐含在产品中的技术知识增加，这时新产品是技术知识的载体。

由此可见，生产过程在产出新产品的同时，也会产出知识。

生产过程中的知识产出具有重要的现实意义。人们在讨论生产过程中的产出时，一般仅考虑到可用货币衡量的产值，但实际上知识的产出对再生产过程极为重要。隐藏于劳动者和生产组织中的知识，在再生产过程中具有不断增殖的特性，本期的知识产出作为下一期生产过程的知识投入，是再生产过程能够永续进行的重要条件。而隐藏于产品、发明和专利中的知识，则会由于知识技术的外溢效应，而带动整个社会知识和技术的进步。

1.2.2　知识经济

知识经济（Knowledge Economy）是进入 21 世纪以来的世界经济的最新特点和发展趋势，被认为是在世界经济中占主导地位的经济形式。人们认为，当前世界经济正处在由工业经济向知识经济过渡的时期。

1. 知识经济的由来

知识经济这一概念的产生可以上溯至 20 世纪 50 年代。1959 年，经济学家彼得·德鲁克从社会劳动力结构变化趋势的分析中预言"知识劳动者"必将取代"体力劳动者"，并成为社会劳动力的主体，接着他又提出"知识社会"的概念。

1962 年，美国经济学家费里茨·马克卢普（Fritz Machlup）根据美国从二战以来至 20 世纪 50 年代末的社会生产发展和产业结构变化背景，在其著作《美国的知识生产与分配》一书中提出"知识产业（Knowledge Industry）"的概念，并以此作为衡量美国知识存量和增量变化的依据，详细地分析和论证了知识和信息在经济发展中的作用。

1973 年，美国哈佛大学社会学家丹尼尔·贝尔（Daniel Bell）出版《后工业社会的来临》一书，引起了热烈的争论。他对自己在 1959 年首次使用的"后工业社会"概念进行了完整的论述。例如，他认为"前工业社会依靠原始的劳动力并从自然界提取初级资源"，"工业社会是围绕生产和机器这个轴心并为了制造商品而组织起来的"，"后工业社会是围绕知识组织起来的，其目的在于进行社会管理和指导革新与变革，这反过来又产生新的社会关系和新的结构。"

1977 年，美国学者马克·尤里·波拉特（Mac Uri Porat）博士在美国商务部的资助下出版了九卷本的大型研究报告《信息经济：定义和测算》，提出四大产业部门的划分方式，即国民经济中的产业结构由农业、工业、服务业和信息产业等四大产业部门组成。

1980 年，记者出身的美国未来学家阿尔温·托夫勒（Alvin Toffler）出版其代表作《第三次浪潮》。他在该书中提出"后工业经济"、"超工业社会"的概念，并提出"三次浪潮"的划分，即第一次浪潮是指农业革命，建立了农业社会，经历了几千年；第二次浪潮是指工业革命，建立了工业社会，经历了几百年；第三次浪潮是指新技术革命的信息浪潮，将建立信息社会，并预言随之会在生产方式、就业机会、社会组织、价值观念等方面产生深刻影响。

1982 年，美国的约翰·奈斯比特（John Naisbitt）出版《大趋势——改造我们生活的十个新方向》一书，他指出："在信息社会里，我们使知识系统化，并加强我们的脑力，我们被信息所淹没，但却渴求知识。"他不仅指出了工业经济与知识经济的主要驱动力不同，还意识到信息与知识是有区别的。

1985 年，美国政府授权 Calgary 等四所大学成立"知识科学研究所（KSI）"，目的是把知识作为体系加以全面考察，研究知识对社会和经济等各个方面的作用过程和转化机制。

1990 年，美国著名未来学家阿尔温·托夫勒（Alvin Toffler）出版《力量转移》。他提出影响人类社会的三种力量由低级到高级依次是暴力、金钱和知识。其中，知识不仅是影响现代社会力量转移的终极力量，而且是企业的最终资源。他说："知识的变化是引起大规模力量转移的原因或者部分原因。当代经济方面最重要的事情是一种创造财富的新体系的掘起，这种体系不再是以肌肉（体力）为基础，而是以头脑（脑力）为基础。"

1990 年，联合国研究机构在内部文件中提出了"知识经济"的概念。1992 年，中国社会科学院的吴季松博士又进一步提出了"智力经济"的概念。

1994 年，美国的 C. 温斯洛和 W. 布拉马共同出版了《未来工作：在知识经济中把知识投入生产》。他们在该书中对"知识经济"概念进行了较为完整的论述，提出了"知识工人"（Knowledge Workers）的概念。

1996 年，世界经济合作与发展组织（OECD）发表了一系列报告，在国际组织文件中首次正式使用"以知识为基础的经济"（Knowledge-based Economy）这一新概念。在 OECD"以知识为基础的经济"报告中，对知识经济的内涵进行了界定，第一次提出了新型经济的指标体系和测度。OECD 估计其成员国 GDP 总值的 50% 以上是以知识为基础的，并在《科学、技术和产业展望》报告中最后总结道："事情已使人们越来越清楚：知识是支撑 OECD 国家经济增长的最重要因素。"1997 年，机械工业出版社组织有关力量翻译出版了 OECD 的《以知识为基础的经济》。

1997 年 2 月，美国前总统克林顿首次采用联合国研究机构以前提出的"知识经济"（Knowledge Economy）的说法，他在几次演讲中一再提到"知识经济"，认为美国新经济就是知识经济。

1998 年，世界银行发表《1998 年世界发展报告：知识促进发展（World Development Report: Knowledge for Development）》，其中也采用了"知识经济"的概念，并明确宣称世界正在进入知识经济时代。

戴维斯（S. Davis）在《2020 畅想》（2020 Vision）一书中提出：人类经济的发展已经历了农业经济和工业经济时代，现在正处于信息经济时代；信息经济时代将于 2020 年左右结束，下一时代将是生物经济时代。

2. 知识经济的内涵

（1）有关知识经济内涵的主要观点

1）信息知识经济。提出信息知识经济概念的人是知识经济的最初倡导者。信息经济的提法最早见于美国的马克·尤里·波拉特1977年出版的《信息经济：定义和测算》一书。此后，又有许多人进一步研究了该概念。例如，1980年美国的阿尔温·托夫勒出版了《第三次浪潮》，美国的约翰·奈斯比特出版了《大趋势》，1985年日本的堺屋太一出版了《知识价值革命》，1986年英国的福莱斯特出版了《高技术社会》等，这些著作把信息经济拓展到信息社会、知识社会等概念，将技术知识看做新的社会财富，力图使信息的经济价值量化，认为主要依靠信息技术及其产业的发展可以取代传统工业经济，进入信息社会。

该观点对信息技术及其产业在知识经济中的作用估计过高（初提者受当时技术发展的局限），对知识经济发展进程估计过快。自马克·尤里·波拉特以来，除了温斯伦和布拉马的《未来工作：在知识经济中把知识投入生产》等书外，较少作实际研究，没有明确提出知识经济的理论体系。

2）以知识为基础的经济。这是世界经济合作与发展组织（OECD）在1996年正式提出的。在此前后，米勒等人的文章详细阐明了这一观点，他给出的知识经济定义是："以知识的创造、传播和使用为决定因素的经济。"

该观点认为，"国家创新体系"和多种媒体的"知识传播网络"支撑着经济活动。知识经济源于李斯特的知识创造与传播思想以及熊彼特的创新经济思想，并明确指出："虽然知识经济被信息技术的应用推广所影响，但它与信息社会并不是同义词。"

该观点的倡导者研究了什么是知识、知识资本、知识网络、知识的生产、传播和转让，以及知识经济的指标体系，对知识经济概念的深化作出了突出贡献。但持该观点的人研究社会问题的范畴相对狭窄，缺乏对知识经济产业的全面研究。

3）可持续发展知识经济。持该观点的研究人员认为，知识经济是以智力资源的占有、投入和配置，知识产品的生产、分配（传播）和消费（使用）为最重要因素的经济。所谓智力资源，包括信息、知识、人才、技术、决策和管理方法等。知识产品是指知识含量高、技术含量高、附加值高的高技术产品和高技能服务，其扩大再生产不会造成稀缺自然资源消耗的增加和环境污染的加剧，而是能够实现可持续发展。

该观点最早见于吴季松博士在1986年发表的《多学科综合研究应用与发展》报告。持这一观点的人研究了知识的系统、创新和重组、基础研究与应用研究之间以及科学与技术之间的新关系、知识经济的生产函数、知识产业方程、可持续发展方程和高技术产业的发展理论与分类。他们认为，对于信息科学技术及其产业对知识经济的作用不应估计过高，以生态平衡作为知识经济的指导原则不应绝对化，应以"可持续"和发展并重的科学原则全面地认识知识经济。

4）生态知识经济。世界环境与发展委员会在1987年编著的《我们共同的未来》中明确提出："我们看到了出现一个经济发展新时代的可能性，这一新时代必须立足于使环境资源库得以持续和发展的政策。"该观点宣传并发展了联合国教科文组织倡导的"可持续发展"概念，以生态平衡为准则，分析了未来经济的发展，强调通过教育提高人力资源的质量，把人口负担变为知识财富。

该观点以生态平衡为可持续发展的第一准则，对智力资源研究不深，对高技术产业可持续发展的巨大作用估计不足，同时也没有提出一个较完整的理论体系。

5）新经济。"新经济"只是对美国目前经济现象的一种概括，实际上是知识经济的同义语。1996 年 12 月 30 日，美国《商业周刊》发表一组文章论述自 20 世纪 80 年代以来美国经济已进入"新经济"阶段。文章认为，所谓新经济（New Economy）是建立在信息技术革命和经济全球化基础之上的经济。1997 年底，《商业周刊》又发表文章补充说，迈向新经济并不意味着周期已经消失，也不意味着不会再出现通货膨胀。目前，学术界对"新经济"的内涵讨论还不清楚，有些经济学家和科学家在同一篇文章中，既谈到"新经济"、"知识经济"，又提到"信息经济"、"网络经济"甚至"生物经济"，一些发展中国家也提出要迈向"新经济"。

此外，还有一些说法，如"数字经济"和"虚拟经济"等，它们或者仅是知识经济的一个侧面、一种表象，或者根本不属于知识经济的范畴。

（2）知识经济的定义

明确知识经济的基本内涵，是对知识经济进行全面、系统、科学研究的重要基础。1996年，OECD 发表了关于对世界科学、技术和产业展望的报告，其中给出的知识经济定义是："知识经济是建立在知识和信息基础之上的经济，以知识和信息的生产（Creation）、分配（Distribution）和应用（Use）为直接依据的经济，知识是提高生产率和实现经济增长的驱动器。"

该定义是从生产资源的角度，按照知识和信息在经济活动中的地位和作用来进行界定的。这一定义抓住了知识经济最重要、最根本的特征——知识将成为最重要的生产资源。这一特征使知识经济区别于农业经济和传统的工业经济，由此可以推断，知识经济时代是与农业经济时代和工业经济时代相对而言的。但是，这个定义并没有揭示出知识经济其他方面的重要特征。

1）从生产要素的角度来看，知识经济是一种新的经济形态，知识已经成为人类发展最重要的要素，它对经济增长的作用已经超过物质（或者资本）的作用。

2）从产业结构的角度来看，知识经济是一种新的经济结构，以高新技术产业和知识密集型的服务业为主体的知识产业已经成为经济的主体。

3）从经济发展的角度来看，知识经济是一个新的发展阶段。从经济学的角度来分析，人类社会可分成三个发展阶段：第一阶段是农业经济阶段；第二阶段是工业经济阶段；第三阶段是知识经济阶段。

（3）知识经济与信息经济

知识经济与信息经济之间的关系可以说是同根、同源、同方向。

1）同根是指知识经济和信息经济都是以知识和信息的生产、传播和利用为基础。有趣的是，研究知识经济的将信息定义为知识的子集；研究信息经济的则反之，视知识为信息的子集。

2）同源是指推动知识经济和信息经济发生和发展的都是信息技术的不断发展和广泛应用。由知识经济发展起来的国家创新体系和企业技术创新，与由信息经济发展起来的信息高速公路、国家信息基础设施、国家信息化，其技术起点都是以计算机和电信技术为代表的现代信息技术。

3）同方向有两个含义：其一是指在今后的发展过程中，知识经济和信息经济依然保持同根、同源的伴生关系；其二是指目的相同，都是通过知识和信息资源的开发利用，推进经济和社会的发展。

知识经济和信息经济也有区别：从产业的角度看，知识产业是信息产业的一个组成部分，知识经济域是信息经济域的一个组成部分；从经济发展的阶段看，知识经济比信息经济要求更高的国民素质和经济发展水平。因此，可以说知识经济是在信息经济发展到一定水平之后产生的新阶段。

3. 知识经济的特征

国内外不同学者对知识经济的特征存在不同的看法。例如，OECD 报告中认为知识经济具有以下主要特征：

1）科学与技术的研究开发日益成为知识经济的重要基础。

2）信息和通信技术在知识经济的发展过程中处于中心地位。

3）服务业在知识经济中扮演了主要角色。

4）人力的素质和技能成为知识经济实现的先决条件。

为准确地理解知识经济的特征，应该考虑其内部和外部两个方面：

1）知识经济的内部特征（或者隐性特征）。它是指在其内容的、深层次的、需要通过考察和分析才能清楚描述的特征，主要包括：

① 知识成为最重要的生产要素和经济增长源泉。

② 知识创新是知识经济发展的动力。

③ 教育成为知识经济的学习中心，学习成为个人和组织生存的先决条件。

④ 信息技术的发展是知识经济的关键因素。

2）知识经济的外部特征。它是指反映在社会、经济、产业结构等方面的特点，主要归纳为以下 5 个要点：

① 全球一体化是知识经济时代的基本趋势。

② 知识产业是知识经济时代的主导产业。

③ 传统工业进行知识化改造呈现软化趋势。

④ 知识阶层成为知识经济时代的领导阶层。

⑤ 可持续发展成为知识经济时代增长的主导模式。

4. 知识经济的意义

知识经济的到来，将对个人、企业、社会、国家产生革命性的影响。其积极意义包括：

1）对个人的意义。在知识经济时代，个人的工作方式和生活方式将发生深刻变化，它不仅需要众多的高级智力人才创造知识财富，而且需要广大群众具有较高的知识水平。只有知识产品的生产、传播、交换和使用等各个环节的劳动者具备必需的知识，才能够顺利进行知识产品的再生产。

2）对企业的意义。知识经济的兴起不仅给企业家带来了巨大的机遇，而且使他们面临着严峻的挑战。一方面，知识经济以高科技为核心，高科技领域极其广阔，可以为企业发展提供更大的选择余地；另一方面，由于高科技投资风险大、回报率高，所以它也是风险投资家寻求的乐园。

3）对社会的意义。对社会来说，由于知识经济时代的全体居民文化素质不断提高，讲文明、讲礼貌、守秩序、讲道德将蔚然成风，人民将十分注重生活质量，关注生态环境，并采取相应的行动。

4）对国家的意义。知识经济的兴起对国家的意义更加重大：一是进一步加深了发达国家与发展中国家之间经济发展不平衡状态，扩大两极分化现象；另一方面，发展中国家如果采取正确的路线、方针、政策，合理地配置资源，则有可能抓住机遇逐步赶上发达国家。

1.2.3 知识管理

"知识管理"是把存在于企业中的人力资源的不同方面和信息技术、市场分析乃至企业的经营战略等协调统一起来，共同为企业的发展服务。其出发点是将知识视为企业最重要的战略资源，把最大限度地掌握和利用知识作为提高企业竞争力的关键。

1. 知识管理的定义

对于知识管理，不同的人有不同的表述和看法，一些较具代表性的知识管理的定义是：

1）知识管理是运用集体的智慧提高应变和创新能力。

2）知识管理就是为企业实现显性知识和隐性知识的共享，提供新的途径。

3）知识管理就是以知识为核心的管理。

4）知识管理就是对知识的连续管理的过程。

综合上述定义：知识管理是指对企业的知识资源进行有效管理的过程。知识管理的目标是使企业实现显性知识和隐性知识的共享，而知识管理的核心是促进知识创新并最大限度地激发企业员工的智力资源。

显性知识是指可以通过正常的语言方式来传播的知识，典型的显性知识存在于科研论文、书本、计算机数据库、光盘等之中。显性知识通常是可以表达的、有物质存在的、可以确知的。隐性知识是更深层次的、个人拥有的知识。它不能传播给别人或者传播起来非常困难。隐性知识不易用语言进行表达，它是个人长期创造和积累的结果。

知识管理与其他管理工作有以下区别：

1）知识管理与信息管理。知识管理与信息管理有较大区别：信息管理只是知识管理的一部分内容，只是对企业知识资源中的显性知识进行的管理（也就是通常所说的信息的搜集与加工管理）。知识管理除了日常的信息管理以外，更为重要的是对企业隐性知识的管理，激发企业员工贡献他们所积累的隐性知识，并实现共享。

2）知识管理与资产管理。知识管理与资产管理也有明显区别：资产管理所管理的主要是企业内部的有形资产，而知识管理的对象则是企业的无形资产。企业的资源总是有限的，所以资产管理产生的效益必将是有限的，而企业能够获得的知识却是无限的，知识管理给企业带来的经济效益也是无限的，所以它能够保证企业的持续性发展。

2. 知识管理的主要技术

信息技术是知识管理技术的基础。分布式存储管理、群集系统、因特网、数据库、字处理、电子表格以及群件等都是知识管理系统的技术基础。因此，知识管理技术是现有技术的重新组合，其中最重要的是文档管理技术、群件技术、文本挖掘与检索技术、企业门户技术等。

（1）文档管理技术

知识管理技术中的文档管理不同于信息技术中的文件管理，它更像是古老档案管理学的电子版，并具有以下特殊功能：

1）多文档管理功能。企业运营过程中产生的各种文档（包括新闻稿、产品说明书、设计资料、演示文档、工作报告等）都会被纳入知识管理系统的文档管理子系统，同时还能将上述文档在目录中列出、打开和编辑。

2）文档外部特征管理功能。知识管理系统的文档管理还要具备文档外部特征管理功能，能自动提取文档的外部特征，并允许按文档外部特征进行检索。常见的外部特征管理功能又可进一步细分为版本管理、作者管理、签发管理以及调阅状况管理等。此外，系统还应该提供关键词管理功能，允许使用者给出文档的关键词以便检索。

（2）文本挖掘与检索技术

知识管理技术面临的重大挑战是如何在大量的非结构化文档中快速、准确、全面地找到用户所需的文档。因此，检索技术是知识管理的核心技术，目前较流行的技术解决方案有两种，即文本挖掘技术和全文检索技术。

如果采用文本挖掘（Text Mining）技术方案，首先需将文档归入到一个有序的结构中，再按结构规则提取文档（检索）。结构化方案本身又可分为两种：一种是由机器根据文档特征，按一定算法自动建立有序的结构，并将文档归入该结构；另一种是人工建立结构，再由人工将文档归入结构。

（3）企业门户技术

企业门户已成为知识管理系统的标准配置。对用户来说，企业门户是信息系统的唯一界面，日常工作的一切事务都可在企业门户中完成，试图将日益复杂的应用集成到一个统一的平台上。例如，在企业门户中可以打开各类文档进行编辑、访问数据库、访问因特网和内联网、收发邮件、进入工作流操作等。此外，在企业门户中还可以按不同需求进行定制。

3. 知识管理的产品与服务

目前，知识管理的产品与服务种类繁多，每一个供应商（如，IBM Lotus、Microsoft、Autonomy 等）都有自己的一套说法，这些说法互不相同，甚至差别巨大。这主要由以下两个原因造成：首先，目前无论在学术上还是在实际应用中，知识管理都处于早期阶段，其定义有数百种，学术上也有很多不同的观点，供应商当然是各取所需；其次，供应商都是从自己原先的领域进入知识管理领域，拥有不同的技术和产品，而知识管理本身与其说是一种新技术不如说是一种新观念，大量现有的产品和技术都与知识管理相关，供应商所做的只是根据知识管理的需求，重新定位现有的产品。

4. 知识管理的激励机制

知识本身的共享特性导致知识可以低成本共享，并且共享程度越高，越能够展现知识的网络效应。而知识创新具有高成本性、高风险性以及收益和分配的不确定性。显然，这是知识管理需要解决的一对矛盾。另外，随着知识更新周期的加快，知识创新过程的长期性与知识使用寿命的短期性又构成另一对矛盾，知识拥有者为了规避风险、回收投资，自然会对拥有的知识有意"垄断"，而这与知识只有通过大范围的共享才能充分发挥其效益形成冲突。

一般情况下，企业员工基于上述理由会将自己拥有的专门知识作为向上级讨价还价的本钱；而企业则希望员工心甘情愿地将自己的知识发布出来，供大家共享，从而实现知识的效益，最终达到提高企业竞争力的目的。为了解决上述矛盾，必须建立一套有效的知识管理激励机制，使员工乐于创新知识、共享知识和应用知识。

5. 企业知识管理

在知识经济中，知识的生产、获取、使用、传播已成为贯穿企业生产经营活动的一条主线。因此，企业知识管理的根本目的，就是要最大限度地生产、获取、使用和传播知识，为企业员工提供更加有效的知识共享环境，从而提升企业的竞争能力，促进企业自身的发展。

（1）企业知识管理的职能

企业知识管理的主要职能体现在以下四个方面：

1）确定企业知识管理战略。在知识经济中，任何企业都必须有系统化的知识生产、获取、使用和传播的战略构思，同时还应该充分借用企业内外部的力量逐步实现企业的知识管理战略。

2）完善企业知识管理系统。企业知识管理的核心内容是要凭借一系列技术手段和管理手段，建立有关知识生产、获取、利用、传播的高效知识管理系统。例如，驰名全球的美国安达信咨询公司就启动了"全球最佳业务项目"，建立了一个包括70多种业务的知识库，这既节省了该公司咨询专家的工作时间，也减少了工作成本，还大大提高了工作效率和工作质量。

3）保护企业自有知识产权。在知识经济中，企业成为典型的知识生产组织之一，它拥有大量的知识性成果。随着企业知识资产增长的加快，企业必须重视自有知识产权的开发与保护，并通过一系列的经营活动，实现企业知识资产的价值。

4）评估企业现有知识绩效。企业在知识管理过程中还必须重视对现有知识绩效的评估，包括对企业生产、获取、传播、共享、集成、利用知识等的绩效评估。

（2）企业知识管理的内容

根据OECD关于知识的分类，即知事、知因、知能、知人等，企业知识管理的内容大致可以包括以下几个方面：

1）企业员工基本知识素养的管理。包括对企业相关信息和知识的收集、整理和初步加工。提高企业员工的基本知识素养，可以通过两种途径来获得：一种是通过公共教育途径获得（比如，研讨会、专业培训机构）；另一种是通过企业内部的教育培训获得。

2）知识的学习。知识的学习过程就是知识运用和智力发挥的过程，它要求有选择性地去学习，要与企业已有的知识水平和学习能力相符合，以便达到知识层次的连续性和先进性。

学习的过程是一个积极主动的探索过程，需要发挥每个员工的积极性，不仅从企业以外学习，更要从企业自身的经验和历史中学习。

3）知识的创造。知识创新是实现企业价值的关键环节，知识的收集、获取和学习无不为了知识创新的目的，只有知识创新才会带来价值，它是企业知识管理直接和根本的目的。知识创新不仅依赖企业员工个人的创新精神和创造力，更是一种团体活动。激励每一个员工去创新，组织创新活动，安排知识共享和知识分配的合理关系，并促进价值分配与知识创新能力的一致性，保证对企业知识创造作出巨大贡献的员工受到报酬和精神激励，是企业知识管理的一项主要任务。

4）建立企业知识支撑体系。专家系统和专家网络是企业的知识源，企业应该保持与其知识源的良好联系方式。严格说来，企业的知识源不仅包括企业以外的专家，也包括企业员工中的专家，这些专家不以其职业和地位为标志，任何在该专业领域内有见解的人都是企业的知识源。

　　由于企业不可能创造永远保持领先的知识，所以必须建立一种制度，以保证企业能够及时获得某些领域中知识的最新动态或者深入掌握这些发展概况，从而使企业能够在适当的时候，可以通过适当的方式来获取特定的知识。

　　5）知识工程。知识工程最初是计算机技术的一个分支，它研究为从事某项工作的人提供借助于软件技术完成的知识应用。知识工程可以使其使用者能够在较短的时间内采用有效的方法学习和应用他事先并不具备的知识去完成某种工作。

　　在知识工程上再附加管理内容，将其扩大到整个企业范围，就可以实现知识的传播、学习、共享和应用的极大变革，以促进知识创新和管理知识化。

1.2.4　电子政务概述

　　信息资源已经成为衡量世界各国社会发展水平的决定性因素，信息资源的数量、质量和开发共享程度是衡量一个国家在国际社会中所处地位的重要标志。而政府信息是具有重要价值的国家资源，对政府信息资源进行管理是确保政府有效运转和保持国民经济健康发展的重要手段。发达国家都从战略和全局的高度对待信息资源开发和共享工作，把它作为推进信息化建设，促进经济社会发展的重要内容，并采取了一系列措施加强信息资源开发和共享工作。

　　电子政务（Electronic Government，E-Gov）是指基于因特网平台、面向公众的交互式系统，其重点是建立交互式、开放式、集成的网上办公环境，可以集中办理多项政府管理及服务项目的办公问题，并在政府各个部门之间实现数据共享。

　　电子政务与传统政务相比存在很大的区别，主要表现在信息资源不同、业务流程不同、办公手段不同、沟通方式不同和存在的基础不同。电子政务是信息产业发展到一定阶段的产物，是信息化手段在政府管理中的运用，是政府管理信息化的结果。发展电子政务要注意的一些原则包括领导重视、服务性、互动性、开放性、安全性等。

　　政府公共服务系统主要以政府网站的形式出现，在各种各样的政府网站中，最重要也最具代表性的公共服务窗口就是政府门户网站。门户网站把政府所有的部门和机构的信息系统连接在一起来为公众提供完整的服务，可以把政府门户网站看成是一个复杂的、正在发展的有机系统。门户网站的主要特征是：具有友好的网站界面、清晰的网站导航、完善的帮助系统、完整的信息和完善的在线服务等。

　　电子政务可以概括为政府对政府（G to G）、政府对公务员（G to E）、政府对企业（G to B）和政府对公众（G to C）等几种基本模式。电子政务系统建设是一项复杂的系统工程，其基本框架包括：电子政务的网络架构、电子政务的安全架构、电子政务的信息资源架构、电子政务的业务架构和电子政务的逻辑模式。

　　在我国，以三网（政务内网、政务外网、因特网）、五库（人口、法人单位、空间地理、自然资源和宏观经济数据库）、十二个业务系统（办公业务资源系统、宏观经济管理、金关、金税、金财、金卡、金审、金盾、社会保障、金农、金水和金质）为核心内容的中国电子政务战略框架已经建立。

　　电子政务的发展为电子商务的发展提供了重要的示范作用。政府通过电子采购、电子招标、电子税务、电子工商、电子公共事业服务等业务，通过建立和完善企业信用监管体系，推动了电子商务及家庭上网工程。电子政务的稳步推进，还将从根本上改变社会生活的方方面面，对整个社会产生巨大的影响。

1.2.5　主要术语

确保自己理解以下术语：

《大趋势》	企业门户技术	哲学知识
《第三次浪潮》	企业知识支撑体系	知能类知识（Know-How）
柏拉图	认识论	知人类知识（Know-Who）
不磨损性	社会科学知识	知识
存量知识	生态知识经济	知识产品
低级知识	数字城市	知识产业
电子政务（e-Gov）	苏格拉底	知识分类方法
方法论	韦氏词典	知识管理
非遗传性	文本挖掘与检索技术	知识管理系统
高级知识	文档管理技术	知识经济
工业经济	文化知识	知识经济的特征
共享性	希腊时代	知识素养
广义知识	狭义知识	知识特性
诡辩学	显性知识	知事类知识（Know-What）
后工业社会	新经济	知因类知识（Know-Why）
技术知识	信息经济	智慧性
科学知识	依附性	中级知识
客观性	隐性知识	专业知识
流量知识	增值性	自然科学知识
普通知识		

1.2.6　练习与实验：了解电子政务

1. 实验目的

本节"练习与实验"的目的是：

1）理解电子政务的基本概念，熟悉电子政务的基本类型、定义和内容。

2）通过因特网搜索与浏览，了解网络环境中主流的电子政务技术支持网站，掌握通过专业网站不断丰富电子政务最新知识的学习方法，尝试通过专业网站的辅助与支持来开展电子政务应用实践。

2. 工具/准备工作

在开始本实验之前，请回顾课文的相关内容。

需要准备一台带有浏览器，能够访问因特网的计算机。

3. 实验内容与步骤

[概念理解]

1）查阅有关资料，根据你的理解和看法，给出"电子政务"的定义：

_____

_____

_____

这个定义的来源是：_____

2）查阅有关资料，根据你的理解和看法，给"政府门户网站"下一个定义并举例说明之：

定义：_____

_____

_____

举例说明：_____

_____

_____

3）电子政务的基本模式。电子政务的参与方主要有四部分，即政府、公务员、企业和公众。据此分析，形成电子政务的四种基本模式：

① _____

简单举例描述：_____

_____

② _____

简单举例描述：_____

_____

③ _____

简单举例描述：_____

_____

④ _____

简单举例描述：_____

_____

4）思考并简述信息资源管理与电子政务的关系。

_____

_____

_____

_____

[实验案例1]　调查你的职业和信息技术

为了找到自己的最佳位置，从而在商业世界以最可能的方式获得成功，你需要尽早进行一项关于职业的调查，关注于你职业所需要的 IT 技能。

首先，考虑一下你想要从事的职业，将其记录下来。接着，在因特网中寻找与你未来职业相关的工作。浏览这些工作，并确定你需要具备哪些 IT 技能，将这些技能也记录下来。

最后，将你的发现与班级同学中与你有相似职业兴趣的同学的发现做一比较。汇总起来，你应该能够得到为了成功所需掌握的较为全面的 IT 技能。

职业：_____

IT 技能	IT 技能
_____	_____
_____	_____
_____	_____

[实验案例2]　安达信的知识管理项目

安达信（Arthur Anderson，AA）公司主要从事会计与审计、税务、商务顾问、咨询服务等业务，因为它为客户提供的服务 99.5% 基于知识。因此，知识是企业最重要的资源，贯穿于决策和管理过程的始终。公司面临的最大挑战是如何将所有信息组合成一个中心知识库。

1）知识管理的理念。

该公司对知识管理的定义是："促进个人和组织学习的过程。"在实施知识管理时，该公司的一些重要理念还包括：

- 知识与学习密切相关。
- 在将知识与管理结合时，遇到的最大问题是知识不容易管理，因为它存储在人们的头脑中。
- 知识管理策略应该与公司的商业策略密切结合。

2）知识管理的目标。

- 帮助员工表达他们的思想。
- 帮助知识经理们更好地组织知识。
- 不断充实知识管理系统，使其内容更加丰富，鼓励员工使用它。
- 力求使企业的所有知识都变成可以查询和获取的显性知识。

3）知识管理计划的实施。

① 成立知识管理委员会。安达信公司成立了一个专门的知识管理委员会，负责制定具有竞争优势的策略。每一条服务线和每一个产业部门都有责任保证知识的共享。同时，每一条服务线和每个产业部门都配备了一名知识经理，共计 60 名，其中一些人全职负责知识管理工作。其中，知识经理的主要职责是知识处理、调查和评估用户对知识产品的使用情况。

② 建立合适的技术平台。安达信公司的知识管理系统基于普通的软硬件平台（Windows、Lotus Notes 和 PC），所采用的三大技术是：群件技术、因持网/内联网、数据库和

指示系统。其中，使用最频繁的技术是以下三种：Lotus Notes（确保信息能够安全地在全球范围内传播）；语音邮件（允许人们能够在任何情况下进行交流）；知识基地（提供最佳实践数据库）。

4）知识管理的实践成果。

安达信公司的知识管理项目获得了以下成果：

- 全球最佳实践项目（GBP）。
- 网上安达信。

所有员工都是内部网的用户。网上提供的信息主要包括三个方面：公告（如金融市场产业等）、相关资源（如有关会议及公司的其他投入产出结果等）以及网上对话与讨论。

- 电子知识蓝图。
- 全球最佳实践基地（Global Best Practice Base）。

汇集了各有关项目报告，共2万多页，在总部有25个人监督它的使用情况，并对内容进行整理。该项目的定量和定性工具能够帮助人们构建事件的框架，并按优先次序排列。

- 商务咨询顾问。

提供安达信所有的商务咨询方法，并提供50~100种工具，咨询人员可以将其作为辅助工具。

- 专家向新手传递知识。

知识管理的难点之一是专家如何将自己的经验和知识传递给新手。在安达信公司，新手通过全球培训数据库获得知识。

5）知识管理的经验教训。

- 引入Lotus Notes时，并没有提供全球最佳实践数据库的能力，但事实证明这个数据库很有用，因此安达信公司应该与Lotus协作，提供能满足全球最佳实践需求的产品信息。
- 应该尽早采用委员会或小组方式推进知识共享的策略，在知识创新、评估以及监督等方面充分发挥知识经理的作用。
- 在部署知识管理计划的早期，应尽力将知识管理与用户所期望的短期利益结合起来，在知识管理项目与其受益者之间建立一种可见的联系，这种联系越显著，一线工作人员就越容易接受它。
- 从某种意义上说，把知识管理引入企业类似于"器官移植"，有的肌体能很好地容纳它，有些则会发生排斥反应。因此，应该预先考虑实施知识管理计划后可能出现的反应，并尽可能使它有更好的兼容性。

（资料来源：他山之石——企业知识管理案例，计算机世界网，2001-3-23）

请分析：

1）您认为安达信公司的知识管理项目是否能成功，还有哪些地方需要进一步改进？

_____

_____

_____

2）安达信公司的知识管理项目有哪些经验教训可供我们参考借鉴？

_____

_____

_____

_____

3）在了解了以上案例之后，请谈谈你对知识管理的理解？

_____

_____

_____

[实验案例3]

请访问典型的电子政务门户网站。

请记录：

1）你家乡所在的地区（城市）是：_____

2）你家乡所在地区政府门户网站的网址是：

_____

3）通过浏览家乡的政府门户网站，请谈谈你对该政府门户网站的一些建议：

_____

_____

_____

4）请浏览下列电子政务门户网站：

① 北京市政府门户网站 http://www.beijing.gov.cn

② 杭州市政府门户网站 http://www.hangzhou.gov.cn

选择其中之一，根据该网站的内容和提示，分析并写出该网站的模块结构和网站特点，并根据网站便民服务的提示，提出你对该网站的意见，并请完成一份简单的分析报告（书写位置不够请另外附纸）。

_____

_____

_____

_____

_____

_____

_____

[上网搜索和浏览]

看看哪些网站在做着电子政务的技术支持工作？请在表1–1中记录搜索结果。

提示：一些电子政务专业网站的例子包括：

http://www.e-gov.nsa.gov.cn	电子政务研究网
http://www.e-gov.org.cn	中国电子政务网
http://www.echinagov.com	电子政务工程服务网
http://www.gov.cn	中国政府网
http://www.cnnic.net.cn	中国互联网络信息中心

你在本次搜索中使用的关键词主要是：_____

_____

表 1-1 电子政务专业网站实验记录

网 站 名 称	网 址	主要内容描述

请记录：

在搜索中你感觉比较重要的两个电子政务专业网站：

① 网站名称：_____

② 网站名称：_____

综合分析，你认为各电子政务专业网站当前的技术热点（如从培训内容中得知）是：

① 名称：_____

技术热点：_____

_____

_____

② 名称：_____

技术热点：_____

_____

_____

③ 名称：_____

技术热点：_____

_____

_____

4. 单元学习评价

1) 你认为本单元最有价值的内容是：

_____

_____

2) 下列问题我需要进一步地了解或得到帮助：

_____

_____

3) 为使学习更有效，你对本单元的教学有何建议？

_____

_____

_____

5. 实验总结

_____

_____

_____

_____

6. 实验评价（教师）

_____

_____

1.2.7　阅读与思考：信息资源概念的演变

一种概念的流行并非人为定义的结果，而是一种社会需求的体现，是一种历史事件，只有从概念产生、流行、应用的发展背景研究才能深刻地把握它。信息资源的概念是信息化的基本概念，人们理解信息资源概念的本质及对环境的依赖关系，将会大大减少信息资源开发利用及信息共享的盲目性，提高信息化建设的效益。

理论的时代烙印

一种理论的流行是特定社会环境的需要，这种需要催生了相应的理论，也传播了相应的理论。没有计算机的发明就不会有信息资源的概念。计算机发明后的第一个十年只用于科学计算，谈不上信息资源；自第二个十年开始，大规模集成电路的应用使计算机性能获得成百上千倍的提高，其强大的数据处理能力使数据资料可反复从不同角度进行分析，得到了很多手工处理无法得到的结果，从而使人们将大规模数据视为一种可利用的资源，并很快体会到数据资料的价值。在计算机应用的第三、第四个十年中，数据库技术的发明和完善使信息的获取更为直接、方便和精准化（以信息检索替代了数据的批处理），其服务也更接近用户的信息需求，数据库成为获取信息的主流工具。与此同时，信息资源的概念也取代数据资源成为主流的概念。名词替换的目的是为了反映技术的进步。

人们对资源的重视程度是与其对该资源的利用能力同步成长的。只有在数据库技术、统计分析、数据挖掘技术出现之后，信息资源的概念才会成熟与流行，信息资源开发利用的口号才会为社会所广泛接受，这就是理论的时代烙印与技术烙印；反之，一种新技术要开拓应用市场必须要有相应的理论，新技术创造用户必须要有新的概念。信息资源、信息共享、信息资源开发利用已成为IT厂商开拓信息技术（硬件、软件、数据库技术等）应用市场的理论武器。IT企业为新技术打开应用市场开展了全面的信息理念宣传攻势（几乎所有的信息技术刊物都由IT企业赞助），也为信息资源理论打上市场烙印。目前，社会流行的信息资源开发利用理论正是数据库时代的理论，也是数据库厂商、IT企业努力营造的信息化舆论，这种理论既有其科学性也有其时代局限性，信息技术的作用在不知觉中被夸大了。

互联网使数据库时代的信息资源观过时

当今流行的信息资源观依旧是以数据资料为中心的信息资源观，其主张的重点是充分挖掘数据资料中的全部信息资源。这是个数据稀缺时代的观念，当时信息化建设的口号是"三分技术，七分管理，十二分数据"，由于严重缺少共享渠道信息，"共享"被当成信息系统建设的重要目标。

而现实是，互联网在极大改变社会资料供应形势的同时，也在极大改善社会信息共享的环境。随着政府信息内容的开放，网上资料的丰富程度呈指数增长，通过网上搜索软件能够快速收集到过去不敢想象的丰富信息资料，互联网已成为社会最大的共享环境。电子邮件、即时通信、手机及铺天盖地的报刊书籍，翻倍增长的航空班次及全国的高速公路网均成为信息共享的改善力量。经济学认为，一种资源的供应增长必然会带来边际价值的下降，互联网后的信息资源开发及信息共享的价值已在下降。

互联网的普及使社会资源稀缺形势发生根本性的变化，过去稀缺的资源（如信息资料、共享渠道）今天已不再稀缺了，公开渠道资料的丰富使很多国家开始减少乃至撤销海外的谍报员。然而在另一方面，资料供应过剩所带来的时间与注意力的不足，也带来应用的目标不足，过量阅读已成为一种社会性的浪费。在资料日趋过剩的年代，人们不再关注那些增加阅读量的系统，而是在寻找帮助筛选资料的系统，人们需要少读一点，读精一点，需要节省出时间思考问题并进行思想的创新。

以资料为中心的信息资源开发利用的理念正在逐渐过时，人们需要应用导向的信息服务系统，需要节约信息收集与处理时间的系统，需要减少阅读量的系统。

以目标控制为中心的信息行为

以资料为中心的信息资源夸大了资料的作用，将信息的价值固化，将信息资源比同于物质，以为信息会有着长久的价值，而现实远非如此。信息价值有着明确的主观性，一条信息是否有用，完全与此人的行为目标有关。对一个人极为宝贵的信息，对另一人很可能一文不值。目标是判定信息价值的唯一标准。

人们在生产工作中的每一项活动都是有目标的活动，实现目标就是这项活动的价值。任何目标只有精心去控制、去管理才有可能实现，这种进行精准控制的行为就是信息行为。信息本身就是为进行这种控制而输入的内容，信息控制是为达到预定目标进行的需要耗费精力的选择行为，信息行为本身是一种施加控制的努力。

施加控制是实现人类一切复杂目标的关键。将砖、瓦、石、木料集中起来并不等同一幢楼房，要使之变为楼房，需要在每一个细节上施加控制力，让每一砖、瓦、石、木都精准地各就各位才能变成楼房。

控制的输入就是信息输入，控制力资源就是信息资源，即使是最简单的生产行为也离不开物质、能源与信息（控制）三大资源的利用。工作、生产的目标越复杂对信息控制的依赖就越大，信息行为产生的价值也越大。

将生产、工作中的控制行为理解为信息注入会极大提升对信息资源的认识。托尔斯泰说，"聪明的人是能实现自己目标的人"，有助于目标的准确实现是评价信息行为价值的出发点。信息行为（或控制行为）是消耗人们精力的行为，是人的一种智力劳动。一个人的精力是有限的，每项工作不仅需要投入自己的努力，还需要借助他人的智力、借助他人积累下来的智慧来改善控制。这种智力与智力成果的有效利用是一种综合的信息工程（或知识工程），信息（或知识）因能够用于目标概率控制而成为资源，这是一种从应用目标控制出发的广义信息资源的概念。

以知识为中心的信息资源论

社会生产力的提升使人们生产与工作的目标越发复杂，目标越复杂的含义是指侥幸取胜的概率越小。实现一个小概率目标好像是在走一个复杂的迷宫，仅靠乱试乱碰是很难找到出口的，如果该迷宫有人走过并留下很多"此路不通"的记号，那么后人找到出口就会快多了，这些记号好比是经验与知识。人类之所以能够实现异常复杂的目标，关键是有效地利用了前人的智慧、知识与经验。智力劳动最大的特点是会留下记忆，这种记忆被称为经验。对经验进行更多的总结与思考就可以发现规律，规律有着更大的应用普遍性而被称为知识。知识与规律能够减少人们认识过程中的冗余思考，由苗头能够直接预见到结果，会大大提升人们的控制力。知识应用的效果是化解了目标的复杂性，提升了目标实现的概率。所以培根说，"知识就是力量"。

知识可视为前人智慧成果的积累，这种积累有许多形式，诸如被发现的科学知识与自然规律、有效的技术与技术标准等。知识可以用文字表达也可以存储在工具中，一柄锄头、一把锯子无不包含着大量的知识与技术。知识与智慧可以表现在制度、组织与默契的合作关系之中，某些知识与智慧还可以用程序的方式来表述，程序是知识与智慧最方便、最便于修改又最便于执行的存储形式。

知识信息资源论将信息行为看做对目标行为施加控制力的努力，以实现目标概率的提升幅度作为注入信息量的测度，知识的应用成为提升控制力的关键，用此实现目标控制的信息过程将越来越成为一项知识工程。全面的知识工程成为人们提升工作效率的核心。知识信息资源论强调的是运用知识与智慧为提升工作与生产效率所作的整体改进，它将信息化理解为一个全面知识化的过程，不拘泥于某项信息技术，不拘形式地利用各类知识，追求的是最终目标的效益。知识信息资源论也重视资料中的信息提取，它主张要以应用目标为中心，不能以资料为中心，与应用无关的资料是垃圾。

在我国经济由粗放的经营模式向知识经济转变的关键时刻，普及推广以知识化为中心的信息资源理念非常重要，它将引导我国的经济建设向更聪明、更智慧、更有成效的方向前进。

数字内容信息资源论

资料信息资源论与知识信息资源论都是面向工作的信息资源论。计算机发明的前50年一直是以工作为中心开展应用，处于数字化工作时代。直至20世纪90年代，计算机开始向生活娱乐领域拓展，信息技术越来越多地应用于非工作领域，由此开创了数字化生活的时代。

由于数字化工作时代的信息资源理论完全是从工作出发的，信息资源这个名词已经被深深打上工作的烙印，在信息化生活的领域中，再使用信息二字表达数字化生活中的内容资源，会带来工作型应用的联想而误导人们的想象力，于是人们转而使用含义更具广泛性的中性词汇"内容"来代替"信息"二字。数字化生活关心的内容是影视、音乐、动漫、游戏、文艺美术作品等，这些内容服务主要是使人们愉悦，使用"内容"来代替"信息"的目的就是弱化人们的工作型联想，虽然在"内容"中也会包含数据库等内容，但数字化生活的主流不是工作。

为了区别利用现代信息技术的文化娱乐服务与传统的文化娱乐产业，需要在内容上加以"数字"的限定，"数字内容"成为一种新的服务领域，面向数字化生活。一个新名称的使用意味着一种新分类的诞生，其含义不应凭借望文生义推断，而应从历史背景来理解新分类有着特定的倾向性，欲强调什么、忽略什么。之所以用"数字内容"取代"信息内容"或"信息资源"，是为了强调其生活性、非工作性，这是另一种价值观，是生活与消费的价值观，与以往信息资源理论中所强调的工作价值观完全不同。

"数字内容"提法的背后有其重要的市场动力。信息技术的普及为文化生活的数字化开辟出新空间，新手段拓展了文化产品的辐射力及应用能力，呈现出巨大的市场规模，数字内容的制作与传播已形成一个新产业即数字内容产业。数字内容产业与传统的文化产业不同在于其依赖于现代信息技术，使用数字技术来存储、传递与播放。数字内容与信息资料之区别主要在其应用的着眼点不同，信息资料集中于工作性应用，体现了目标效率的价值观，数字内容没有这种价值观。从不同视角出发，人们既可以将"信息资源"（主要指用于工作的资料、数据等）纳入"数字内容"领域（此时强调的数字化的形式），也可以将"数字内容"纳入到"信息资源"之中（此时强调的是内容的市场价值，一切有价值的东西皆可被视为资源）。随着数字化生活应用的繁荣，数字内容资源的总量将会急剧增长，这是人类文明的又一笔巨大财富。这是一种新的信息资源归类，称为"数字内容信息资源"。数字内容信息资源是从市场价值来理解资源含义的归类，它与资料信息资源理论、知识信息资源理论有着不同的价值观。当社会的经济发展水平充分提高，人们的工作时间越来越少，闲暇时间越来越多之时，这种与工作目标无关的"数字内容信息资源理论"就会逐渐流行开来，与工作信息资源论并存。

三种信息资源理念

上述三种不同的信息资源理念，即资料信息资源论、知识信息资源论、数字内容信息资源论，是信息技术不同的发展水平与应用水平的产物。

资料信息资源论将焦点集中于数据处理、信息挖掘、信息共享等相对局部化的应用领域，它适用于信息资源稀缺时代或某些资料应用十分频繁的环境，此时以资料为中心的系统（如电子图书馆）建设就会取得很好的效益。

知识信息资源理论关注的是如何提高实现目标的效率，它将信息行为理解成为实现工作、生产目标而施加的控制行为。控制是一种信息量注入的行为。信息（或控制）行为是一种智力的投入。知识是他人或自己以前投入的智力活动的精华积累，知识的应用会大大提升控制的效率，在知识信息资源理论中，知识与智慧的存在有多种形式，如文字形式（知识理论、经验、数据）、物理形式（各种物理化的工具）、组织形式（有效的机构、社会合作与信息）、程序方式（程序、软件及嵌入式应用设备）等，它将信息化视为推动各行各业知识化的过程。

数字内容信息资源论是数字化生活中的资源理论，数字内容关注点是数字文化娱乐，没有涉及工作生产效率目标等要求，呈现出另一种完全不同的价值观，即让人们喜爱、供人们娱乐的愉悦价值观。其资源的概念也不一样，数字化工作中的资源概念有投资的性质，期待取得工作效益上的回报，数字内容产业中的资源不要求这一点，它完全是一种消费的概念，目的是让人们愉悦，数字内容产业的资源内涵主要是消费市场上的价值。

不同的信息资源观有其不同的产生背景与不同的应用环境，在不同的场合使用不同的信息资源概念是科学理解信息化理论的真谛。

（资料来源：胡小明，信息化建设 http://www.chinaeg.gov.cn/，本处有删改）

请分析：

1）阅读以上文章，请回答：你如何理解信息资源概念的演变，是否赞同和理解文章作者的观点？

_____

_____

_____

_____

2）阅读这篇文章，你还得到了什么启发？

_____

_____

_____

第 2 章　信息资源管理的应用基础

为了赢得信息时代的竞争优势，如今，人们采用了大量的 IT 应用系统，并且也逐渐掌握了整合这些 IT 应用系统的规则。

本章将简单了解信息资源管理的理论基础，商务活动中所应用的一些极为重要的 IT 系统，如电子商务、客户关系管理系统 CRM、供应链管理系统 SCM、商务智能（BI）与集成协调环境系统（ICE）以及企业资源计划 ERP 等，以帮助读者理解如何使用这些信息技术来构成信息资源管理的应用基础。

2.1　信息资源管理的理论基础

从 20 世纪 70 年代开始，国内外从事信息资源理论研究的专家、学者开始探讨信息资源管理的理论问题。

2.1.1　信息资源管理的含义

对信息资源管理的确切含义，西方研究人员的主要观点归纳起来可分成四种类型，即管理哲学说、系统方法说、管理过程说和管理活动说。

1. 管理哲学说

该观点将信息资源管理看做一种哲学或者思想。

1988 年，马钱德（D. A. Marchand）和克雷斯林（J. C. Kresslein）从组织中实施信息资源管理所产生作用的角度来阐述，认为"信息资源管理是一种对改进机构的生产率和效率有独特认识的管理哲学。"

史密斯（A. N. Smith）和梅德利（D. B. Medley）提出了与马钱德和克雷斯林类似的观点，他们认为："信息资源管理比管理信息系统复杂得多，它可能被认为是整合所有学科、电子通信和商业过程的一种管理哲学。"

1981 年，梅迪克（W. D. Maedke）试图从学科高度来阐明信息资源管理的内涵，他指出："对于一个特定的企业来说，信息资源管理是一门管理各种相互联系的技术群，使信息资源得到最大利用的艺术或科学。"

2. 系统方法说

该观点将信息资源管理看做一种方法或者技术。

1984 年，里克斯（B. R. Ricks）和高（K. F. Gow）系统分析了信息资源管理的含义，认为"信息资源管理是为了有效地利用信息资源这一重要的组织资源而实施规划、组织、用人、指挥、控制的系统方法。"

西瓦兹（C. Schwartz）和赫龙（P. Hernon）认为："信息资源管理是一种管理组织机构内部生出的信息的生命周期的综合化、协调化方法。广义地说，它包括获取、保留和利用那些为了完成组织的使命、实现组织的目标所需的各种资源。"

戴维斯（G. B. Davis）和奥尔森（M. H. Olson）认为："信息资源管理是基于信息是一种组织资源的思想而形成的管理方法。"

1985 年，美国联邦政府管理与预算局（OMB）在其颁布的 A-130 号通报中，将政府信息资源管理定义为："信息资源管理是指涉及政府信息的有关规划、预算、组织、指导、培训和控制等。信息资源管理既包含信息本身，也包含与信息相关的各种资源，如人员、设备、经费和技术等。"

3. 管理过程说

该观点将信息资源管理看做一种管理过程。

1982 年，怀特（M. S. White）立足于管理过程，提出"信息资源管理是有效地确定、获取、综合和利用各种信息资源，以满足当前和未来的信息需求的过程。"

霍顿（F. W. Horton）认为："信息资源管理是对信息内容及其支持工具的管理，是对信息资源实施规划、组织、预算、决算、审计和评估的过程。"

美国参议院第 1742 号议案《联邦信息资源管理法案》中提出了一种非常广泛的政府信息资源管理观点，它认为"联邦信息资源管理是一种旨在提高政府信息活动效率和效益的综合性、集成性过程"。该法案还指出："信息资源管理是一个复杂的术语，它包括为完成机构的任务而确定信息需求，为了经济、有效、公平地满足已确定的信息需求而管理信息资源和综合不同信息职能机构中个体能力的过程。此外，该过程还延伸到信息收集、使用和处理中的所有阶段，包括规划、预算、组织、指挥、控制和评估信息使用的管理活动。"

4. 管理活动说

该观点将信息资源管理看做一种管理活动。

比思（C. M. Beath）认为："信息资源管理是指把合理的信息、在合适的时间提供给决策或协调工作的活动。"他还指出："信息资源的管理，可视为一种生命周期或价值链活动，包括识别、存取信息，保证信息的质量、时效性和相关性，为未来存储信息以及处理信息。"

1992 年，博蒙特（J. R. Beaumont）和萨瑟兰（E. Sutherland）从管理活动的角度阐述他们对信息资源管理的认识，认为"信息资源管理是一个集合词，它包括为确保在开展业务和进行决策时所有能够确保信息利用的管理活动。"

沃森（B. Watson）认为："信息资源管理是一个术语，它被用于描述与公司信息资源的管理和利用有关的全部活动，以及为那些有权方便地利用和控制这类信息的人提供便利的活动。"沃森还将信息资源管理分成数据行政管理、数据词典管理、数据库行政管理、信息存取服务等四类活动。

1998 年，小麦克劳德（R. Mcleod Jr.）从组织机构信息资源管理的角度指出："信息资源管理是组织机构各层次管理人员为识别、获取、管理信息资源，以满足各类信息需求而开展的一种活动。"

可见，尽管西方学者对信息资源管理认识不尽相同，但归纳起来大致包括三个方面：第一，提出信息资源管理术语，开辟了新的研究领域；第二，从多种角度探讨了信息资源管理的内涵，为进一步研究奠定了基础；第三，对信息资源管理的研究作出贡献的，不仅包括 IRM 研究领域的核心人物（如霍顿、伍德等），而且包括美国联邦政府部门。

自 20 世纪 80 年代以来，中国学者开始涉及信息资源管理研究领域，不仅积极引进和传播西方信息资源管理研究成果，而且在此基础上提出了许多颇具新意的见解。例如：

1）1992 年，中国科学院的孟广均教授在论述信息资源、信息资源中心时，提到了信息资源管理的内涵，他认为："概括地说，信息资源管理就是利用全部信息资源实现自己的战略目标。"他从信息资源中心的角度阐述了信息资源管理的内涵。

2）1993 年，中山大学的卢泰宏教授在其所著的《国家信息政策》一书中指出："尽管关于 IRM 的阐释不尽相同，但至少有一点是众所一致的，即 IRM 是信息管理的综合，是一种集约化管理。"卢泰宏还对"集约化"（Integrated）进行了解释，明确指出："'集约化'有两个方面的含义：一方面是指信息管理对象的集约化，即 IRM 意味着对信息活动中的信息、人、机器、技术、资金等各种资源的集约化管理；另一方面是指管理手段和方式的集约化，即 IRM 是多种管理手段的综合。"显然，卢泰宏强调信息资源管理应是管理对象、信息管理手段和方式的集约化。

3）1998 年，霍国庆博士在论文中指出："信息资源管理是为了确保信息资源的有效利用，以现代信息技术为手段，对信息资源实施计划、预算、组织、指挥、控制、协调的一种人类管理活动。"

综合上述国内外种种观点，信息资源管理既是一种管理思想，又是一种管理模式。就其管理对象而言，IRM 是指对信息活动中的各种要素（包括信息、人员、设备、资金等）的管理；就其管理内容而言，IRM 是对信息资源进行组织、控制、加工、协调等；就其目的而言，IRM 是为了有效地满足社会的各种信息需求；就其手段而言，IRM 借助现代信息技术以实现资源的最佳配置，从而达到有效管理的目的。

从适用域来看，IRM 包含宏观和微观的信息资源管理两个层次。宏观信息资源管理是指国际、国家和政府所开展的信息资源管理活动，主要是运用政策法规、管理条例等来指导、组织、协调信息资源的开发和利用，以促进信息事业的发展；微观信息资源管理是指由组织机构（包括企业、事业部门等）所开展的信息资源管理活动，主要是以满足组织机构的信息需求为目的，对其内外部信息资源实施的有效管理。

2.1.2　信息资源管理的理论基础

信息资源管理的理论基础主要来自于信息科学、管理科学和传播科学，这些学科及其相关理论共同构成了信息资源管理的理论基础。

1. 信息科学的主要理论

信息科学是以信息为基本研究对象，以信息的运动规律和应用方法为主要研究内容，以计算机技术为主要研究工具，以扩展人类的信息功能（特别是智力功能）为主要研究目标的一门新兴的综合学科。

信息科学源于香农信息论而形成于信息论、系统论、控制论这三者的统一。信息科学的建立和发展为信息资源管理提供了重要的理论基础。

信息技术是一个庞大的技术群，它由信息技术的基础技术、主体技术和应用技术组成。为信息资源管理的形成和发展提供技术支持的，主要是基础技术中的电子技术和主体技术中的通信技术与计算机技术。电子技术是电子学研究的主要内容。电子学作为科学技术门类之一，具有鲜明的应用目的性，它为信息事业、能源事业和材料事业服务。在信息业方面，电子技术为其发展提供了强有力的技术手段，如计算机、通信网、广播电视网、雷达、遥感技术等，极大地延展了人类感官和人脑的作用，使现代人类社会的生产活动、经济活动和社会活动的效率大大提高。通信技术以电子学方法为基础，研究实现从点到点（如人与人、人与机器或者机器与机器）的信息传输的原理、技术和系统。通信技术为计算机网络化提供了技术支持。计算机技术研究利用电子学方法实现数值计算、数据处理、过程控制、信号处理、计算机辅助设计等，它包括硬件技术和软件技术。

2. 管理科学的主要理论

信息资源管理源于管理领域，它从诞生之日起就大量汲取了管理科学的理论和方法来充实自己。因此，有人将 IRM 看做管理科学的一种分支理论或者发展趋势。

管理科学通常有广义和狭义两种理解。广义管理科学是指有关管理的科学，包括古往今来的所有管理理论。狭义管理科学仅指西方管理科学中的数量学派，它几乎是运筹学的同义词。由于管理理论和实践的发展，作为组织资源之一的信息资源日益成为影响组织管理效果和效率的重要因素。因此，如何更加合理地管理和利用信息资源，使其发挥更大的作用就成为管理学研究的新领域，由此促进了信息资源管理的形成和发展。

3. 传播科学的主要理论

信息资源管理的另一理论来源是传播科学，包括图书馆学、档案学、情报学、大众传播学等学科领域。

（1）图书馆学

图书馆学是以图书馆实体作为研究对象的一门科学，可以进一步细分为微观、中观和宏观图书馆学三个层次。微观图书馆学研究经过抽象形成的科学概念的图书馆，其研究内容主要包括图书采访、图书分类、目录学、读者服务、文献检索、参考咨询等；中观图书馆学的研究对象是中观层次的图书馆网络系统，该系统是指一定数量的图书馆依据某种共同的标准相互联系而形成的图书馆统一体；宏观图书馆学的研究对象是宏观层次的图书馆系统，该系统通常是针对一个国家的所有图书馆而言的，不仅包括各种类型的图书馆，而且包括图书馆事业的宏观调控与管理、图书馆学教育、图书馆社会学等。

（2）档案学

档案学是研究档案和档案事业发展规律的一门科学，可以进一步细分为微观、中观和宏观档案学三个层次。微观档案学研究档案和档案管理过程，包括档案的收集、整理、价值鉴定、保管、统计、检索、编纂和提供利用等；中观档案学的研究对象是档案系统（档案馆）及其组织，主要包括档案馆学和档案类型学。其中，档案馆学主要研究档案馆及其发展规律、档案馆的布局与资源共享、档案馆管理体制、档案馆网络建设等内容；档案类型学主要研究不同类型的档案及其组织体系，包括科技档案管理学、家庭档案学、会计档案学、人事档案学、诉讼档案学等内容；宏观档案学研究国家档案事业的组织、管理和发展规律，主要包括国家档案管理体制、档案政策与法规、档案的开发与研究、档案现代化、档案教育学等内容。

（3）情报学

情报学它是围绕情报而形成的知识体系，可以进一步细分为微观、中观和宏观情报学三个层次。微观情报学主要研究情报过程，是关于情报的产生、传播、收集、组织、存储、检索、解释和利用等过程的理论；中观情报学的研究对象是情报系统，研究重点包括计算机情报系统的分析、设计、实施和评价，情报系统资源的布局、开发、利用与管理，情报网络的建设与管理，国家情报系统的建设与管理；宏观情报学的研究对象是国家情报事业，研究内容主要包括国家情报管理体制、国家情报政策与法规、情报产业与情报经济、情报教育等。

（4）大众传播学

大众传播学是研究人们运用符号进行社会信息交流的规律和行为的一门科学，可以进一步细分为微观、中观和宏观大众传播学三个层次。微观大众传播学的研究对象是传播和传播过程，主要包括传播现象、传播模式、传播者、传播内容、受传者、传播效果等内容；中观大众传播学的研究对象是传播类型，主要包括舆论学、广告学、民意测验和公共关系等内容；宏观大众传播学从战略高度来研究传播活动与事业，主要包括传播与国家发展、传播与现代化、传播与国际信息新秩序、大众传播的社会作用与社会责任等内容。

2.1.3 信息资源管理的研究对象

信息资源管理主要研究信息资源管理的理论与实践，如今已经发展成为一门相对成熟的课程。国内外学者对信息资源管理研究对象的认识，归纳起来主要包括以下几种观点：

1）过程说。认为信息资源管理的研究对象是对信息资源实施管理的过程，即与信息资源相关的计划、预算、组织、指挥、培训与控制等环节。

2）应用说。认为信息资源管理的研究对象是对信息资源的开发利用，强调如何利用信息资源来实现组织机构的战略目标。

3）方法说。认为信息资源管理的研究对象是管理方法。

4）社会信息说。认为信息资源管理的研究对象是社会信息现象。

5）系统说。认为信息资源管理的研究对象是信息管理系统。

6）活动说。认为信息资源管理的研究对象是信息资源管理活动。

7）交流说。认为信息资源管理的研究对象是信息交流活动。

2.1.4 信息资源管理的学科性质

信息资源管理具有交叉学科、管理学科、应用学科等三个方面的学科特点。

交叉学科又称边缘学科，是指在某些学科领域之间的交叉处所产生的新学科，是科学发展过程中新学科的重要生成方式。信息资源管理是信息科学、管理学、信息技术科学等学科相互交叉而形成的学科。因此，在学习和研究过程中要注意吸收与 IRM 相关的各个学科的理论和方法，以促进信息资源管理理论体系的丰富以及实践水平的提高。

信息资源管理起源于管理领域，在其发展过程中充分吸收了管理学多个分支学科的理论营养。管理学是一个庞大的学科群，包括众多的分支学科（如财务管理学、行政管理学、人力资源管理学等），其研究领域往往侧重于人类社会生产活动的某一方面。信息资源管理的研究领域往往侧重于与信息资源相关的管理活动。

开展信息资源管理理论研究的主要目的是为了利用先进的管理理念和管理方法来指导信息资源管理的实践活动，以确保信息资源管理目标的最终实现。信息资源管理产生于实践的需要，所以也必须服务于实践的需要，以解决信息资源管理实践过程中产生的各种问题。因此，信息资源管理具有鲜明的应用学科性质。

2.1.5 信息资源管理的研究内容

信息资源管理的研究内容主要包括理论研究和应用研究。

理论研究包括以下四个方面的内容：

1）理论基础。信息资源管理是学科综合化发展的产物，所以其理论基础也必然具有交叉性和综合性的特点，需要融合信息科学、管理科学、计算机科学、传播科学等多门学科的知识进行研究。

2）基本理论问题。包括信息资源管理的学科性质、研究范围、研究领域、研究方法等。

3）教育研究。关系到信息资源管理事业的发展，开展有关信息资源管理教育研究具有重要的现实意义。

4）发展历史。包括信息资源管理的起源、形成与发展等。

根据信息资源管理在不同组织中的应用及特点，应用研究可分为宏观信息资源管理和微观信息资源管理两个层次。

1）宏观信息资源管理。它是指国际和国家的信息部门运用法律、经济、行政等手段管理信息资源，以确保信息资源的充分开发、有效利用以及信息事业的发展。

2）微观信息资源管理。它是指社会各组织针对自身的信息资源所实施的管理活动，即运用各种手段和方法对组织内部以及与之相关的外部信息资源进行管理。其目的在于明确组织的信息需求，保证组织信息流的畅通，以利于组织决策，提高组织的工作效率。根据不同组织实施信息资源管理的特点，又可将微观信息资源管理进一步细分为政府部门信息资源管理、工商部门信息资源管理、其他部门信息资源管理等具体类型进行研究。

此外，狭义信息资源管理过程包括信息需求分析、信息源分析，以及信息资源的采集、加工、存储、检索、开发、利用、传递、反馈等众多环节。

2.1.6 主要术语

确保自己理解以下术语：

边缘学科	管理哲学说	图书馆学
传播科学	广义管理科学	微观信息资源管理
大众传播学	宏观信息资源管理	系统方法说
档案学	集约化	狭义管理科学
管理过程说	交叉学科	信息科学
管理活动说	情报学	应用学科
管理科学		

2.1.7 练习与实验：了解信息资源管理

1. 实验目的

本节"练习与实验"的目的是：

1）进一步熟悉信息资源管理的基本内容，了解信息资源管理的基本理论。

2）通过在因特网上详细了解一些重点的信息资源管理网站，进一步掌握通过专业网站丰富信息资源管理最新知识的学习方法，学会通过专业网站的辅助与支持来开展信息资源管理应用实践。

2. 工具/准备工作

在开始本实验之前，请回顾教科书的相关内容。

需要准备一台带有浏览器、能够访问因特网的计算机。

3. 实验内容与步骤

在本实验中，我们通过案例分析和对几个专业网站的分析，来学习和了解信息资源管理的理论基础知识。

[实验案例1] 卫星图片四进中南海。

一架直升机在万里晴空中匀速巡航。机舱里，坐着以中国国家土地局副局长李元为首的一干人马，手里的照相机、摄像机正在紧张拍摄，模型似的河流、村落和土地从机腹下缓缓流过……通过这架奇特的"侦察机"，中国国家土地局正在"侦察"当时的国土资源利用情况。

中国的耕地面积是个谜。官方公布的耕地面积是"约15亿亩（1 亩 ≈ 666.7 m²，编者注）"，只见耕地不断被鲸吞蚕食，但报上来的统计数字永远是"约15亿亩"——平安无事，没有警讯，就像一个人只看见自己遍体流血却丝毫不觉得疼痛一样，神经传导失灵。20世纪80年代中期，中央开始警觉各地在隐瞒耕地面积，《人民日报》社论指出："目前，全国人口这本'大账'已经查清，但土地资源长期以来没有准数，至今仍然家底不明。"但是，对各级地方官员来说，隐瞒耕地面积有明显的利益：提高单产，以示政绩；基层乡镇政府还可把私瞒的土地变成自己的"小金库"，以应付各种黑色和灰色开支。有人估计，近年耕地减少数应在年均2500万亩以上……但中央政府至少进行了10年努力，仍然查不清"家底"。

1995年8月，当李鹏总理正在听取国家土地局的汇报时，突然想起他有一次从飞机上看到大量土地闲置，便灵机一动，亲自调拨一架直升机给土地局，要求局领导从空中去调查。于是，就有了李元副局长乘飞机沿北京到河北衡水的空中走廊查看这一事件。刚一起飞，李元就发现了大块闲置的土地。接下来，又看到一连串的问题：一些建设项目占地撂荒，许多村庄边上的闲地超过村庄面积；"空心村"大量存在；公路两侧建筑成串；砖瓦窑"吃"地严重……检查组从空中拍了不少照片，也录了像。但是，由于气候限制，照片和录像清晰度不高，并且无法定位和定量。照片反映的都是局部情况，不能从整体上说明问题。

于是，国家土地局又向中国科学院卫星地面站购买卫星数据，并联合北京师范大学、首都师范大学、北京农业大学等几所高校的技术力量，开始制作17个城市和地区的监测图。这些卫星照片一做出来，国家土地局上上下下大吃一惊——耕地的损失比统计数字大出2.5倍，城市的发展盲目而不合理，闲置撂荒的土地也大大超过统计和地面监测的数据……

卫星图片明白地告诉人们：近年来，中国城市的盲目扩展和耕地的快速减少，呈现出一种可怕的趋势。国家土地局决定将这个监测结果向中央领导同志汇报。

1996年，邹家华副总理在听取民主党派耕地保护调研组汇报时，仔细看了新做的卫星图片，他要求国家土地局向国务院领导汇报，这是卫星图片第一次进中南海。不久以后，卫星图片第二次进中南海，国务院领导也看到了这批图片，大家觉得事关重大，应该向中央领导汇报。1997年1月8日，中央财经领导小组听取保护耕地专题调研汇报会上，当通过电视观看遥感动态监测图片时，江泽民总书记提出要看更大的照片。于是，17张展板被抬进了会场。这17张被放大的卫星图片展板是国家土地局利用美国的一颗资源卫星TM分别在1987年、1991年、1995年三个时间段的监测结果所制作的大型展板，直观形象地显示了17个城市侵占耕地的规模和速度。TM卫星的分辨率是30×30 m，也就是说，它可以清晰地"看"清地面上30 m见方的东西，所以任何一小块土地所发生的变化都逃不出它的监视。当听完国家土地局领导结合卫星图片介绍的关于耕地被大量占用的情况之后，江总书记惊叹道："不听不知道，一听吓一跳。"中央财经领导小组的同志一致同意，要"用世界上最严厉的措施来保护耕地"。

在1997年2月18日召开的中共中央政治局常委会议上，这17张卫星图片第四次进入中南海。于是，在这次中共中央政治局常委会议上，完成了对加强土地管理、切实保护耕地工作的重大部署。

（资料来源：http://www.fon.org.cn/forum/printthread.php? threadid=910）

请分析：

1）这个案例说明在对信息资源管理过程中需要遵守哪些基本原则？

_____

_____

_____

2）这个案例说明信息资源对领导正确决策起到了什么作用？

_____

_____

_____

[**实验案例2**]　专业网站分析：大连市信息资源管理中心。

大连市信息资源管理中心是大连市人民政府2003年12月批准成立的全额拨款事业单位。该中心在市信息产业局和市信息化办公室的领导下，围绕"数字大大连"建设总体要求，通过制定信息资源开发利用管理规划和规范标准，建立信息资源开发利用协调机制，以信息资源管理、整合、共享、利用为核心，统一规划，运用信息资源管理平台有组织地处理各种信息，以促进信息资源的深度开发和综合利用，为"数字大大连"建设发挥核心作用。

大连市信息资源管理中心站在全市信息资源管理的高度，建立健全全市信息资源管理的支撑层，负责重要的、具有全局意义的、共性的、基础的信息资源管理及平台、系统的组织建设。

请登录该中心电子政务网站（http://www.dlic.gov.cn/index.asp），认真浏览阅读，并回答以下问题：

1）大连市信息资源管理中心的基本职能是：

①_____

②_____

③_____

④ _____

⑤ _____

2）大连市信息资源管理中心的业务体系中，其信息资源网的基本组成是：

_____

_____

请通过网络搜索，进一步了解这些组成元素的技术含义。

3）在大连市信息资源管理中心的资源布局中：

① 公共信息库的内容包括：_____

_____

② 专题数据库的内容包括：_____

_____

4）大连市信息资源管理中心的运营模式主要包括 6 项内容：

① _____

② _____

③ _____

④ _____

⑤ _____

⑥ _____

[**实验案例 3**]　专业网站分析：万方数据资源系统。

万方数据资源系统是一家以信息服务为核心的高新技术企业，它提供集信息资源产品、信息增值服务、信息处理方案为一体的综合信息服务。

请登录万方数据资源系统网站（http://www.wanfangdata.com.cn/index.asp）：

1）了解万方所提供的产品和服务。

2）在万方网站的"资源指南"中，你可以找到哪些主要资源内容：

_____

_____

_____

3）在这些资源内容中，你认为对你最有价值的内容是什么？

_____

_____

[**实验案例 4**]　专业网站分析：AMT 公共知识库。

请登录 AMT 公共知识库网站（http://www.amteam.org/），关注网站的"AMT 频道"，浏览各频道的主要内容，并解释以下频道缩写的技术含义：

1）ERP：_____

_____

2）BPM：_____

_____

3）KM：_____

_____

4）CRM：_____

_____

5）SCM：_____

_____

6）BI：_____

_____

7）PM：_____

_____

8）CC：_____

_____

9）EAM：_____

_____

10）PLM：_____

_____

11）EAI：_____
12）HRM：_____

_____

4. 实验总结

_____

_____

_____

_____

5. 实验评价（教师）

_____

_____

2.1.8　阅读与思考：日本人灵活搜集信息

第二次世界大战后，日本经济发展速度大大高于其他资本主义国家。这其中，重视信息的开发、利用，不能不说是个重要原因。

目前，日本的信息传递非常迅速，只要5～10分钟就可以搜集到世界各地金融市场的行情，3～5分钟就可以查询并调用日本国内1万多个重点公司、企业当年或历年经营生产情况的时间系列数据，5分钟即可利用经济模型和计算机模拟出国际国内经济因素变化可能给宏观经济带来影响的变动图和曲线，5～10分钟可以查询或调用政府制定的各种法律、法令和国会记录。这种现代化的信息处理技术，大大提高了行政效率。

日本人十分重视信息的作用，时时处处留意信息的搜集，而又善于从平淡无奇的信息报道中分离出重要的内容。例如，20世纪60年代中国开发大庆油田，唯独日本和中国谈成了征求设计的买卖。原因是别的国家的设计均不符合中国大庆油田的要求，而日本则事先按大庆油田的要求进行产品设计，等待中国人去购买。那么日本人是怎么知道大庆油田的产品设计要求呢？

其实，日本人对大庆油田早有耳闻，但始终得不到准确的信息。后来，日本人从1964年4月20日出版的《人民日报》上看到"大庆精神大庆人"的字句，于是日本人判断"中国的大庆油田确有其事"。但是，大庆油田究竟在什么地方，日本人还没有材料做出判断。从1966年7月的一期《中国画报》封面上，日本人看到一张照片，铁人王进喜身穿大棉袄，头顶着鹅毛大雪，猜测到"大庆油田是在冬季为零下三十度的东北地区，大致在哈尔滨与齐齐哈尔之间"。后来，到中国来的日本人坐这段火车时发现，来往的油罐车上有很厚的一层土，从土的颜色和厚度，证实了"大庆油田在东北"的论断，但大庆油田的具体地点还是不清楚。1966年10月，日本人又从《人民中国》杂志上找到了王进喜的先进事迹，从事迹介绍的分析中知道："最早钻井是在安达东北的北安附近下手的，并且从钻井设备运输情况看，离火车站不会太远。"在该事迹介绍中还写有这样一段话：王进喜一到马家窑看到大片荒野时说："好大的油海！把石油工业落后的帽子丢到太平洋去。"于是，日本人又从伪满州地图上查找到"马家窑是位于黑龙江海伦县东面的一个小村，在北安铁路上一个小车站东边十多公里处。"就这样，日本人终于将大庆油田的准确地理位置搞清楚了。

后来，日本人又从王进喜的一则事迹报道中了解到"王进喜是玉门油矿的工人，是1959年9月到北京参加国庆之后志愿去大庆的"，由此日本人断定大庆油田在1959年以前就开钻了，并又大体上知道了大庆油田的规模："马家窑是大庆油田的北端，即北起海伦的庆安，西南穿过哈尔滨与齐齐哈尔铁路的安达附近，包括公主峰西面的大赉，南北400公里的范围。估计从北满到松辽油田统称为大庆。"但是，日本人一时还搞不清楚大庆的炼油规模。

从1966年7月《中国画报》上发表的一张大庆炼油厂反应塔的照片上，日本人推算出大庆炼油厂的规模。其推算方法很简单，首先找到反应塔上的扶手栏杆，扶手栏杆一般是一米多一点，以扶手栏杆和反应塔的直径相比，得知反应塔内径约为5米。据此，日本人推断：大庆炼油厂的加工能力为每日900kL，如果以残留油为原油的30%计算，原油加工能力为每日3000kL，一年以360天计算，则其年产量为1 000 000 kL。根据这个油田的出油能力和炼油厂规模，日本人得出结论：中国将在最近几年出现炼油设备不足，买日本的轻油裂解设备是完全有可能的，以满足每日炼油10000kL的需要。这就是日本人在1966年从中国公开报刊中获得的有关大庆油田的重要信息，然后按他们估计的大庆油田要求进行产品设计。

此外，日本政府还特别重视信息机构的建设，外务省分布在世界105个国家的75个驻外使馆是其搜集外交信息的前沿阵地，这些机构为日本外交提供各国动向的信息。外务省内有一个约100人的电信部门，以三班倒方式在24小时内与世界各地保持不间断的联系，平均每天处理公务电话电报就有近3000封。在外务省的63个部门中，只有电信部门拥有一栋独立的四层楼，无特殊通行证的人不得进入。公务电报是用 110 根专线和普通线路收发的，这些公务电报都采取无法破译的密码。为了防止窃听还设有隐线装置。1988 年还开始研究采用"宇宙通信系统"，即使在条件恶劣的地区，也可确保通信畅通。

（资料来源：黄达强，许文蕙主编，中外行政管理案例，北京：中国人民大学出版社，1988）

请分析：

1）日本人在开发利用信息上对我们有什么有益的启示？

_____

_____

_____

2）信息利用与信息采集之间是否存在关联？

_____

_____

_____

2.2　了解电子商务

商务活动是指以商品交易为中心的各种经济事务及管理活动。从商务活动的演变历史来看，首先是商品的买卖，然后是商业和贸易行业的兴起，再是商业贸易的管理，进而联系着商品的生产者与消费者。

电子商务将商品交易扩展到公共计算机网络上，从而引发了新的电子商务热潮，并由此产生了一个新兴的虚拟市场。

电子商务（electronic commerce，e-Commerce，也常采用 e-Business）是应用计算机技术和网络技术，以电子方式实现商品交易和服务交易的一种贸易形式。电子商务用于满足企业、商人和消费者提高产品和服务质量、加快服务速度、降低费用等多方面的需求，也帮助企业和个人通过网络查询和检索信息以支持决策。

2.2.1　电子商务的定义

从涵盖的范围看，电子商务可以理解为是交易各方以电子方式进行的任何形式的商业交易，也可以理解为是一种多技术的集合体，包括交换数据（如电子数据交换 EDI、电子邮件 E-mail）、获得数据（共享数据库、电子公告牌）以及自动捕获数据（如条形码）等。

1. 商务活动与传统商业的问题

商务活动是人类社会的基本活动，千百年来，人们已经创造了各种各样的购销、交易等商务活动。传统的商务活动主要有以物易物、面对面交易、送货上门、各种直销、邮购、各种商店、商场和市场等。自从有了电子技术以来，人们开始利用各种电子手段开展多种多样的商务活动。

社会再生产过程包括生产过程、流通过程。相应地，国民经济也包括生产领域和流通领域。生产领域承担着社会物质财富的生产任务，以满足社会生产和生活的需要；流通领域承担着社会物质财富的流通任务，将生产的产品从生产者手中转移到消费者手中。在流通领域中专门从事商品流通经营活动和服务性活动的企业就是商业企业。在商业企业所从事的商业服务过程中，商业交易背后的商品从制造商、批发商、转运商到最终用户，其全过程（供应链）中既有物流，又有资金流及信息流。

然而，传统的供应链体系是"推动式"的。制造商生产什么，批发商就推销什么，商店也就卖什么，在这个过程中，顾客没有选择的机会和余地。这种供应链有 3 个明显的弱点，即缺乏灵活性、运转周期长和经营成本高。中间批发商的增多必然会提高商品的价格，增加商品的进货成本。

从根本上说，传统商业过程注重物流而忽视了信息流，其经营管理方法的致命弱点就是信息反馈不及时。管理者在进行经营决策时，在很大程度上依赖主观经验。同时，随着商品经济的发展，流通过程中商品品种增多，经营范围扩大，经营区域广泛，市场需求瞬息万变，服务、销售手段也千姿百态。商品、资金和信息的流通越来越快，带来的管理问题也越来越错综复杂，但凭经验的传统商业管理方法已无所适从。

2. 电子商务的定义

在电子商务不断发展的过程中，专家学者、政府部门、行业协会、IT 公司等从不同角度对电子商务提出了各自的见解。这些定义各有不同的出发点和含义。

一些具有代表性的电子商务定义是：

定义 1：电子商务是通过电子方式，并在网络基础上实现物资、人员过程的协调，以实现商业交换活动。

定义 2：电子商务是在计算机与通信网络的基础上，利用电子工具实现商业交换和行政作业的全部过程。

定义 3：《中国电子商务蓝皮书：2001 年度》认为，电子商务指通过因特网（Internet）完成的商务交易。交易的内容可分为商品交易和服务交易，交易是指货币和商品的易位，交易要有信息流、资金流和物流的支持。

定义 4：美国政府在其《全球电子商务纲要》中指出：电子商务是指通过因特网进行的广告、交易、支付、服务等各项商务活动，全球电子商务将会涉及全球各国。

定义 5：欧洲经济委员会在比利时首都布鲁塞尔举办的全球信息社会标准大会上明确提出：电子商务是各参与方之间以电子方式而不是以物理交换或直接物理接触方式完成的任何形式的业务交易。这里的电子方式包括电子数据交换（EDI）、电子支付手段、电子订货系统、电子邮件、传真、网络、电子公告系统、条形码、图像处理、智能卡等。

定义 6：世界贸易组织（WTO）认为，电子商务是通过电子方式进行货物和服务的生产、销售、买卖和传递。这一定义奠定了审查与贸易有关的电子商务的基础，也就是继承关贸总协定（GATT）的多边贸易体系框架。

定义 7：IBM 提出了一个电子商务的定义公式：电子商务 = Web + IT。它所强调的是在网络计算环境下的商业化应用，是把买方、卖方、厂商及其合作伙伴在因特网、内部网（Intranet）和外部网（Extranet）结合起来的应用。

综合上述定义可见，电子商务应包含以下 5 点含义：

1）采用多种电子方式，特别是通过因特网。

2）实现商品交易、服务交易（其中包括人力资源、资金、信息服务等）。

3）包含企业间和企业内部的商务活动（生产、经营、管理、财务等）。

4）涵盖交易的各个环节，如询价、报价、订货、售后服务等。

5）采用电子方式是形式，跨越时空、提高效率是主要目的。

电子商务中的网络技术应用，不仅指基于因特网的交易，而且指所有利用因特网、企业内部网、外部网、局域网等网络环境来解决问题、降低成本、增加价值并创造新的商机的所有活动。电子商务可适用于任何行业，如制造业、零售业、银行和金融业、运输业、建筑业、出版业和娱乐业等。

电子商务的基本目标是：

1）扩增消费者，加深与用户之间的联系，扩展市场以增加收入。

2）减少费用。

3）减少产品流通时间。

4）加快对消费者需求的响应速度。

5）提高服务质量。

6）在因特网上建立站点，有利于树立企业形象，增强竞争力，从而在未来的战略中占据优势。

3. 电子商务的研究对象

电子商务研究的对象由商务对象、商务媒体、商务事件和信息流、商流、资金流、物流等基本要素构成。

商务对象是指从事电子商务的客观对象，包括企业（Business）、客户（Customer）和政府（Government），因而产生了企业与企业之间、企业与消费者之间、企业与政府之间等电子商务模式。

商务媒体是指商务对象进行交易的场所，或者说是虚拟电子市场。虚拟电子市场一方面与传统的市场有很多共同点，如都要遵从价值规律和等价交换规律等；另一方面，虚拟市场又与传统的市场有很大的差异。这些差异主要表现在信息技术的应用从时间、空间上将市场扩展到了最大化，从效率上产生了质的飞跃。

商务事件是指电子商务对象之间所从事的具体商务内容。例如，询价、报价、支付、广告、商品储存运输等。

研究电子商务，既要对上述各因素进行单独研究，也要研究它们相互之间的关系，从而使上述各因素相互协调发展，相互促进，共同为电子商务的发展协同工作。

4. 电子商务的产生

电子商务的产生有着深刻的技术背景和商业背景，它得益于全球经济一体化的迅速发展，依赖于信息处理技术及通信技术的迅速发展和成熟，也仰仗于因特网技术的不断完善和广泛应用。

一般认为，电子商务经历了以下两个发展阶段，即20世纪60～90年代的EDI（电子数据交换）电子商务和20世纪90年代后的因特网电子商务。

（1）基于EDI的电子商务

从技术方面分析，早在20世纪60年代，人们就开始用电报报文来发送商务文件。进入70年代又普遍采用方便、快捷的传真机来代替电报。但由于传真文件是通过纸面文件打印来传递和管理信息的，不能将信息直接转入到信息系统中，因此，人们开始采用EDI作为企业间电子商务的应用技术，这就是电子商务的雏形。

EDI 是将业务文件按一个公认的标准从一台计算机传输到另一台计算机上的电子传输方法。由于 EDI 大大减少了纸张票据，因此，被人们形象地称为"无纸贸易"或"无纸交易"。

从技术上讲，EDI 包括硬件与软件两大部分。硬件主要是计算机及其网络。软件则除了计算机软件外，还包括 EDI 标准。EDI 软件主要是将用户数据库系统中的信息，翻译成 EDI 的标准格式以供传输交换。

从普通商场的 POS（销售点实时管理系统）、EOS（电子订货系统）和 BMIS（商场管理信息系统），到跨越不同国界、不同企业的 EDI，数据信息的控制处理越来越准确、有效，大量事务处理工作趋向标准化。特别是采用 EDI 作为国际经济和贸易往来的主要手段，从根本上改变了国际产业结构和贸易方式，并引发企业内部结构和运行机制的变化，取代了传统企业的采购、生产等独立功能，改善了整个企业的资金流动、库存、客户服务等方面，使贸易伙伴之间的各业务环节更加密切、协调一致，从而获得了明显的经济和社会效益。所以，商业自动化的不断完善和发展，为电子商务的产生提供了良好的滋生环境。

许多企业在应用因特网之前，就在企业内部商务活动中采用电子方式来进行数据、表格等信息的交换和处理，建立了办公自动化系统（OA）和管理信息系统（MIS）。这些系统综合利用计算机、网络、通信、管理等技术，对企业内、外部的信息进行采集、加工、存储、传递和利用，辅助企业各级管理人员有效地履行企业生产经营管理功能，实现企业经营总目标。

另一方面，金融电子化使银行能快捷地为世界各地的客户提供电子金融服务，为电子商务的最终实现提供了坚实的物质基础。而随着股票、证券、期货、保险等金融衍生业务的需求和发展，使金融业成为电子商务领域发展的先锋。

但是，早期的解决方式均建立在大量功能单一的专用软、硬件设施的基础上，因此限制了应用范围的扩大和水平的提高，使得大量的小型公司和企业无法进入，这就在一定程度上限制了企业合作的范围。

（2）基于因特网的电子商务

真正促使电子商务发展的关键因素是因特网技术的飞速发展。20 世纪 90 年代中期以后，因特网迅速走向普及，其功能也从信息共享演变为一种大众化的信息传播工具。以通信和网络技术为支撑的因特网应用无疑在环境、技术以及经济上都为电子商务创造了有利条件。这样，商业贸易活动开始逐步成为因特网应用的最大热点，使电子商务从某种程度上消除了业务活动在时空上的限制，从而使商贸业务的运行和发展更加趋于灵活性、实时性和全球化。

1993 年，美国政府发表了《全球信息基础设施》（GII），诠释美国政府对于因特网发展的立场和观点。1995 年又发表了《全球电子商务纲要》一文，全面阐述了美国政府对电子商务的立场、观点和战略思想，并拟定了一系列的原则，试图将之推广到世界各地。

1998 年 9 月 4 日，美国总统克林顿和爱尔兰总理荷内成为历史上第一对通过电子方式签署国际协议的国家领导人。他们在爱尔兰的都柏林通过使用数字签名技术，代表双方政府签署了一项旨在促进电子商务的联合声明，主要阐述了两国政府发展并促进电子商务的原则立场：电子商务在未来的交易中将发挥越来越重要的作用；应承认电子（数字）签名在电子商务交易过程中具有充分的合法性等。

基于因特网的电子商务的迅速发展，是因为它比基于 EDI 的电子商务具有一些明显的优势。例如，费用低廉、覆盖面广、功能更全面、使用更灵活等。

自 2000 年初以来，人们对于电子商务的认识，逐渐由电子商务扩展到"e 概念"的高度。人们认识到电子商务实际上就是电子技术同商务应用的结合。而电子技术不但可以和商务活动结合，还可以和医疗、教育、卫生、军事、政府等有关的应用领域结合，从而形成相关领域的 e 概念，如电子政务、远程教育、远程医疗、远程指挥、在线银行等，产生了不同的电子商务模式。

2.2.2 电子商务的功能

电子商务系统的功能主要包括以下 3 个方面：

（1）电子商务的内容管理

在网上发布各种信息，通过利用网上信息，扩大企业的影响和服务能力，宣传企业的产品品牌信息、供货信息、服务信息和商业策略等。

（2）电子商务的协同处理

提供自动处理电子商务的业务流程，能够支持各种人员协调工作。主要由人力资源管理系统、通信系统、企业内部网、企业外部网和销售自动化系统等组成。

（3）电子商务的交易服务

利用电子技术为企业开拓电子商务新市场，开辟新的盈利方式。主要有电子商务活动管理、电子商务销售活动、连接现有商务系统、提供为顾客自动服务站点和开展网上服务等。

通过因特网，电子商务可提供在网上交易和管理的全过程服务，具有对企业和商品的广告宣传、交易的咨询洽谈、客户的网上订购和网上支付、电子账户、销售前后的服务传递、客户的意见征询、对交易过程的管理等各项功能。

电子商务系统的功能架构，如图 2-1 所示。

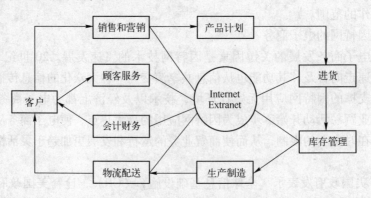

图 2-1　电子商务系统的功能架构

为充分发挥电子商务的主要功能和优势，其解决方案应该包括 3 个基本的功能中心，即交易中心、客户中心和渠道中心。

（1）交易中心

对采购过程进行自动化管理，以降低高昂的管理费用。由于采用因特网作为传输的基础设施，企业最大的收益将来自于最大限度地利用客户信息进行生产和运作。

56

电子商务网站必须有促进交易的功能，同时为公司范围内的购买和服务提供因特网的采购支持，充分体现电子商务提高效率、降低成本的性能。交易中心的功能还体现在充分融合到国际经济交流中，实现全球的购销活动。在帮助企业方便地向全球客户展示产品和服务的同时，又可简单、快捷地进行货比多家的资源采购，轻松建立贸易联系。

（2）客户中心

电子商务网站的设计和运作应以客户为中心。顾客在访问电子商务站点时，主要关心的是企业能生产什么商品或提供什么服务，商品与服务的质量、价格以及售后服务等信息。因此，在以生产商品为核心的企业，产品便成了整个站点建设的基本核心；在以提供服务为核心的企业，服务就成为建站的核心内容。客户中心功能应能够为客户提供有价值的产品信息。其方便简洁、亲切友好的设计，直接针对目标客户，能够有效促使浏览者转化为购买者，全面提升客户终身价值和满意度，提升销售业绩，实现利润最大化等目标。

客户中心和交易中心的配合，使企业能够有效地进行一对一销售和客户服务，节约购销双方的时间和人力资源，从而提高效率。

（3）渠道中心

渠道中心使渠道的回报方式发生变化。库存成本将由生产商和经销商共同承担，最终用户可以直接面对销售中的每一个环节。生产商可以有效管理销售中的每一中间阶段，更直接贴近用户，直接获取客户信息。原有的销售渠道以新的销售模式进行思维和运作，在每一个环节上实现价值增值而不是增加成本。

当客户在电子商务站点上找到其感兴趣的产品时，站点如何针对该产品及时快速地提供报价和反馈功能，这不仅仅是通过 E-mail 方式就能实现的。渠道中心应提供相应的信息模块，使顾客能够在最短的时间内得到他需要的信息。同时，业务部门应能及时查收反馈信息并及时给予回复。渠道中心还应为销售经理提供获取信息的入口，帮助他们扩展销售渠道、提升销售业绩、提供客户化的服务并争取业务。一般销售人员也可以从中获得产品信息、新闻、报价、订单细节以及其他关键性的销售资源。

2.2.3　电子商务的分类

电子商务的参与方主要有 4 部分，即企业、消费者、政府和中介方。其中，中介方只是为电子商务的实现与开展提供技术、管理与服务支持。尽管有些网上拍卖形式的电子商务属于个人与个人之间的交易（即 C2C），但一般情况下，企业是电子商务的核心。因此，考察电子商务的类型，主要从企业的角度来进行分析。

从业务处理过程所涉及的范围出发，电子商务可以分为企业内部、企业间、企业与消费者之间和企业与政府之间 4 种类型：

（1）企业内部的电子商务

企业通过内部网进行商务流程处理，增加对关键数据的存取，保持组织间的联系。它的基本原理与企业间的电子商务类似，只是企业内部进行交换时，交换对象是相对确定的，交换的安全性和可靠性要求较低，主要是实现企业内部不同部门之间的交换（或者内部交易）。企业内部电子商务的实现主要是在企业内部信息化的基础上，将企业的内部交易网络化，它是企业外部电子商务的基础，而且与外部电子商务相比更容易实现。企业内部的电子商务系统可以增加企业的商务活动处理的敏捷性，对市场状况能更快地作出反应，能更好地为客户提供服务。

（2）企业之间的电子商务（B2B）

有业务联系的公司之间通过电子商务系统将关键的商务处理过程连接起来，形成在网上的虚拟企业圈。例如，企业利用计算机网络向它的供应商进行采购，或利用计算机网络进行付款等。这一类电子商务已经存在多年，这种电子商务系统具有很强的实时商务处理能力，使公司能以一种可靠、安全、简便快捷的方式进行企业间的商务联系活动和达成交易。B2B是电子商务的主要形式。

（3）企业与消费者之间的电子商务（B2C）

企业与消费者之间的电子商务活动是人们最熟悉的一种电子商务类型。这类电子商务主要是借助于因特网所开展的在线式销售活动。大量的网上商店利用因特网提供的双向交互通信，完成在网上进行购物的过程。由于这种模式节省了客户和企业双方的时间和空间，从而大大提高了交易效率，节省了各类不必要的开支，因而得到了人们的广泛认同，获得了迅速的发展。

（4）企业与政府之间的电子商务（B2G）

政府与企业之间的各项事务都可以涵盖在其中。包括政府采购、税收、商检、管理条例发布等。政府一方面作为消费者，可以通过因特网发布采购清单，公开、透明、高效、廉洁地完成所需物品的采购；另一方面，政府对企业宏观调控、指导规范、监督管理的职能通过网络以电子商务方式更能充分、及时地发挥。借助于网络及其他信息技术，政府职能部门能更及时全面地获取所需信息，做出正确决策，做到快速反应，能迅速、直接地将政策法规及调控信息传达于企业，起到管理与服务的作用。在电子商务中，政府还有一个重要作用，就是对电子商务的推动、管理和规范。

2.2.4　电子商务系统的组成

电子商务系统是一个综合和集成的信息系统，它涉及企业的各个方面，由多个子系统组成，包括企业前端的客户关系管理（CRM）系统、企业交易过程中的供应链管理（SCM）系统、企业后台的资源计划（ERP）系统、企业的门户电子商务交易（EC）系统等子系统。企业的电子商务系统以客户为中心，基于供应链管理，组成虚拟企业，所有的操作均可以网络为平台进行，实现企业电子商务系统和企业电子商务市场及外部电子商务市场的自动化数据链接。企业的 ERP 系统是这个系统的基础，通过 ERP 系统的建立和完善，解决好企业内部管理和信息通畅的问题。在此基础上才能顺利扩展到 SCM 系统和 CRM 系统，直到扩展为真正意义上的企业电子商务。这样，通过电子商务系统使供应商、生产商、分销商和客户通过供应链紧密集成，实现物料的不间断流动，使实现零库存成为可能，从而最大限度地提高企业的效率。

如图 2-2 所示，电子商务系统主要由以下几部分组成：

1）企业内部信息系统（Intranet）。该部分面对企业内部用户，主要是实现企业内部生产管理和信息管理的电子化和自动化，它利用 TCP/IP、Web 等因特网技术进行企业内部信息系统的构建，包括企业内部 EDP（电子数据处理）、MIS（管理信息系统）和 DSS（决策支持系统）等子系统。

2）电子商务基础平台。该部分针对系统性能，为企业的电子商务应用提供运行环境和管理工具及内部系统的连接等，必须具备高扩展性、高可靠性和集中控制等特性，以使电子商务系统能在 24 小时内不停地运转。

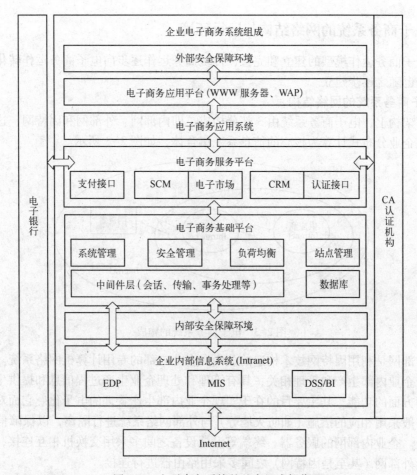

图 2-2 电子商务系统的基本组成部分

3）电子商务服务平台。为电子商务系统提供公告服务，为企业的商务活动提供支持，以增强系统的服务功能，简化应用软件的开发。它面向商务活动，功能的实现主要是通过集成一些成熟的应用软件来实现的。主要包括：支付网关接口、认证中心接口、客户关系管理、内容管理、搜索引擎和商务智能工具等。

4）电子商务应用系统。它是电子商务系统的核心，对企业电子商务活动提供具体的支持，是由应用开发人员根据企业特定的应用背景和需要来建立的，它以实现企业的商务目的为目标，使用各种与因特网有关的技术手段，在 Web 上建立自己的电子商务应用系统。

5）电子商务应用平台。它建立在整个系统的顶层，直接面对电子商务系统的最终用户。有两个作用：一是作为和用户的接口，接受用户的各种请求，并将各种请求传递给应用系统；二是将应用系统的成果以不同的形式进行表达，将其提供给不同的用户终端。该平台以 Web 服务器为核心，支持个人电脑、无线移动通信设备、个人数字助理、掌上电脑和其他信息终端。

6）安全保障环境。这是保障企业商务活动安全的一整套方案，主要有安全策略、安全体系、安全措施等内容。安全策略是企业保障电子商务系统安全的指导原则，负责系统安全的提高。安全体系由保障系统安全所需的技术和设备构成，利用各种手段设置安全防线。

2.2.5　电子商务系统的网络结构与运行环境

随着电子商务运作模型的建立和完善，传统商务运作逐步向电子商务运作转化，新的电子商务系统也随之逐步建立。

1. 电子商务系统的网络结构

在网络架构上，电子商务系统由 3 部分构成，即内部网、外部网和因特网，这 3 部分构成了一个以企业分布式计算为核心的信息系统集合体，如图 2-3 所示。

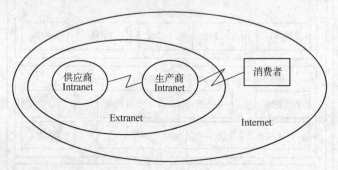

图 2-3　电子商务系统的构成

企业内部网是利用因特网技术构造的、面向企业内部的专用计算机网络系统。企业内部信息系统与企业内部生产和管理相关，具有管理和处理企业生产过程信息和提供生产和管理决策依据等方面的功能，其主要目的在于实现企业内部生产管理的电子化。它面对企业内部的用户，一般采用相应的措施（如防火墙等）与外部网络系统进行隔离，以保障信息和系统本身的安全。企业内部网的服务器、终端等设施设备之间多采用交换机相互连接，而企业内部网与企业外部网（甚至是因特网）之间多采用路由器进行连接。

企业外部网与企业内部网相对应，它实际上已经脱离了纯网络的概念，而更侧重的是企业电子商务的外部环境以及与合作伙伴或外协单位的信息交换关系。

电子商务系统以企业内部网为基础，实现企业内部工作流的电子化。企业建立内部的信息系统后，需要进一步完善企业的外部环境，将企业内部网扩展到企业外部网，完成企业与企业之间的信息数据交换，其后通过因特网向消费者提供联机服务。

利用企业内部网可以解决企业内部信息资源利用问题（Content）；利用企业外部网可以解决企业和外部协作伙伴的合作问题（Collaboration），使企业获得更快的反应和更高的效率；利用因特网可以在网络上开展交易活动，实现电子商务（Commerce）。这就是电子商务成功的关键——3C 问题。

2. 电子商务系统的运行环境

企业电子商务系统的核心是电子商务应用系统，而发挥电子商务应用系统职能的基础是各种服务平台，它们共同构成电子商务应用系统的运行环境，包括：

1）国际环境。因特网连接着全世界的计算机，当公司利用网络来创造公司形象、建立品牌、买卖商品或服务、进行拍卖或建立社区时，都是在全球范围内进行的。

2）社会环境。主要包括：法律、税收、市场监管、隐私、国家政策及人才等方面，并且对法律和国家政策等具有较大的依赖性。

3）网络环境。这是电子商务系统的底层基础。考虑到电子商务活动的广泛社会性，电子商务系统中的应用系统大都构造在公共数据通信网络基础上。

4）硬件环境。主要由计算机主机、外部设备和网络接口设备等构成，这是电子商务应用系统的物理运行平台。

5）软件及开发环境。这部分包括操作系统、网络通信协议软件（如 TCP/IP、HTTP、WAP 等）、开发工具等，为电子商务系统的开发、维护提供平台支持。

6）电子商务服务环境。为特定的商务应用软件（如网络零售业、制造业应用软件）的正常运行提供保证，为电子商务系统中公共的功能提供软件平台支持和技术标准。商务服务环境提供商务活动的公共服务。例如，资金转账、订单传输、系统安全管理等，这些公共的部分和具体业务关系并不密切，具有普遍性。

7）电子商务应用环境。这是企业利用电子手段开展商务活动的核心，也是电子商务系统的核心组成部分，通过应用软件来实现。企业商务服务的业务逻辑规划得是否合理，直接影响到电子商务服务功能。电子商务应用环境使参与各方能准确、完整地实现商务活动的功能，并具有良好的人性化界面，方便操作使用。

3. 电子商务系统的支撑环境

电子商务的支撑环境主要是指为保证电子商务活动的开展而必须建立的一系列环境，它是电子商务系统的组成部分，主要包括：

1）电子商务的支付环境。电子商务涉及的范围广泛，网上交易对便利性、实时性的要求非常高，这就要求支付结算环节也能满足这一要求。因此，解决问题的唯一出路就是利用电子支付。没有良好的网上支付环境，就只能实现较低层次的电子商务应用，电子商务高效率、低成本的优越性就难以发挥。

网上金融服务是电子商务的重要环节，它包括网络银行、家庭银行、企业银行、个人理财、网上证券交易、网上保险、网上纳税等业务。所有这些网络金融服务都是通过电子支付的手段来实现的。所以，从广义上讲，电子支付就是资金或与资金有关的信息通过网络进行交换的行为，在一般电子商务中就表现为消费者、企业、中介机构和银行等通过互联网进行的资金流转，主要通过信用卡、电子支票、数字现金、智能卡等方式来实现。

由于电子支付是在开放的互联网上实现的，信息很可能受到黑客的攻击和破坏，而这些信息的泄露和受损直接威胁到交易各方的切身利益，所以身份认证和信息安全是电子支付要考虑的重要问题。

2）电子商务的物流环境。物流是指物质实体从供应者向需求者的物理移动。随着电子商务的飞速发展，支持有形商品网上交易的物流，已经成为有形商品网上交易活动能否顺利进行的一个关键因素。没有一个高效、合理和畅通的物流体系，电子商务就难以得到较好的发展。

3）电子商务的信用环境。与传统商务活动相比，电子商务对商业信用的要求更加迫切。在商业信用尚未完善的情况下，交易的一方对交易的另一方是否能够按照约定履行交易没有把握，这就必然极大地影响和限制电子商务的应用与推广。但是，电子商务信用体系的建立是一个综合性的任务，不是仅仅依靠某一方面的努力就能够解决的，这个过程中有意识问题，也有技术问题和法律问题。

2.2.6 主要术语

确保自己理解以下术语：

3C 问题	ERP（企业资源计划）	商务对象
B2B（企业与企业）	OA（办公自动化系统）	商务活动
B2C（企业与个人）	POS（销售点实时管理系统）	商务媒体
B2G（企业与政府）	传统商业	商务事件
BMIS（商场管理信息系统）	电子商务	世界贸易组织（WTO）
C2C（个人与个人）	电子支付	因特网服务供应商（ISP）
EOS（电子订货系统）	关贸总协定（GATT）	因特网内容供应商（ICP）

2.2.7 练习与实验：了解电子商务

1. 实验目的

本节"练习与实验"的目的是：

1）了解电子商务与传统商业的区别，理解电子商务的基本概念，熟悉电子商务的基本类型，了解电子商务的目标模式、网络结构与运行环境等概念。

2）通过因特网搜索与浏览，了解网络环境中主流的电子商务技术网站，掌握通过专业网站不断丰富电子商务最新知识的学习方法，尝试通过专业网站的辅助与支持来开展电子商务应用实践。

3）通过对戴尔电子商务网站的分析和初步使用，了解、体会和学习戴尔的电子商务思想、现代管理方法和网站设计方法。

2. 工具/准备工作

在开始本实验之前，请回顾教科书的相关内容。

需要准备一台带有浏览器，能够访问因特网的计算机。

3. 实验内容与步骤

[概念理解]

1）查阅有关资料，根据你的理解和看法，请给"电子商务"下一个定义：

_____

_____

_____

这个定义的来源是：_____

2）试分析：传统商务与电子商务的主要区别有哪些？请简述之。

_____

_____

_____

3）人们对于电子商务的认识，逐渐由电子商务扩展到"e 概念"的高度，人们认识到：电子商务实际上就是电子技术同商务应用的结合。而电子技术不但可以和商务活动结合，还可以和很多其他有关的应用领域结合，从而形成相关领域的 e 概念。请至少举三个例子说明"相关领域的 e 概念"。

例如：远程教育，这是电子技术与教育领域的结合应用。

① _____

_____

②_____

③_____

4）电子商务的参与方主要有 4 部分，即企业、消费者、政府和中介方。尽管有些网上拍卖形式的电子商务属于个人与个人之间的交易（即 C2C），但一般情况下，企业是电子商务的核心。考察电子商务的类型，主要从企业的角度来进行分析。按业务处理过程所涉及的范围来对电子商务进行分类，主要有以下三种类型：

①_____
简单举例描述：_____
_____
_____

②_____
简单举例描述：_____
_____
_____

③_____
简单举例描述：_____
_____

［思考与分析］
参考课文内容以及其他资料，请思考并简述下列问题：
1）电子商务的产生背景、形成原因主要有哪些？
_____
_____
_____

2）请简述电子商务系统的基本框架结构。
_____
_____
_____

3）请简述企业内部网（Intranet）在电子商务系统中的地位和作用。
_____
_____
_____

［上网搜索与浏览］
看看哪些网站在做着电子商务的技术支持工作？请在表 2-1 中记录搜索结果。

你习惯使用的网络搜索引擎是: _____

你在本次搜索中使用的关键词主要是: _____

表2-1　电子商务专业网站实验记录

网站名称	网　址	内容描述

请记录: 在本实验中你感觉比较重要的两个电子商务专业网站是:

1）网站名称: _____

2）网站名称: _____

综合分析, 你认为各电子商务专业网站当前的技术（如培训内容）热点是:

1）名称: _____

主要内容: _____

_____

_____

_____

2）名称: _____

主要内容: _____

_____

_____

_____

[网站分析]

在本实验中, 我们通过对戴尔电子商务网站（www.dell.com.cn）的分析和应用, 来了解其管理和设计思想。

为浏览与分析戴尔网站，可按以下步骤执行：

步骤 1：打开浏览器，登录 www. dell. com. cn 网站，这时，屏幕显示如图 2-4 所示。

图 2-4 戴尔（中国）公司的网站

请记录：戴尔将其目标用户对象分成哪四类（见网页上方），分别是如何定义的？

1) _____： _____

_____

2) _____： _____

_____

3) _____： _____

_____

4) _____： _____

_____

步骤 2：单击屏幕下方的"关于戴尔"栏中"戴尔公司亚太区简介"项，并在随后出现的屏幕中继续选择"戴尔公司产品及服务概览"栏目。

步骤 3：试分析：在戴尔网站上，戴尔公司提供的产品主要有哪些，你了解这些产品吗？

1) _____ □了解 □不了解

2) _____ □了解　□不了解

3) _____ □了解　□不了解

4) _____ □了解　□不了解

5) _____ □了解　□不了解

6) _____ □了解　□不了解

7) _____ □了解　□不了解

8) _____ □了解　□不了解

[运用戴尔网站]

假设你已经确定要购买某个戴尔产品，请利用戴尔网站基本完成（如并不付款）这个购买过程。你的这份记录应该可供其他完成类似任务的人参考。

1）假设中你需要购买的戴尔产品属于哪一类？

_____

2）列出你在戴尔网站上选择并最后确定的产品性能和特点等信息：

_____

_____

_____

_____

3）请记录你的网络采购步骤：

步骤1：_____

步骤2：_____

步骤3：_____

步骤4：_____

步骤5：_____

步骤6：_____

步骤7：_____

步骤8：_____

步骤9：_____

步骤10：_____

步骤11：_____

步骤12：_____

4）通过实际购买操作，请简单评价戴尔公司的电子商务？作为用户，你觉得戴尔网站还应该做哪些改进？

_____

_____

_____

_____

4. 实验总结

_____

2.2.8 阅读与思考：亚马逊网站的创始人贝佐斯

只要谈到电子商务或网络书店，贝佐斯（Jeff Bezos），如图2-5所示，这个名字几乎可以说是无人不知，无人不晓。除了"电子商务教父"的头衔，其他如"网络新贵"、"时代风云人物"、"网络界的山姆华顿（Sam Walton）"等。而贝佐斯本人更曾对一家创投公司表示："我将完全改写书籍出版业的经济学。"

美国时代杂志 TIME 在 2000 年 1 月遴选"亚马逊网络公司的贝佐斯"（Amazon.com's Bezos）作为"年度风云人物"（Person of the Year）的代表，而且还用将近18页的全版版面，大大地赞扬贝佐斯的丰功伟业，其影响力由此可见一斑。根据时代杂志的报导，贝佐斯是一个笑声十分特殊而且具有感染力的人，他本人狂热地相信亚马逊网络公司将会改变未来的消费模式，只是

图2-5 亚马逊网络的创始人贝佐斯

时间迟早的问题。若用足球选手来比喻贝佐斯，他就是伟大的"网络策略选手"（Internet strategist），而"网络显而易见地已然成为资本主义历史中最强大的一股力量"。

贝佐斯当初就是看到了网络发展的无穷可能性，而兴起了自行创业的念头。他的目标不仅仅是利用网络来做生意，而是要建立一个全世界最大的购物网站，贩卖所有可能的商品，提供所有可能的服务与最低廉的价格。如果你问他当今最崇拜的人物，他会说是托马斯·艾迪逊（Thomas Edison）与华特·迪斯尼（Walt Disney）。前者是一个绝顶聪明的创造者却令人讨厌的商人；后者是一个还不错的创造者却很伟大的商人。迪斯尼乐园曾经让贝佐斯留下深刻的印象，尤其是迪斯尼的远见与影响力。贝佐斯内心清楚地知道，有一天他也要把所有最顶尖的人集合起来，建立这样的一个王国。

1994 年，30 岁的贝佐斯，坐在曼哈顿一栋办公大楼的 39 楼的计算机桌前，探索尚未成熟的网络使用情形，他惊讶地发现：网络使用的成长情形以每年高达2300%的速度在暴增，这对他而言是一项重要预见。他也开始思考：既然有这样的一种趋势，他该如何在这样的网络空间创造无穷的商机。他最后得到的结论是——顾客价值。除非你能够创造具有足够的价值给顾客，否则使用老方法的习惯对顾客而言比较容易。因此，你必须要做"除了网络别无他者能做"的生意。最后，他想到了书籍。就这样，他于1995 年 7 月成立了象征南美洲宽广无际的河流——亚马逊公司。

（资料来源：软件研发名人堂 http://www.sawin.cn/HallOfFame/）

请分析：

1）阅读以上文章，请回答：作为一个未来的年轻同行，你是怎么理解贝佐斯的？

2）请登录并浏览亚马逊网站（Amazon.com），直观感受贝佐斯创造的商业奇迹。

2.3　客户关系管理与供应链管理

客户关系管理（Customer Relationship Management，CRM），简单地说，就是一个不断加强与顾客交流，不断了解顾客需求，并不断对产品及服务进行改进和提高，以满足顾客需求的连续过程。CRM 注重与客户的多渠道交流，企业的经营以客户为中心，而不是传统的以产品或市场为中心。

另一方面，一个企业供应链的通畅程度决定了这个企业的经营效益。从订货到销售的过程，一般要采取供应链管理（Supply Chain Management，SCM）方式来控制，包括决定最优库存数量、最佳存货地点、订货计划、配送和运输的方式和自动补货系统等。也就是对整个供应链系统进行计划、协调、操作、控制和优化的各种活动和过程，其目标是要将正确的顾客所需的产品，在正确的时间、按照正确的数量、正确的质量和正确的状态送到正确的地点——即"6R"，并使总成本最小。

2.3.1　CRM 的战略和竞争机会

以客户为中心的理念在国外兴起于 20 世纪 50 年代，当时，很多企业寄希望于通过改进技术、压缩生产周期、应用内部资源管理来提高增长率和利润率，但事实上提高并不大。这样，企业开始从强调降低经营成本的供应方发展策略转向了与客户联系更紧密，从客户关系方面挖掘新的能源的需求方策略，这样 CRM 便应运而生。所不同的是，今天，我们可以运用计算机来帮助实现这看似简单而实际操作却非常繁琐的工作。

吸引并留住客户是任何企业最根本的目标，因此，客户关系管理已成为当今最热门的IT 系统之一。客户关系管理就是从客户信息中深入分析客户的需求、想法及消费行为，以便更好地为他们服务。客户通过多种方式与公司取得联系，并且每一种联系都是简单、愉快、无差错的。

通常，CRM 具有以下功能：

- 销售自动化。
- 客户服务及支持。
- 市场营销活动管理及分析。

有一点很重要，即 CRM 并不仅仅是一个应用软件，它的整个商业目标包含许多不同的方面，涉及软件、硬件、服务支持和战略性商业目标。客户关系管理应该支持以上所有功能，同时它应该为组织提供有关客户具体信息。在许多案例中，企业都开始实行销售自动化，同时改善其他功能。例如，销售自动化（SFA）是一个自动跟踪销售过程的所有步骤的系统，包括接触管理、销售预测和订单管理以及产品知识。

一些基本的销售自动化系统跟踪销售情况，或者为销售团队列出一些潜在的客户。SFA系统也进行接触管理，它跟踪一个销售人员与一个潜在客户联系的整个过程，包括他们所讨论的内容以及下一步活动。更复杂的SFA系统也支持对市场和客户的具体分析，甚至能提供配置产品工具，帮助客户配置自己的产品。一些更加强大的CRM系统和方法，如通用公司，它使用CRM关注的是创造"回头客"。

客户关系管理的目标之一就是通过其优良表现带来竞争优势，特别是：

- 基于更加精确的客户需求知识的基础，设计出更加有效的市场营销计划。
- 确保销售过程的有效管理。
- 通过运作良好的呼叫中心等方式提供优质的售后服务和支持。

CRM应用系统着眼于改善销售、市场营销、客户服务和支持等与客户关系相关的业务流程并提高各个环节的自动化程度，其目的是缩短销售周期、降低销售成本、增加收入、扩展新的市场，并通过提供个性化服务来提高客户的满意度、忠诚度和赢利性。从更广的范围讲，CRM不仅仅是企业与客户之间的交流，它也为企业、客户和合作伙伴之间共享资源、共同协作提供了基础。CRM的范围包括销售自动化、销售接触及机会管理、关系管理、营销自动化、电话销售与营销等。

2.3.2　CRM的实施

图2-6是CRM系统框架的一个例子。前台系统是主要的客户界面和销售渠道，它们将收集到的所有客户信息发送到数据库；后台系统通常用于实现和支持客户订单，同时也能将所有客户信息发送到数据库。CRM系统能够分析并发送客户信息，同时为组织提供有关每个客户购物经验的整体概况。如今，公司可以购买到多种能够提供CRM功能的系统。

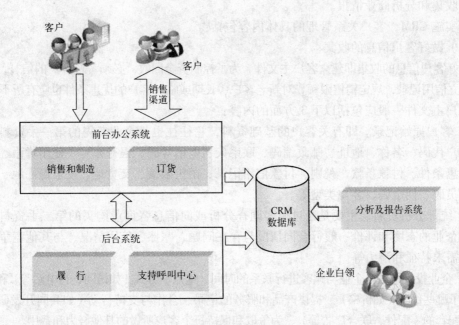

图2-6　客户关系管理系统架构的实例

对实施 CRM 的技术要求主要包括以下几个方面：

1）信息分析能力。尽管 CRM 的主要目标是提高与客户打交道的自动化程度，并改进与客户打交道的业务流程，但强有力的商业情报和分析能力对 CRM 也是很重要的。CRM 系统有大量关于客户和潜在客户的信息，企业应该充分利用这些信息，对其进行分析，使得决策者所掌握的信息更全面，从而能更及时做出决策。良好的商业情报解决方案应能使 CRM 和 ERP 协同工作，这样企业就能把利润创造过程和费用联系起来。

2）对客户互动渠道进行集成的能力。对多渠道进行集成与 CRM 解决方案的功能部件的集成是同等重要的。不管客户是通过 Web 与企业联系，还是与移动商务的销售人员联系，或是与呼叫中心代理联系，与客户的互动都应该是无缝、统一和高效的，并且，统一的渠道还能带来内外部效率的提高。

3）支持网络应用的能力。在支持企业内外部的互动和业务处理方面，Web 的作用越来越大，以网络为基础的功能对一些 CRM 应用（如网络自主服务、自主销售）是很重要的。为了使客户和企业雇员都能方便地应用 CRM，需要提供标准化的网络浏览器，使用户只需很少甚至无须训练就能使用该系统。另外，业务逻辑和数据维护是集中化的，这就减少了系统的配置、维持和更新的工作量。CRM 解决方案采用集中化的信息库，使所有与客户接触的雇员均可获得实时的客户信息，而且使各业务部门和功能模块间的信息能统一起来。

4）对工作流进行集成的能力。CRM 工作流是指把相关文档和工作规则自动化地（不需人的干预）安排给负责特定业务流程中的特定步骤的人员。CRM 解决方案应该为跨部门的工作提供支持，使这些工作能动态地、无缝地完成。CRM 要与 ERP 功能集成，使 CRM 与 ERP 在财务、制造、库存、分销、物流和人力资源等连接起来，从而提供一个闭环的客户互动循环。这种集成不仅包括低水平的数据同步，而且还应包括业务流程的集成，这样才能在各系统间维持业务规则的完整性，工作流才能在系统间流动。这二者的集成还使企业能在系统间收集和分析商业情报。

为实施 CRM，客户关系管理的具体内容包括：

（1）做好客户信息的收集

做好客户信息的收集即建立客户主文件。为了控制资金回收，必须考核客户的信誉，对每个客户建立信用记录，规定销售限额。对新老客户、长期或临时客户的优惠条件也应有所不同。

客户主文件一般应包括以下 3 方面的内容：

1）客户原始记录。即有关客户的基础资料，它往往也是企业获得的第一手资料，具体包括客户代码、名称、地址、邮政编码、联系人、电话号码、银行账号、使用货币、报价记录、优惠条件、付款条款、税则、付款信用记录、销售限额、交货地、发票寄往地、企业对口销售员码、佣金码、客户类型等。

2）统计分析资料。主要是通过顾客调查分析或向信息咨询业购买的第二手资料，包括顾客对企业的态度和评价、履行合同情况与存在问题、摩擦、信用情况、与其他竞争者交易情况、需求特征和潜力等。

3）企业投入记录。企业与顾客进行联系的时间、地点、方式（如访问、打电话等）和费用开支、给予哪些优惠（如价格）、提供产品和服务的记录、合作与支持行动（如共同开发研制为顾客产品配套的零配件、联合广告等）、为争取和保持每个客户所做的其他努力和费用。

以上 3 个方面是客户档案的一般性内容。同时应注意到，无论企业自己收集资料，还是向咨询业购买资料都需要一定费用。由于各企业收集信息的能力是不同的，所以客户档案应设置哪些内容，不仅取决于客户管理的对象和目的，而且也受到企业的费用开支和收集信息能力的限制。各企业应根据自身管理决策的需要、顾客的特征和收集信息的能力，选择确定不同的客户档案内容，以保证档案的经济性、实用性。

（2）了解客户需求

通过建立一种以实时的客户信息进行商业活动的方式，将客户信息和服务融入到企业的运行中，从而有效地在企业内部，尤其是在销售部门和生产部门之间，传递客户信息。

不同的客户群存在着不同的服务要求。例如，大公司允许较长的供货提前期，而小型企业则要求在一、二天内供货。根据客户需求，企业可以据此设计其后勤网络，即建立大型分销中心和产品快速供应中心。

Web技术的应用将对客户的支持扩展为可以是远程和自动的服务。销售、订单处理和管理的集成使客户服务和销售结合在一起，建立一种既提高服务又降低成本的方法。

（3）获知客户的喜好和需要并采取适当行动，建立并保持顾客的忠诚度

这是做起来事半功倍但也是最容易被忽视的一项工作。如果企业与顾客保持广泛、密切的联系，价格将不再是最主要的竞争手段，竞争者也很难破坏企业与客户之间的关系。通过提供超过客户期望的服务，可将企业极力争取的客户发展为忠实客户。因为争取新客户的成本要远远超过保留老客户，而且随着客户和企业间的来往，客户的个别需求和偏好也会变得更详细明了。

随着全球性商务的迅速发展，企业用电子方式把遍布全球的客户与供应商联系起来。在这种转变过程中，因特网应用不再被局限于围绕着业务应用本身，而是被延伸到用于客户直接的访问和在"互联经济"中努力提供最快捷的信息传递服务。例如，企业信息门户网站将会成为客户关系管理的新工具。

企业门户网站作为一种新的应用系统概念，正为许多企业所采用。它就像一个超级主页，但比常用的搜索引擎要小得多，甚至只相当于浏览器提供商的主页，但是，它可以附加许多服务和属于个人的东西，其目的是为客户、合作伙伴和员工建立一个个性化的进入企业的大门。

2.3.3　SCM 的战略和竞争机会

供应链的概念是从扩大的生产概念发展而来的。企业从原材料和零部件采购、运输、加工制造、分销直至最终送到顾客手中的这一过程，被看成是一个环环相扣的链条，它将企业的生产活动进行了前伸和后延。供应链就是通过计划、获得、存储、分销、服务等这样一些活动而在顾客和供应商之间形成的一种衔接，从而使企业能满足内外部顾客的需求。

一个设计精良的供应链管理系统，可以对以下几个方面进行优化，从而为企业提供帮助：

- 履行。确保恰当数量的用于生产的零部件和用于销售的产品在恰当的时间到达。
- 物流。在保证安全性和可靠性的前提下，使运输物品成本尽可能保持最低。
- 生产。由于高质量的零部件在需要时可获得，从而保证生产线流转畅通。
- 收入和利润。确保不会因为缺货而带来损失。
- 成本和价格。使购买零部件的成本和购买产品的价格保持在可接受的水平。供应链中的伙伴为了共赢而合作是现代供应链管理系统的另一个品质保证。例如，许多制造型

企业在产品开发过程中就较早地与供应链共享产品设计理念。这就使供应商能够对如何以较低成本生产高质量的零部件提供建议。

2.3.4 IT 支持供应链管理

传统的供应链体系是"推动式"的，即制造商生产什么，批发商就推销什么，商店也就卖什么，顾客少有选择的机会和余地。这种供应链有 3 个明显的弱点，即缺乏灵活性、运转周期长、经营成本高。中间批发商的增多必然会提高商品的价格，增加商店的进货成本。

电子商务供应链"以顾客需求为中心"，采用"拉动式"的经营方式，以消费需求刺激、促进和拉动商品供给。它表现出下面的几个特点：

1）周转环节少，供应链条短。由于供、产、销直接见面，商品流转的中间环节大大减少，这样提高了商品的流转速度。

2）灵活性强。例如，商业收款机（POS）不仅是收银机，通过它还可以得到很多的资料及分配情况，使供应链变得更为灵活。

3）交易成本低。由于提高了商品信息的流通速度，减少了商品流通的中间环节，因此整个交易的成本就大大降低，无论对于卖方还是对于买方都非常有利。

供应链管理示意，如图 2-7 所示。

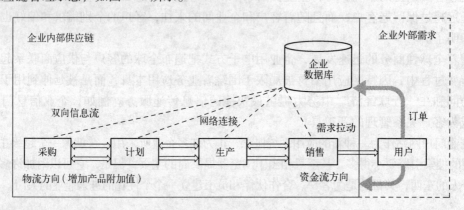

图 2-7　供应链管理示意

电子商务供应链管理的主要内容包括：

1）物流管理。即材料和产品的移动和存储策略的管理。材料和产品是从供应商通过公司的分配系统向零售店和客户运动的。

2）实物分配管理。通过计划和调整，控制货物的实际运动。

3）分配需求计划。物流主管（或配送主管）制订计划的过程涉及仓库、码头、运输的容量和发货管理。

4）实物库存管理。决定库存的水平和重新进货的频率，这取决于经营水平和服务水平。

5）仓库管理。包括存货地点、产品存放、挑选、接收、分配的管理以及这些过程的质量监督。

6）劳务管理。包括劳务、工作量计划、劳动质量监督、时间和出勤率、个人情况和员工薪资总额信息等。

7）商品运输管理。包括选择运输方式、运输计划、船队管理、装载量计划、运输工具时刻表、路经计划、跟踪监督时刻表、交付时刻表、运输工具等。

8）单元化。决定在分配渠道各阶段的最合适的产品数量。

9）沟通。需要在供应链中向上、向下传递所有信息，即需求预测、销售记录、追加订货等。

供应链与市场学中销售渠道的概念既有联系又有区别。供应链包括产品到达顾客手中之前所有参与供应、生产、分配和销售的公司和企业，因此其定义涵盖了销售渠道的概念。供应链对上游的供应者（供应活动）、中间的生产者（制造活动）和运输商（储存运输活动），以及下游的消费者（分销活动）同样重视。

供应链管理最初的目标是降低成本，它注重供应链中很具体的要素，努力寻找提高业务流程效率的机会。现在，供应链管理的目标是为供应链末端的最终顾客提供更多的价值。与最初相比，现在的供应链管理要求更全面地看待整个供应链。

透明沟通以及成员对沟通的快速响应是供应链管理成功的关键。技术（特别是因特网和WWW 技术）是实现沟通的有效工具，企业利用这些技术能有效地管理企业内部业务流程和其供应链其他成员的业务流程。

2.3.5 CRM、SCM 与电子商务

CRM 集成了前台和后台办公系统的一整套应用系统支持，确保直接关系到企业利润的客户的满意度。CRM 利用 ERP（企业资源计划）系统和数据仓库（DW）的数据挖掘（DM）能力来揭示关键顾客的概貌、特性和购买类型。因此，CRM 提供的解决方案能帮助企业改进与顾客的关系。ERP 通过顾客执行内部操作而使 CRM 效率更高和更有效。前端 CRM 和后端 ERP 的集成将使企业产生以顾客为中心的新型商业结构。CRM 包含了销售、市场营销和客户服务等企业活动，使以客户为中心的企业业务流程自动化并使之得以重组。CRM 不只要使这些业务流程化，而且要确保前台应用系统能够改进客户满意度、增加客户忠诚度，确保客户体验的一致性。由于客户关系是形成供应链的前提，因此代表了电子商务真正的商机所在，它虽然是电子商务系统的子集，但也是电子商务的希望和企业生存与发展的关键。

SCM 是电子商务系统的一个重要的子系统，现代供应链管理把整条供应链上的活动作为一个连续的、无缝进行的过程来加以规划和优化。把整个链条中各环节的规划工作集成在一起，而不是按照活动功能分隔开来，这就要求企业根据管理需要进行业务重组和流程再造，依照"用户需求"和"流程管理"的思想对企业的管理思想、管理模式、管理方法、管理机制、管理基础、业务流程、组织结构和管理规章制度进行改造，优化关键业务流程，根据"木桶理论"，不断找出供应链上"最短的那块木头"并进行优化，这样就能够提升整条供应链乃至整个企业的竞争力。电子商务进一步弱化了企业间的边界，建立一种跨企业的协作，以此来追求和分享市场份额。企业间供应链通过网络平台和网络服务进行企业间的商务合作，从而合理调配企业资源，加快资金流动，提升了供应链运转效率和竞争力。由于基础设施完善，企业信息化准备就绪，所以企业间协同电子商务有望在此阶段得到飞速发展。

由于 SCM 系统使企业的外部各个方面与企业保持良好的协调关系，及时对企业响应和进行合作，所以促进了企业间的进一步合作关系。SCM 系统可使整个产业供应链网络上的每一个流程都增值。因此，电子商务系统实施真正的突破点是实施 SCM 系统，企业的电子商务系统可在企业的上下游企业之间游刃有余地从事网上交易活动。因此，在实施电子商务

过程中，SCM 的地位不容忽视。

2.3.6　戴尔公司的供应链管理

美国戴尔（Dell）公司是全球最早采用因特网进行虚拟企业运作的计算机公司，在用 WWW 向个人或企业销售定制配置的计算机方面已久负盛名，它也采用技术支持的供应链管理手段向顾客准确提供所需产品。公司把库存量从三周销售量降低到 6 天销售量。公司的目标是把库存水平降低到分钟的销售量。戴尔公司通过掌握更多的顾客信息大幅度降低了库存量。公司也与供应链的其他成员共享这些信息。

戴尔公司的主要供应商可以访问一个安全的网站，以了解戴尔公司最新的销售预测、计划产品的变化、次品串和质量担保等信息。此外，这个网站还可以让供应商知道戴尔公司的顾客及购买产品的情况，这些信息可以让一级供应商更好地规划生产。在戴尔公司的供应链中，信息共享是双向的，这种合作的结果是，供应链的所有成员都协调合作，降低库存，改进质量，为最终顾客提供高价值的产品。这种合作关系要求合作者之间要高度信任，为了加强这种信任关系，创建一种社区气氛，戴尔公司把网上的公告牌变成公开的论坛，供应链成员可以分享他们与戴尔公司或他们彼此之间的交易经验。

戴尔公司分管供应链管理的副总裁迪克·L·亨特曾经介绍，戴尔公司目前采用的资源规划和使用系统是由 i2 Technologies 公司编写的软件，这套软件在启用 10 个月之后覆盖了戴尔公司全球所有的生产设施，并开始产生效益。

戴尔公司在这个系统中所体现的主要思想，可以概括为以下几个方面：

1）戴尔公司认为，在计算机零部件生产中，与其同 20 个已经进入市场的生产者竞争，还不如同其中最优秀的企业达成合作更经济。这样，戴尔公司自身可以集中有限的资金和资源生产最能够产生市场附加值的部分，而一般零部件则交给其他优势企业生产。通过这种强强合作，戴尔公司与供应商建立起伙伴关系，实现了充分的信息共享。其结果是，戴尔公司不再有完整的生产体系需要去管理，因此减少了公司的管理成本和管理工作量，从而提高了运行效率；供应商的技术人员在戴尔公司的产品开发和销售服务中成为戴尔公司的有机组成部分；公司对市场的反应更加快捷，能够创造更多的价值；同时确保了戴尔公司的技术始终处于一流水平。

目前，戴尔公司最大的 30 家供应商提供了相当于其总成本大约 75% 的物料，再加上规模仅次于这些供应商的另外 20 家，就相当于其总成本的大约 95%。戴尔公司每天与这 50 家主要供应商中的每一家打交道，甚至每天与其中的许多家打许多次交道。通过 i2 资源规划和使用系统，戴尔公司实现了每天对每一个部件供应状况的监控。一旦某一部件快要耗尽，戴尔公司即通过与供应商联系确认对方是否可以增加下一次发货的数量；如果问题涉及通用部件，戴尔公司还可以同后备供应商商量；即使穷尽了所有手头可供选择的供应渠道依然无法解决问题，戴尔公司还可以与销售和营销人员进行磋商，协助实现需求转向。而所有交易数据，无论是长期规划数据，即未来 4 ~ 12 个星期的预期批量，还是每隔两个小时更新一次的执行系统（即用于自动发出补充供货请求的系统），都在因特网上往返；每一家供应商都可以通过因特网调阅戴尔的订单信息。

2）戴尔公司认为，企业经营的一个重大挑战是如何管理其库存。因此，公司将注意力集中在库存的流动速度上，而不是库存量的大小。戴尔公司追求的不是准时制生产中的"零库存"，而是强调加快库存的流转速度。目前，在 PC 制造行业，原材料的价格大约每星期下降1%。通过加速库存流动速度，相比竞争对手而言，戴尔公司有效地降低了物料成本，反映到产品底价上，就意味着戴尔公司拥有了更大的竞争空间。事实上，在PC行业，物料成本在运营收入中的比重高达80%左右，物料成本下降10%其效果远大于劳动生产率提高10%。

为了控制库存，在技术上，戴尔公司将现有的资源规划和使用软件应用于分布在全球各地的所有生产设施中，并在此基础上，戴尔公司对每一家工厂的每一条生产线每隔两个小时就做出安排，公司只向工厂提供足够两个小时使用的物料。在一般情况下，包括手头正在进行中的作业在内，戴尔公司的任何一家工厂内的库存量都只相当于大约5个或6个小时的出货量。这就加快了戴尔各家工厂的运行周期，并且减少了库房空间，在节省下的空间内，代之以更多生产线。对于戴尔公司而言，如果观察到对于某种特定产品的需求持续2天或3天疲软，就会发出警告。对于任何一种从生产角度而言"寿命将尽"的产品，戴尔公司将确定某个生产限额，随后，一定到此为止。

3）电子商务的核心部分应该在营销环节上。戴尔公司在业界最为著名的还在于其特有的高效的"直销模式"，这不同于传统意义上的"直接销售"，而是一种基于因特网的"直接商业模式"。戴尔公司通过建立一整套完备的数据交换系统，极大地将其与用户之间的路线拉直、缩小，一方面通过直接和用户打交道，了解用户的特殊需求，并能及时合作交货，自己降低了中间成本；另一方面，用户可以及时得到自己真正需要的商品，并且价廉、便利。同时，由于能够及时准确地得到顾客的反馈意见和建议，因此在适应市场发展、进行产品开发方面占据了先机。

通过现有的供应链系统，戴尔公司每天与1万多名客户进行对话，这就相当于给了戴尔一万次机会用于在供应和需求之间取得平衡。如果某一部件将出现短缺现象，公司会提前了解这一问题，然后经过与销售部门联系，把需求调整到其手头所拥有的物料上。例如，公司可以改变订货与交货之间的时间，对于某种需求正旺的物件，戴尔公司可以把订货与交货的时间从标准的4~5天延长到10天。在这种情况下，公司将从统计学角度知道有多少需求会随之发生调整。或者，公司可以实施某种促销活动，例如，公司短缺17英寸显示器，公司可以主动向客户提出以低于原价的价格，甚至与17英寸显示器相同的价格提供一台19英寸显示器，在这种情况下，显然大量需求将发生相应变动，而通过零售渠道的戴尔公司的竞争对手们却无法做到这一点。

从戴尔公司的案例中，我们可以明确地看到，要成功地实施"供应链管理"，就必须改变传统的管理思想，把企业外部的供应链与企业内部的供应链有机地集成，形成一个集成化的供应网链，把节点企业之间以及企业内部的各种业务看做是一个整体过程，形成集成化的供应链管理体系。这无疑对企业的现代管理思想提出了挑战。在电子商务时代，每一个企业都处在全球供应链之中，企业自身的发展既影响着所处的供应链，又依赖着供应链的整体状况，这就是当今企业存在的状态。全球供应链作为一个动态联盟，它的绩效决定了供应链的整体绩效；反之，供应链为了实现整体最优的最终目标，也会对供应链上每一个节点企业进行优胜劣汰的选择，自身状态不好的企业肯定对整体供应链发展不利。所以，企业自身的综合实力是否强大，直接关系到它在社会供应链中的生存和发展。

许多大规模的制造型企业使用了准时制生产过程，从而确保了产品送往装配线时，正好获得恰当数量的零部件。准时制（JIT）是一种方法，它是指正好在客户需要的时候生产出或发送产品或服务。对于零售商来说，JIT 意味着在客户走进商店时，货架上正好有客户想要购买的产品。供应链管理系统也关注得适当数量的零部件或产品，而不是太多或太少。保存太多产品意味着在库存上浪费太多的钱，同时，也增加了产品被淘汰的风险。而保存太少的产品也不是件好事，因为这样可能会引起装配线出现停工，或者当客户想要购买时，零售商因为没有相应的存货而出现脱销。

全球的供应商通常采用多式联运。多式联运就是使用多种渠道（铁路、公路、水路等）将产品从生产地运到目的地，这就增加了供应链中物流的复杂性。因为采用不同的运输方式时，公司必须监控和跟踪零部件以及供应物。国内供应链也常常采用多式联运，如采用铁路和卡车运输。

2.3.7　主要术语

确保自己理解以下术语：

多式联运	企业门户网站	业务流程
分销链	前台系统	直销模式
工作流	物流管理	中间成本
后台系统	销售自动化（SFA）	准时制（JIT）
木桶理论	数据仓库（DW）	数据挖掘（DM）

2.3.8　练习与实验：熟悉 CRM 和 SCM

1. 实验目的

本节"练习与实验"的目的是：

1）通过仔细阅读教材内容，进一步了解和熟悉客户关系管理和供应链管理知识。

2）通过对 CRM 软件 FreeCRM 的初步使用，理解和掌握 CRM 的管理思想以及应用方法。

3）通过对著名电子商务网站戴尔公司供应链管理的分析，加深理解和掌握 SCM 的管理思想以及应用方法。

2. 工具/准备工作

在开始本实验之前，请回顾教科书的相关内容。

需要准备一台带有浏览器，能够访问因特网的计算机。

3. 实验内容与步骤

在本实验中，我们通过对教材内容的认真阅读，通过对 CRM 软件的初步使用，来进一步加深理解和掌握 CRM 的管理思想以及相关知识。

［概念理解］

请认真阅读课文，并回答以下问题：

1）请根据你的理解，简单阐述什么是 CRM？

_____

_____

_____

2）请简单描述 CRM 与电子商务的关系。利用电子商务，企业应该如何改进与客户的关系？

_____

_____

_____

3）为方便与客户的沟通，CRM 可以为客户提供多种交流的渠道。这些渠道包括：

_____

_____

_____

4）请简单介绍企业信息门户网站在客户关系管理中的作用。

_____

_____

_____

5）请简单描述什么是 SCM？

_____

_____

_____

6）供应链管理中的"6R"指的是 _____、_____、_____、_____、_____、_____。

7）供应链管理的战略和竞争优势是什么？

_____

_____

_____

[浏览 CRM 软件]

围绕 CRM 业务的需要，有许多应用软件都做了精心设计。例如，WiseCRM 软件设计的功能模块如表 2-2 所示，可以在因特网上找到并下载该软件的演示动画（Zip 格式），通过演示，可以了解 WiseCRM 的使用技巧和强大功能。

表 2-2　WiseCRM 的功能模块

基 本 信 息	客户管理	新增客户 ｜ 客户积分管理 ｜ 批量修改字段 ｜ 客户编码规则自定义
	联系人管理	新增联系人 ｜ 发送短信
行 动 管 理	活动和历史	新增活动 ｜ 历史记录 ｜ 新增附件 ｜ 批量建立活动
销 售 管 理	机会销售	新增机会 ｜ 新增销售订单 ｜ 应收账款管理
	库存管理	采购 ｜ 入库 ｜ 出库 ｜ 库存调整
	合同管理	新建合同 ｜ 合同审核
营 销 管 理	通信管理	新增短信 ｜ 发送短信 ｜ 通过因特网发送短信 ｜ 发送 E-mail
	费用	新增费用
	知识库	使用知识库
分 析 报 表	分析与报表	分析简介 ｜ 销售分析 ｜ 设计报表

	权限设置	权限设置
	导入导出	导入 Excel 文件
辅助功能	界面自定义	使用窗口设计工具 ∣ 修改界面语言→使界面语言生效
	视图自定义	使用自定义字段 ∣ 使用过滤条件 ∣ 客户面板选项卡自定义
	列表	列表操作技巧 ∣ 按列分组

请记录：

1）找到并下载 WiseCRM 软件演示文件的操作是否能正常进行？

_____

_____

2）请尝试评价一下该软件的功能和用户界面设计。

_____

_____

_____

［CRM 软件 FreeCRM］

CRM 软件一般都追求功能繁多，这样用户操作起来会觉得复杂难用。而 FreeCRM（免费）客户关系管理系统是一个简单实用的免费软件，不付费、不注册、没有功能限制、没有使用期限限制；安装文件很小（约 550 KB）并可以卸载。

1）FreeCRM 是一个客户通信录。

2）来电显示功能：当客户来电时，会显示来电号码，并关联显示在通信录中对应的客户资料（此功能需要一个能支持来电显示的 Modem）。

3）拨号功能：当找到某个客户资料时，可以直接通过软件向客户拨打电话，而无须电话拨号；并且还支持 IP 拨号功能。

4）重要日期提醒功能：可以提醒某个客户的生日或交易日等重要日期的到来。

5）客户历史记录功能：可以在每次交易或联系的时候输入有关资料，以备日后查询。

6）邮件群发功能：可以利用在 OutLook Express 所设定的邮件账号群发邮件。但是，首先要确认已经在 OutLook Express 里设定好了邮件账号。

7）全国邮政编码和长途电话区号查询功能。

8）数据导入导出功能：与 OutLook Express 的通信簿兼容，可以将其中的资料导出到一个 .csv 文件，然后导入到 FreeCRM 中，反之亦然。

请记录： 您认为其中哪一项功能最有意义？为什么？

_____

_____

步骤 1： 如果要使用上述 6）和 8）项功能，首先应设置好您的 Outlook Express 电子邮件软件。为此，启动 Outlook Express，然后在"工具"菜单中单击"账户"命令，屏幕显示如图 2-8 所示。依据软件提示，完成邮件账号的设置。

图 2-8　设置 Outlock Express 账户

步骤 2：下载 FreeCRM 软件。FreeCRM 是一个免费软件，可以很方便地在因特网上利用搜索工具找到并下载保存。当然，网上还可以下载到其他一些用于 CRM 的软件产品。

请记录：下载 FreeCRM 软件的操作能够顺利完成吗？如果不能，请分析原因。

_____

_____

在因特网上你还找到了哪些可供下载使用的 CRM 软件？请做简单描述。

a) _____

_____

b) _____

_____

c) _____

_____

步骤 3：安装 FreeCRM 软件。安装后，安装程序会在屏幕右下方的信息栏建立一个软件图标。单击该图标，可进入 FreeCRM，系统将首先显示登录界面，提示你输入或修改登录密码。然后，屏幕显示 FreeCRM 软件的操作主界面，如图 2-9 所示。

请简单使用该软件，并体会软件设计的各项功能。通过实际操作，请简单评价 FreeCRM 软件。

_____

_____

_____

你能够推荐一款比 FreeCRM 更为适用的免费 CRM 软件吗？请简单描述之。

_____

_____

_____

_____

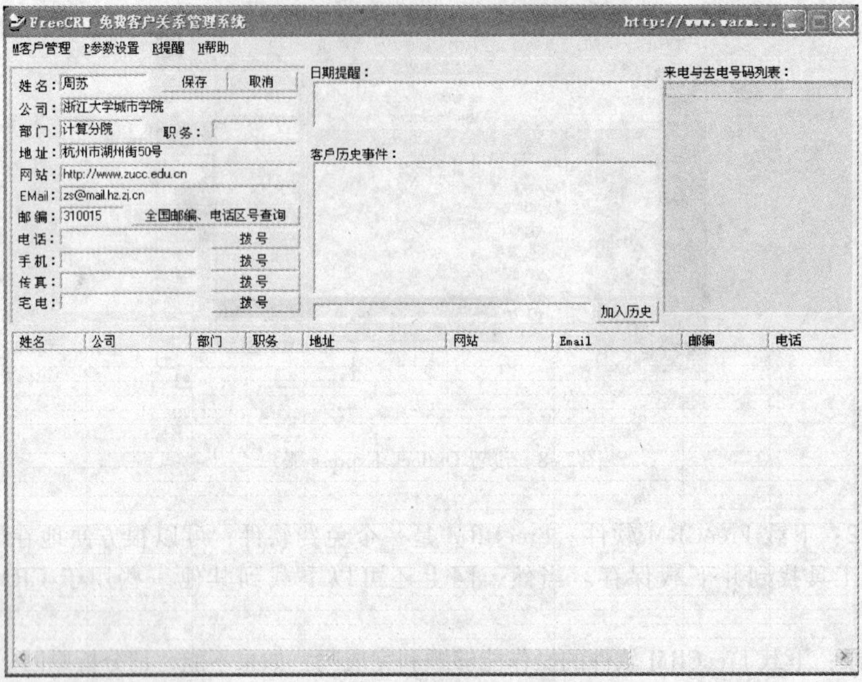

图 2-9　FreeCRM 操作界面

[分析戴尔 SCM]

重温前面实验的内容，带着电子商务供应链管理的思想，来观察、了解和思考戴尔公司网站的供应链管理背景。

1) 请回顾：戴尔公司生产物料成本的 95% 是由多少家供应商提供的？在这方面，戴尔公司所持的基本观点是什么？

_____

_____

_____

2) 在控制库存方面，戴尔公司的基本做法是什么？在通过戴尔公司网站进行电脑采购活动时，你能观察到哪些地方与控制库存有关？

_____

_____

_____

3) 请把你观察和思考的情况与你的同学分享与讨论：

你的观点和讨论结果是：_____

_____

4. 实验总结

_____

_____

5. 实验评价（教师）

2.3.9 阅读与思考：CRM——银行业务新增长点

以往银行服务一直饱受批评和质疑，问题的根源主要是垄断经营，银行间竞争不足。近年来，由于重组、上市和变革的压力，国内银行也正在加强对业绩增长和投资回报的关注。其实服务即成本的观念已经过时，如何将服务转变为一种对客户的投资并带来回报，已成为中国银行业的新机遇，银行高管层应尽早将客户关系管理纳入战略性议题，并大力推进其实施。

国外金融业客户关系管理发展迅速，美国嘉信证券公司靠在线证券交易迅速崛起，抢走了传统证券巨头美林公司大量的市场份额，就是明证。目前，国内银行已发行信用卡数量巨大，工商银行、招商银行和建设银行的信用卡发行量分别超过700、500和400万张，如果能对"卡民"的客户关系管理提升一个档次，将会出现一个潜力非常巨大的市场。

因特网技术的飞速发展，已给银行业的客户关系管理带来了巨大的挑战和机遇。网络作为新型的沟通工具，无论在深度和广度上都有其他沟通方式（如电话）不可替代的作用，如果管理得当，企业的投资回报应是可观的。例如，银行在接到客户的电子邮件后，可利用系统自动回复客户一封电子邮件，将银行的相关网页链接告知客户，并在其网页的明显位置放置常见问题的解决方案或服务方案，并说明如果这样还解决不了问题，可继续发邮件或打热线电话与银行联络。同时，也可考虑将在线联络与呼叫中心服务相结合，总之只要银行能不断变革，持续推出有创意的服务方案，就能加强客户的忠诚度，最终为银行带来价值。

（资料来源：王东晖，全球品牌网 http://www.globrand.com/）

请分析：

1）阅读以上文章，请回答：你怎么理解"将服务转变为一种对客户的投资并带来回报，已成为中国银行业的新机遇"，这个观点适合于其他行业吗？请举例说明。

2）该文章还有哪些观点对你产生了启发？请简述之。

2.4 商务智能与企业资源计划

2.4.1 商务智能的战略和竞争机会

商务智能（Business Intelligence，BI）是一种涉及公司客户、竞争对手、合作伙伴、竞争环境和企业内部业务的知识，可以通过它制定有效的、重大的，通常是战略层面的企业决策。商务智能系统包括一些 IT 应用系统和工具，它们支持一个企业内部的商务智能功能，其目标是改善决策输入信息的时间和质量。商业智能可以帮助知识工作者理解以下几个方面：

- 公司的可用能力。
- 市场中的技术趋势及未来发展方向。
- 公司面临的技术、地理、经济、政治、社会及法律环境。
- 竞争者的行为及其影响。

商务智能既包含内部信息，也包含外部信息，它从组织内外部各种渠道收集信息。例如，从事务处理系统收集信息，然后存储在不同的数据库中。一些商业人士将竞争情报（Competitive Intelligence，CI），称为 BI，就是把它当作商务智能中的一个特殊分支，这是一种关注外部竞争环境的商务智能。

一个公司的数据库可能有不同的应用，可分为客户数据库、产品数据库、供应商数据库、员工数据库，还有其他的数据库等，这种数据库支持日常的事务处理。另一方面，它们存储的细节信息远远多于经理决策时所需的信息。

为了决策需要，大多数公司将各种数据库中的信息概括到一个数据存储器中，称为数据仓库。数据仓库是信息的逻辑集合，这些信息来自于许多不同的业务数据库，并用于创建商务智能，以支持企业的分析活动和决策任务。通常情况下，数据仓库又被分为许多更小的存储单元，称为数据集市。它被公司内部的各个部门所使用。数据集市是数据仓库的子集，它仅存储了数据仓库中被关注的那部分信息。

企业的经理们面临多种决策，决策范围从日常决策（如是否订购额外的存货）到长期的战略性决策（如是否进军国际市场）。一项有关商务智能战略用途的调查发现，企业按照重要程度，可将商务智能的用途分为以下几个方面：

1）企业运作管理。

2）优化客户关系、监控商业活动以及传统的决策支持功能。

3）为特定运作或战略服务的密封单机商务智能应用。

4）管理商务智能报告。

商务智能的功能之一是改善决策过程的时效性和质量，它为企业经理提供行动信息和知识，如在正确的时间和正确的地点使用正确的形式。

尽管商务智能系统的优势显而易见，但仍有许多公司没有使用商务智能系统。其原因有两个：一是经理们普遍没有理解这些竞争工具的价值；二是虽然已经安装了商务智能系统，但并未得到有效的利用。

专业化的软件是商务智能的核心。由于设计、构建商务智能系统以及将模型集成到商务智能系统需要花费太长时间和太高的成本，而那些能够迅速应用的、专业化的商务智能软件包能够迅速为公司的投资带来利益和回报。因此，许多公司趋向于购买软件包。

2.4.2　ERP 的发展历程

在传统的工业经济时代，社会经济的主体是制造业。竞争的特点就是产品生产成本上的竞争，规模化大生产是降低生产成本的有效方式。由于生产的发展和技术的进步，大生产给制造业带来了许多困难，主要表现在：生产所需的原材料不能准时供应或供应不足；零部件生产不配套，且积压严重；产品生产周期过长和难以控制，劳动生产率下降；资金积压严重，周期转长，资金使用效率降低；市场和客户需求的变化，使得企业经营计划难以适应。总之，降低成本的主要问题是要解决库存积压与短缺。

为了解决这个关键问题，1957 年，美国生产与库存控制协会（APICS）开始进行生产与库存控制方面的研究理论传播。随着进入 20 世纪 60 年代计算机的商业化应用开始，第一套物料需求计划（Material Requirements Planning，MRP）软件面世并应用于企业物料管理工作中。在 20 世纪 70 年代，一方面把生产作业计划、车间作业计划和采购作业计划纳入 MRP 中，同时在计划执行过程中，加入来自车间、供应商和计划人员的反馈信息，并利用这些信息进行计划的平衡调整，从而围绕着物料需求计划，使生产的全过程形成一个统一的闭环系统，这就是由早期的 MRP 发展而来的闭环式 MRP。闭环式 MRP 将物料需求按周甚至按天进行分解，使得 MRP 成为一个实际的计划系统和工具，而不仅仅是一个订货系统，这是企业物流管理的重大发展。

闭环 MRP 系统的出现，使生产计划方面的各种子系统得到了统一。只要主生产计划真正制订好，那么闭环 MRF 系统就能够很好运行。但这还不够，因为在企业管理中，生产管理只是一个方面，它所涉及的是物流，而与物流密切相关的还有资金流。当时，资金流在许多企业中是由财会人员另行管理的，这就造成了数据的重复录入与存储，甚至造成数据的不一致性，降低了效率，浪费了资源。于是人们想到，应该建立一个一体化的管理系统，去掉不必要的重复性工作，减少数据间的不一致性现象和提高工作效率。实现资金流与物流的统一管理，要求把财务子系统与生产子系统结合到一起，形成一个系统整体，这使得闭环MRP 向 MRP Ⅱ 的进步。

最终，在 20 世纪 80 年代，把制造、财务、销售、采购、工程技术等各个子系统集成为一个一体化的系统，并称为制造资源计划（Manufacturing Resource Planning）系统，为了区别于原先的物料需求计划系统而写为 MRP Ⅱ。

MRP Ⅱ 可在周密的计划下有效地利用各种制造资源、控制资金占用、缩短生产周期、降低成本，但它仅仅局限于企业内部物流、资金流和信息的管理。它最显著的效果是减少库存量和减少物料短缺的现象。

到 20 世纪 90 年代初，美国著名的 IT 分析公司 Garther Group Inc 根据当时计算机信息处理技术的发展和企业对供应链管理的需求，预测在信息时代中制造业管理信息系统的发展趋势和即将发生的变革，提出了企业资源计划（Enterprise Resource Planning，ERP）的概念。到 90 年代中后期，现实社会开始发生革命性变化，即从工业经济时代开始步入知识经济时代，企业所处的时代背景与竞争环境发生了很大变化，ERP 系统就是在这种时代背景下面世的。

在 ERP 系统的设计中，考虑到仅靠自己企业的资源不可能有效地参与市场竞争，还必须把经营过程中的有关各方（如供应商、制造工厂、分销网络、客户等）纳入一个紧密的供应链中，才能有效地安排企业的产、供、销活动，满足企业利用一切市场资源快速高效地进行生产经营的需求，以期进一步提高效率和在市场上获得竞争优势；同时，也考虑到企业为了适应市场需求的变化，不仅要组织"大批量生产"，还要组织"多品种小批量生产"。在这两种情况并存时，就需要用不同的方法来制订计划。

随着因特网技术的不断发展和电子商务应用的不断深入，ERP 系统也在不断地发展。例如，把企业信息化管理系统延伸至企业以外的供应商等关键团体（Advanced Planning System，APS）、从庞大的系统转变为模块化系统、从水平市场转向纵向行业解决方案、从简单的数据处理到智能的信息分析、从企业后台转向企业前台，等等。

2.4.3　ERP 的管理思想

电子商务系统的总体设计思想是：围绕企业的经营目标，应用因特网技术，以客户关系管理（CRM）为中心，结合当前的社会环境、经济环境和法律环境，展开产品销售；在产品销售过程中，畅通企业的供应链管理（SCM），再结合本企业的资源计划系统（ERP），以市场为导向，以提供客户个性化服务为目标，扩展一系列的商务活动。

企业的所有资源可以用三大流来表示，即物流、资金流和信息流。而 ERP 就是对这三种资源进行全面集成管理的信息系统，它是一个对企业资源进行有效共享与利用的系统。概括地说，ERP 是建立在信息技术基础上，利用现代企业的先进管理思想，为企业提供决策、计划、控制与经营业绩评估的全方位、系统化的管理平台。其功能如图 2-10 所示。

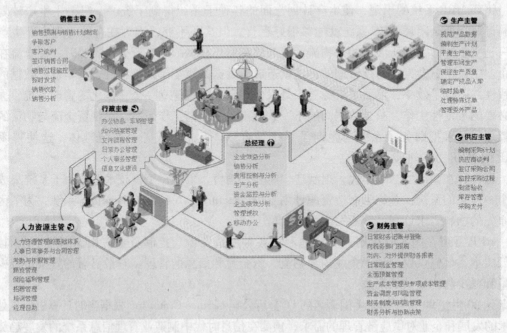

图 2-10　体验 ERP

ERP 的主要功能如下：
1）客户管理。
2）供应链管理。

3）财务管理。

4）生产管理。

5）人力资源管理。

6）设备管理。

7）决策支持系统。

ERP 通过信息系统对信息进行充分整理、有效传递，使企业的资源在购、存、产、销、人、财、物等各个方面都得到合理地配置与利用，从而实现企业经营效率的提高。从本质上讲，ERP 是一套信息系统，是一种工具，ERP 在系统设计中可集成某些管理思想与内容，帮助企业提升管理水平。

但是，ERP 只是管理者解决企业管理问题的一种工具。ERP 本身不是管理，也不能取代管理，不能解决企业的管理问题，企业的管理问题只能由管理者自己去解决。有不少企业错误地将 ERP 当成管理本身，在 ERP 实施前未能认真地分析企业的管理问题，寻找解决途径，而过分地依赖 ERP 来解决问题。最后，不但老的问题得不到有效解决，又产生了许多新的问题，最终导致了 ERP 实施的失败。企业也因此而伤了元气。

正确认识 ERP，就会在 ERP 实施之前认真分析企业在管理上存在的问题，了解 ERP 对解决这些问题的作用，充分细致地计划与落实利用 ERP 解决这些问题的程序，为 ERP 充分发挥效率提供基础。

对于企业来说，ERP 首先应该是管理思想，其次才是管理手段与信息系统。ERP 管理内涵及其先进的管理思想具体体现在以下几个方面：

1）帮助企业实现体制创新。ERP 能实现企业内部的相互监督和相互促进，使员工自觉发挥最大的潜能去工作，让每个员工的报酬与他的劳动成果紧密相连，管理层也不会出现独裁现象。这种新的管理体制必然能迅速提高工作效率，节约劳动成本。

2）以人为本的竞争机制。ERP 的管理思想认为，以人为本的前提是必须在企业内部建立一种竞争机制，仅依靠员工的自觉性和职业道德是不够的，在此基础上，给每个员工制定一个工作评价标准，并也以此作为对员工的奖励标准，使每个员工都必须达到这个标准，并不断超越这个标准。随着标准的不断提高，生产效率也就必然跟着提高。

3）把组织看成是一个协作系统。ERP 把组织看做是一个协作的社会系统，这个系统要求人们之间的合作。应用 ERP 的现代企业管理思想，结合通信技术和网络技术，在组织内部建立起上情下达、下情上达的有效信息交流沟通系统，以便保证上级能及时掌握情况，获得作为决策基础的准确信息，又能保证指令的顺利下达和执行。这样一种信息交流系统的建立和维护，是一个组织的存在与发展的首要条件，其后才谈得上组织的有效和高效率。同时，要注意信息交流系统的完整性。

4）以供应链为核心。ERP 把客户需求和企业内部的制造活动以及供应商的制造资源整合在一起，形成一个完整的供应链，并对供应链上的所有环节进行有效管理，这样就形成了以供应链为核心的 ERP 管理系统。供应链跨越了部门与企业，形成了以产品或服务为核心的业务流程。以制造业为例，供应链上的主要活动者包括原材料供应商、产品制造商、分销商、零售商及最终用户。

5）体现精益生产、同步工程和敏捷制造的思想。ERP 系统支持混合型生产方式的管理，其管理思想体现在：其一是"精益生产"（Lean Production，LP）思想，即企业按大批量生产方式组织生产时，把客户、销售代理商、供应商、协作单位纳入生产体系，企业同其销售代理、客户和供应商的关系，已不再简单地是业务往来关系，而是利益共享的合作伙伴关系，这种合作伙伴关系组成了一个企业的供应链，这是精益生产的核心思想。其二是"敏捷制造"（Agile Manufacturing，AM）思想。当市场发生变化，企业遇到特定的市场和产品需求时，企业的基本合作伙伴不一定能满足新产品开发生产的要求，这时，企业会组织一个由特定的供应商和销售渠道组成的短期或一次性供应链，形成"虚拟工厂"，把供应和协作单位看成是企业的一个组成部分，运用"同步工程"组织生产，用最短的时间将新产品打入市场，时刻保持产品的高质量、多样化的灵活性，这就是"敏捷制造"的核心思想。

6）体现事先计划与事中控制的思想。ERP 系统中的计划体系主要包括：主生产计划、物料需求计划、能力计划、采购计划、销售执行计划、利润计划、财务预算与人力资源计划等，而且这些计划功能与价值控制功能已完全集成到整个供应链系统中。

另一方面，ERP 系统通过定义与事务处理相关的会计核算科目与核算方式，以便在事务处理发生的同时自动生成会计核算分录，保证了资金流与物流的同步记录和数据的一致性。从而实现了根据财务资金现状，追溯资金的来龙去脉，并进一步追溯所发生的相关业务活动，改变了资金信息滞后于物料信息的状况，便于实现事中控制和实时做出决策。

此外，计划、事务处理、控制与决策功能都在整个供应链的业务处理流程中实现，要求在每个流程业务处理过程中最大限度地发挥每个人的工作潜能与责任心，流程与流程之间则强调人与人之间的合作精神，以便在有机组织中充分发挥每个人的主观能动性与潜能。实现企业管理从"高耸式"组织结构向"扁平式"组织机构的转变，提高企业对市场动态变化的响应速度。

7）以客户关系管理（CRM）为前台作重要支撑。在以客户为中心的市场经济环境下，企业关注的焦点逐渐由过去关注产品转移到关注客户上来。由于需要将更多的注意力集中到客户身上，因而出现了关系营销、服务营销等理念。同时，信息科技的发展从技术上为企业加强客户关系管理提供了强有力的支持。

ERP 系统在以供应链为核心的管理基础上，增加了客户关系管理，并将着重解决企业业务活动的自动化和流程改进，尤其是在市场营销、客户服务和支付等与客户直接打交道的前台领域。CRM 能帮助企业最大限度地利用以客户为中心的资源（包括人力资源、有形和无形资产），并将这些资源集中应用于现有客户和潜在客户身上。其目标是通过缩短销售周期和降低销售成本，通过寻求扩展业务所需的新市场和新渠道，并通过改进客户价值、客户满意度、盈利能力以及客户的忠诚度等方面来改善企业的管理。

8）实现电子商务，全面整合企业内外资源。随着网络技术的飞速发展和电子化企业管理思想的出现和实施，ERP 也进行着不断的调整，以适应电子商务时代的来临。网络时代的 ERP 将使企业适应全球化竞争所引起的管理模式的变革，它采用最新的信息技术，呈现出数字化、网络化、集成化、智能化、柔性化、行业化和本地化等特点。

ERP 作为企业经营管理的整体解决方案，它不仅仅是一套软件，更多的是管理思想和理念的结晶和体现，是信息时代企业实现现代化、科学化管理的有力工具。从某种意义上说，它是衡量企业管理现代化的一个标尺。ERP 在企业的实施，必将迅速提升企业的管理水平，增强企业的竞争能力。ERP 的核心管理思想就是实现对整个供应链的有效管理。

2.4.4 ERP 系统的实施

典型的 ERP 系统实施进程包括如图 2-11 所示的几个阶段。

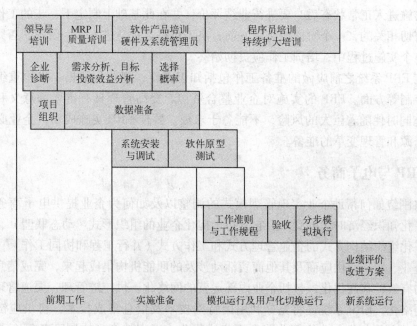

图 2-11　ERP 实施进程

（1）项目的前期工作

项目的前期工作即软件安装之前的阶段，这个阶段关系到项目的成败，但往往为实际操作所忽略。本阶段的工作主要是使企业的中上层领导干部理解 ERP，用 ERP 的思想对企业现行管理的业务流程和存在问题进行评议和诊断，以寻求解决方案，用书面形式明确预期目标，并规定评价实现目标的标准。要完成需求分析和投资效益分析并作出正式书面报告和正确决策。同时，要根据企业本身的生产类型来选择适用的软件。

（2）实施准备阶段

实施准备阶段包括数据和各种参数的准备和设置。其中，有些静态数据可以在选定软件之前就着手准备和设置。对软件功能的原型测试也称计算机模拟，实际上也是一种实施准备工作。该阶段还要在原型测试的基础上提出解决企业管理问题的方案。

（3）模拟运行及用户化

在基本掌握软件功能的基础上，选择代表产品，将各种必要的数据录入系统，带着企业日常工作中经常遇到的问题，组织项目小组进行实践性模拟，以提出解决方案。模拟可集中在机房进行，也称会议室模拟。在完成必要的用户化工作，进入现场运行之前要经过企业最高领导的审批和验收通过。工作准则与工作规程要在这个阶段初步制定出来，并在以后的实践中不断加以完善。

（4）切换运行

根据企业的条件来决定应采取的步骤，可使各模块平行一次性实施，也可先实施一、二个模块。在这个阶段，所有最终用户必须在自己的工作岗位上使用终端或客户机操作，使其处于真正的应用状态，而不是集中于机房。如果手工管理与系统还有短时平行，可作为一种应用模拟看待，但时间不宜过长。

（5）业绩评价

项目实施进入正常状态后，要进行业绩评价，并在此基础上制定下一步的工作方向。这些阶段是密切相关的，一个阶段没有做好前，决不可操之过急进入下一阶段，否则只能事倍功半。在整个实施过程中，培训工作应贯彻始终。

在实施 ERP 系统之前应做的准备工作包括知识更新、规范化数据、机构重组、全员动员、风险控制等方面。ERP 的实施对企业整合资源、提高管理具有重要的意义和价值。但 ERP 的实施同时伴随着巨大的风险，不能急于求成。要使 ERP 实施成功，企业必须做好认识充分、资源和管理变革的准备。

2.4.5　ERP 与电子商务

ERP 将围绕如何帮助企业实现管理模式的调整以及如何为企业提供电子商务解决方案来迎接数字化知识经济时代的到来。它支持敏捷化企业的组织形式（动态联盟）、以团队为核心的扁平化组织结构方式的企业管理方式和工作方式（并行工程和协同工作），通过计算机网络将企业、用户、供应商及其他商贸活动涉及的职能机构集成起来，完成信息流、物流和价值流的有效转移与优化，包括企业内部运营的网络化，供应链管理、渠道管理和客户关系管理的网络化，ERP 系统还将充分利用因特网技术及信息集成技术，将供应链管理、客户关系管理、企业办公自动化等功能全面集成优化，以支持产品协同商务等企业经营管理模式。

因特网和电子商务的发展，使得企业内部的 ERP 不再只是独立作业，而是将 ERP 与 CRM、SCM 等联系在一起，以 ERP 作为坚实的基础，通过 CRM 管理客户关系，通过 SCM 管理供应链，这样才能形成完善的电子商务系统。

2.4.6　主要术语

确保自己理解以下术语：

MRP	精益生产	数据集市
MRP Ⅱ	竞争情报（CI）	虚拟工厂
集成协调环境（ICE）	敏捷制造	虚拟团队

2.4.7　练习与实验：熟悉企业资源计划 ERP

1. 实验目的

本节"练习与实验"的目的是：

1）了解 ERP 的基本概念，熟悉 ERP 的基本内容。

2）通过因特网搜索与浏览，了解网络环境中主流的 ERP 技术网站，尝试通过专业网站的辅助与支持来开展 ERP 应用实践。

2. 工具/准备工作

在开始本实验之前，请回顾教科书的相关内容。

需要准备一台带有浏览器，能够访问因特网的计算机。

3. 实验内容与步骤

[概念理解]

请认真阅读课文，并回答以下问题：

1）请根据你的理解，简单阐述什么是商务智能（BI）？

_____

_____

_____

2）请根据你的理解，简单描述什么是企业资源计划（ERP）？

_____

_____

_____

[专业网站分析]

1988 年～1998 年，用友通过普及财务软件，为推进中国的会计电算化进程做出了贡献；1999 年～2003 年，用友转型 ERP 成功，致力于通过普及 ERP 来推进企业信息化进程，全面推动中国企业管理的进步。

用友公司提供具有自主知识产权的企业应用软件，电子政务管理软件的产品、服务与解决方案，是中国最大的管理软件、ERP 软件和财务软件供应商之一。用友公司分别为大、中、小型企业提供服务，为各类企业提供适用的信息化解决方案，满足不同规模企业在不同发展阶段的管理需求。

在 ERP 领域，用友拥有丰富的企业应用软件产品线，覆盖了企业 ERP（企业资源计划）、SCM（供应链管理）、CRM（客户关系管理）、HR（人力资源管理）、EAM（企业资产管理）、OA（办公自动化）等业务领域，可以为客户提供完整的企业应用软件产品和解决方案。

请登录用友公司网站（http://www.ufida.com.cn），浏览阅读和感受用友 ERP 软件产品。

[ERP 网站搜索]

看看哪些网站在做着企业信息化和 ERP 的技术支持工作？请在表 2-3 中记录搜索结果。

你在本次搜索中使用的关键词主要是：_____

表 2-3　ERP 专业网站实验记录

网 站 名 称	网　　址	主要内容描述

请记录在本实验中你感觉比较重要的两个 ERP 专业网站：

1）网站名称：_____

2）网站名称：_____

综合分析，你认为各 ERP 专业网站当前的技术热点（如从培训内容中得知）是：

1）名称：_____

技术热点：_____

_____

_____

2）名称：_____

技术热点：_____

_____

［应用与分析］ 在因特网上订购产品和服务。

在网上，消费者可以购买食品、衣服、计算机、汽车、唱片、古董、书等很多东西。只要你想买的，就可能有网站在卖，甚至还可能有上百个网站在卖你想要的东西，这样，你就可以选最好的来买。

消费者确实会发现无论想要什么都能从网上买到，但是，应该认真考虑从哪家公司购买最好。希望做生意的对象是值得信任的，尤其当需要提供信用卡号码来购买商品时，就更要注意了。

书和 CD 光盘

书和 CD 光盘是可以从网上购买的一类商品，而网上最负盛名的出售这类商品的网站应该是亚马逊公司（www. amazon. com），该公司提供上百万种书和光盘。

当然，在从网上购买商品时，要考虑从网上购买比在当地的商店购买能省多少钱。有时，网上商品的价格可能要更高，而且顾客还可能要支付一些运费。虽然有许多网站允许顾客购买单曲并将其以 MP3 格式下载到计算机中，但在本实验中，我们只关注购买传统的 CD。

为你有兴趣购买的书或者 CD 列一个清单。请在当地的商店找到它们的价格。接下来，请访问 3 个出售书和 CD 的网站，并回答以下问题：

1）你感兴趣的书或者 CD 有哪些？

_____

2）它们在当地商店的价格是怎样的？

_____

3）在每个网站都能买到它们吗？

_____

4）当地价格高于还是低于网上的价格？

_____

5）你怎么订购并支付你买的产品？

_____

6）送货时间预计有多长？

_____

7）运费怎么算？

8）综合考虑，你认为在网上购买好还是在当地商店购买好？为什么？

衣服和装饰品

虽然看起来有些奇怪，但确实有很多人从网上购买各种类型的衣服，从鞋子到裤子再到各式各样的装饰品（包括化妆品、香水等）。在网上买衣服的缺点就是不能试穿和站在镜子前面看效果。但是如果你明确地知道自己想要衣服的颜色和大小，完全可以从网上购买衣服。

请浏览几个卖衣服和装饰品的网站，同时体验一下逛电子服装店的感觉。在你这样做的同时，请考虑以下事项：

1）你怎么订购并支付这些商品？

2）关于这些衣服是怎么描述的？文字、照片还是3D效果图？

3）如果你购买后发现不喜欢或者穿着不合适，有关退货的规定是什么？

4）最后，在网上买衣服比去商业街更有意思吗？为什么？

网上拍卖场

拍卖场就是一个商品交易场所，在这里，用户可以以拍卖的形式出售自己的商品或者从他人手中购得商品。淘宝就是这样一个很受欢迎的网络拍卖场，有上百万的物品等待出售。

网络拍卖场操作很简单。首先，用户要在拍卖场注册一个用户名。注册后，就有一个唯一的用户名和密码，依靠这个就能出售你的商品或者竞标其他商品。当某项商品的拍卖结束后（拍卖场往往规定拍卖的时限，一般是 1～10 天），拍卖场就会通报出售者和中标者。之后，就轮到你和另一个人交换钱和商品了。

所以，想好你想要买或者卖什么东西——可能是一枚珍稀的硬币、一台计算机、一个不常见的芭比娃娃或者是一辆车。然后多去几个不同的网络拍卖场并回答以下几个问题：

1）注册成为用户的程序是怎样的？

2）成为用户要不要缴费？

3）有没有你感兴趣的商品被拍卖？

4）你怎么竞标某件商品？

5）你卖一件商品拍卖场怎么对你收费？

6）一般拍卖的期限是多久？

7）你能不能对你出售的商品设定一个最低标价?

8）拍卖场怎样帮你评价其他买卖商品的人的信誉?

9）你对在因特网上订购产品和服务有什么感想，你喜欢这样的购物方式吗?

4. 实验总结
请在"实验总结"中谈谈你对"ERP"的初步认识。

5. 单元学习评价
1）你认为本单元最有价值的内容是:

2）下列问题我需要进一步地了解或得到帮助:

3）为使学习更有效，你对本单元的教学有何建议?

6. 实验评价（教师）

2.4.8 阅读与思考：计划——供应链管理的核心

—— 访 i2 公司全球解决方案中心项目总监傅淼

价值链管理已被当成企业成功的关键要素，实施供应链管理的企业与战略性供应商分享设计及需求信息，将触角延伸至企业之外。所谓供应链管理就是利用线性规划等核心优化技术，对从供应商的供应商、供应商、企业、客户到客户的客户的整个链条的管理和优化。实施供应链管理解决方案，能使供应链上的所有成员在世界的任何角落协调一致地进行商业运作。

随着企业供应链管理意识的提高，i2 公司的客户群体也在不断扩展。创建于 1988 年的 i2 公司总部设在美国达拉斯，它是供应链管理市场的创造者与领先者，致力于为企业提供供应链管理解决方案。目前在全球的客户已达 1 000 多家，其中包括全球前 14 家半导体生产公司，全球前 15 家电子 OEM[⊖]公司中的 14 家，前 6 家全球性汽车生产公司，全球前 10 家 3PL[⊖]公司中的 8 家，全球前 10 家世界级金属冶金公司中的 6 家，全球消费品行业中 10 大名牌公司，福布斯评出的前 10 家航空/航天与国防公司、前 15 家零售商中的 10 家⋯⋯

i2 于 2000 年进入中国市场，联想、华为、摩托罗拉、神州数码、戴尔、东南汽车、宝钢、百事等知名企业都已成为其客户。

在 i2 的供应链管理系统中，计划处于供应链管理的核心地位，因为 i2 坚信：没有计划，企业的生产、经营就如同无源之水，不知自己要做什么，要达到什么样的目标。

记者：供应链管理对于外资企业也许并不陌生，而对我国大多数企业来说却是一个新名词。供应链管理的核心是什么？

傅淼：供应链管理重在两部分：供应链的计划和执行。计划包括仓储计划、预测需求计划、物流的配置计划、生产计划、销售计划等；供应链执行是以订单的执行和物流的执行来支撑的。

实施供应链管理，关键在于增加各环节的可视性。

企业在经营过程中有许多不确定性因素，库存相当于供应链系统的润滑油，对这些不确定因素导致的波动起到缓冲作用。企业的客户服务水平和库存是一对矛盾，这是整个供应链管理理论和实践中一对最基本的矛盾。在其他条件不变的前提下，客户服务水平越高，要求的库存就要越多。

为了解决这对矛盾，有效地匹配库存与客户服务水平二者之间的关系，企业需要对自己的需求及上下游企业的需求与供货能力进行预测，根据预测安排生产和原材料的采购。预测准确时则不需要很多库存，因为企业能够预知下游客户何时要货，自己的原料何时能到货。

由此可以看出提高预测准确度的重要性。如何达到这一目标？要实现供应链企业的信息共享，即协同。没有实现协同时，预测的依据只能是企业的经验、对历史数据的分析以及对市场信息的把握，即使用尽各种方法，预测的准确性也只能达到一定程度。协同要求企业内部有很强的计划能力，根据计划产生的信息反馈给上游供应商，供应商据此信息排程，并告知企业哪些需求能够满足、何时满足，哪些需求无法满足。这种信息共享、信息交互的过程能够提高整个供应链的可视化程度，把不确定性降至最低。因此，协同是提高供应链可视性的手段，计划是供应链管理的核心。

记者：实施供应链管理能给企业所处的行业带来哪些利益？

傅淼：实施供应链管理，能够实现供与求的良好结合，避免信息失真，降低整个供应链的成本。

举个简单的例子。通过供应链管理系统的计划功能，企业能够获得准确的计划，如果将这个计划提前一定时间就告知供应商，供应商可以降低自己的安全库存，按照企业的计划进

⊖ OEM：原始设备制造商（Original Equipment Manufacture, OEM）是指一种"代工生产"方式，其含义是生产者不直接生产产品，而是利用自己掌握的"关键的核心技术"，负责设计和开发、控制销售"渠道"，具体的加工任务交给别的企业去做的方式。例如，CPU 风扇，Intel 或 AMD 公司本身并不生产，它们通常会像日本三洋公司这样的专业电机制造企业做风扇 OEM 生产。这种方式是在电子产业大量发展起来以后才在世界范围内逐步生成的一种普遍现象，微软、IBM 等国际上的主要大企业均采用这种方式。

⊖ 3PL：第三方物流，又称物流代理（Third Party Logistics, 3PL）。在物流外包领域中，第三方物流的核心业务是为客户提供承运、转运或仓储服务。消费者非常急切想要减少成本，而这正是第三方物流所能提供的服务。

行供货。这时供应商的成本相应降低，企业也能从中受益，整个行业的成本也随之下降。

反之，如果企业间不能达成信息共享，就可能造成这种局面：企业按照计划生产，突然得知某原料无法到货，企业已经按计划排产了，其他物料也占用了，就会造成企业资源乃至行业资源、社会资源的浪费。实施供应链管理就是通过协同，提高整个供应链的可视性，降低成本，形成供应链上所有企业的共赢。

记者：成功的企业非常重视供应链管理，而有些企业上了供应链管理系统却感觉效果平平。实施供应链管理系统要注意哪些问题？

傅森：企业对计划的重视程度不够，只重视执行而不重视计划，往往是导致供应链管理系统应用不理想的重要原因。企业在成长阶段，一般把主要精力集中于开拓市场，企业的主要工作都是围绕销售进行的，所谓后方服务于前方。在此阶段，企业习惯于把压力传递给上游，而自身又不在预测和计划上下功夫。销售把压力传递给制造部门，制造部门又把压力传递给供应商。要求自己的库存降至最低限度，而要求上游随时供货。供应链上的所有环节都处于疲于奔命的状态，运作的效果和效率却并不高。可以说，此时的企业把着眼点完全放在执行上，而没有放在企业未来的计划。计划恰恰是企业以及供应链运作的根本。

做到有效的供应链管理需要企业有效地做到以下3点：

1）观念的转变和理念上重视。企业必须对供应链有足够的重视，把供应链的效率作为企业的核心竞争力之一来抓。

2）实施供应链管理是企业持续改进、持续优化的进程，而不是项目上线任务就能结束，企业要有持续的动力。

3）要有持续的投资、专门的队伍。从组织上、人员上给予保障，并且企业要把这些投资看做是提高核心竞争力的必要条件，而不是负担。这是成功的供应链管理基础。

使用供应链管理系统要注意数据的准确性，如果输入系统的数据有问题，系统不可能作出准确的计划。要注重日常对数据的及时维护，随时把企业的现状反应给系统，系统才能根据企业现时的状况进行计划及优化。实施供应链管理系统要涉及一部分人的利益和责权关系，要求企业在组织架构上有相应的保证，否则就无法确保系统成功实施。另外，还需要企业在流程上做相应的改进。

国外许多著名企业在供应链实施方面是很典型的。比如三星，不仅非常重视其产品、品牌，还十分注重供应链运作的效率，因为它们是相辅相成的，共同构建了企业的核心竞争力。如果仅重视产品、品牌，而没有供应链系统的支持，或供应链运作效率低下，而导致企业的利润低下，则不可能保证对产品研发和品牌建设所必需的长期投入，整个企业的发展也就无从谈起了。

记者：i2如何帮助企业进行供应链项目的规划？

傅森：我们通常是分析某行业的供应链，对企业所处供应链中的位置进行分类，得到几种模式后，再进行优化，得到行业中的最佳业务实践。然后，根据企业的理念，分析企业适合什么样的供应链模式，帮助企业描绘供应链实施的路线图，告诉企业项目实施要分几个步骤，能够达到什么样的效果，企业在进行IT规划时就要把这些因素考虑进去。不同的企业对供应链的重视程度不同，企业的财务状况也不一样，企业要根据自身的情况选择实施长期、中期或短期的供应链项目实施方案。

记者：每个行业都面临着独特的供应链挑战。i2供应链管理系统如何适应不同行业的特点，如何体现灵活性？

傅森：i2针对不同行业的软件产品，其核心层基本是统一的。在核心层之上是模板，针对不同行业的特定需求进行开发。第三层是针对具体企业的情况，以数据定义作为接口，通过数据建模进行调节。可以说，i2的软件系统既能符合行业的特性，又是客户化的产品。

目前，i2已进入了与制造和物流相关的几乎每一个行业。i2通常的做法是，每进入一个新行业，首先与该行业的领先者合作，切合客户的实际情况，共同开发行业模板。通过这种合作方式，i2可以对新行业形成深刻的理解，并形成行业针对性很强的解决方案。

记者：i2的供应链管理系统包含哪些功能模块？

傅森：i2供应链管理系统的主要功能包括：订单履行（协同补货、客户订单履行、供应链可视性）、供应商寻源与采购（协同供应执行、危险物料管理、产品寻源与重复使用、寻源执行、供应商战略及绩效管理）、供应与需求计划（协同供应执行、需求管理、工厂解决方案、库存优化、销售与运作管理、供应链可视性、供应管理）、运输与配送（补货计划、战略网络设计与分析、供应商可视性、运输投标协同、运输建模与分析、运输计划与管理）、内容与数据服务、供应链运作服务平台（业务流程执行、统一基础设施服务、主数据管理、绩效管理）。

企业在日常运作中会产生海量数据，如果只经过简单的收集整理，是无法从中获得有用信息的。i2的"供应链事件管理"和"绩效管理"这些工具可以协助企业进行信息的收集整理，从中提取出有用的信息，并转化为面向不同层面决策者的信息，满足不同层面决策者的不同需求，即将有用的、准确的、及时的信息，以可利用的形式呈现给不同层面的决策者，帮助决策者及时掌握情况，迅速作出正确的决策，调整计划，保证整个供应链平稳高效的运作，真正实现闭环的供应链管理。

（资料来源：物流技术与应用，www.jctrans.com，2005-7-18）

请分析：

1）阅读以上文章，请回答：你如何理解"计划是供应链管理的核心"？请简述之。

_____

_____

_____

2）该文章还有哪些观点对你产生了启发？

_____

_____

_____

第3章 信息系统的技术基础

从技术角度来看，信息时代的信息系统的设计大都基于内部网、外部网和因特网，基于 Web、联机分析、群件、通信以及数据库、数据仓库、数据挖掘等技术。由于行业性质和产品的不同，在实施信息系统的过程中，所选择的解决方案也不尽相同。

3.1 计算机网络技术

计算机网络是指若干个相互独立、相互连接的计算机的集合。该集合中的计算机是完整的计算机系统，并且在不同计算机之间能够进行信息交换。通过硬件（通信设备和通信线路）将各台计算机互相连接，通过软件实现各计算机间的信息交互。

3.1.1 计算机网络的功能与分类

计算机网络是由计算机系统（主机）、各种终端设备、各种通信控制设备（如调制解调器、集线器、交换机、路由器以及各种接口设备等）和通信线路4部分组成的。其中，主机和各种终端设备组成资源子网，主要进行数据处理；通信控制设备和通信线路组成通信子网，主要进行数据的传输、转接和各种通信处理，保证可靠地实现数据通信。

1. 计算机网络的主要功能

计算机网络的主要功能包括：

1）数据通信。这是计算机网络最基本的功能，主要完成计算机网络中各个节点之间的系统通信。用户可以在网上传送电子邮件、发布新闻消息、进行电子购物、电子贸易、远程电子教育等。

2）资源共享。资源是指构成系统的所有要素，包括软、硬件资源，如计算处理能力、大容量磁盘、高速打印机、绘图仪、通信线路、数据库、文件和其他计算机上的有关信息等。受经济和其他因素的制约，这些资源并非（也不可能）所有用户都能独立拥有，所以网络上的计算机不仅可以使用自身的资源，也可以共享网络上的资源。因而增强了网络上计算机的处理能力，提高了计算机软硬件的利用率。

3）增加可靠性，提高系统处理能力。一项复杂的任务可以划分成许多部分，由网络内各计算机分别协作并行完成有关部分，使整个系统的性能大为增强。

2. 计算机网络的分类

按地理范围分，计算机网络通常分为局域网、城域网、广域网和因特网。

1）局域网。覆盖范围在几千米以内，限于单位内部或建筑物内，常由一个单位投资组建，具有规模小、专用、传输延迟小的特征。

2）城域网。覆盖范围一般是一个城市，介于局域网和广域网之间。城网使用广域网技术进行组网。

3）广域网。覆盖范围通常在数十千米以上，可以覆盖整个城市、国家，甚至整个世界，具有规模大、传输延迟大的特征。广域网使用的传输装置和媒体通常由专门部门提供。

4）因特网。因特网已经形成覆盖全球的网络，包含着各种不同领域的应用系统，能够提供商务、政治、经济、文化、娱乐、新闻和科技等信息服务，实现全球信息资源的共享。

按传输介质，网络可以分为有线网和无线网。传输介质是指数据传输系统中发送装置和接受装置间的物理媒体。

1）有线网。采用有线介质连接，常用的有线传输介质有双绞线、同轴电缆和光导纤维等。

2）无线网。采用无线介质连接，目前主要采用3种技术：微波通信、红外线通信和激光通信。这3种技术都是以大气为介质的。其中，微波通信用途最广。卫星网就是一种特殊形式的微波通信，它利用地球同步卫星作中继站来转发微波信号，一个同步卫星可以覆盖地球的1/3以上表面，三个同步卫星就可以覆盖地球上全部通信区域。

3.1.2 通信方式

通信方式主要有移动、光纤、网络和卫星等。

（1）移动通信

它是指利用无线频段，在移动物体（如飞机、船舶、汽车等）与固定地点之间，或移动体之间的通信。移动通信可以分为地面、海上和空中移动通信等。移动通信在通信领域中发展最快，随着人们越来越多地要求在任何地方、任何时间、以任何方式都能获得信息，移动通信的方式从简单的寻呼到多媒体的信息服务，从模拟电路到数字电路，通信的方式越来越多，技术越来越先进。通信技术与计算机技术的结合，以及高速、有效、可靠的无线数据传输技术的成熟，各种终端的处理能力与通信功能的日益完善，使移动通信得到了快速发展。

（2）光纤通信

它是指以光波为载体，以光导纤维为传输媒介，和多种光电转换器件组成的通信系统。光纤通信有以下优点：一是通信量大，光纤以光波为载频，传输的频带宽，能够满足大容量的通信要求；二是传输距离远，由于光纤的基本材料——玻璃的纯度极高，光波损耗很小，线路的中继站少，通信距离远；三是抗干扰能力强，光纤是一种非金属材料，传输的又是经过调制的光信号，它不受电磁等其他因素的干扰，所以抗电磁干扰能力比电信号传输大大提高；四是单位成本低，生产光纤的原料丰富且价廉。光纤通信正向长波长、网络化、高速化的方向发展。

（3）计算机网络通信

它是一种利用计算机网络，以存储转发形式交换各种电文、数据、传真、图像等数字化信息的交换系统。它的特点是方便、迅速、安全，通信双方不受时间、地点限制，不受终端设备和通信网络限制。网络通信系统为每个注册用户分配一个存储器空间，用户可以通过电话和分组网进入信箱系统，用自己的计算机向信箱系统取送信函。用户可自定发送和调阅文件的时间。与传统的通信方式相比，电子信箱（E-mail）既有信函方式的简便，又具备电话一样的速度，所以发展十分迅速。

（4）卫星通信

它是利用人造地球卫星转发信号的无线电通信，是当前远距离及国际通信中一种先进的通信手段。卫星通信系统由通信卫星和地球站组成，地球站可以是固定的也可以是移动的。由于卫星处在外太空，其通信有两个特点：一是组网灵活，抗干扰性强，可靠性高；二是频带宽，通信容量大。

此外，影响较大的还有传真通信、电视通信、电话通信等。从通信的发展趋势看，通信技术正向信息高速化、业务智能化、多媒体个人化三个方面发展。

3.1.3　包交换网

早期的计算机网络大部分是通过租用电话线路来建立连接的。电话交换设备（既可能是机械的，也可能是计算机化的）选择特定的电话线（或称为线路），并把线路连接起来在打电话和接电话的人之间形成一条通路。这种中央控制的单线连接模式称为线路交换。虽然线路交换模式非常适用于电话，但它对大的网络间或网络群中的子网络之间的数据交换并不适用。在每对发出者和接收者之间建立点到点的连接既不经济又难以管理。

因特网采用一种既经济又易于管理的技术在两点之间传输数据，这种模式称为包交换。在包交换网络中，文件和信息被分解成包，在这些包上用表示信息源和目的地的代码打上电子标签。这些包在网络中从一台计算机传输到另一台计算机，直至到达目的地。目的地的计算机把这些包集中起来，并把每包中的信息重新集合成原先的数据。在包交换中，每个包从源到目的地的最佳路径是由途经的各个计算机决定的。决定包的传送路径的计算机通常称为路由器，确定最佳路径的程序称为路由算法。图 3-1 给出了一个包交换网的例子。

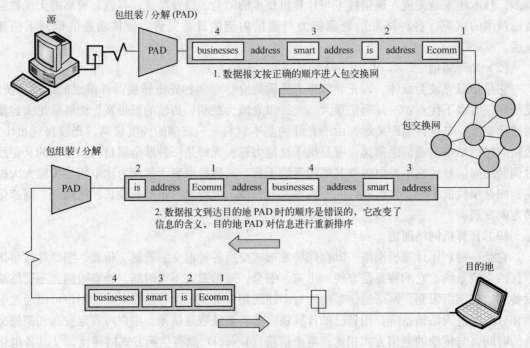

图 3-1　包交换网和信息包的传送

包交换有很多优点，其中的一个优点是，长数据流可分解成易于管理的小数据包，小数据包沿着大量不同的路径进行传输，避免了网络中的交通拥挤。另一个优点是，在数据包到达目的地后，更换受损数据包的成本较低，因为如果一个数据包在传输途中被改变了，只要重新传输这个数据包就可以了。

最早的包交换网称为 ARPANET，仅连接了几个大学和研究中心。这种实验性的广域网（WAN）在几年内逐渐成熟起来，它采用的是网络控制协议（NCP）。协议是指一组规则的集合，它规定网络传输数据的格式和顺序，并检查这些数据中的错误。协议确定了数据的发送设备如何表示已经完成信息的发送，以及接收设备如何表示已经收到（或没收到）信息。在 ARPANET（后来发展成为因特网）的发展过程中开发出的开放式体系结构思想包括以下4个要点：

1）独立的网络在连入另外的网络时不需要任何变化。

2）没有到达目的地的信息包必须从其源节点重新传输。

3）路由器计算机不保留处理过的信息包的信息。

4）对网络没有全球化的控制。

3.1.4 协议层次模型

为了减少网络协议设计的复杂性，网络设计者并不是设计一个单一的、巨大的协议来为所有形式的通信规定完整的细节，而是把通信问题划分为许多个小问题，然后为每个小问题设计一个个单独的协议。这样做，使得每个协议的设计、分析、编码和测试都比较容易。例如，将计算机网络用一串层次结构来考虑它的各种功能，每一层均有各自的任务。上、下层间的关系是：上层发出要求和下层提供相应服务。

（1）邮政系统分层模型

为了便于理解协议分层的概念，我们以邮政系统为例进行说明。人们平常写信时都有个约定，这就是信件的格式和内容。首先，写信时必须采用双方都懂的语言文字和文体，开头是对方称谓，最后是落款等。这样，对方收到信后，可以看懂信中的内容，知道是谁写的，什么时候写的，等等。当然还可以有其他的一些特殊约定，如书信的编号、间谍的密写等。信写好之后，必须将信封装并交由邮局寄发，这样，寄信人和邮局之间也要有约定，即规定信封写法并贴邮票。邮局收到信后，进行信件的分拣和分类，然后交付有关运输部门，如航空信交民航，平信交铁路或公路运输部门等。这时，邮局和运输部门也有约定，如到站地点、时间、包裹形式等。信件运送到目的地后再进行相反的过程，最终将信件送到收信人手中，收信人依照约定的格式阅读信件。

如图3-2所示，在整个过程中，主要涉及了3个子系统，即用户子系统、邮政子系统和运输子系统。

可以看出，各种约定都是为了达到将信件从一个源点送到某一个目的点这个目标而设计的，这就是说，它们是因信息的流动而产生的。可以将这些约定分为同等机构间的约定（如用户之间的约定、邮政局之间的约定和运输部门之间的约定），以及不同机构间的约定（如用户与邮政局之间的约定、邮政局与运输部门之间的约定等）。

虽然两个用户、两个邮政局、两个运输部门分处甲、乙两地，但它们都分别对应同等机构，同属一个子系统；而同处一地的不同机构则不在一个子系统内，而且它们之间的关系是服务与被服务的关系。很显然，这两种约定是不同的，前者为部门内部的约定，而后者是不同部门之间的约定。在计算机网络环境中，两台计算机中两个进程之间进行通信的过程与邮政通信的过程十分相似。用户进程对应于用户，计算机中进行通信的进程对应于邮局，通信设施对应于运输部门。

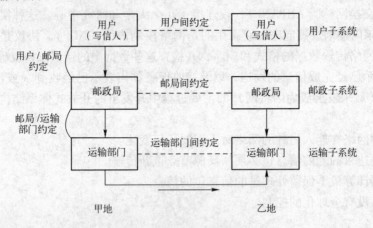

图 3-2　邮政系统分层模型

（2）ISO/OSI 模型

关于计算机网络的划分层次，在 20 世纪 70 年代网络发展的初期，各大公司都有各自的分法，但是，网络要求互相交往，必须有一个交互双方公认的层次模型。于是，在 20 世纪 80 年代，逐渐统一到 ISO 的七层 OSI 模型和 TCP/IP 系统的四层模型上。

国际标准化组织的开放系统互联基本参考模型（ISO/OSI 模型）是一个七层模型。其最高层为应用层，接着是表示层、会话层、传输层、网络层、数据链路层和物理层，如图 3-3 所示。

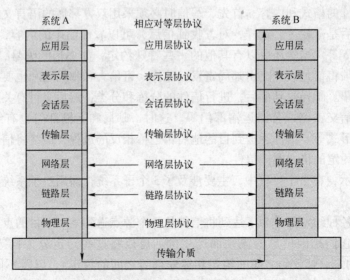

图 3-3　ISO/OSI 模型

应用层是由在 OSI 环境中协同工作的应用实体组成的，下面六层和 OSI 所用的物理媒体逐层地向着应用层提供各应用实体间协同工作所需的各种服务。这里的应用实体可以理解为某个应用进程，如发送 E-mail（电子邮件）的进程。同样，在其他各个层次均有其相应的实体。上、下层之间的关系（如传输层和网络层间的关系）可以用服务和接口来描述。服务（Service）表示下层应向上层提供什么服务，接口（Interface）告诉上层实体如何去使用下层提供的服务。在不同主机间（如主机 A 和主机 B）通信时，对等层次间（如 A 的传输层和 B 的传输层间）的关系用协议（Protocol）来规定。对等层协议只处理这一层次自己的事，与其他层次无关，只要求它能完成向其上层提供规定好的服务以及向其下层调用规定好的服务。

（3）TCP/IP 系统分层模型

支持因特网基本操作的协议是传输控制协议（TCP）和网际协议（IP），它们建立了一些基本规则来确定数据的网络传输方式以及建立和断开网络连接的方式。TCP 控制信息在因特网传输前的打包和到达目的地后的重组。IP 控制信息包从源到目的地的传输路径，处理每个信息包的所有地址信息，确保每个信息包都打上正确的目的地地址标签。

TCP/IP 系统由 4 个层次组成：应用层、传输层、网际（因特网）层和网络接口层，如图 3-4 所示。

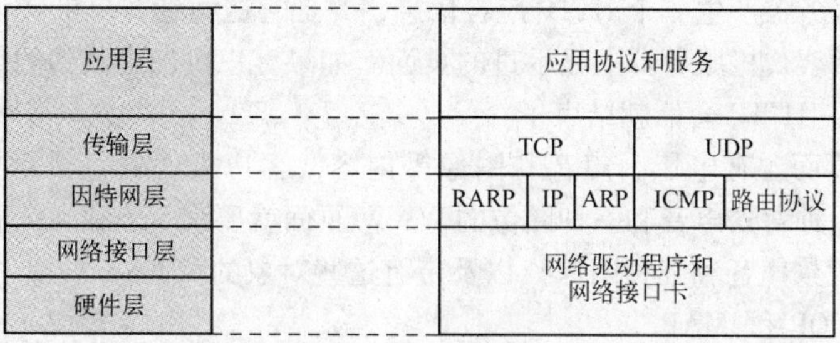

应用层		应用协议和服务				
传输层			TCP		UDP	
因特网层		RARP	IP	ARP	ICMP	路由协议
网络接口层		网络驱动程序和网络接口卡				
硬件层						

图 3-4　TCP/IP 结构

这 4 个层次在相应的物理媒体上工作。在应用层，用户可调用各种应用程序去访问 TCP/IP 系统所提供的各种服务。在传输层，要根据应用要求为 A、B 双方应用实体提供端到端的连接，并保证可靠、无差错。在网际层，要接受传输层的要求用发送（或接收）数据报的形式去具体处理 A、B 双方的通信。在网络接口层，要为实现发送（或接收）数据报，从具体网络及其相应的物理媒体上传送出去（或接收进来）。

TCP/IP 可以用于因特网，也可以用于局域网（LAN）。TCP/IP 系统没有具体规定用何种协议来实现网络接口层，可以选用 LAN，也可以选用 X.25 等协议来实现。网际层采用以 IP（Internet Protocol）为中心的一组协议来实现，而传输层则采用 TCP 和 UDP 协议。

（4）IP 协议

随着因特网的飞速发展，人们普遍使用 TCP/IP 系统，而很少采用 OSI 七层模型。

因特网当前使用的 IPv4 协议面临着其 IP 地址资源耗尽的严重问题。由于 IPv6 基于与传统因特网协议 IPv4 相同的体系结构原理，因此可以将 IPv6 看做是一个比 IPv4 地址空间更大的版本，它巨大的地址容量能够满足因特网飞速发展的需要，被认为是建设移动信息社会的一个重要基石，它集移动性、安全性和服务质量保证于一体，是建设未来因特网的最佳方案。

一个 IPv6 的 IP 地址由 8 个地址节组成，每节包含 16 个地址位，以 4 个十六进制数书写，节与节之间用冒号分隔，除了 128 位的地址空间，IPv6 还为点对点通信设计了一种具有分级结构的地址，这种地址称为可聚合全局单点广播地址。

像 IPv4 地址一样，IPv6 地址也用来标识连接在子网上的网络接口，而不是一个站点。IPv6 与 IPv4 的最大不同之处就是，它在常规情况下就能允许每个接口由几个地址来标识，以助于进行路由选择和管理。

3.1.5 其他因特网协议

TCP/IP 包括很多为用户提供服务的应用层协议。这些服务有时也称为应用服务，包括 WWW 页面显示、网络管理工具、远程登录、文件复制、电子邮件和目录服务等。几种常用的协议介绍如下：

（1）HTTP

HTTP 是超文本传输协议的缩写，它是负责传输和显示 WWW 页面的因特网协议。HTTP 运行在 TCP/IP 模型的应用层。与其他的因特网协议一样，HTTP 采用客户机/服务器模式，即用户（客户机）的 WWW 浏览器打开一个 HTTP 会话并向远程服务器发出 WWW 页面请求。作为回答，服务器产生一个 HTTP 应答信息，并把它送回到客户机（请求者）的 WWW 浏览器。应答包括客户机服务器上显示过的页面。如果客户机确定收到的信息是正确的，就断开 TCP/IP 连接，HTTP 会话就结束了。

如果 WWW 页面含有电影、声音和图像等内容，客户机就对每个对象发出一个请求。这样，一个包含一种背景声音和三种图像的 WWW 页面就要求 5 个独立的服务器请求信息来检索 4 个对象（背景声音和三种图像）以及带有这些对象的页面。

（2）SMTP、POP 和 IMAP

因特网上传送电子邮件是通过一套称为邮件服务器的程序和硬件管理并储存的。与个人计算机不同，这些邮件服务器及其程序必须每天 24 小时不停地运行，否则就不能收发邮件了。SMTP 和 POP 是两个负责用客户机/服务器模式发送和检索电子邮件的协议。用户计算机上运行的电子邮件客户机程序请求邮件服务器进行邮件传输，邮件服务器采用简单邮件传输协议（SMTP）标准。很多邮件传输工具，如 Eudora、UNIX mail 和 PINE 等，都遵守 SMTP 标准并用这个协议向邮件服务器发送邮件。SMTP 协议规定了邮件信息的具体格式和邮件的管理方式。SMTP 向连入局域网的用户提供应用层的服务。

POP 是邮局协议的缩写，它负责从邮件服务器中检索电子邮件。它要求邮件服务器完成下面几种行动之一：从邮件服务器中检索邮件并从服务器中删除这个邮件；从邮件服务器中检索邮件但不删除它；不检索邮件，只是询问是否有新邮件到达。POP 协议支持多用因特网邮件扩展（MIME），后者允许用户在电子邮件上附带二进制文件，如文字处理文件和电子表格文件等。阅读邮件时，POP 命令所有的邮件信息立即下载到用户的计算机上，不在服务器上保留。

因特网信息访问协议（IMAP）是一种优于 POP 的新协议。与 POP 一样，IMAP 也能下载邮件、从服务器中删除邮件或询问是否有新邮件。但 IMAP 克服了 POP 的一些缺点。例如，它可以决定客户机程序请求邮件服务器提交所收到邮件的方式，请求邮件服务器只下载所选中的邮件而不是全部邮件。客户机可先阅读邮件信息的标题和发送者的名字再决定是否下载这个邮件。通过客户机的电子邮件程序，IMAP 可让用户在服务器上创建并管理邮件文件夹或邮箱、删除邮件、查询某封信的一部分或全部内容，而完成所有这些工作，都不需要把邮件从服务器下载到个人计算机上。

（3）FTP

FTP 是文件传输协议，它是 TCP/IP 的组成部分，它在 TCP/IP 连接的计算机之间传输文件，采用的是客户机/服务器模式。FTP 允许文件双向传输：从客户机到服务器或从服务器到客户机。FTP 既可以传输二进制数据，也可以传输 ASCII 码文本，用户可在两种模式中任选一种。二进制数据是包括文字处理文档、电子表格、图像和其他数据的文件。ASCII 码文本是只包含键盘输入字符的文件，不含有排版格式。FTP 还可提供其他一些服务，如显示远程或本地计算机目录、改变客户机或服务器的现有活动目录、创建并移动本地或远程目录。FTP 采用 TCP 协议及其内置错误控制功能来准确无误地把文件从一台计算机复制到另一台计算机。

用 FTP 访问远程计算机时，要求用户登录到这个远程计算机。如果用户在这台计算机上有一个账户，可以向 FTP 提交自己的用户名和口令。FTP 于是同这台计算机远程建立连接并登录到在这台计算机上的账户。这种全权 FTP 权限访问方式可以使用户向远程计算机发送文件并从远程计算机上下载文件。访问远程计算机的另一种途径是匿名 FTP。匿名 FTP 允许以客户的身份登录，输入匿名的用户名和口令（口令一般是使用者的电子邮件地址）可以使用户访问远程计算机的部分内容。

3.1.6 Windows 的系统管理

在 Windows 操作系统"控制面板"的"管理工具"选项中集成了许多系统管理工具，如图 3-5 所示。利用这些工具，用户和管理员可以很容易地对它们进行操作和使用，方便地实现各种系统维护和管理功能。在默认情况下，只有一些常用工具，如服务、计算机管理、事件查看器、数据源（ODBC）、性能和组件服务等会随 Windows 系统的安装而安装，如图 3-6 所示。

图 3-5　Windows XP 的"控制面板"

由图 3-6 可以看出，Windows 操作系统的常用工具如下：

1）服务：启动和停止由 Windows 系统提供的各项服务。

2）计算机管理器：管理磁盘以及使用其他系统工具来管理本地或远程计算机。

3）事件查看器：显示来自于 Window 和其他程序的监视与排错信息。例如，在"系统日志"中包含各种系统组件记录的事件，如使用驱动器失败或加载其他系统组件；"安全日志"中包含有效与无效的登录尝试及与资源使用有关的事件，如删除文件或修改设置等，本地计算机上的安全日志只有本机用户才能查看；"应用程序日志"中包括由应用程序记录的事件等。

4）数据源（ODBC）：添加、删除以及配置 ODBC 数据源和驱动程序。

5）性能：显示系统性能图表以及配置数据日志和警报。

6）组件服务：配置并管理 COM + 应用程序。

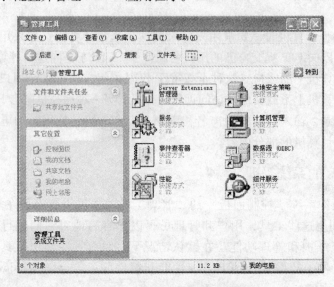

图 3-6　Windows XP 的管理工具

另一些工具则随系统服务的安装而添加到系统中，例如：

1）Telnet 服务器管理：查看以及修改 Telnet 服务器设置和连接。

2）Internet 服务管理器：管理 IIS、Internet 和 Intranet Web 站点的 Web 服务器。

3）本地安全策略：查看和修改本地安全策略，诸如用户权限和审计策略。

3.1.7　主要术语

确保自己理解以下术语：

ARPANET	Windows 性能和组件服务	路由算法
FTP（文件传输协议）	包交换网	数据通信
HTTP（超文本传输协议）	本地安全策略	双绞线
IIS（因特网信息服务器）	城域网（MAN）	通信方式
IMAP（因特网信息访问协议）	传输介质	通信控制设备
Internet 服务管理器	电子信箱（E-mail）	通信设备

IPv4 协议	调制解调器	通信线路
IPv6 协议	多用因特网邮件扩展（MIME）	
IP 协议	光导纤维	通信子网
ISO/OSI 模型	光纤通信	同轴电缆
NCP（网络控制协议）	广域网（WAN）	万维网（WWW）
POP（邮局协议）	国际标准化组织（ISO）	网络通信
SMTP（简单邮件传输协议）	集线器	无线网
TCP/IP（传输控制/网际网协议）	计算机网络	协议层次模型
Telnet 服务器管理	交换机	信息交换
Windows 服务	局域网（LAN）	移动通信
Windows 计算机管理	客户机/服务器模式（C/S）	有线网
Windows 事件查看器	浏览器	终端设备
Windows 系统管理	路由器	资源子网

3.1.8 练习与实验：Windows 系统管理工具

1. 实验目的

本节"练习与实验"的目的是：通过学习 Windows 系统管理工具的使用，熟悉 Windows 系统工具的内容，由此进一步熟悉 Windows 操作系统的应用环境。

2. 工具/准备工作

在开始本实验之前，请回顾教科书的相关内容。

需要准备一台运行 Windows XP Professional 操作系统的计算机。

3. 实验内容与步骤

（1）Windows 管理工具

为了帮助用户管理和监视系统，Windows 提供了多种系统管理工具，其中最主要的有计算机管理、事件查看器和性能监视等。

步骤 1： 登录进入 Windows XP Professional。

步骤 2： 在"开始"菜单中单击"设置"→"控制面板"命令，双击"管理工具"图标。

在本地计算机"管理工具"组中，有哪些系统管理工具，基本功能是什么：

1) _____

2) _____

3) _____

4) _____

5) _____

6) _____

7) _____

8) _____

9) _____

10) _____

（2）计算机管理

使用"计算机管理"可通过一个合并的桌面工具来管理本地或远程计算机，它将几个 Windows 管理实用程序合并到一个控制台目录树中，使管理员可以轻松地访问特定计算机的管理属性和工具。

在"管理工具"窗口中，双击"计算机管理"图标。

"计算机管理"使用的窗口与"Windows 资源管理器"相似。在用于导航和工具选择的控制台目录树中有"系统工具"、"存储"及"服务和应用程序"等节点，在窗口右侧"名称"窗格中显示了工具的名称、类型或可用的子工具等。它们是：

1）系统工具，填入表 3-1 中。

表 3-1　实验记录

名　　称	类　　型	描　　述

2）存储，填入表 3-2 中。

表 3-2　实验记录

名　　称	类　　型	描　　述

3）服务和应用程序，填入表 3-3 中。

表 3-3　实验记录

名　　称	类　　型	描　　述

（3）事件查看器

事件查看器不但可以记录各种应用程序错误、损坏的文件、丢失的数据以及其他问题，而且还可以把系统和网络的问题作为事件记录下来。管理员通过查看在事件查看器中显示的系统信息，可以迅速诊断和纠正可能发生的错误和问题。

步骤 1：在"管理工具"窗口中，双击"事件查看器"图标。

在 Windows 事件查看器中，管理员可以查看到 3 种类型的本地事件日志，请填入表 3-4 中。

表 3-4　实验记录

名　　称	类　　型	描　　述	当前大小

步骤 2：在事件查看器中观察"应用程序日志"：

本地计算机中，共有＿＿＿＿＿＿＿个应用程序日志事件。

步骤 3：单击"查看"菜单中的"筛选"命令，系统日志包括的事件类型有：

1）＿＿＿＿＿＿＿＿＿＿＿＿＿＿＿＿＿＿＿＿＿＿＿＿＿＿＿＿＿＿＿＿＿＿＿＿

2）＿＿＿＿＿＿＿＿＿＿＿＿＿＿＿＿＿＿＿＿＿＿＿＿＿＿＿＿＿＿＿＿＿＿＿＿

3）＿＿＿＿＿＿＿＿＿＿＿＿＿＿＿＿＿＿＿＿＿＿＿＿＿＿＿＿＿＿＿＿＿＿＿＿

4）＿＿＿＿＿＿＿＿＿＿＿＿＿＿＿＿＿＿＿＿＿＿＿＿＿＿＿＿＿＿＿＿＿＿＿＿

5）＿＿＿＿＿＿＿＿＿＿＿＿＿＿＿＿＿＿＿＿＿＿＿＿＿＿＿＿＿＿＿＿＿＿＿＿

（4）性能监视

"性能"监视工具通过图表、日志和报告，使管理员可以看到特定的组件和应用进程的资源使用情况。利用性能监视器，可以测量计算机的性能，识别以及诊断计算机可能发生的错误，并且可以为某应用程序或者附加硬件制作计划。另外，当资源使用达到某一限定值时，也可以使用警报来通知管理员。

在"管理工具"窗口中，双击"性能"图标。

"性能"窗口的控制台目录树中包括的节点有：

1）＿＿＿＿＿＿＿＿＿＿＿＿＿＿＿＿＿＿＿＿＿＿＿＿＿＿＿＿＿＿＿＿＿＿＿＿

2）＿＿＿＿＿＿＿＿＿＿＿＿＿＿＿＿＿＿，其中的子节点填入表 3-5 中。

表 3-5　实验记录

名　　称	描　　述

（5）服务

在"管理工具"窗口中，双击"服务"图标。

在你的本地计算机中，管理着＿＿＿＿＿＿＿个系统服务项目。

通过观察，重点描述你所感兴趣的 5 个系统服务项目：

1）＿＿＿＿＿＿＿＿＿＿＿＿＿＿＿＿＿＿＿＿＿＿＿＿＿＿＿＿＿＿＿＿＿＿＿＿

＿＿＿＿＿＿＿＿＿＿＿＿＿＿＿＿＿＿＿＿＿＿＿＿＿＿＿＿＿＿＿＿＿＿＿＿＿＿

2）＿＿＿＿＿＿＿＿＿＿＿＿＿＿＿＿＿＿＿＿＿＿＿＿＿＿＿＿＿＿＿＿＿＿＿＿

3) _____

4) _____

5) _____

（6）数据源（ODBC）

ODBC，即开放数据库连接。通过 ODBC 可以访问来自多种数据库管理系统的数据。例如，ODBC 数据源会允许一个访问 SQL 数据库中数据的程序，同时访问 Visual FoxPro 数据库中的数据。为此，必须为系统添加称为"驱动程序"软件的组件。

步骤 1：在"管理工具"窗口中，双击"数据源（ODBC）"图标，打开"ODBC 数据源管理器"对话框，请描述其中各选项卡的功能，填入表 3-6 中。

表 3-6　实验记录

选 项 卡	功 能 描 述
用户 DSN	
系统 DSN	
文件 DSN	
驱动程序	
跟踪	
连接池	

步骤 2：单击"驱动程序"选项卡，试分析，系统为哪些数据源默认安装了 ODBC 驱动程序：

1) _____

2) _____

3) _____

4) _____

5) _____

6) _____

7) _____

8) _____

4. 实验总结

_____

_____

_____

_____

_____

3.1.9 阅读与思考：摩尔定律

被称为计算机第一定律的摩尔定律（Moore）是指 IC 上可容纳的晶体管数目，约每隔 18 个月便会增加一倍，性能也将提升一倍。摩尔定律是由英特尔（Intel）名誉董事长戈登·摩尔（Gordon Moore），如图 3-7 所示，经过长期观察发现的。

图 3-7 摩尔

1965 年，戈登·摩尔准备一个关于计算机存储器发展趋势的报告。他整理了一份观察资料。在他开始绘制数据时，发现了一个惊人的趋势。每个新的芯片大体上包含其前任两倍的容量，每个芯片产生的时间都是在前一个芯片产生后的 18 ~ 24 个月内。如果这个趋势继续的话，计算能力相对于时间周期将呈指数式的上升。Moore 的观察资料，就是现在所谓的 Moore 定律，所阐述的趋势一直延续至今，且仍不同寻常地准确。人们还发现这不光适用于对存储器芯片的描述，也精确地说明了处理机能力和磁盘驱动器存储容量的发展。该定律成为许多工业对于性能预测的基础。

由于高纯硅的独特性，集成度越高，晶体管的价格越便宜，这样也就引出了摩尔定律的经济学效益。在 20 世纪 60 年代初，一个晶体管要 10 美元左右，但随着晶体管越来越小，小到一根头发丝上可以放 1 000 个晶体管时，每个晶体管的价格只有千分之一美分。据有关统计，按运算 10 万次乘法的价格算，IBM 704 计算机为 1 美元，IBM 709 降到 20 美分，而 60 年代中期 IBM 耗资 50 亿研制的 IBM 360 系统计算机已变为 3.5 美分。

归纳起来，"摩尔定律"主要有以下 3 种"版本"：

1）集成电路芯片上所集成的电路的数目，每隔 18 个月就翻一番。

2）微处理器的性能每隔 18 个月提高一倍，而价格下降一倍。

3）用一美元所能买到的电脑性能，每隔 18 个月翻两番。

以上几种说法中，以第 1）种说法最为普遍，第 2）、3）两种说法涉及价格因素，其实质是一样的。三种说法虽然各有千秋，但在一点上是共同的，即"翻番"的周期都是 18 个月，至于"翻一番"（或两番）的是"集成电路芯片上所集成的电路的数目"，是整个"计算机的性能"，还是"一美元所能买到的性能"就见仁见智了。

需要指出的是，摩尔定律并非数学、物理定律，而是对发展趋势的一种分析预测。因此，无论是它的文字表述还是定量计算，都应当容许一定的宽裕度。从这个意义上看，摩尔的预言实在是相当准确而又难能可贵的了，所以才会得到业界人士的公认，并产生巨大的反响。

摩尔定律问世 40 余年了。人们不无惊奇地看到半导体芯片制造工艺水平以一种令人目眩的速度提高。Intel 的微处理器芯片 Pentium 4 的主频已高达 2G，2011 年推出了含有 10 亿个晶体管、每秒可执行 1 千亿条指令的芯片。人们不禁要问：这种令人难以置信的发展速度会无止境地持续下去吗？

事实上，总有一天，芯片单位面积上可集成的元件数量会达到极限。问题只是这一极限是多少，以及何时达到这一极限。业界已有专家预计，芯片性能的增长速度将在今后几年趋缓。一般认为，摩尔定律能再适用 10 年左右。其制约的因素一是技术，二是经济。

从技术的角度看，随着硅片上线路密度的增加，其复杂性和差错率也将呈指数增长，同时也使全面而彻底的芯片测试几乎成为不可能。一旦芯片上线条的宽度达到 nm（纳米，10^{-9} m）数量级时，相当于只有几个分子的大小，这种情况下材料的物理、化学性能将发生质的变化，致使采用现行工艺的半导体器件不能正常工作，摩尔定律也就要走到它的尽头了。

然而，也有人从不同的角度来看问题。美国一家名叫 CyberCash 公司的总裁兼 CEO 丹·林启说："摩尔定律是关于人类创造力的定律，而不是物理学定律。"持类似观点的人也认为，摩尔定律实际上是关于人类信念的定律，当人们相信某件事情一定能做到时，就会努力去实现它。摩尔当初提出他的观察报告时，他实际上是给了人们一种信念，使大家相信他预言的发展趋势一定会持续。

（资料来源：百度百科 http://baike.baidu.com/）

请分析：

1）在此前你听说过摩尔定律吗？你是否赞同"摩尔定律是关于人类创造力的定律，而不是物理学定律"这一说法？请简述之。

_____

_____

_____

2）通过上述内容的阅读，对你是否有启发？

_____

_____

_____

3.2　Web 技术与多媒体技术

从 20 世纪 70 年代开始发展起来的因特网是一个遍及全世界并且彼此相互通信的大型计算机网络。如今，因特网已经成为一个面向公众的社会性组织，世界各地数以百万计的人们可以通过因特网来进行信息交流和资源共享。因特网互联采用 TCP/IP 协议，即传输控制/网际网协议。

3.2.1　Web 技术

组成因特网的计算机网络包括小规模的局域网（LAN）、城市规模的城域网（MAN）、大规模的广域网（WAN）等。这些网络通过普通电话线、高速率专用线路、卫星、微波和光缆等不同传输介质，把不同国家的大学、公司、科研部门以及军事和政府组织连接起来，构成一个统一的整体。把网络中的资源组合起来，这是因特网的精华及其迅速发展的原因。

Web 即网页，Web 技术是以万维网（WWW）为基础的一种技术。它是一种超文本的广域网络系统，为用户提供交互式查询方式，并集合了因特网上的大部分服务功能。

1. 因特网的网络结构

因特网具有分级的网络结构，例如，一般可分三层，最下面一层为校园网和企业网，中间层是地区网络，最上面一层是全国骨干网。

因特网采用一种唯一通用的地址格式，为因特网中的每一个网络和几乎每一台主机都分配了一个地址，地址类型有 IP 地址和域名地址两种。

（1）IP 地址

IPv4 的地址采用二进制来表示，每个地址长 32 bit（比特）。在读写 IP 地址时，32 bit（位）分为 4 B（字节），每个字节转成十进制，字节之间用“.”分隔。IP 地址由 Internet NIC（因特网网络信息中心）统一负责全球地址的规划、管理。通常每个国家成立一个组织，统一向国际组织申请 IP 地址，然后再分配给客户。由于网络的规模有较大差别，有的主机多，有的主机少，所以根据网络规模的大小将 IP 地址分为 A、B、C 三大类，除了上述三大类 IP 地址外，还有 D、E 两类特殊 IP 地址。

A 类地址：该类地址主要用于世界上少数的具有大量主机的网络，其网络数量有限，故仅有很少的国家和网络才可获得此类地址。

B 类地址：此类地址用于适量的，规模适中的网络，但随着因特网的迅速发展，也很难分配到此类地址。

C 类地址：此类地址属于主要用于网络数多、主机数相对较少的网络，每个网络最多不超过 256 台主机。

D 类地址：此类地址属于特殊的 IP 地址，用于与网络上多台主机同时进行通信的地址。

E 类地址：此类地址属于特殊的 IP 地址，暂保留，以备将来使用。

（2）域名地址

IP 地址是数字型的，一般难以记忆和理解。因此，因特网还采用另一套字符型的地址方案，即域名地址。它以一定意思的字符串来标识主机地址，IP 与域名地址两者相互对应，而且保持全网统一。一台主机的 IP 地址是唯一的，但它的域名数却可以有多个。

域名系统（Domain Name System，DNS）是一个分层的名字管理查询系统，主要提供因特网上主机 IP 地址和主机名相互对应关系的服务，其通用的格式是：

第一级域名（地址右侧）往往表示主机所属的国家、地区或网络性质的代码，如中国（cn）、英国（uk）、商业组织（com）等。第二、三级是子域，第四级是主机。常见的一级域名如下所示：

在中国，一级域名为（cn），二级域名有教育（edu）、网络（net）、科研（ac）、团体（org）、政府（gov）、商业（com）、组织（org）、军队（mil）等，各省则采用其拼音缩写，如 bj 代表北京、sh 代表上海等。

由于因特网主要是在美国发展起来的，所以美国的主机其第一级域名一般直接说明其主机性质，如 com、edu、gov 等，而不是国家代码，而其他国家第一级域名一般是其国家代码。

在我国，受原国务院信息化工作领导小组办公室的委托，中国科学院在其计算机网络信息中心组建了中国因特网络信息中心（CNNIC），行使国家因特网信息中心的职责。CNNIC

最初的一项主要业务就是域名注册服务，其对域名的管理严格遵守《中国因特网络域名注册暂行管理办法》和《中国因特网络域名注册实施细则》的规定。

2. 因特网的基本应用

因特网上的信息资源非常丰富，信息应用的种类也是多种多样。

1）电子邮件（E-mail）。电子邮件利用计算机的存储、转发原理，克服时间、地理上的差距，通过计算机终端和通信网络进行文字、声音、图像等信息的传递。它是因特网的一项重要功能。

2）远程登录（Telnet）。在因特网中，用户可以通过远程登录使自己成为远程计算机的终端，即远距离使用对方计算机，运行程序或使用它的软件和硬件资源。

3）文件传输（FTP）。文件传输服务器允许因特网上的客户将一台计算机上的文件传送至另一台计算机上。一般地，在文件传输协议（File Transfer Protocol，FTP）服务器上存放着大量的资源，用户借助于任何一台因特网终端计算机和相关软件，通过用户名和密码的控制，可以上传和下载各种类型的文件，如文本文件、二进制可执行文件、图像文件、声音文件、数据压缩文件等。FTP 比其他方式（如电子邮件）交换数据都要快得多。

4）万维网（WWW）。WWW 是 World Wide Web 的简称，它是目前最受用户欢迎的一种服务。WWW 是基于超文本的信息查询工具，它把因特网上不同地点的相关数据信息有机地组织起来，供用户查询。

5）电子公告牌（BBS）。BBS 也是一项受广大用户欢迎的服务项目，用户可以在 BBS 上留言、发表文章、阅读文章等。

6）网络新闻（USENET）。网络新闻又称电子新闻或新闻组。与 BBS 比较类似，它也是提供一个场所，让对某个问题感兴趣的各个用户之间进行提问、回答、新闻和评论，以及进行其他信息的交流。

3. 因特网服务器

因特网上有很多类型的计算机，包括路由器、客户机和服务器等，如图 3-8 所示。其

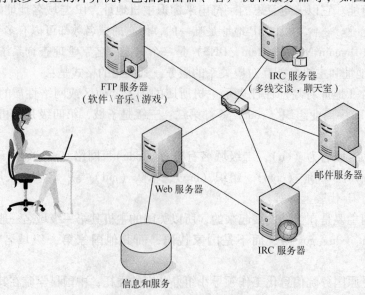

图 3-8　因特网上的服务器

中，用来连接因特网并浏览网页的计算机称为客户机。客户机可以是台式机、笔记本、上网本，也可以是一种网络设备、一台 PDA 或者甚至是一个无线电话。

因特网服务器是因特网上提供信息和服务的计算机，主要有4类：Web 服务器、邮件服务器、FTP 服务器和 IRC 服务器。

Web 服务器为上网者提供信息和服务。所以，当用户访问某个网站时，就用自己的客户机连接一台 Web 服务器。在大多数情况下，用户都是通过连接 Web 服务器来获取信息和服务的。

邮件服务器提供邮件服务和邮件账号。在很多情况下，邮件服务器是作为 Web 服务器的一部分提供给用户的。例如，Hotmail 就是一个免费的由 MSN 提供的电子邮件服务器。

FTP 服务器存储着用户可以下载的文件集合。这些文件可以包括软件、屏幕保护程序、音乐文件（大多数以 MP3 的形式存在）和游戏。

IRC 服务器为用户提供多线交谈和聊天室的服务。IRC 服务器是为一些网站如 QQ、新浪提供的大众化的计算机群。在这种服务器上，用户可以发表自己关于不同商品和服务的观点，发布自己的博客文章等。

4. WWW 的系统结构

WWW 的系统结构基于客户机/服务器模式（C/S）。在服务器上存放着各种 HTML 语言编写的超文本/超媒体文件。在客户端，则有各种处理 HTML 文件的浏览器，客户机与服务器之间的通信按照 HTP（Hypertext Transfer Protocol）协议进行。当运行一个浏览器时，用户通过键入一个称为 URL 的 WWW 地址来指定其想要看的 Web 页，然后由浏览器向服务器指定数据类型，服务器取出该页并把数据动态地转换成客户指定的格式。如果转换不成，服务器会反馈一个信息，这一过程也称为"格式协商"。最后，服务器把 Web 页数据以客户指定的方式传给客户，并等待下一个指令。这样，一个服务器就能为多个客户提取 Web 页，并将客户请求排队，顺序进行。这种模式使 Web 页以一种格式存储，以多种格式发布，使得 Web 页与平台和特定的数据格式无关，而客户又能以最佳的方式得到所需的资料。

统一资源定位符（URL）用来唯一和统一地定位在 WWW 上的资源位置。URL 由 3 部分组成，其格式为：

> Scheme://Host/path/filename

其中：Scheme 代表取得数据的方法或通信协议的种类，常见的有：http、news、gopher、WAIS、file 和 telnet，它们分别代表 WWW 服务器上的文件、news 新闻组服务器上的新闻组、gopher 服务器上的文件、WAIS 服务器上的文件、自己机器上的文件和 telnet 登录到另一个主机。URL 的 Host 部分指定存放各种电子数据的服务器的网络地址。URL 的第三个部分为文件或目录的路径名，它指定浏览器所访问的最终目标。

如果相关文件位于同一台主机甚至同一个目录下时，也可使用部分 URL。部分 URL 是以当前计算机上的位置作为指引浏览器的参考路径，所以又称相对 URL。

5. HTML 语言

HTML 是一种文档生成语言，也称为超文本标记语言（HyperText Markup Language，HT-ML），它能方便地将一个文档中的文字或图像与另一个文档连接在一起，而不必考虑这些文档是保存在同一台计算机中，还是保存在网络中的其他地方。超文本、多媒体、超媒体通过链接方式内嵌在 Web 页中。单击 Web 页上的下划线文字或者高亮度图形，可以激活超文本或多媒体链接，单击超级链接可以转到另一文档，该文档可以是其他页的信息或另一个 Web 节点。用户可以在 Web 上通过超级链接从某一页跳到其他页中。这就使无数单一存在的信息在 WWW 网中形成了统一信息库，并使原来对计算机网络一无所知的人能轻松地运用网络带来的便利。

6. XML 语言

XML 是 eXtensible Markup Language 的简写，也称为扩展标记语言，可以用在自由性的数据库或是各种文件格式上，用来接收与应用各种网页的需求。XML 要比 HTML 强大得多，它不再是固定的标记，而允许定义数量不限的标记来描述文档中的资料，允许嵌套的信息结构。HTML 只是 Web 显示数据的通用方法，而 XML 提供了一个直接处理 Web 数据的通用方法。HTML 着重描述 Web 页面的显示格式，而 XML 着重描述 Web 页面的内容。

3.2.2 网络开发技术

实际上，在信息系统的建设和应用中，还使用了其他很多关键技术。例如，分布式计算和网格计算技术、安全技术、无线通信技术、移动计算技术等。

1. J2EE

J2EE 是 Sun 公司推出的一种应用平台、一个规范，它使用了多层分布式应用模型，与传统的因特网应用程序模型相比，J2EE 应用模型定义了一种让多层应用程序实现服务的建筑模型，提供了可伸缩、易访问、易于管理的方法。

J2EE 应用程序模型通过建立多层应用程序降低其复杂程度，来简化和加速应用程序的开发。J2EE 应用模型把实现多层结构服务的工作划分为两部分：开发者实现商业和表达逻辑；由 J2EE 平台提供的标准的系统服务。开发者可以依赖这个平台为开发中间层服务中遇到的系统级硬件问题提供解决方案，这种标准模型使培训开发人员的费用降为最小。

J2EE 应用程序模型的一个重要目的就是使应用程序最小化。实现这一点的一种方法是提高在 J2EE 平台上运行普通任务的能力，这些普通任务包括强制一个应用程序的安全目标，执行它的交易处理，链接它所需要的组件。J2EE 提供了一种简单的、公开的方式来说明这些行为。这些说明被分散地放在各部分代码中和开发描述中，而开发描述是应用程序包的一部分。这些基于 XML 的说明，使应用程序开发者不用修改任何组件就可以改变应用程序的作用。

J2EE 是为顾客、雇员、供应商、合作者提供企业级服务的，这样的应用程序天生具有复杂性，它们要访问各种类型的数据并分发于大量的客户端。为了更好地控制、管理这些应用程序，就要将支持各种各样用户的商业功能在中间层引入，中间层描述了一个被企业的信息技术部门紧紧控制的环境。J2EE 应用程序依靠企业信息系统层来存储企业的商业数据。

2. Web Service

Web Service 是封装成单个实体并发布到网络上供其他程序使用的功能集合，是用于创建开放分布式系统的构件，是指由企业发布的完成其特别商务需求的在线应用服务，其他公司或应用软件能够通过因特网来访问并使用这项在线服务。

Web Service 是下一代的 WWW，它允许在 Web 站点上放置可编程的元素，能进行基于 Web 的分布式计算和处理。Web Service 的发展非常迅速，新规范（SOAP、WSDL 和 UDDI）的构建模块刚出现，就已经对设计、开发和部署基于 Web 的应用产生了巨大的影响。

Web Service 的特点包括：

1）互操作性。任何的 Web Service 都可以与其他 Web Service 进行交互。由于有了简单对象访问协议（Simple Object Access Protocol，SOAP）这个所有主要供应商都支持的新标准协议，从而避免了协议之间转换的麻烦。还因为可以使用任何语言来编写 Web Service，因此，开发者无须更改其开发环境，就可生产和使用 Web Service。

2）普遍性。Web Service 使用 HTTP 和 XML 进行通信，任何支持这些技术的设备都可以拥有和访问 Web Service。

3）易于使用。Web Service 的概念易于理解，并且有来自 IBM 和 Microsoft 这样的供应商的免费工具箱能够让开发者快速创建和部署 Web Service。

4）行业支持。所有主要的供应商都支持 SOAP 和周边 Web Service 技术。例如，Microsoft 的 . Net 平台就基于 Web Service。因此，用 Visual Basic 编写的组件很容易作为 Web Service 部署，并可以被 IBM Visual Age 编写的 Web Service 所使用。

3. 分布式计算

分布式计算是近年提出的一种新的计算方式，就是在两个或多个软件互相共享信息，这些软件既可以在同一台计算机上运行，也可以在通过网络连接起来的多台计算机上运行，它把需要进行大量计算的工程数据分割成小块，由多台计算机分别计算，在上传运算结果后再统一合并得出数据结论。

与其他算法相比，分布式计算具有以下优点：

1）稀有资源可以共享。

2）通过分布式计算可以在多台计算机上平衡计算负载。

3）可以把程序放在最适合运行它的计算机上。

其中，共享稀有资源和平衡负载是计算机分布式计算的核心思想之一。实际上，网格计算就是分布式计算的一种。如果我们说某项工作是分布式的，那么，参与这项工作的一定不只是一台计算机，而是一个计算机网络，显然这种方式具有很强的数据处理能力。

分布式计算体系是指一个使用分布式计算的方法来设计、编写和运行的应用系统。就其本质来说，它与面向对象编程一样，是指一种程序设计和软件发布的方式，而与具体的语言和编译器无关。

分布式计算体系从概念上来说，可以分为以下几个部分：

1）数据库服务器。负责有关数据库的管理工作，包括数据库的建立、数据的组织和查询、对数据进行统计等与数据操作有关的功能。

2）客户程序。它主要实现与用户进行交互的功能，从用户收集信息和命令，反馈给系统；从系统得到数据和结果，通过显示或打印机等其他输出设备，反馈给用户。

3）应用服务器。应用服务器是数据库服务与客户程序之间的桥梁，客户程序通过应用服务器向数据库服务器发送命令、请求数据，数据库服务器通过应用服务器响应命令、返回数据。应用服务器在此过程中对所有的命令和数据进行控制，以实现商业逻辑运行。

与传统的 C/S 结构体系相比，分布式计算体系更安全可靠。首先，客户端不与数据库服务器直接相连，甚至可以不在同一物理网络上，充分保证了数据的安全性，保证用户只能通过客户端应用程序来存取数据。其次，只要系统设置有相应权限管理，用户就只能进行与其权限相符的操作，从而进一步保证系统数据的安全性。第三，应用服务器的分布，使得相应的商业逻辑的实现由不同的人员管理，使系统更具安全性。

分布式计算体系对客户端的要求更低，可以充分发挥服务器的能力。所有的商业逻辑的实现，都在应用服务器和数据库服务器上实现了，并且，大量的统计和计算工作都是在服务器上完成的。这样，就可以充分发挥服务器的能力，并且客户端所要做的工作就只是与用户进行交互，而不需要进行大量的计算工作，所以对客户端的要求比较低。

使用分布式计算体系，可以很轻易地实现系统的无缝升级。如果商业逻辑变化了，只需要对应用服务器进行修改和升级，而不需要到用户那里去升级其客户端程序，所以更方便快捷、省时省力。

4. 网格计算

网格是指通过局域网或广域网对终端用户或应用者提供的一系列分布式计算资源。网格计算是伴随着因特网而迅速发展起来的一种分布式计算，是专门针对复杂科学计算的新型计算模式，其实质就是组合与共享资源并确保系统安全。网格计算这种计算模式是利用因特网把分散在不同地理位置的计算机组织成一个"虚拟的超级计算机"，其中每一台参与计算的计算机就是一个"节点"，而整个计算是由成千上万个"节点"组成的一张"网格"。网格计算的最大优势在于分散，将需要超级计算机才能进行的计算分给数万台甚至数百万台个人计算机去进行。个人计算机仅仅利用闲置时间（如屏幕保护时间）进行计算，如此，人们在个人计算机上就能完成超大型计算机才能完成的工作。网格扩展了基于标准的开放式集群平台的概念，可以支持任何互联的计算设备之间进行协作，甚至将扩展到全球任何一个角落，网格囊括了台式电脑、部门级服务器、大型 SMP 系统和大型数据中心服务器，能够以空前的规模效益提供更为经济的资源，网格技术可将计算资源进行"虚拟"组合，将全世界众多的国家实验室、大学和工业实验室连到一起，它将使全球数以百万计的系统作为一个巨大无比的计算资源来运行，全球用户都可以进行高性能的技术计算。

充分利用网上的闲置处理能力是网格计算的优势，网格计算模式首先把要计算的数据分割成若干"小片"，而计算这些"小片"的软件通常是一个预先编制好的屏幕保护程序，然后不同节点的计算机可以根据自己的处理能力下载一个或多个数据片断和这个屏幕保护程序。于是，只要节点计算机的用户不使用计算机时，屏幕保护程序就会工作，这样这台计算机的闲置计算能力就被调动起来。

3.2.3 多媒体技术

在人类社会中，一切知识的获取都来自媒体对我们感官（如听觉、视觉、触觉、嗅觉、味觉等）的刺激。如果能利用更多、更直观、更有效、更活泼的媒体刺激，我们所得到的印象就会更深刻，所学的知识保留得就越久，效果当然也就越好。多媒体技术就是这样一项正在迅速发展的综合性电子信息技术，它改善了人类信息的交流，缩短了人类传递信息的路径，使传统的计算机系统、音频和视频设备等产生了根本性的变革，对大众传媒产生着深远的影响，也给人们的学习、工作、生活和娱乐带来了深刻的革命。多媒体计算机的出现，也加速了计算机进入家庭和社会各个方面的进程。

通信技术及计算机技术的发展，使我们能够比以往更加和谐地把现有的多种形式的信息媒体组合起来。综合来说，多媒体技术的特性可以分为下列几点：

1）集成性。集成性不仅指多媒体系统的设备集成，而且也包括多媒体的信息集成和表现集成。

多媒体技术是结合各种媒体的一种应用，并且建立在数字化处理的基础上。依其属性的不同，媒体可分成文字、音频及视频等。具有多种技术的系统集成性，可以说基本上包含了当今计算机领域内最新的各项技术，并将不同性质的设备和信息媒体集成为一体，以计算机为中心综合处理各种信息。

2）交互性。这是多媒体技术的特色之一，就是可以与使用者进行交互性沟通的特性，这也正是它与传统媒体最大的不同。这种改变，除了使应用者可以按照自己的意愿来解决问题外，还可借助这种交互沟通来帮助学习、思考，进行系统地查询或统计，以达到增进知识及解决问题的目的。

3）非循序性。一般而言，使用者对非循序性的信息存取需求要比对循序性存取大得多。过去在查询信息时，要把大部分的时间花在寻找资料及接收重复信息上。而多媒体系统克服了这个缺点，使得以往人们依照章、节、页阶梯式的结构，循序渐进地获取知识的方式得以改善，借助"超文本"的观念来呈现一种新的风貌。所谓"超文本"，简单地说就是非循序性文字，它可以简化使用者查询资料的过程，这也是多媒体强调的功能之一。

4）非纸张输出形式。多媒体系统应用有别于传统的出版模式。传统出版模式以纸张为主要输出载体，通过记录在纸张上的文字及图形来传递和保存知识。多媒体系统的出版模式中强调的是无纸输出形式，以光盘（CD-ROM 或 DVD-ROM 等）为主要的输出载体。这不但使存储容量大增，而且还提高了它保存的方便性。

5）实时性。由于多媒体技术是多种媒体集成的技术，其中声音及活动的视频图像是与时间密切相关的，这就决定了多媒体技术必须要支持实时处理，如播放时声音和图像都不能出现停顿现象等。

6）数字化。多媒体技术以数字化方式加工和处理多媒体信息，精确度高，播放效果好。

正因为"多媒体技术"具有上述的一些特性，所以，目前的家用电视系统就不能称之为一个多媒体系统。因为虽然现在的电视也是具有"声、图、文"并茂的多种信息媒体，但是在电视机面前，我们除了可以选择不同的频道外，只能被动地接收电视台播放的节目，所以这个过程是单向的，而不是双向的，即不具有交互性。

多媒体涉及的技术范围很广，是多种学科和多种技术交叉的领域。多媒体技术的研究和应用开发主要集中在：超大规模集成电路制造技术（VLSI）、数据压缩技术、光存储技术、音频技术、视频技术、图形图像技术、多媒体网络与通信技术和虚拟现实技术等。

3.2.4 主要术语

确保自己理解以下术语：

DNS（域名系统）	XML（扩展标记语言）	网络新闻（USENET）
FTP 服务器	城域网（MAN）	一级域名
HTML（超文本标记语言）	电子公告牌（BBS）	因特网服务器

HTP 协议	多媒体技术	因特网通用地址格式
IP 地址	二级域名	因特网网络信息中心（Internet NIC）
IRC 服务器	广域网（WAN）	J2EE 应用模型
统一资源定位符（URL）	邮件服务器	Web（网页）
网格计算	域名地址	Web Service
网络开发技术	远程登录（Telnet）	Web 服务器
网络开发语言	中国因特网络信息中心（CNNIC）	Web 技术

3.2.5　练习与实验：**Windows 的网络安全特性**

1. 实验目的

本节"练习与实验"的目的是：

1）通过本实验，了解 Windows 的网络安全特性及其提供的安全措施。

2）学习和掌握 Windows 安全特性的设置方法。

2. 工具/准备工作

在开始本实验之前，请回顾教科书的相关内容。

需要准备一台运行 Windows XP Professional 操作系统的计算机。

3. 实验内容与步骤

本机器中安装的操作系统是：＿＿＿＿＿＿＿＿＿＿＿＿＿＿＿＿＿＿＿＿＿＿＿＿＿

在"Windows 资源管理器"中，右键单击机器中各个硬盘标志，选择"属性"命令，在"常规"选项卡中分别了解各个硬盘设置的"文件系统"：

C 盘：＿＿＿＿＿＿＿＿＿＿＿＿＿＿＿＿＿＿＿＿＿＿＿＿＿＿＿＿＿＿＿＿＿＿＿＿

D 盘：＿＿＿＿＿＿＿＿＿＿＿＿＿＿＿＿＿＿＿＿＿＿＿＿＿＿＿＿＿＿＿＿＿＿＿＿

E 盘：＿＿＿＿＿＿＿＿＿＿＿＿＿＿＿＿＿＿＿＿＿＿＿＿＿＿＿＿＿＿＿＿＿＿＿＿

（1）设置安全区域

步骤 1：在 Windows 控制面板中双击"Internet 选项"图标，打开"Internet 属性"对话框，选择"安全"选项卡。

如果将网络按区域划分，可分为哪 4 大区域，各区域分别包含哪类站点：

1）＿＿＿＿＿＿＿＿＿＿＿＿＿＿＿＿＿＿＿＿＿＿＿＿＿＿＿＿＿＿＿＿＿＿＿＿＿

2）＿＿＿＿＿＿＿＿＿＿＿＿＿＿＿＿＿＿＿＿＿＿＿＿＿＿＿＿＿＿＿＿＿＿＿＿＿

3）＿＿＿＿＿＿＿＿＿＿＿＿＿＿＿＿＿＿＿＿＿＿＿＿＿＿＿＿＿＿＿＿＿＿＿＿＿

4）＿＿＿＿＿＿＿＿＿＿＿＿＿＿＿＿＿＿＿＿＿＿＿＿＿＿＿＿＿＿＿＿＿＿＿＿＿

步骤 2：指定"本地 Intranet"区域，单击"站点"按钮，了解此类站点可以进行哪 3 类设置选择：

1）＿＿＿＿＿＿＿＿＿＿＿＿＿＿＿＿＿＿＿＿＿＿＿＿＿＿＿＿＿＿＿＿＿＿＿＿＿

2）＿＿＿＿＿＿＿＿＿＿＿＿＿＿＿＿＿＿＿＿＿＿＿＿＿＿＿＿＿＿＿＿＿＿＿＿＿

3）＿＿＿＿＿＿＿＿＿＿＿＿＿＿＿＿＿＿＿＿＿＿＿＿＿＿＿＿＿＿＿＿＿＿＿＿＿

步骤 3：尝试为每个区域设置不同的安全级别。各级别的含义分别是：

高：＿＿＿＿＿＿＿＿＿＿＿＿＿＿＿＿＿＿＿＿＿＿＿＿＿＿＿＿＿＿＿＿＿＿＿＿＿

中：＿＿＿＿＿＿＿＿＿＿＿＿＿＿＿＿＿＿＿＿＿＿＿＿＿＿＿＿＿＿＿＿＿＿＿＿＿

中低：_____

低：_____

步骤4：指定自定义级别。

如何指定安全级别和 Web 站点完全取决于用户，虽然已经定义了每个安全级的操作，但用户仍可以为每个安全级创建自定义的安全设置。

在"安全"选项卡的"区域的安全级别"框中单击"自定义级别"按钮，了解自定义设置的内容。

步骤5：在上面的操作中改变了区域的安全级别后，为各区域回复系统默认的级别（如果需要的话）。

（2）设置"证书"

步骤1：在 Windows 控制面板的"Internet 属性"对话框中选择"内容"选项卡。分别描述"内容"选项卡包含的内容：

分级审查：_____

证　　书：_____

个人信息：_____

步骤2：在"证书"栏中单击"证书"按钮，"证书"对话框中的选项卡分别是：

1）_____

2）_____

3）_____

4）_____

"证书"的主要作用是：

_____

_____

（3）"高级"安全设置

步骤1：在 Windows 控制面板的"Internet 属性"对话框中选择"高级"选项卡。

步骤2："高级"对话框中列举了可以进行设置的高级安全项目。请列举你认为的主要项目及其当前值，填入表 3-7 中。

表 3-7　实验记录

序　　号	项　目　内　容	当前是否选中
1		
2		
3		
4		
5		
6		
7		
8		
9		
10		

（4）设定目录权限

为设置目录权限，按以下操作步骤执行：

> **提示：** 进行本实验步骤时，请注意确认该硬盘分区的文件系统是否为 NTFS。

步骤 1： 在"Windows 资源管理器"中选择要设置权限的目录（可以选择多个目录），例如，Office 目录。

步骤 2： 对选择的对象单击鼠标右键，从快捷菜单中选择"属性"命令，打开"属性"对话框，然后在该对话框中单击"安全"选项卡。

在"名称"栏中当前有哪些用户和组：

1）_____

2）_____

3）_____

4）_____

在"权限"栏中直接显示了哪些基本权限选项：

1）_____

2）_____

3）_____

4）_____

5）_____

6）_____

步骤 3： 要添加允许访问该目录的用户和组，可单击"添加"按钮，打开"选择用户、计算机或组"对话框来选择组或用户名以便赋予它们访问权限，之后单击"确定"按钮关闭对话框。

在本地计算机"选择用户、计算机或组"栏中列举了哪些可供选择的用户和组：

1）_____ 13）_____

2）_____ 14）_____

3）_____ 15）_____

4）_____ 16）_____

5）_____ 17）_____

6）_____ 18）_____

7）_____ 19）_____

8）_____ 20）_____

9）_____ 21）_____

10）_____ 22）_____

11）_____ 23）_____

12）_____ 24）_____

步骤 4： 要删除用户和组的目录权限，在"名称"列表框中选择组或用户名，然后单击"删除"按钮即可。

步骤5：要设置用户和组的权限，先在"名称"列表框中选择该用户或组，然后在"权限"文本框中设置用户和组的权限。例如，在"权限"文本框中，只启用"读取"选项后的"允许"复选框，则被选用户和组只具有该共享目录的读取权限。

步骤6：要为用户和组设置其他权限，可单击"高级"按钮，打开访问控制设置对话框。该对话框中有哪几个选项卡？

1）_____

2）_____

3）_____

步骤7：单击"查看/编辑"按钮，打开"权限项目"对话框。在"权限项目"对话框中，用户可设置各种访问权限。例如，在"权限"文本框中，启用"写入"选项后的"允许"复选框，可使被选用户和组具有"写入"的权限。

了解当前系统中系统管理员组（Administrators）具有哪些权限（允许的项目）：

1）_____

2）_____

3）_____

4）_____

5）_____

6）_____

7）_____

8）_____

9）_____

10）_____

11）_____

12）_____

13）_____

14）_____

步骤8：其他权限设置完毕，单击"确定"按钮返回到访问控制设置对话框。

步骤9：单击"确定"按钮返回到"属性"对话框，然后单击"确定"按钮保存设置。

提示：同理，也可按上述步骤对"文件权限"、"特殊访问权限"进行设置。

（5）获得文件和目录的所有权

用户在 NTFS 卷中创建文件或目录后，自己就是该文件或目录的所有者，通过赋予权限，可以控制文件或目录的使用方式。用户可将对其文件和目录的所有权赋予另外一个用户，使其具有控制文件和目录的使用方式的权限。

步骤1：在"Windows 资源管理器"中选择要设置所有权的文件或目录（可以同时选择多个文件或目录）。

步骤2：单击鼠标右键，打开"属性"对话框，选择"安全"选项卡。单击"高级"按钮，打开"访问控制设置"对话框。

步骤3：单击"所有者"选项卡，在"目前该项目的所有者"文本框中显示出文件或目录的所有权，如果要更改所有者，可在"将所有者更改为"列表框中选择一个所有者。

目前该项目的所有者是：_____

可以将所有者更改为：

1) _____

2) _____

步骤4：单击"确定"按钮，即可完成更改操作。

4. 实验总结

_____

_____

_____

_____

_____

5. 单元学习评价

1) 你认为本单元最有价值的内容是：

_____

_____

2) 下列问题我需要进一步地了解或得到帮助：

_____

_____

3) 为使学习更有效，你对本单元的教学有何建议？

_____

_____

_____

6. 实验评价（教师）

_____

_____

3.2.6 阅读与思考：Dreamweaver 的设计者 Kevin Lynch

Kevin Lynch（如图 3-9 所示）是 Macromedia 公司的前 CTO（首席技术官，类似总工程师），著名软件 Dreamweaver 的设计者，并负责 PDF、Flash 等相关产品的研发。

作为 Adobe 高级副总裁兼首席软件架构师，Kevin Lynch 主管 Adobe 的平台事业部，该事业部侧重将用于创建和交付极具吸引力的应用程序和内容的公司软件平台推广到任何桌面或设备。Lynch 负责公司以下应用极为广泛的产品：Portable Document Format（PDF）、Adobe Reader 和 Macromedia Flash Player，并负责 Adobe 的服务器和工具与公司的技术平台的调整工作。Lynch 还负责监管 Adobe 的开发商关系计划，包括通过 Adobe 实验室和客户咨询委员会在开发过程中将客户和合作伙伴集成。

Lynch 加盟 Adobe 是因为 Adobe 于 2005 年收购了 Macromedia, Inc.，他在 Macromedia 任首席软件架构师和产品开发总裁。他主持创建了公司的移动及设备部门，并任 Web 出版部门总经理。Lynch 还负责监管领先 Web 开发产品 Macromedia Dreamweaver 的初始开发工作。

1996 年加盟 Macromedia 之前，Lynch 在 General Magic 任职，期间首创了手持通信设备的导航用户界面。此前，他从事用户界面设计工作，为后来被 Adobe 收购的 Frame Technology 开发了 FrameMaker 软件的第一个 Macintosh 版本。早在伊利诺斯大学求学期间，Lynch 就开发了早期的 Macintosh 应用产品，包括引入了当今普遍使用的用户界面元素的桌面出版程序。

图 3-9　Dreamweaver
设计者 Kevin Lynch

Lynch 与他人共同持有三项待审批专利，并积极参与到 Adobe 与 W3C、ECMA 和 ISO 等组织一起制定国际标准的行动中。2003 年，他被 CRN 评选为 "25 名创新人士" 之一。1998 年，他被 CNET 授予 "首批年度 Web 创新人士" 的称号。Lynch 曾在伊利诺斯大学学习交互计算机图形，在电子可视化实验室（Electronic Visualization Laboratory）与艺术家和工程师携手工作。

（资料来源：软件研发名人堂 http://www.sawin.cn/HallOfFame/）

请分析：请阅读以上文章，了解 Lynch 的职业生涯，理解 Lynch 在 Dreamweaver、Flash 等著名网络和多媒体应用产品上的创新思想体现，并简述之。

_____

_____

_____

_____

第4章　信息资源管理的数据库基础

数据库是进行信息组织与管理的基础，而数据库管理系统提供了处理数据库的工具。与之相关的新技术数据仓库能帮助人们组织和管理信息资源；同时，数据挖掘工具能帮助人们吸取极其重要的商务智能。

本章将介绍如何运用数据库和数据仓库作为 IT 工具来管理和存储信息资源，以及如何运用数据库管理系统和数据挖掘工具来分析存储在数据库和数据仓库中的信息。

4.1　数据库技术基础

20 世纪 80 年代以来，关系模型数据库理论日益成熟并得到广泛的应用，国际数据库市场的一些知名产品有 Oracle、SQL Server、Sybase、Informix、DB2 以及 xBASE 的代表产品 Visual FoxPro 等。

4.1.1　传统数据库的局限

数据库系统是数据库和数据库管理系统（DBMS）的总称，是适合于大量数据的存储和管理的有效方法。作为数据处理的核心，DBMS 是与应用密切相关的支撑软件。由于集成平台的出现，人们已经习惯于把 DBMS 纳入平台范畴，称之为数据平台。近年来，数据库理论和技术主要在两个方面得到进一步发展：

1）采用新数据模型（如面向对象数据模型、对象—关系数据模型等）构造数据库，将数据库系统从传统事务处理领域扩展到更广泛的领域，如应用在计算机辅助设计/制造（CAD/CAM）、计算机辅助软件工程（CASE）和地理信息系统（GIS）等领域中，满足对复杂对象的存储和处理要求。

2）数据库技术与其他学科的发展高度结合。例如，数据库技术与分布处理技术结合导出的分布式数据库，数据库技术与人工智能技术结合导出的演绎数据库、智能数据库和主动数据库，数据库技术与多媒体技术结合导出的多媒体数据库等。

但是，在数据库应用方面普遍存在着以下问题：

1）数据太多而信息不足。随着数据库技术的发展，各企业积累并存放了大量业务数据，但能够为企业提供辅助决策的信息太少。

2）异构环境数据源。由于市场竞争激烈，新产品周期缩短，如何综合利用分散的异构环境数据源，及时得到准确的信息是取得成功的关键。

3）事务处理环境不适宜决策支持系统（DSS）应用。其主要表现在：

① 事务处理和分析处理的性能特性不同。在事务处理环境中，用户的行为特点是数据的存取操作频率高而每次操作处理的时间短；而在分析处理环境中，某个 DSS 应用程序可能需要连续使用几个小时，从而消耗大量的系统资源。

② 数据集成问题。DSS 需要集成的数据，全面而正确的数据是有效地进行分析和决策的首要前提，相关数据收集得越完整，得到的结果就越可靠。但是，大多数企业内的数据是分散的，这主要是因为事务处理应用分散，数据不一致的问题，外部数据和非结构化数据的问题等。

③ 数据动态集成问题。静态集成的最大缺点在于，如果在数据集成后数据源中数据发生了变化，这些变化将不能及时反映给决策者，导致决策者使用的是过时的数据。当集成数据必须以一定的周期（如 24 小时）进行刷新时，我们称之为动态集成。显然，事务处理系统不具备动态集成的能力。

④ 历史数据问题。事务处理通常只需要当前数据，在数据库中一般也是存储短期数据，而且不同数据的保存期限也不一样，即使有一些历史数据得到保存，也被束之高阁，不能得到充分利用。但对于决策分析而言，历史数据是相当重要的，许多分析方法必须以大量的历史数据为依托，没有对历史数据的详细分析，就难以把握企业的发展趋势。DSS 对数据在空间和时间的广度上都有了更高的要求，而事务处理环境难以满足这些要求。

⑤ 数据的综合问题。在事务处理系统中积累了大量的细节数据，一般而言，DSS 并不对这些细节数据进行分析，往往需要事先对细节数据进行不同程度的综合，但事务处理系统不具备这种综合能力。根据规范化理论，这种综合还往往因为是一种数据冗余而被加以限制。

4.1.2 网络数据库

因特网最大的优点就是丰富、方便和廉价的资源共享，而数据信息是资源的主体。因此，网络数据库技术自然成为因特网的核心技术。

客户机/服务器（Client/Server，C/S）是因特网的主要网络架构形式之一，因此，数据流动方式就以客户机和服务器间的数据交换为主，即客户机向服务器提交信息和服务器向客户机反馈查询结果。由于因特网是一个松散的网络，所以网络数据库实现的难点就在于平台、数据库以及各种标准不统一，造成了实现手段的复杂化。

随着技术的不断发展，Microsoft 提出了实现网络数据库的组合技术——ASP + ODBC + ADO + SQL。其中，ASP 和 SQL 具有广泛的应用基础和自身独到的特点：ASP 采用网页内嵌式代码，并且可以内嵌 SQL 查询语句，从而降低了编程的复杂性；而 SQL 语言已经成为数据库领域的一个标准，有助于简化网络数据库的实现手段。ODBC 即开放数据库互联，通过它可以将不同的数据库如 SQL Server、Access、Visual FoxPro 和 Sybase 等统一起来共享使用数据。最后，ADO 技术将 ASP 与 ODBC 和 SQL 完美地结合在一起，轻松实现网络数据库技术。

随着大量中小网站的涌现以及因特网对动态交互和数据驱动的要求，一种运行在 Linux 环境并与它紧密结合且功能强大的数据库——MySQL，也在快速扩张，并在中小网站数据库市场上占据了较大的份额。

4.1.3 关系数据库模型

如今，企业为了更好地组织、存储基本的面向事务的信息（直至最终用于构建商务智能），都在运用数据库技术。实际中，有 4 种用于建立数据库的主流模型，即层次、网状、关系和面向对象。下面主要讨论其中应用最为广泛的数据库模型——关系模型。

一般而言，我们说数据库是信息的集合，它能按照信息的逻辑结构对其进行组织与存取。关系数据库利用一系列存在着逻辑关系的二维表或文件来存储信息。术语"关系"用来描述关系模型中的每张二维表或文件（因此这种模型被命名为关系数据库模型）。一个关系模型的数据库实际上由两个独立部分组成：

1）信息的具体内容，它们被存储在一系列的二维表、文件或关系中（人们可以交替使用这3种存储方式）；

2）信息的逻辑结构。

1. 信息的收集

在图4-1中，我们建立了Sololmon数据库的一个局部视图。注意，该数据库包含5个文件（也可以称为表或关系）：订单文件、客户文件、混凝土类型文件、雇员文件和卡车文件（实际上，数据库还可能包含更多的文件）。这些文件因各种原因关联在一起——客户下订单，雇员开卡车送货，每笔订单都包含一种混凝土类型，等等。公司需要所有这些文件来管理它的客户关系和订单。

订单文件

订单编号	订单日期	客户编码	发货地址	混凝土类型	数量	卡车编号	司机编号
100000	9/1/2009	1234	香积寺路55号	1	8	111	123456789
100001	9/1/2009	3456	和家园21幢	1	3	222	785934444
100002	9/2/2009	1234	西溪绿城别墅	5	6	222	435296657
100003	9/3/2009	4567	凤起路新华高层	2	4	333	435296657
100004	9/4/2009	4567	河坊街北秀楼	2	8	222	785934444
100005	9/4/2009	5678	流水苑小高层	1	4	222	785934444
100006	9/5/2009	1234	小和山排屋	1	4	111	123456789
100007	9/6/2009	2345	凤凰街234号	2	5	333	785934444
100008	9/6/2009	6789	山水人家28区	1	8	222	785934444
100009	9/7/2009	1234	复旦分校任重小区	3	8	111	123456789
100010	9/9/2009	6789	中华门亮丽花园公寓	2	7	222	435296667
100011	9/9/2009	4567	理想家园亲亲小区	5	6	222	785934444

混凝土类型文件

混凝土类型	类型描述
1	重混凝土。表观密度大于2600kg/m3，由重晶石和铁矿石配制。
2	普通混凝土。表观密度为1950～2500kg/m3，以砂、石和水泥配制。
3	轻普料混凝土。表观密度小于1950kg/m3。
4	多孔混凝土。表观密度小于1950kg/m3。
5	大孔混凝土。表观密度小于1950kg/m3。

客户文件

客户编码	客户名称	客户联系电话	客户主要联系人
1234	和园混凝土	33333333	李云龙
2345	绿城建筑材料	44444444	魏和尚
3456	北秀建设	55555555	顾小花
4567	康师傅混凝土	66666666	田雨
4568	旺旺建材	77777777	辛眉
5678	发达混凝土	88888888	刘德花
6789	康康建设	99999999	赵大发

雇员文件

雇员号	雇员姓名	雇用日期
123456789	张二顺	2/1/1985
435296657	周顺溜	3/3/1992
485934444	胡四奎	6/1/1999
984568756	顾三喜	4/1/1997

卡车文件

卡车编号	卡车类型	购买日期
111	奇瑞	6/17/1999
222	奇瑞	12/24/2001
333	吉利	1/1/2002

图4-1 Solomon公司有关客户关系管理及订单处理的数据库的部分内容

在每个文件中，我们都可以看到一些特定的数据项（通常被称为属性），例如，订单文件中包含有：订单编号（Order Number）、订单日期（Order Date）、客户编码（Customer Number）、发货地址（Delivery Address）、混凝土类型（Concrete Type）、数量（Amount）、卡车编码（Truck Number）、司机号（Driver ID）。在客户文件中，也可以看到一些特定信息，包括：客户编码、客户名称（Customer Name）、客户联系电话（Customer Phone）和客户主要联系人（Customer Primary Contact）。这些都是 Solomon 数据库中需要包含的重要信息。此外，Solomon 公司还需要利用这些（也可能更多的）信息有效地管理订单和客户关系等。

2. 创建逻辑结构

在运用关系数据库模型时，对信息的组织与存取是根据信息的逻辑结构而非物理结构进行的。因此，我们根本没必要关心"顾三喜"应该在雇员文件的哪一行出现，只要知道它的雇员号（Employee ID）是"984568756"，或者他的姓名是"顾三喜"就可以了。在关系模型中，数据字典包含了信息的逻辑结构。在建立数据库时，首先要建立数据字典。数据字典中包含有数据的重要信息或逻辑特征。例如，数据字典要求客户文件中的客户联系电话为8 位数字，而要求雇员文件中的雇用日期包括年月日。

这是一种完全有别于其他方式的信息组织方法。例如，在大多数电子表格中，如果想存取其中某一单元格中的信息，就必须知道该信息的物理存放位置，即行与列的标号。然而，在关系数据模型中，只要知道信息所在列的字段名称（如数量）及其逻辑行的位置，不必关心信息所在的物理行即可。正是基于这一原理，在上面的 Solomon 数据库中，很容易修改某个订单的订货数量，而无须知道这一信息的实际存放位置（通常存放位置是通过行、列标号确定的）。

在使用电子表格软件时，可以直接输入信息、建立列标题，也可以处理信息，但这不是数据库的工作方式。若运用数据库，首先必须在建立的数据字典中清晰地定义每个字段的特征。因此，在向数据库中添加信息之前，必须认真设计数据库的结构。

3. 信息内部的逻辑联系

在关系数据库模型中，为了表达相互关联的文件之间是怎样建立联系的，必须建立信息的关联规则。在建立这些相关文件之间的联系之前，首先要确定每个文件的主关键字。主关键字是文件中的一个字段（有时也可能是字段组），它能唯一地表示一条记录。在上面的 Solomon 数据库中，订单编号就是订单文件的主关键字，客户编码是客户文件的主关键字。这就意味着，订单文件中的每笔订单都必须拥有唯一的订单编号，客户文件中的每位客户也必须拥有唯一的客户编码。

另外，在指定某个字段为文件的主关键字时，还需强调该字段不能取空值。也就是说，向雇员文件中输入一个新的雇员信息时，不允许雇员号字段为空。否则，将会有多个雇员同时拥有同一个主关键字（空值），即意味着允许一个特定的主关键字（空值）对应多个雇员，在数据库环境中这种情况是不允许的。

这一点有别于一般的电子表格工作模式。运用电子表格，几乎不可能确保在给定的列中每个字段值都是唯一的。这一概念强调的是，利用电子表格处理信息时，要根据信息的物理位置来处理，而数据库则是根据信息的逻辑位置进行处理。

观察图 4-2 就可以看出，客户编码字段同时出现在客户文件和订单文件中，这样，通过该共有的字段就能够建立两个文件之间的逻辑关联，这是外部关键字的一个实例。外部关键字是取自另一个文件的主关键字。

图4-2 在 5 个文件之间建立了逻辑关系。例如，注意卡车文件中的卡车编码是该文件的主关键字，它同时还出现在了订单文件中，使 Solomon 公司能够追踪到订单都是由哪些卡车运送的。因此，卡车编码字段在卡车文件中是主关键字，同时它还作为外部关键字出现在订

单文件中。

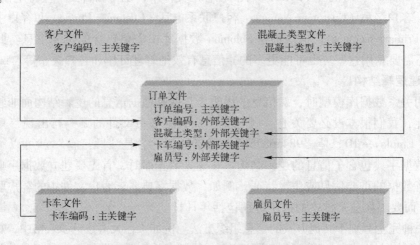

图 4-2　利用主关键字与外部关键字建立文件间的逻辑关联

4. 内在的完整性约束

在定义关系数据库信息逻辑结构的同时，还要定义完整性约束，这些约束有利于保证信息的合理性。例如，前面已经说明客户编码字段是客户文件的主关键字，在订单文件中它是外部关键字，由此可以得出这样的结论：

1) 不可能有两个客户具有相同的客户编码。

2) 订单文件中的客户编码必然存在于客户文件中。

因此，当 Solomon 创建一个新订单并向订单文件中输入客户编码时，数据库管理系统必然会在客户文件中找到一个与之对应的唯一的客户编码。这就是内在的完整性约束，它保证"新建一笔订单记录，而该订单所对应的客户却在客户文件中找不到"这样的事情不会发生。

4.1.4　主要术语

确保自己理解以下术语：

ADO	分布处理技术	
ASP	分布式数据库	数据项
DB2	关系	数据字典
Informix	关系模型	外部关键字
MySQL	关系数据库模型	完整性约束
Oracle	计算机辅助软件工程（CASE）	网络数据库技术
SQL Server	计算机辅助设计（CAD）	网络数据库组合技术
SQL 语言	计算机辅助制造（CAM）	网状模型
Sybase	开放数据库互联（ODBC）	文件
Visual FoxPro	历史数据	物理结构
xBASE	逻辑结构	演绎数据库
层次模型	面向对象数据模型	业务数据库

传统事务处理领域	数据动态集成	异构环境数据源
传统数据库	数据库	智能数据库
地理信息系统（GIS）	数据库技术	主动数据库
对象—关系数据模型	数据库系统	主关键字
多媒体数据库	数据平台	属性
二维表	数据冗余	字段

4.1.5　练习与实验：熟悉 Windows 文件管理

1．实验目的

本节"练习与实验"的目的是：

1）熟悉 Windows XP 的文件系统，明确应用 NTFS 文件系统的积极意义。

2）掌握优化 Windows XP 磁盘子系统的基本方法。

3）理解现代操作系统的文件和磁盘管理知识。

2．工具/准备工作

在开始本实验之前，请认真阅读课程的相关内容。

需要准备一台运行 Windows XP Professional 操作系统的计算机。

3．实验内容与步骤

[概念理解]

请通过阅读教科书和查阅网站资料，尽量用自己的语言解释以下基本概念：

1）Windows XP 支持哪 3 种主要的文件系统：

① _____

② _____

③ _____

2）NEFS 文件系统只能用于哪些操作系统环境：

_____

_____

3）登录进入 Windows XP Professional，并在电脑 USB 插口中插入 USB 存储设备（U 盘），右键单击并查看 U 盘的属性，请回答：U 盘的文件系统是什么？为什么？

_____

_____

[加密文件或文件夹]

为加密文件或文件夹（必须是 NTFS 格式），可按照以下步骤进行：

步骤1：在"Windows 资源管理器"中，右键单击想要加密的文件或文件夹，然后单击"属性"命令。

步骤2：在"常规"选项卡上单击"高级"按钮。

在"高级属性"对话框中可以设置的文件高级属性有：

1）存档和编制索引属性：

_____

_____

2）压缩或加密属性：

_____

_____

步骤3：选定"加密内容以便保护数据"复选框。

步骤4：单击"确定"按钮完成操作。

[访问 RSM 服务]

Windows XP 还通过一些辅助组件提供了用于额外存储的选项。可移动存储管理（Removable Storage Management，RSM）就是一项用于管理可移动媒体（如磁带和光盘）以及存储设备（库）的服务。RSM 允许应用程序访问和共享相同的媒体资源。RSM 使用户可以很容易地追踪可移动存储媒体（如磁带和光盘），并管理包含它们的库（如转换器和光盘机）。

为访问 RSM 服务，可按以下步骤操作：

步骤1：在"控制面板"中双击"管理工具"图标，再双击其中的"计算机管理"图标，打开本地"计算机管理"窗口，如图 4-3 所示。

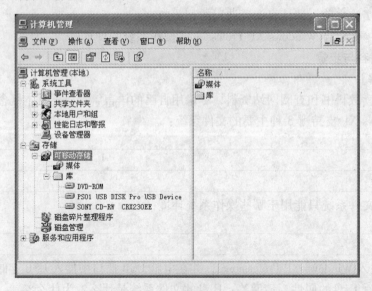

图 4-3 "计算机管理"窗口

步骤2：打开左窗格控制树中的"可移动存储"，请记录其中当前所包含的项目主要有：

1）_____

2）_____

3）_____

4）_____

5）_____

6）_____

[分配磁盘配额]

磁盘配额功能可追踪和控制卷的磁盘空间使用情况。为分配磁盘配额，可按照以下步骤进行：

步骤1：打开"我的电脑"。

步骤2：右键单击想要指定默认配额位的卷（如某个硬盘），然后单击"属性"命令，在"属性"对话框中选定"配额"选项卡。

步骤3：在"配额"选项卡上选定"启用配额管理"。

步骤4：选定"将磁盘空间限制为"选项，这将激活磁盘空间限制和警告级别区域。

步骤5：在文本框中键入数值，从下拉列表中选定一个磁盘空间限制单位，可以使用小数值（如20.5MB），然后单击"确定"。

只能在 Windows XP 中使用 NTFS 格式化的磁盘卷上分配磁盘配额。如果想要管理配额，则必须是驱动器所在计算机上的 Administrators 组的成员。

[创建系统文件备份]

ASR 磁盘可以用来恢复被破坏的 Windows XP 系统文件，更正被破坏的系统文件来帮助 Windows XP 自行引导。创建 ASR 盘只需要几分钟时间，而潜在的回报却是巨大的。因为，如果出现引导失败的情况，ASR 盘可以大大减少停机时间。

要想创建 ASR 磁盘，可执行以下操作：

步骤1：在 Windows 的"开始"→"所有程序"→"附件"→"系统工具"菜单中单击"备份"命令，运行"备份"实用程序，屏幕显示"备份或还原向导"对话框，如图4-4所示。

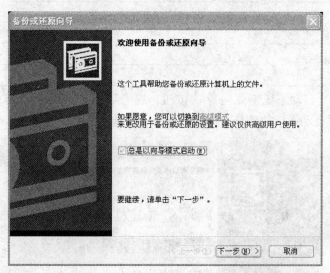

图4-4　"备份或还原向导"对话框

步骤2：在"向导"中单击"高级模式"超级链接，屏幕显示"备份工具"窗口，如图4-5所示。

"备份工具"窗口中有4个选项卡，分别是：

1）_____

2）_____

3）_____

4）_____

在"备份"窗口的"欢迎"选项卡中，有3个操作选项按钮，请分别描述之：

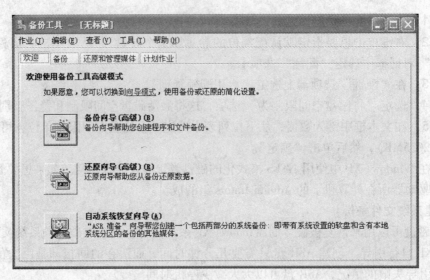

图 4-5　"备份工具"窗口

备份向导：_____

_____

还原向导：_____

_____

自动系统恢复向导：_____

_____

步骤3：单击"自动系统恢复向导"按钮，或者单击"工具"菜单中的"ASR向导"命令，系统启动"自动系统故障恢复准备向导"对话框，如图4-6所示。

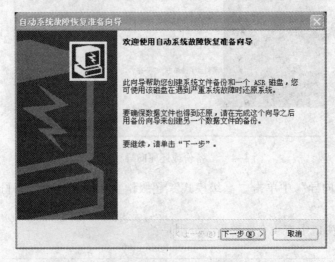

图 4-6　"自动系统故障恢复准备向导"对话框

该向导将帮助用户创建系统文件备份和一个 ASR 磁盘，在遇到严重系统故障时，可使用该磁盘还原系统。

步骤4：插入一张格式化好的 1.44MB 软盘，按向导的提示逐步完成相应的操作。

[磁盘清理]

"磁盘清理"有助于释放硬盘驱动器空间。"磁盘清理"程序将搜索驱动器,然后显示可以安全删除的临时文件、因特网(Internet)缓存文件以及不需要的程序文件。可以指示删除其中一些或所有的文件。

为打开"磁盘清理"功能,可在 Windows 的"开始"→"所有程序"→"附件"→"系统工具"菜单中单击"磁盘清理"命令。

"磁盘清理"搜索指定的驱动器。在打开和关闭文件或者使用因特网连接时,系统会创建临时文件,这些临时性质的文件有时会继续保存在硬盘上。"磁盘清理"程序可以了解这些文件采用的形式及其在磁盘上的位置,以便安全地删除这些文件,释放宝贵的磁盘空间。打开"磁盘清理"对话框,从中可以看到,针对某个磁盘有哪几类文件可以通过"磁盘清理"程序删除。

请记录:

C 盘:可删除的文件类别:　　　　　　　　　　　　　所占容量大小:

_____　　　_____(KB)

_____　　　_____(KB)

_____　　　_____(KB)

_____　　　_____(KB)

_____　　　_____(KB)

_____　　　_____(KB)

_____　　　_____(KB)

_____　　　_____(KB)

_____　　　_____(KB)

_____　　　_____(KB)

[备份]

为应对故障事件,Windows XP 包括了功能齐全的"备份"程序,其中的"备份向导"和"还原向导"简化了备份和恢复 Windows XP 服务器上存储重要数据的任务。

步骤1: 在 Windows 的"开始"→"所有程序"→"附件"→"系统工具"菜单中单击"备份"命令,运行"备份"程序,并切换到"高级模式"。

步骤2: 备份数据。在"备份工具"窗口中单击"备份"选项卡,如图4-7所示。

要想选定要备份的数据,只需要在"备份"窗口的左窗格中单击要备份的文件或目录旁边的复选框即可。然后在窗口下方选择备份目的地,命名备份媒体,最后单击"开始备份"按钮即可。

步骤3: 恢复数据。在"备份工具"窗口中单击"还原和管理媒体"选项卡,如图4-8所示。

为"还原"恢复数据,先选定想要恢复的文件和文件夹,选定恢复备份文件和文件夹的位置,设置恢复选项,然后单击"开始还原"即可进行恢复操作。

步骤4: 计划作业。除备份和恢复数据之外,Windows XP "备份"程序还允许计划备份作业,以便在无人干预的情况下运行。在"备份工具"窗口中单击"计划作业"选项卡,如图4-9所示。

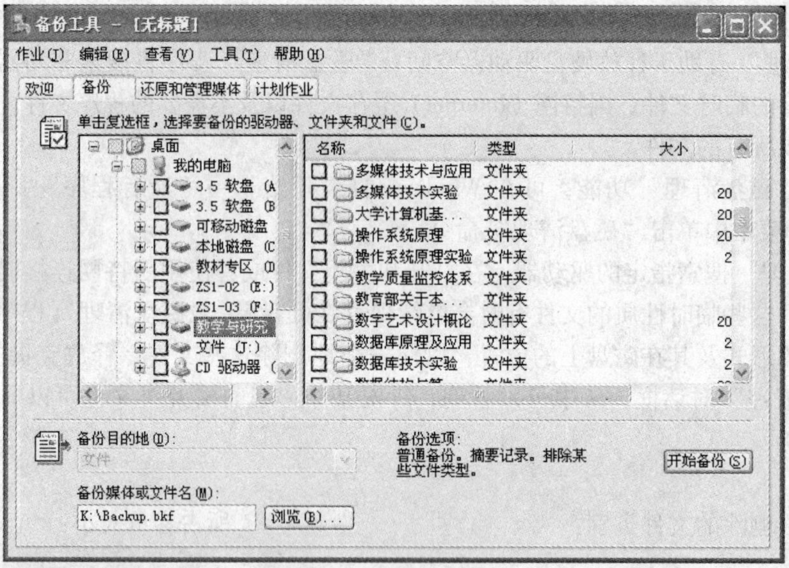

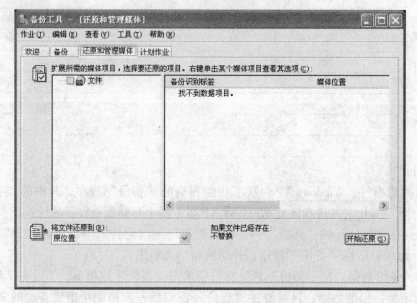

图 4-7 "备份"选项卡

图 4-8 "还原和管理媒体"选项卡

请根据"备份"程序的向导和提示信息,尝试完成"备份"、"还原"和"计划作业"的操作。

请记录:上述"备份"程序的各项操作能够顺利完成吗?如果完成了,请简单叙述你对"备份"操作的感想;如果操作不成功,请分析原因所在。

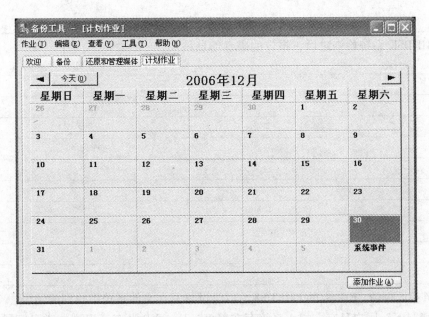

图4-9 "计划作业"选项卡

[维护文件完整性]

Windows XP 的 CHKDSK 程序可以扫描 FAT、FAT32 和 NTFS 分区上文件系统的完整性，它检查丢失的簇、交叉链接文件等，还可以尝试更正它找到的任何错误。此外，它还提供了其他许多文件系统信息。

如果 Windows XP 感觉到文件系统被损坏，它将在启动时自动运行 CHKDSK。用户也可以手工启动这个实用程序。CHKDSK 可以在 5 种模式中运行：第一种模式没有任何参数，这是一种只读模式，仅用于检查文件系统中的任何错误，CHKDSK 会报告错误，但不会尝试修复错误，因此这个过程完成得非常快。其他 4 种模式使用以下参数：

- /FILENAME 检查指定文件的碎片化情况。
- /F 尝试修复文件系统中的任何错误。
- /V 提供分区上的每一个文件的名称和完整路径。
- /R 查找分区上的坏扇区并尝试恢复可读信息。

要运行 CHKDSK，可执行以下操作：

步骤 1：在"开始"→"所有程序"→"附件"菜单中单击"命令提示符"命令，打开"命令提示符"窗口。

步骤 2：在命令提示符上键入要检查的分区。例如，要检查 C 盘，可键入"C：\"。

步骤 3：键入不带任何参数的 CHKDSK，以便只检查文件系统错误。如果找到错误，则继续进行步骤 4。

请记录：

1）系统执行 CHKDSK 命令过程中显示的提示信息是：

_____

_____

2）CHKDSK 系统检查之后，报告的磁盘信息是：

_____

_____

_____

_____

_____

_____

_____

_____

步骤4：运行带 /F 参数的 CHKDSK，以尝试修复在文件系统中找到的错误。

一般情况下，用户只有在担心系统存在着 Windows XP 没有意识到的磁盘问题时才会使用这个实用程序。

步骤5：关闭窗口退出操作。

[**整理磁盘碎片**]

Microsoft 声称使用像 NTFS 这样有效的文件系统可以减少整理碎片的需要，但是 NTFS 文件系统也仍然会受到碎片化的影响。为此，Windows XP 中包括了一个"磁盘碎片整理程序"实用程序。

通过整理使用 FAT、FAT32 或 NTFS 文件系统的卷的碎片，Windows XP 包括了一些用来维护磁盘性能的能力。

这个版本具有以下限制：

- 只能整理本地卷的碎片。
- 一次只能整理一个卷的碎片。
- 在扫描一个卷时不能整理另一个卷的碎片。
- 不能使用脚本。
- 不能计划碎片的整理工作。
- 一次只能运行一个 Microsoft 管理控制台（MMC）管理单元。

所有测试过的系统配置都表明，NTFS 碎片整理可以改进性能，并且较快的系统配置从磁盘碎片整理上获得的收益比功能较弱的系统更多。

请记录：请尝试进行"碎片整理"操作。各项操作能够顺利完成吗？如果不能，请分析原因。

_____

_____

4. 实验总结

_____

_____

4.1.6　阅读与思考：甲骨文 CEO 拉里·埃里森的故事

拉里·埃里森（图 4-10），芝加哥大学（伊利诺斯大学、西北大学）肄业，是美国甲骨文（Oracle）公司的 CEO。

"读了三个大学，没得到一个学位文凭"

埃里森是从俄罗斯移民的美国犹太人后裔，出生在 1944 年的曼哈顿。埃里森从小由舅舅一家抚养，在芝加哥犹太区的中下层长大，当时的贫富差别没有现在这么大。学生时代的埃里森并没有显示出优秀的素质和成绩，在学校他有些孤僻，喜欢独来独往。

图 4-10　甲骨文 CEO 拉里·埃里森

1962 年埃里森高中毕业，进入伊利诺斯大学就读，二年级时离开学校。后来《商业周刊》曾报导过他离开的原因，说是因为平均成绩不及格，埃里森对此不置可否。过了一个夏天他又进入芝加哥大学，同时还在西北大学学习。最终，历经三个大学，埃里森却没得到任何一张大学文凭。

1966 年埃里森离开家乡，来到加州的伯克莱，准备就读研究生，同时开始工作。他学习了电脑编程，主要是为 IBM 开发大型电脑。他并非想投身高科技，只不过想赚点生活费。他给一些大公司开发应用程序，那时的软件开发意味着：挂上磁带，备份数据，工作单调，也没什么挑战性，远不能和现在的程序员相比。

关于学位，埃里森认为："大学学位是有用的，我想每个人都应该去获得一个或者更多，但遗憾的是我在大学没有得到学位。我从来没有上过一堂计算机课，虽然我还是成了程序员，我完全是从书本自学编程的。"

"换了十几家公司，还是一事无成"

几年间埃里森陆陆续续换了许多公司，1973 年埃里森在阿姆达尔公司工作，阿姆达尔公司是和 IBM 竞争的生产大型电脑的公司，有 45% 的股份是日本富士通的，所以埃里森有机会去日本出差。在日本，他被京都典型的异国情调给迷住了，日本的禅学和文化给埃里森以深刻的影响，从此他成了一个日本文化艺术的终身爱好者。

离开阿姆达尔公司后，埃里森加入 Ampex，这是硅谷一家生产影像设备的公司，在那里他认识了他一生中最重要的两个人：Bob Miner 和 Edward Oates。当时他们在一起研究如何有效存储读取海量的数字信息，埃里森转向了市场销售工作。这个项目最终还是失败了，埃里森将这归咎于公司管理不善："我比公司的头儿们懂技术，也比他们懂市场，如果他们能经营公司，我也能。"就这样，他动了自己办公司的念头。

创立甲骨文

就在他们打算成立公司时，另外两个传奇式的公司诞生了，一个是苹果，一个是微软。

虽然这三个公司的产品、理念、文化完全不同，但却有着同样的模式：创立者的构成都是一个有梦想精神的技术企业家加一个技术天才：比尔·盖茨有 Paul Allen，斯蒂夫·乔布斯有 Steve Wozniak，拉里·埃里森有 Bob Miner。

1977 年 6 月，埃里森他们三人合伙出资 2000 美元成立了软件开发研究公司，埃里森拥有 60% 的股份。埃里森之所以占这么多股份，是因为公司完全是由埃里森鼓动成立的，而且他当时有一个 40 万美元的项目合同。这一年他 32 岁。

"当我创立甲骨文时，我想建立一个让我喜爱的工作环境，这是最主要的目的。当然，我也要通过公司养家糊口，但没想到会像现在这么富有。钱不是最主要的，我真的是想和我喜欢或者佩服的人一起工作。甲骨文招聘有一个原则：如果这个人你不喜欢一周有三次和他一起午餐，就不要让他加入。"

"上百亿美元的错误"

1976 年，IBM 研究人员发表了一篇具有里程碑意义的论文《R 系统：数据库关系理论》，介绍关系数据库理论和查询语言 SQL。埃里森非常仔细地阅读了这篇文章，并为之深深震动，这是第一次有人用全面一致的方案管理数据信息。作者 Ted Codd 十年前就发表了关系数据库理论，并在 IBM 研究机构开发原型，这个项目就是 R 系统，存取数据表的语言就是 SQL。文章详细描述了他十年的研究成果和如何实现的方法，埃里森看完后，敏锐地意识到在这个研究基础上可以开发商用软件系统。

那时大多数人认为关系数据库不会有商业价值，因为速度太慢，不可能满足处理大规模数据或者大量用户存取数据。关系数据库理论上很漂亮而且易于使用，但不足就是太简单，实现速度太慢。埃里森却就此看到了他们的机会：他们决定开发通用商用数据库系统甲骨文，这个名字来源于他们曾给中央情报局做过的一个项目。不过也不是只有他们独家在行动，Berkeley 大学也开始开发关系数据库系统 Ingres。

IBM 自己却没有计划开发。为什么"蓝色巨人"放弃了这个价值上百亿的产品，原因有很多：IBM 的研究人员大多是学术出身，他们最感兴趣的是理论，而不是推向市场的产品；从学术上看，研究成果应该公开，因为发表论文和演讲能使他们成名，何乐而不为呢？还有一个很主要的原因就是 IBM 当时有一个销售得还不错的层次数据库产品 IMS，推出一个竞争性的产品会影响 IMS 的销售人员工作。直到 1985 年 IBM 才发布了关系数据库 DB2，而埃里森那时已经成了千万富翁。

埃里森曾将 IBM 选择 Microsoft 的 MS-DOS 作为 IBM-PC 机的操作系统比为"世界企业经营历史上最严重的错误，价值流失超过了上千亿美元"。IBM 发表 R 系统论文，却没有很快推出关系数据库产品的错误可能仅仅次之，甲骨文的市值在 1996 年就达到了 280 亿美元。

"聪明的市场策略"

几个月后，他们就开发了甲骨文 1.0，但这只不过是个玩具，除了完成简单关系查询外不能做任何事情。他们需要花相当长的时间才能使甲骨文有用，维持公司运转主要靠承接一些数据库管理项目和做顾问咨询工作。

甲骨文数据库的头两个用户是美国中央情报局和海军情报所，他们使用完全不同的硬件和软件。中央情报局用的是 IBM 大型机，海军用 VAX 机，而埃里森和 Miner 开发甲骨文用的是 Digital 的 PDP 机。这迫使他们作出一个重要决定：新版本 3.0 全部用 C 语言开发，因为 C 语言是所有机器支持的，而且 C 编译器很便宜。

埃里森向客户宣称甲骨文能运行在所有的机器上，事实上当然不可能，但这是非常聪明的市场策略。大型公司和机构都拥有各种类型的电脑和操作系统，他们愿意购买一种能通用的数据库。

甲骨文的成功除了有 IBM 的友好帮助外，还要记上 Digital 的一份功劳。IBM 向埃里森提供了关系数据库理论，DEC 提供了表演的舞台——VAX 电脑，VAX 是历史上最成功的小型机。

"出色的市场推销员"

早期的甲骨文版本无法正常工作，程序充满了错误，用户抱怨不断，但埃里森坚信较早占领大块市场份额是最主要的。"当市场已建立好，你知道百事可乐要花多少钱才能夺得可口可乐 1% 的市场？非常非常昂贵。"IBM 的作风则大相径庭，如果用户不满意就不会推出新产品。甲骨文直到 1986 年的 5.0 版本才算得上是基本可靠的运转系统，不过有趣的是早期的用户并不在意损失金钱和数据，即使是中央情报局，也没有不高兴，他们需要的是技术的发展，而不仅仅是一个产品。埃里森为他们描述了产品将能达到的美好功能，虽然现在没有达到，但他们愿意支付费用。

埃里森的工作不只是推销产品，他还到处宣传关系数据库观念。他经常作的演讲标准题目是"关系数据技术的缺陷"，讲述关系数据库会出现的问题，然后介绍甲骨文是如何解决这些问题的。他的另外一个与众不同的推销技巧是：别人只是讲述产品功能，他则当场就做演示，在电脑上输入一个关系查询，很快结果就出来了，虽然实际应用时情况可能会不同，但现场听众都印象深刻。埃里森不仅是在做演示，而且是在培训用户使用关系查询语言 SQL。埃里森的成功更大程度上不是作为一个技术专家而是市场推销专家。

"甲骨文生逢其时，埃里森将市场放在第一位，其他所有的都靠后，拥有普通技术和一流市场能力的公司总是打败了拥有一流技术和只有普通市场能力的公司"，一位硅谷资深人士评论道。

"你们都会成为百万富翁，我确信！"

埃里森经常对他的员工说，只要采用他的市场策略，他们都会成为百万富翁。事实上早期的员工基本上都达到了这一目标。他的策略是销售产品时强调甲骨文的三大特性：可移植性、和其他数据库产品特别是 IBM 的兼容性以及支持广泛网络连接。这满足了用户的需要，虽然他们实际得到的比期望的要少。埃里森的对手攻击他总是销售气泡软件，即功能还未完成的软件产品。

埃里森的主要对手是 Ingres。1984 年甲骨文的销售额是 1 270 万美元，Ingres 是 900 万美元；1985 年两者销售额都翻了一倍以上，不过 Ingres 增长得更快。如果照此发展，Ingres 将会超越对手，但这时蓝色巨人 IBM 又帮了埃里森一把。

1985 年 IBM 发布了关系数据库 DB2，采用了和 Ingres 不同的数据查询语言 SQL，Ingres 用的是 QUEL。埃里森抓住了市场机会，到处宣传甲骨文和 IBM 的兼容性，结果从 1985 年～1990 年，虽然 Ingres 的销售额每年增长高于 50%，但甲骨文跑在了前面，每年增长率超过 100%。SQL 在 1986 年成为了正式工业标准，Ingres 的老板简直无法相信埃里森的运气，但这正是埃里森的精明之处，"跟着蓝色巨人，永远不会错。"

"我的目标是克敌制胜"

Ingres 犯的一个错误就是很晚才开发 PC 机上的版本，而埃里森和比尔·盖茨一样看到了 PC 的巨大潜力。甲骨文很快就有了一个 PC 机上的廉价版本，虽然它几乎没有任何用处，可是埃里森和销售人员却有了有力的宣传武器：甲骨文能运行在 PC 机上。

埃里森听说 Ingres 发明了一种新技术——分布式查询，十天后甲骨文就刊登广告宣布了 SQL 之星：第一个分布式查询数据库，事实上还没有任何这样的产品。埃里森就是这样，想像产品应该怎样，然后再去实现。如果成功了，他就是成功的预言家。

甲骨文的上市给埃里森带来了 9 300 万美元的身价，Microsoft 在第二天也公开上市。Microsoft 和甲骨文在同一年成立，Bill Gates 拥有的股票价值超过了 3 亿美元，埃里森这时发现了他一生中最强大的对手。

1988 年甲骨文推出了 6.0 版本，这是当时功能最强大的产品，不过它的匆忙上市对公司简直是一场灾难，使用 6.0 的最初用户都遭遇了频繁死机和数据库毁坏，直到 6.0.27 版本，产品质量才基本稳定。尾数 27 表示 6.0 版本经过了 27 次大的修改。

既然这样，用户为什么不选择其他的产品呢？主要原因是：如果用户选择其他厂商的产品，他们就得重写所有应用程序，这是非常巨大的工作量，所以一旦选用了某种数据库平台进行开发，你就得依赖它。

"遭遇危机"

甲骨文从 1977 年创立到 1990 年，销售额都保持了每年高于 100% 的增长。高增长的同时也潜伏着巨大的隐患：公司的财务和销售管理十分混乱，销售人员为了完成任务得到提成，大量签订无法收款的合同，甚至有人弄虚作假，合同执行情况也无人过问，现金流量是负值。埃里森高薪聘请了有经验的管理人员开始整顿公司，1990 年第三财政季度有 1 500 万美元的销售合同无法执行，结果季度销售额虽然达到创记录的 2.36 亿美元，但利润只增长了 1%。

消息公布第二天，甲骨文的股票从 25.38 美元跌到了 17.5 美元，损失了 30% 的市值。为度过危机，甲骨文解雇了 10% 的员工，在以后的两个季度情况变得更糟，股票在 10 月底的收盘价只有 5.38 美元，在春天埃里森拥有价值近 10 亿美元的股票到 11 月份就只剩下 1.6 亿美元了。

埃里森勇敢地接受了挑战，他没有卖掉自己的股票。公司开始改进销售和财务管理，保持足够的现金流量，销售合同必须得到确认。这些普通公司的做法起了很大的作用，但公司的增长率减慢了，这也是埃里森原来不愿采用这些做法的真正原因。1991 年和 1992 年公司的销售额增长率只有 12% 和 15%。

埃里森将希望寄托于甲骨文 7.0，这是公司已经谈论了好几年的新版本，直到 1992 年 6 月才终于登场。这次他吸取 6.0 匆忙上市的教训，在 10 个月前就发布了 Alpha 测试版，甲骨文 7.0 是极为出色的产品，取得了巨大的成功。埃里森的销售队伍有了真正的王牌，销售额从 1992 年的 15 亿美元增长到 1995 年的 42 亿。

公司也开始有了成熟的管理方式，耐心听取用户意见并满足他们的需求。甲骨文以前从来没这么做过，原来甲骨文对待客户很不经意，一个客户打电话抱怨甲骨文数据库死机并毁坏了他的数据，技术支持工程师的回答是："无赖，一点用都没有。"这种情况现在再也不会出现了，客户必须得到一流的服务。

"改变世界的网络计算机"

埃里森现在不再负责日常工作，只是规划甲骨文未来的发展方向。闲暇之余他就驾驶长达 78 英尺的"莎扬娜那"号出海兜风，在 1995 年他曾经夺得悉尼帆船比赛的冠军。

信息高速公路吸引了埃里森的注意，他是克林顿总统最大的赞助商之一。他曾极力推动交互式电视和顶置盒的发展，不久他就发现了更迷人的机会：WWW 环球网，Netscape 的浏览器将 WWW 网推向了全世界，PC 机的性能将不再是主角，连上 Internet 才是价值所在。

埃里森在 1995 年巴黎举行的欧洲信息技术论坛会议上，介绍了网络计算机 NetworkComputer 的观念。所谓 NC 指的是配置简单却能充分利用网络资源的低价电脑，不需要不断更新的硬件设备和越来越复杂、庞大的操作系统，没有软盘和硬盘，只要打开电源用浏览器连上网络，就可以获得信息和存储文件，售价将不高于 500 美元。埃里森这一次将他的标靶瞄上了软件帝国微软，"甲骨文将只会做一件事情，我们管理海量的数据并通过网络提供这些数据。"

网络计算机的背后就是强大的网络服务器，所有数据和应用程序都存储在服务器的数据库中，甲骨文的数据库技术将使网络计算机非常容易操作管理。Gates 紧接着埃里森发言，他认为网络计算机没有任何价值，只是大型机亚终端的翻版。但这一天的胜利是属于埃里森的，网络计算机的报道出现在所有报刊的主要版面上。

"日本文化非常有趣，对我影响非常巨大，日本人是世界上最好斗的民族同时又是最有礼貌的，极度傲慢自大和极度谦卑混合，一种美妙的平衡。在创立甲骨文时，我们想在公司尽可能地创造这种文化，一方面很好斗另一方面很谦虚。如果你能平衡这两者，你在竞争中取得成功的机会就会大大增加，这对个人和集体都一样。"

媒体对网络计算机评价不一。CNET 的记者认为没有硬盘网络计算机需要依赖服务器，这将是完全不可靠的；《商业周刊》专栏记者则认为网络计算机会带来一种完全不同的个人电脑工业。Microsoft 负责技术的副总裁认为："人们想要电脑提供更多的能力，而不是更少，网络计算机根本不值一提。"但大型公司和机构对网络计算机大加赞赏，每隔两年就要更新电脑和升级软件的成本实在太高，1996 年一台标准 PC 机成本是 2000 美元，但维护的费用每台要接近 13200 美元，网络计算机的管理成本相对应该低很多。

虽然甲骨文集合了 IBM、Sun、Apple 和 Netscape 在 1996 年制定网络计算机的标准，但事实上没有一台网络计算机生产出来。盖茨虽然对网络计算机嗤之以鼻，但也发表了一种简单个人电脑 SIPC 的标准进行反击。SIPC 基本上和 NC 一样，只有一点不同：它需要用 Windows 操作系统。

不过这一切都无关紧要了。随着 AMD 和 Intel 的竞争，1997 年 800 美元以下的电脑成为电脑行业新的增长点，500 美元以下的 Basic Computer 不久也将会出现。微软仍然是市场的主导者，但埃里森从来不会放弃。他说："观念的战争已经结束，市场的竞争才刚刚开始。"

（资料来源：软件研发名人堂 http://www.sawin.cn/HallOfFame/）

请分析：

1）阅读以上文章，请回答：你了解甲骨文（Oracle）软件吗？请简述之。

_____

_____

_____

2）你认为埃里森的职业生涯对你有什么启发？作为一个未来的年轻同行，你是怎么理解埃里森的？

_____

4.2 数据仓库与数据挖掘

1992年，"数据仓库"（Data Warehouse，DW）的概念被正式提出，数据仓库的研究和应用开始得到广泛的关注。在原有单一的数据库概念的基础上，逐渐演化出两种不同的数据组织体系结构，即数据仓库和原有的业务数据库。这两个概念在用户环境、支持技术、数据量以及使用范围等方面存在着许多不同。

假设公司管理者想了解上个月皮鞋销售的总收益额，则只需一个简单的查询操作即可，通过运用SQL或范例查询（Query By Example，QBE）工具便能轻而易举地实现。但如果想要进一步了解"通过将实际销售额与预算额进行比较，进而与过去5年的同期销售状况比较，该公司在东南和西南地区，上个月销售了多少双黑色的42码皮鞋"的话，即使采用先进的技术，这项任务看起来几乎也是不可能的。若真能为此建立一个QBE查询的话，那么就能为企业建立数据库环境打下良好的基础。这就是之所以那么多企业都选择构建数据仓库的原因。

首先，在业务数据库可能包含有所需的信息时，这些信息并非是以有助于创建数据库内部商务智能，或运用各种数据操作工具创建商务智能的方式进行组织的；其次，若要建立该类查询，那么业务数据库很可能要支持每秒数百次的事务处理请求。在单击"开始"按钮完成此类查询时，这不是随便就能做到的事情。为了支持这种富有活力的、必要而且复杂的功能，许多企业都在建立数据仓库，同时提供数据挖掘工具。简单地说，数据仓库是创建商务智能过程中，继数据库技术之后进一步的发展（超过数据库）。数据挖掘工具是人们用于在数据仓库和商务智能推理过程中，支持决策、解决问题或创造竞争优势而挖掘有价值信息时所必需的工具。

4.2.1 数据库管理系统工具

人们用字处理软件可以创建并编辑文档，用电子表格软件可以创建并编辑工作簿，数据库环境中也与之类似。数据库相当于一个文档或一个工作簿，因为数据库与文档或工作簿一样都包含了信息。字处理和电子表格是处理文档与工作簿的软件工具，而处理数据库的软件系统就是数据库管理系统。借助数据库管理系统（DBMS）就可以定义数据库的逻辑结构，并对数据库中的信息进行存取和利用。DBMS有5个重要的软件组成部分（如图4-11所示）：

1）DBMS引擎。
2）数据定义子系统。
3）数据操作子系统。
4）应用程序生成子系统。
5）数据管理子系统。

DBMS引擎是DBMS中最重要的部分，它接收来自其他各个DBMS子系统的逻辑查询请求，并将逻辑查询请求转换成其对应的物理形式。换句话说，对数据库和数据字典的逻辑存取感觉上就像是在物理存储设备上进行的一样。另外，区分数据库环境中的逻辑视图和物理视图是十分重要的。信息的物理视图解决的是信息在硬盘之类的外存储设备上怎样进行物理排列、存储和读取；而信息的逻辑视图则是关注用户要如何排列和存取信息，以满足其特定的业务需求。

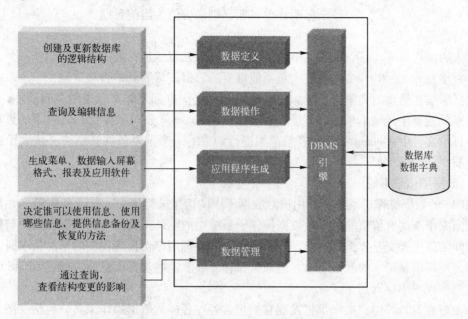

图 4-11　数据库管理系统的软件子系统

数据库和 DBMS 将信息的物理视图与逻辑视图隔离开，具有两大优越性：首先，DBMS能够完成所有的物理处理功能，作为数据库用户，只需把精力放在自己所需信息的逻辑结构上就可以了；其次，虽然数据库中的信息仅有一种物理视图，但不同用户在数据库中提取的信息逻辑视图却各不相同。这是因为根据不同业务的需求会以不同的方法处理逻辑视图。DBMS 引擎能够处理任何一种形式的信息逻辑视图或逻辑查询，并将其转换成与之对应的物理结构。

1. 数据定义子系统

DBMS 的数据定义子系统帮助人们在数据库中建立并维护数据字典，以及定义数据库中的文件结构。

在创建数据库时，首先要利用数据定义子系统建立数据字典并定义文件的结构。这点与某些类似电子数据表格的软件区别很大。在运用电子表格软件创建工作簿时，一开始就可以填入信息、定义公式和函数，但在数据库中却不能这样做。在数据库环境中，开始输入信息之前必须要先定义数据的逻辑结构，输入信息相对而言是比较轻松的事情，而定义数据逻辑结构则比较麻烦。

无论何时，只要我们发现某一文件需要补充新的信息，就必须运用数据定义子系统在数据字典中添加新字段。同样，如果我们想在一个文件中删除所有记录的指定字段，也必须用数据定义子系统完成这件事情。

在建立数据字典时，肯定要定义数据库将要包含的信息逻辑属性。信息的逻辑结构包括以下内容：

逻辑属性	举例
字段名称	客户编码、订单日期
类型	字符、数字、日期、时间等
格式	电话号码前是否要加区号？
缺省值	若未标明订单日期，则缺省值为当前日期
有效范围	订货数量能否超过 8？
输入约束	输入订单时是否必须输入发货地址？能否输入空值？
可否重复	主关键字是不能重复的，但订货数量是否可重复？

根据所描述信息的类型适当增加或减少限制，这些也都是非常重要的逻辑属性。例如，一辆标准的混凝土运输卡车的载重量约为 6 m³，而 Solomon 公司不接受 3 m³ 以下的订货，因此，对订单文件中 Amount 字段的有效范围进行约束的一个重要条件就是"必须大于或等于 3，但同时不能大于 6。"

2. 数据操作子系统

DBMS 的数据操作子系统帮助用户对数据库中的信息进行增加、修改和删除，并帮助用户在数据库中查询有价值的信息。数据操作子系统中的软件工具通常是数据库用户与数据库信息之间的最主要交互界面。因此，当 DBMS 引擎处理用户对物理视图的信息请求时，允许用户指定逻辑信息请求的就是 DBMS 的数据操作工具。这些逻辑信息请求通过 DBMS 引擎从所需的物理视图中存取信息。

在大多数 DBMS 中，用户都将发现它们包含各种各样的数据操作工具，包括视图、报表生成器、范例查询工具以及结构化查询语言。

（1）视图

视图允许用户查看数据库文件的内容，对其进行必要的修改，完成简单的分类，并通过查找操作得到具体信息的位置。实质上，视图是以电子表格工作簿的格式来处理每个文件。

与其他大多数个人软件包一样，DBMS 也支持诸如剪切、粘贴、格式化、拼写检查、隐藏指定的列（如同使用电子表格软件一样）、过滤乃至添加链接点连接到 Web 站点等，这些功能和任务 DBMS 都能支持。

（2）报表生成器

报表生成器能帮助人们快速地定义报表的格式，确定报表中想要公布的信息。在定义报表时，用户还能直接在屏幕上预览报表的格式或把报表打印出来。

报表生成器体现了良好的特性，用户可以按自己习惯的方法保存报表格式。报表保存后，可以随时调用该报表，DBMS 将调用数据库中最近更新的信息来生成该报表。用户还可以在各种各样的报表格式中选择，可以选择所建立的报表格式来生成中间的小计和总计，其中可以用计数、求和、求平均值等。

（3）范例查询工具

范例查询工具（QBE）能帮助用户以图表的方式设计问题的答案，QBE 依赖被查询信息在数据库中的逻辑关联来实现查询操作。

（4）结构化查询语言

结构化查询语言（SQL）是在大多数数据库环境下使用的标准的第四代查询语言。SQL 除了在执行查询操作的方式上与 QBE 不同外，其他功能都与 QBE 相同。SQL 执行查询功能

是基于语句

SELECT... FROM... WHERE...

的形式完成查询的。在 SELECT 之后要列出待查询信息的字段名称，FROM 之后要指明使用哪些逻辑关系，WHERE 后面描述选择的条件。

3. 应用程序生成子系统

DBMS 的应用程序生成子系统是一种常用的开发工具，它帮助用户建立面向事务处理的应用程序。此类应用程序通常都要求用户完成一系列具体的任务来进行事务处理。应用程序生成子系统工具包括：建立数据输入屏幕功能，为特定的 DBMS 选定程序设计语言，利用程序设计语言为每个独立的 DBMS 建立一个公共的操作交互界面。

与 SQL 一样，应用程序生成系统是 IT 专家最常用的工具。事实上，即使不用应用程序生成系统，也可以做得与 IT 专家一样出色。一般用户只需要把重点放在视图、报表生成器和 QBE 工具上，就足以帮助用户实现对数据库查找信息并实现查询，开始创建并使用商务智能了。

4. 数据管理子系统

DBMS 的数据管理子系统通过自身提供的备份与恢复工具、安全防范工具、最优化查询工具、并发控制和更新管理工具，帮助人们管理整个数据库环境。数据库管理子系统是数据管理员或数据库管理员使用最频繁的系统，他们负责保障数据库（与数据仓库）环境中所提供的信息以满足企业的需求。

备份与恢复功能为用户提供了一种管理模式：

1）定期将数据库保存的信息进行备份。

2）在信息被损坏的情况下，重新保存或恢复数据库和其中被破坏的信息。

在以信息为基础的竞争环境下，绝不能忽视这些重要功能的存在。每个了解数据库信息之重要性的企业，都会采取预防措施来保护这些信息。通常通过运行系统备份功能，对数据库、DBMS 和存储设备的初始数据库环境进行备份。

安全管理功能允许我们控制哪些人有权存取信息，以及这些人能存取哪些类型的信息。例如，在许多数据库环境中，有些人可能只需要以"浏览"方式访问数据库信息，而无须具备"修改"信息的权力。当然，许多人需要具有对数据库进行增加、修改或删除信息的能力。通过数据管理子系统中的用户权限设定和密码设定系统，就能限定谁有资格调用某一功能，他们能浏览哪些信息。

最优化查询功能多用于来自用户的查询（以 SQL 语句格式表示或以 QBE 方式表示），以及在重新组织查询方式后，能在最短的时间内作出响应。例如，在 SQL 语言中，用户所建立的查询语句可能要涉及 10 个相关文件，在处理这 10 个不同文件时，可能有几种不同的解决方法从这些文件中获取所需要的信息。幸运的是，用户大可不必因 SQL 语句的结构而烦恼，最优化查询功能将为用户做这些事情，并以最快的途径提供用户所需的查询信息。

重组功能不断地对 DBMS 引擎完成信息物理存取的过程进行实时维护统计。重组功能在维护这些统计操作时，能优化数据库的物理结构，以满足将来信息增加速度和扩充性能的需要。例如，若用户经常按指定的顺序对某一文件进行存取，重组功能便可对该文件按指定的顺序要求重新排列记录或建立一个索引来存储该文件，以便维护这种经过排序处理后的文件。它的实际意义就在于确保用户不必了解更新数据库的物理存储方式，这些处理 DBMS 引擎都会考虑到。

当多个用户对同一信息进行存取或修改时，并发控制功能能保证数据库修改的合法性。

如果用户打算修改数据库结构，变更管理功能便可评估该变更所产生的影响。有时结构的变化对数据库会产生巨大影响，用户必须在执行修改之前仔细评估一下。

上述的备份与恢复工具、安全管理工具、最优化查询工具、重组功能、并发控制和变更管理工具等所有这些功能，在任何 DBMS 和数据库环境中都是必备的重要工具。作为一个普通用户可能涉及不到这些工具，特别是这些工具的创建与维护。但它们是如何创建、如何维护的原理将影响到用户所能做的事情，因此知道它们的存在，并了解它们的工作原理是非常重要的。

4.2.2　数据仓库

人们设想专门为业务的统计分析建立一个数据中心，它的数据来自联机的事务处理系统、异构的外部数据源、脱机的历史业务数据等。这个数据中心是一个联机系统，专门为分析统计和决策支持应用服务，它就称为数据仓库，即一个作为决策支持系统和联机分析应用数据源的结构化数据环境，它所要研究和解决的问题就是从数据库中获取信息。

数据仓库是一种新的数据处理体系结构，是企业内部各部门业务数据进行统一和综合的中央数据仓库，它为企业决策支持系统（DSS）和管理信息系统（MIS）提供所需的信息，是预测利润、风险分析、市场分析以及加强客户服务与营销活动等管理决策提供支持的一种信息管理新技术。

数据仓库技术对大量分散、独立的数据库经过规划、平衡、协调和编辑后，向管理决策者提供辅助决策信息，发挥大量数据的作用和价值。概括地说，数据仓库是面向主题的、集成的、稳定的和不同时间的数据的集合，用于支持经营管理中决策的制定过程。

数据仓库系统是一个包含 4 个层次的体系结构：

1）数据源。它是数据仓库系统的基础，是整个系统的数据源泉。通常包括企业内部信息和外部信息。内部信息包括存放于关系数据库管理系统中的各种业务处理数据和各类文档数据。外部信息包括各类法律法规、市场信息和竞争对手的信息等。

2）数据的存储与管理。它是整个数据仓库系统的核心。数据仓库的真正关键是数据的存储和管理。数据仓库的组织管理方式决定了它有别于传统数据库，同时也决定了其对外部数据的表现形式。要决定采用什么产品和技术来建立数据仓库的核心，则需要从数据仓库的技术特点来着手分析。针对现有各业务系统的数据，进行提取、清理，并有效集成，按照主题进行组织。按照数据的覆盖范围，数据仓库可以分为企业级和部门级（通常称为数据集市）。

3）OLAP（联机分析处理）服务器。对分析需要的数据进行有效集成，按多维模型予以组织，以便进行多角度、多层次的分析，并发现趋势。其具体实现可以分为：ROLAP（基于关系数据库）、MOLAP（基于多维数据组织）和 HOLAP（混合联机分析处理）。

ROLAP 基本数据和聚合数据均存放在关系数据库管理系统之中；MOLAP 基本数据和聚合数据均存放于多维数据库中；HOLAP 基本数据存放于关系数据库管理系统之中，聚合数据存放于多维数据库中。

4）前端工具。它主要包括各种报表工具、查询工具、数据分析工具、数据挖掘工具以及各种基于数据仓库或数据集市的应用开发工具。其中，数据分析工具主要针对 OLAP 服务器，报表工具、数据挖掘工具主要针对数据仓库。

数据仓库是信息的逻辑集合，这些信息来自于许多不同的业务数据库，并用于创建商务智能，以便支持企业的分析活动和决策任务。表面上听起来很简单，但数据仓库表达了一种较以往企业中信息组织和管理方式截然不同的思维方法。

1）数据仓库具有多维性。在关系数据库模型中，信息是用一系列二维表来表示的，而在数据仓库中，却不是这样。大多数数据仓库具有多维性，即它们包含若干层的行和列。正因如此，大多数数据仓库实际上是一个多维数据库。数据仓库中的层根据不同的维度来表达信息，这种多维度的信息图表被称为超立体结构。

2）数据仓库支持决策而非事务处理。在企业中，大多数数据库是面向业务的。也就是说，大多数数据库都支持联机事务处理（OLTP）。因此我们可以说，这类数据库是一种业务数据库。数据仓库不是面向业务的，它们是用来支持企业中各种决策活动的。因此，数据仓库仅支持联机分析处理（OLAP）。

显然，数据仓库是不能用于进行事务处理的。相反，在业务数据库完成事务处理要求后，再利用包含在业务数据库中的信息构建数据仓库中的综合信息。

4.2.3 数据挖掘

作为决策支持新技术，数据挖掘也和数据仓库一样，近年来得到了迅速发展。

数据挖掘（Data Mining，DM），也称数据开采，是从大型数据库或数据仓库中发现并提取隐藏在其中的有用信息或知识信息的一种新技术，它主要是利用某些特定的知识发现（Knowledge Discovery in Database，KDD）算法，在一定的运算效率的限制内，从数据对象（例如，数据库或数据仓库，也可以是文件系统或其他任何组织在一起的数据集合）中发现有关的知识。它帮助决策者寻找数据间潜在的关联，发现被忽略的因素。而这些信息和因素对预测趋势和决策行为是至关重要的。数据挖掘方法的提出，让人们有能力最终认识数据的真正价值，即蕴藏在数据中的信息和知识。知识即意味着数据元素之间的关系和模式。

因此，数据挖掘可以定义为：应用一系列技术从大型数据库或数据仓库的数据中提取人们感兴趣的信息和知识，这些知识或信息是隐含的、事先未知而潜在有用的，提取的知识表示为概念、规则、规律、模式等形式。

数据挖掘工具是用户对数据仓库进行信息查询的软件工具。数据挖掘工具支持 OLAP 的概念，即通过对数据的处理来支持决策任务。数据挖掘工具包括查询与报表工具、智能代理、多维分析工具和统计工具，如图 4-12 所示。从本质上看，数据挖掘工具是为数据仓库用

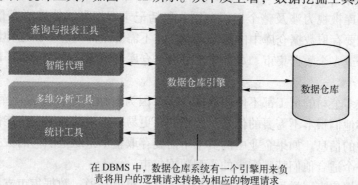

在 DBMS 中，数据仓库系统有一个引擎用来负责将用户的逻辑请求转换为相应的物理请求

图 4-12　数据挖掘工具集

户使用的,就像数据操作子系统工具是为数据库用户使用的一样。

(1)查询与报表工具

查询与报表工具与 QBE 工具、SQL 和典型数据库环境中的报表生成器类似。实际上,大部分数据仓库环境都支持诸如 QBE、SQL 和报表生成器之类的简单易用的数据操作子系统工具。数据仓库用户经常使用这类工具进行简单查询,并生成报表。

(2)智能代理

智能代理运用各种人工智能工具(如神经网络、模糊逻辑)形成 OLAP 中的"信息发现"基础,并创建商务智能。例如,华尔街的股票分析家 Murray Riggiero 就运用一种称为 Data/Logic 的 OLAP 软件,并结合神经网络为自己高成功率的股票和期货交易系统制定规则。还有一些 OLAP 工具(如数据引擎)与模糊逻辑相结合分析实时的技术处理。

智能代理代表了正在增长的各类加工信息的 IT 工具的发展方向。以前,智能代理被认为仅仅是人工智能领域的产物,很少被认为是一个企业中数据组织和管理部门的组成部分。而今天,人们会发现智能代理不仅仅应用于数据仓库环境的 OLAP,而且还能应用于在 Web 上查询信息。

(3)多维分析工具

多维分析工具(MDA)是一种进行切片/切块的技术,它允许人们从不同的角度观察多维信息。在数据仓库的讨论中,我们把数据仓库的处理过程比喻为旋转魔方。也就是说,数据仓库的处理过程本质上就是一个旋转魔方,以便我们能从不同的视角观察信息。这种旋转魔方的方法使用户能快速地从不同的立方体中掌握信息。

利用 MDA 工具可以轻松地得到数据仓库正面的信息,供人们浏览。实际上,所做的就是将立方体垂直地切割掉一层,同时也就得到了前面这一层背后一层的信息。在进行这些处理时,信息的价值是不受影响的。

(4)统计工具

统计工具帮助人们利用各种数学模型将信息存储到数据仓库中,进而去挖掘新的信息。例如,可以进行一个时间序列分析,以便计划未来趋势;还可以进行回归分析,以确定一个变量对另一个变量的影响。

4.2.4 数据集市:小型的数据仓库

通常数据仓库被视为涉及整个组织范围,包括记录组织发展轨迹所有信息的综合。然而,有些人仅需要存取数据仓库中的部分信息,并不需要全部内容。在这种情况下,企业可能就要建立一个或多个数据集市。数据集市是数据仓库的子集,它仅聚集了部分数据仓库的信息。

实际上,许多公司的员工都不使用数据仓库,因为对他们而言数据仓库太大、太复杂,而且包括了许多他们根本不需要的信息。较小的、更易于管理的数据集市能使公司员工更加充分地利用其中的信息。如果企业中的员工不需要存取整个组织范围内的数据仓库信息,便可以考虑构建一个适合他们特殊需求的小型数据集市。

创建小型数据集市同样可以采用数据挖掘工具。也就是说,数据集市支持查询和报表工具、智能代理、多维分析工具和统计工具的使用。企业的成长与重视培训是密不可分的,一且企业员工接受训练能灵活地运用任何一种或所有的数据挖掘工具，他们就可以将这一技能用于整个组织范围数据仓库或小型数据集市之中。

4.2.5 数据库、数据仓库与数据挖掘的关系

作为数据管理手段，传统的数据库技术是单一的数据资源，主要用于事务处理，也称为操作型处理。它以数据库为中心，进行从事务处理、批处理到决策分析的各种类型的数据处理工作。用户关心的是响应时间、数据的安全性和完整性。

数据仓库用于决策支持，也称为分析型处理，它是建立决策支持系统的基础。数据仓库对关系数据库的联机分析能力提出了更高的要求，采用普通关系型数据库作为数据仓库在功能和性能上都是不够的，它们必须有专门的改进。因此，数据仓库与数据库的区别不仅仅表现在应用的方法和目的方面，同时也涉及产品和配置上的不同。因此，数据仓库是一种新的数据处理体系结构和信息管理技术，它是企业内部各部门业务数据进行统一和综合的中央数据仓库。它为企业决策支持系统和行政信息系统提供所需的信息，为预测利润、风险分析、市场分析以及加强客户服务与营销活动等管理决策提供支持。

要提高分析与决策的效率和有效性，分析型处理及其数据必须与操作型处理及其数据相分离，必须把分析型数据从事务处理环境中提取出来，按照 DSS 处理的需要进行重新组织，建立单独的分析处理环境。数据仓库正是为了构建这种新的分析处理环境而出现的一种数据存储和组织技术。

作为知识发现过程的一个特定步骤，数据挖掘是一系列技术及应用，或者说是对大容量数据及数据间关系进行考察和建模的方法集。它的目标是将大容量数据转化为有用的知识和信息。

知识发现是一个多步骤的对大量数据进行分析的过程，包括数据预处理、模式提取、知识评估及过程优化。知识获取往往需要经过多次的反复，通过对相关数据的再处理及知识发现算法的优化，不断提高学习效率。例如，在分析影响信用风险的因素时，可能先假设几种可能的因素，然后通过不断反复的实验，不断增加或删除因素，最终得到对信用风险最具影响的因素。

1. 企业的真实需要

正如各类技术一样，不能因为数据仓库和数据挖掘工具是热门技术，就一定要在企业中实现数据仓库，并运用数据挖掘工具，一定要根据企业的实际需求来确定企业采用哪种技术。在关注数据仓库和数据挖掘工具的同时，我们还需讨论一下几个值得关注的话题。

（1）企业是否真正需要数据仓库

尽管数据仓库是一种非常有效的 IT 工具，但它们并不是所有企业都必需的先进技术。为什么这样说呢？主要有 3 方面的原因：

1）数据仓库与数据挖掘工具是十分昂贵的。

2）有些企业并不需要数据仓库。若能从业务数据库中轻而易举地获取决策所必需的信息，就没必要采用数据仓库。

3）它们需要不断得到扩展的和昂贵的支持。

如果不是企业员工都需要整个数据仓库，那就应该考虑创建数据集市。

（2）怎样更新信息

为创建数据仓库，可以用"快照"（Snapshot）方式从其他数据库中提取信息，并导入数据仓库。但如果关键的信息要做到即时更新，则往往是不可行的。

（3）人们需要哪些数据挖掘工具

对于一个企业来说，最重要的是首先要让用户清楚他们将选用的各种数据挖掘工具的性能，然后一旦他们决定了哪种工具最适合，就需要提供技术培训的机会。如果用户能充分开发出所选数据挖掘工具的各种性能，那么企业便会从中获得效益。

2. 数据仓库与数据挖掘

作为一种存储技术，数据仓库的数据存储量是一般数据库的 100 倍，它包含大量的历史数据、当前的详细数据以及综合数据，它能为不同用户的不同决策需要提供所需的数据和信息；而数据挖掘是从人工智能机器学习中发展起来的，它研究各种方法和技术，从大量的数据中挖掘有用的信息和知识。

数据仓库完成数据的收集、集成、存储、管理等工作，数据挖掘面对的是经初步加工的数据，这使得数据挖掘能更专注于知识的发现。又由于数据仓库所具有的新特点，所以对数据挖掘技术提出了更高的要求。另一方面，数据挖掘为数据仓库提供了更好的决策支持，同时促进了数据仓库技术的发展。可以说，数据挖掘和数据仓库技术要充分发挥潜力，就必须结合起来。

作为数据挖掘对象，数据仓库技术的产生和发展为数据挖掘技术开辟了新的战场，也提出了新的要求和挑战。数据挖掘和数据仓库的联系可以概括为：

1）数据仓库为数据挖掘提供了更好的、更广泛的数据源。数据仓库中集成和存储着来自异构信息源的数据，而这些信息源本身就可能是一个规模庞大的数据库。同时，数据仓库存储了大量长时间的历史数据，这使得我们可以进行数据长期趋势的分析，为决策者的长期决策行为提供支持。

2）数据仓库为数据挖掘提供了新的支持平台。数据仓库的发展不仅仅是为数据挖掘开辟了新的空间，更对数据挖掘技术提出了更高的要求。数据仓库的体系结构努力保证查询和分析的实时性。数据仓库一般设计成只读方式，它的更新由专门的一套机制保证。数据仓库对查询的强大支持使数据挖掘效率更高，开采过程可以做到实时交互，使决策者的思维保持连续，有可能开采出更深入、更有价值的知识。

3）数据仓库为更好地使用数据挖掘工具提供了方便。数据仓库的建立充分考虑数据挖掘的要求。用户可以通过数据仓库服务器得到所需的数据，从而形成开采中间数据库，利用数据挖掘方法进行开采，获得知识。数据仓库为数据挖掘集成了企业内各部门全面的、综合的数据，数据挖掘要面对的是关系更为复杂的企业全局模式的知识发现。而且，数据仓库机制大大降低了数据挖掘的障碍，一般进行数据挖掘要花大量的精力在数据准备阶段。数据仓库中的数据已经被充分收集起来，进行了整理、合并，并且有些还进行了初步的分析处理。这样，数据挖掘的注意力能够更集中于核心处理阶段。另外，数据仓库中对数据不同粒度的集成和综合，更有效地支持了多层次、多种知识的开采。

4）数据挖掘为数据仓库提供了更好的决策支持。企业领导的决策要求系统能够提供更高层次的决策辅助信息，从这一点上讲，基于数据仓库的数据挖掘能更好地满足高层战略决策的要求。数据挖掘对数据仓库中的数据进行模式抽取和发现知识，这些正是数据仓库所不能提供的。

5）数据挖掘对数据仓库的数据组织提出了更高的要求。数据仓库作为数据挖掘的对象，要为数据挖掘提供更多、更好的数据。其数据的设计、组织都要考虑数据挖掘的一些要求。

6）数据挖掘还为数据仓库提供了广泛的技术支持。数据挖掘的可视化技术、统计分析技术等都为数据挖掘提供了强有力的技术支持。

4.2.6 主要术语

确保自己理解以下术语：

DBMS 引擎	结构化查询语言（SQL）	物理视图
QBE（范例查询）	逻辑查询	信息逻辑属性
安全管理	逻辑视图	应用程序生成子系统
报表生成器	模式	知识
备份	视图	知识发现（KDD）算法
变更管理	数据操作子系统	智能代理
并发控制	数据定义子系统	重组
查询与报表工具	数据对象	字段格式
多维分析工具（MDA）	数据管理子系统	字段类型
范例查询工具	数据开采	字段名称
概念	数据库管理系统工具	字段缺省值
规律	统计工具	字段输入约束
规则	文件结构	字段有效范围
恢复	物理结构	最优化查询

4.2.7 练习与实验：熟悉数据库系统的分析与设计

1. 实验目的

本节"练习与实验"的目的是：

1）熟悉数据库、数据仓库和数据挖掘的基本概念。

2）通过思考、调查与小组讨论等环节，掌握数据库系统建立与维护的基本方法。

2. 工具/准备工作

在开始本实验之前，请回顾教科书的相关内容。

需要准备一台安装有 Microsoft Office Access 2003 软件的计算机。

3. 实验内容与步骤

[概念理解]

1）阅读本节中关于"数据库技术"的内容，请概括叙述以下知识：

数据库：＿＿＿＿＿＿＿＿＿＿＿＿＿＿＿＿＿＿＿＿＿＿＿＿＿＿＿＿＿＿＿＿＿＿＿＿＿＿

＿＿

数据仓库：＿＿＿＿＿＿＿＿＿＿＿＿＿＿＿＿＿＿＿＿＿＿＿＿＿＿＿＿＿＿＿＿＿＿＿＿＿

＿＿

数据挖掘：_____

_____

2）哪种数据库模型是最通用的？

_____

_____

3）数据库管理系统（DBMS）的 5 个重要软件组成部分是什么？

_____

_____

4）QBE 工具与 SQL 有何相似之处与不同之处？

_____

_____

[思考练习]　请思考并记录下你的想法。

1）回忆一个数据库。

想一想最近遇到的使用数据库的情形。最有可能的是，你最近光顾过的某个商店使用了数据库来管理库存、更新客户信息、生成收据或发票。企业也可能使用数据库来管理客户或雇员信息。

_____

_____

2）记下数据库的使用方式。

记下人们如何使用该数据库：他们是否查找客户信息？他们是否将价格标签扫描到登记簿或计算机中？他们是否检查过库存中是否还有商品？他们是否打印收据？

_____

_____

3）设想数据库活动。

如果你打算创建一个数据库，请记下两三个你（或组织中的其他人）有可能使用数据的情形，如创建月状态报表、检查销售数据、发出表格信函或输入学生的作业成绩。

_____

_____

[独立调查]　关于个人版 DBMS

几乎所有的商务活动都要求人们精通字处理软件、电子表格程序和演示软件。不过现在更多的注意力开始放在使用个人版 DBMS 的能力上了。甚至运用个人版 DBMS 的能力对找到一个好工作的作用已变得至关重要。

表 4-1 中列出了 3 种小有名气的个人版 DBMS，请对其中的每一种进行相关的调查并记录在表中（可用打"√"方式）。

表 4-1

序号	调查项目	Microsoft Access	MySQL	Microsoft Visual FoxPro
1	最新版本			
2	安全特性			
3	支持 SQL			
4	以 HTML 格式导出信息			
5	支持邮件合并			
6	支持在表间建立关系			
7	支持报告向导			
8	支持表格向导			

其他说明：_____
_____
_____

[小组讨论 1]　主关键字、外部关键字和完整性约束。

学校需要跟踪某节课的情况。例如，假设学校将在下学期开设一门课程：FINA 2100——国际金融市场导论。在表 4-2 中我们提供了一些学校考察该类课程所涉及的信息。首先，请确定主关键字是什么（请在第 2 列上打叉"×"）？接下来，对每条信息标出它的外部关键字（它应是另一文件的主关键字）。如果是外部关键字，就在第 3 列中写下该文件名。最后，在每条信息的第 4 列上写下你能想到的完整性约束。例如，可否置空值，还是必须包含一些具体内容？可否存在多条记录的重复？如果它是数值型的，是否有限定的取值范围？还有没有其他约束？

表 4-2

信　息	主 关 键 字	外部关键字	完整性约束
教学内容（如 FINA）			
课程编号（如 2100）			
课程名			
课程说明			
先决条件			
学分时数			
实习费			
教师姓名			
教室编号			
授课节次			
授课时间			

外部关键字在关系数据库模型中是必不可少的，没有外部关键字就不可能在各类文件之间建立逻辑关联。我们正是利用这些关系的外延性来建立商务智能的，因为它们能够保证我们追踪各种信息之间的逻辑关联。

[小组讨论2]　数据仓库的信息应当怎样更新？

信息的准确性在数据仓库中是非常重要的，陈旧过时的信息会导致失败的决策。下面是不同行业的人们所要经历的决策活动过程。对每个过程，请判断数据仓库中信息更新的时间间隔，是每月、每周、每天，还是每分钟。

1）在学校注册系统中调整班级的大小。

_____

2）为人们提供气候变化的预报。

_____

3）为职业足球比赛预测比分。

_____

4）监测服装零售业中新品种产品的成功。

_____

5）调整汽车零件商店对轮胎需求的预测。

_____

4. 实验总结

_____

_____

_____

5. 实验评价（教师）

_____

4.2.8　阅读与思考：云计算带给 SaaS 的新机遇

云计算（Cloud Computing）是基于互联网的商业计算模型，是一种新兴的共享基础架构的方法。通常为一些大型服务器集群，包括计算服务器、存储服务器、宽带资源等。云计算利用高速互联网的传输能力，可以将巨大的系统池连接在一起以提供各种 IT 服务，将数据的处理过程从个人计算机或服务器移到互联网上的服务器集群中。云计算中的服务器由一个大型的数据处理中心管理着，数据中心按客户的需要分配计算资源，达到与超级计算机同样的效果，并由软件实现自动管理，无须人为参与。这使得企业无须为繁琐的细节而烦恼，能够更加专注于自己的业务，有利于创新。

面向服务架构（Service-Oriented Architecture，SOA）是一个面向服务的架构模型，它将应用程序的不同功能单元——服务（Service），通过服务间定义良好的接口和契约（Contract）联系起来。接口采用中立的方式定义，独立于具体实现服务的硬件平台、操作系统和编程语言，使得构建在这样的系统中的服务可以使用统一和标准的方式进行通信。SOA 与大多数通用的客户端/服务器模型的不同之处，在于它着重强调软件组件的松散耦合，并使用独立的标准接口。

软件即服务（Software as a Service，SaaS）作为应用软件的一种全新的销售方式已经开始蓬勃发展起来，客户按使用时间或使用量付费。这些应用软件通常是在企业管理软件领域，并通过互联网来使用。SaaS 具备这样的特点："软件部署为托管服务，通过因特网存取。"

但是随着 SaaS 软件客户的增长，网络存储和带宽等基础资源就会逐步成为发展的瓶颈，对众多企业来说，自身计算机设备的性能也许永远无法满足需求，一个简单的办法是采购更多、更先进的设备，随之而来就是设备成本急剧增长，利润随之降低，有没有更加经济有效的解决途径呢？"云计算"的出现也许为这个问题的解决推开了大门的一个缝隙。SaaS 出租软件服务，云计算出租网络资源。

云计算的出现，恰好解决了 SaaS 发展过程中面临的一些问题，当 SaaS 提供商的客户快速增加到一定程度，客户所消耗的巨大资源将迫使 SaaS 供应商提供更多的硬件资源，但由于成本的问题，SaaS 又不想花费大量资金购买硬件或带宽资源时，云计算无疑是个不错的选择。

根据通常的概念，云计算处于 SaaS 的更底层，而 SaaS 位于云计算和最终客户之间，如果 SaaS 在最初开发的时候是基于云计算架构的，那么就很容易利用云计算架构来获取海量的资源，并提供给最终用户，一劳永逸地解决了 SaaS 发展瓶颈问题。

SaaS 供应商面临的选择是，是在现有的 SOA 架构下开发应用并租出给最终客户，还是在云计算平台进行开发，使用云计算架构并租出给最终用户。

通常情况下，SaaS 供应商更专注于软件的开发，而对网络资源管理能力较弱，往往会浪费大量资金购买服务器和带宽等基础设施，但提供的用户负载依然有限，而云计算提供了一种管理网络资源的简单而高效的机制，其分配计算任务、工作负载重新平衡、动态分配资源等，可以帮助 SaaS 厂商提供不可想象的巨大资源给海量的用户，SaaS 供应商可以不在服务器和带宽等基础设施上浪费自己的资源，而专注于具体的软件开发和应用，从而达到最终用户、SaaS、云计算三方的共赢。

由此可见，云计算在企业软件市场上具有相当大的潜力，对于 SaaS 供应商来说也是一大机遇，他们可以选择云计算平台，使用云计算的基础架构，使用极其低廉的价格为海量的用户群提供更为稳定、快速、安全的应用和服务。

（资料来源：新浪网 http://www.sina.com.cn，2008 年 12 月 26 日，原载：比特网 ChinaByte，本处有删改）

请分析： 阅读上述文章，你有什么感想？请简述之。

4.3 数据存储解决方案

数据备份就是将数据以某种方式加以保留，以便在系统遭受破坏或其他特定的情况下，更新并加以重新利用的一个过程。数据备份的根本目的是重新利用。也就是说，备份工作的核心是恢复，一个无法恢复的备份，对任何系统来说都是毫无意义的。一个成熟的备份系统能够安全、方便而又高效地恢复数据。

4.3.1 备份的目的

在系统正常工作的情况下，数据备份是系统的"额外负担"，会给正常业务系统带来一定的性能和功能上的影响。所以，数据备份系统应尽量减少这种"额外负担"，从而更充分地保证系统正常业务的高效运行，这是数据备份技术发展过程中要解决的一个重要问题。对于一个相当规模的系统来说，完全自动化地进行备份工作是对备份系统的一个基本要求，此外，CPU 占用、磁盘空间占用、网络带宽占用、单位数据量的备份时间等都是衡量备份系统性能的重要因素。一个好的备份系统，应该能够以很低的系统资源占用率和很少的网络带宽，来进行自动而高速度的数据备份。

作为存储系统的一个重要组成部分，数据备份在其中的地位和作用都是不容忽视的。对一个完整的 IT 系统而言，备份工作的意义不仅在于防范意外事件的破坏，而且还是历史数据保存归档的最佳方式。换言之，即便系统正常工作，没有任何数据丢失或破坏发生，备份工作仍然具有非常大的意义——为我们进行历史数据查询、统计和分析，以及重要信息归档保存提供了可能。

数据备份与服务器高可用集群技术以及远程容灾技术在本质上是有区别的。虽然这些技术都是为了消除或减弱意外事件给系统带来的影响，但是由于其侧重的方向不同，实现的手段和产生的效果也不尽相同。

集群和容灾技术的目的是为了保证系统的可用性。也就是说，当意外发生时，系统所提供的服务和功能不会因此而间断。对数据而言，集群和容灾技术是保护系统的在线状态，保证数据可以随时被访问。

备份技术的目的，是将整个系统的数据或状态保存下来，这种方式不仅可以挽回硬件设备坏损带来的损失，也可以挽回逻辑错误和人为恶意破坏所造成的损失。但是，数据备份技术并不保证系统的实时可用性。也就是说，一旦意外发生，备份技术只保证数据可以恢复，但恢复过程需要一定的时间，在此期间，系统是不可用的。在具有一定规模的系统中，备份技术、集群技术和容灾技术互相不可替代，并且稳定和谐地配合工作，共同保证着系统的正常运转。

4.3.2 常用的备份方式

常用的数据备份方式主要有 3 种：

（1）全备份（Full Backup）

全备份是指对整个系统进行包括系统和数据的完全备份。这种备份方式的好处是很直观，容易被人理解，而且当发生数据丢失的灾难时，只要用灾难发生前一天的备份，就可以恢复丢失的数据。但它也有不足之处：首先，由于每天都对系统进行完全备份，因此在备份数据中有大量内容是重复的（如操作系统与应用程序），这些重复的数据占用了大量的磁带空间，这对用户来说就意味着增加成本；其次，由于需要备份的数据量相当大，因此备份所需的时间较长。对于那些业务繁忙，备份时间有限的单位来说，选择这种备份策略无疑是不方便的。

（2）增量备份（Incremental Backup）

增量备份是指每次备份的数据只是上一次备份后增加和修改过的数据。这种备份的优点很明显：没有重复的备份数据，节省磁带空间，又缩短了备份时间。但它的缺点在于：当发生灾难时，恢复数据比较麻烦。例如，如果系统在星期四的早晨发生故障，那么就需要将系统恢复到星期三晚上的状态。这时，管理员需要找出星期一的完全备份磁带进行系统恢复，然后再恢复星期二的数据，最后再恢复星期三的数据。很明显，这比第一种策略要麻烦得多。另外，在这种备份下，各磁带间的关系就像链子一样，一环套一环，其中任何一盘磁带出了问题，都会导致整条链子脱节。

（3）差分备份（Differential Backup）

差分备份是指每次备份的数据是上一次全备份之后新增加的和修改过的数据。管理员先在星期一进行一次系统完全备份；然后在接下来的几天里，再将当天所有与星期一不同的数据（增加的或修改的）备份到磁带上。差分备份无须每天都做系统完全备份，因此备份所需的时间短，并节省磁带空间，它的灾难恢复也很方便，系统管理员只需两份磁带，即系统全备份的磁带与发生灾难前一天的备份磁带，就可以将系统完全恢复。

4.3.3 服务器存储管理

服务器连接存储（Sever Attached Storage，SAS）是一种传统的网络连接结构，各种计算机外部设备（如硬盘、磁盘阵列、打印机、扫描仪等）均挂接在通用服务器上，所有用户对信息资源的访问都必须通过服务器进行。

通常，在提供多种基本网络管理功能的同时，通用服务器还要运行各种应用软件来为用户提供应用服务。由于每一项服务都需要占用服务器 CPU、内存和 I/O 总线等系统资源，因此，当访问信息资源的并发用户数量增多时，必然会造成对系统资源的掠夺，严重降低整个网络的数据传输速度，甚至会产生服务器因不堪重负而中断服务的现象。SAS 模式的安全性和稳定性很差，一旦主服务器出现硬件故障、软件缺陷、操作失误或计算机病毒的危害等，将会导致整个网络瘫痪，服务器中的信息资源也因此而丢失。

SAS 模式的扩展性较差，其扩充存储容量的方法就是给服务器增加硬盘。虽然硬盘本身的成本并不高，但是关掉服务器安装硬盘所造成的停工会中断所有网络服务。如果服务器上挂接太多的硬盘或外设，会严重影响服务器的性能。为了不降低整个网络的性能，只能在网络中再增加价格昂贵的服务器，但这给网络的管理和维护带来较多的困难。

4.3.4 资源存储管理

随着网络应用的飞速发展，许多信息资源每天都要接受大量用户的访问，传统的 SAS 网络架构已无法适应这种极高的访问频率和访问速度，从而出现了把资源存储及共享服务从网络主服务器上分离出来的网络连接存储（Network Attached Storage，NAS）模式，用户无须通过服务器就可直接访问 NAS 设备。NAS 技术不占用网络主服务器的系统资源，具有更快的响应速度和更高的数据带宽，即使主服务器发生崩溃，用户仍可访问 NAS 设备中的数据。

NAS 系统主要由 NAS 光盘服务器、NAS 硬盘服务器和 NAS 管理软件 3 部分组成。NAS 光盘服务器实现对光盘的存储共享；NAS 硬盘服务器不仅可实现对各种格式文件的存储共享，还能对存储空间进行分区，通过网络进行在线存储扩容；NAS 管理软件用于对网络中的多台 NAS 设备进行集中管理，网络管理员可对 NAS 设备进行远程设置、升级及管理。

4.3.5 存储区域网络

存储区域网络（Storage Area Network，SAN）是指独立于服务器网络系统之外的高速光纤存储网络，这种网络采用高速光纤通道作为传输体，以 SCSI-3 协议作为存储访问协议，将存储系统网络化，实现真正的高速共享存储。在 SAN 集中化管理的调整存储网络中，可以包含来自多个厂商的存储服务器、存储管理软件、应用服务器和网络硬件设备。

SAN 的技术优势在于：

1）基于千兆位的存储带宽，更适合大容量数据高速处理的要求。

2）完善的存储网络管理机制，对所有存储设备（如磁盘阵列、磁带库等）进行灵活管理及在线监测。

3）将存储设备与主机的点对点简单附属关系上升为全局多主机动态共享的模式。

4）实现 LAN-free，数据的传输、复制、迁移、备份等在 SAN 网内高速进行，无须占用 WAN/LAN 的网络资源。

5）灵活、平滑的扩容能力。

6）兼容以前的各种 SCSI 存储设备。

SAN 突破了传统存储技术的局限性，将网络管理的概念引入到存储管理中。SAN 技术面向大容量数据多服务器的高速处理，包括高速访问、安全存储、数据共享、数据备份、数据迁移、容灾恢复等各个层面，对电信、视频、因特网 ICP/ISP、石油、测绘、金融、气象、图书资料管理、军事、电台等行业应用有重要的实用价值。

SAN 与 NAS 是完全不同架构的存储方案，前者支持 Block 协议，后者支持 File 协议；SAN 的精髓在于分享存储配备（Sharing Storages），而 NAS 在于分享数据（Sharing Data）。NAS 与 SAN 因为架构及应用领域的不同，所以不会相互取代，而会共存于企业存储网络之中。

4.3.6 主流备份技术

在传统的备份模式下，每台主机都配备专用的存储磁盘或磁带系统，主机中的数据必须备份到位于本地的专用磁带设备或磁盘阵列中。这样，即使一台磁带机（或磁带库）处于空闲状态，另一台主机也不能使用它进行备份工作，磁带资源利用率较低。另外，不同的操作系统平台使用的备份恢复程序一般也不相同，这使得备份工作和对资源的总体管理变得更加复杂。后来就产生了一种克服专用磁带系统利用率低的改进办法：磁带资源由一个主备份/恢复服务器控制，而备份和恢复进程由一些管理软件来控制。主备份服务器接收其他服务器通过局域网或广域网发来的数据，并将其存入公用磁盘或磁带系统中。这种集中存储的方式极大地提高了磁带资源的利用效率。但它也存在一个致命的不足：网络带宽将成为备份和恢复进程中的潜在瓶颈。

LAN-free 备份和无服务器备份是两种目前的主流数据备份技术。

1. LAN-free 备份

数据不经过局域网直接进行备份，即用户只需将磁带机或磁带库等备份设备连接到 SAN 中，各服务器就可以把需要备份的数据直接发送到共享的备份设备上，不必再经过局域网链路。由于服务器到共享存储设备的大量数据传输是通过 SAN 网络进行的，所以局域网只承担各服务器之间的通信（而不是数据传输）任务。

LAN-free 备份的两种常见实施手段是：

1）用户为每台服务器配备光纤通道适配器，适配器负责把这些服务器连接到与一台或多台磁带机（或磁带库）相连的 SAN 上。同时，还需要为服务器配备特定的管理软件，通过它，系统能够把块格式的数据从服务器内存经 SAN 传输到磁带机或磁带库中。

2）主备份服务器上的管理软件可以启动其他服务器的数据备份操作。块格式的数据从磁盘阵列通过 SAN 传输到临时存储数据的备份服务器的内存中，之后，再经 SAN 传输到磁带机或磁带库中。

LAN-free 备份的不足之处是：

1）LAN-free 备份仍旧让服务器参与了将备份数据从一个存储设备转移到另一个存储设备的过程，在一定程度上占用了宝贵的 CPU 处理时间和服务器内存。还有一个问题是，LAN-free 备份技术的恢复能力差强人意，它非常依赖用户的应用。许多产品并不支持文件级或目录级恢复，映像级恢复就变得较常见。映像级恢复就是把整个映像从磁带拷回到磁盘中。如果需要快速恢复某一个文件，将变得非常麻烦。

2）不同厂商实施的 LAN-free 备份机制各不相同，这还会导致备份过程所需的系统之间出现兼容性问题。

3）LAN-free 备份的实施比较复杂，而且往往需要大笔软、硬件采购费。

2. 无服务器备份

无服务器（Serverless）备份是 LAN-free 备份的一种延伸，使数据能够在 SAN 结构中的两个存储设备之间直接传输，通常是在磁盘阵列和磁带库之间。这种方案的主要优点之一是不需要在服务器中缓存数据，因而显著减少了对主机 CPU 的占用，提高了操作系统的工作效率，帮助系统完成更多的工作。

无服务器备份的两种常见实施手段是：

1）备份数据通过数据移动器从磁盘阵列传输到磁带库上。数据移动器可能是光纤通道交换机、存储路由器、智能磁带（或磁盘设备，或是服务器）。数据移动器执行的命令其实是把数据从一个存储设备传输到另一个设备：实施这个过程的一种方法是借助于 SCSI-3 的扩展拷贝命令，它使服务器能够发送命令给存储设备，指示后者把数据直接传输到另一个设备，不必通过服务器内存。数据移动器收到扩展拷贝命令后，执行相应功能。

2）利用网络数据管理协议（NDMP）。这种协议实际上为服务器、备份和恢复应用及备份设备等部件之间的通信充当一种接口。在实施过程中，NDMP 把命令从服务器传输到备份应用中，而与 NDMP 兼容的备份软件会开始实际的数据传输工作，且数据的传输并不通过服务器内存。NDMP 的目的在于方便异构环境下的备份和恢复过程，并增强不同厂商的备份和恢复管理软件以及存储硬件之间的兼容性。

无服务器备份与 LAN-free 备份有着诸多相似的优点。如果是无服务器备份，源设备、目的设备以及 SAN 设备是数据通道的主要部件。虽然服务器仍参与备份过程，但负担大大减轻。因为它的作用基本限于指挥，不是主要的备份数据通道。无服务器备份技术具有缩短备份及恢复所用时间的优点。因为备份过程在专用高速存储网络上进行，而且决定吞吐量的是存储设备的速度，而不是服务器的处理能力，所以系统性能将大为提升。此外，如果采用无服务器备份技术，数据可以数据流的形式传输给多个磁带库或磁盘阵列。

无服务器备份的主要缺点是：

1）在无服务器备份中，虽然服务器的负担大为减轻，但仍需要备份应用软件（以及其主机服务器）来控制备份过程：源数据必须记录在备份软件的数据库上，这仍需要占用 CPU 资源。

2）与 LAN-free 备份一样，无服务器备份可能会导致上面提到的同样类型的兼容性问题。另外，无服务器备份可能难度大、成本高。

3. LAN-free 备份和无服务器备份的优劣

前面我们讨论了光纤通道环境下的 LAN-free 备份和无服务器备份技术，由于有些结构集成了基于 IP 的技术（如 iSCSI），特别是随着将来 IP 存储技术在存储网络中占有的强劲优势，LAN-free 备份和无服务器备份技术应用的解决方案将会变得更为普遍。LAN-free 备份和无服务器备份并非适合所有应用。如果拥有的大型数据存储库必须 7×24h 随时可用，则无服务器备份或许是不错的选择。但必须确保已经清楚恢复过程需要多长时间，因为低估了这一点会面临比开始更为严重的问题。另外，如果可以容忍一定的停机时间，那么传统的备份和恢复技术也是比较不错的选择。

4.3.7 备份的误区

在计算机系统中，最重要的不是软件，更不是硬件，而是存储在其中的数据。虽然这种观念已被人们所广泛认同，但如何保护存储在网络系统中的数据，普遍存在以下误区。

（1）将硬件备份等同于数据备份

备份的一大误区是将磁盘阵列、双机热备份或磁盘镜像当成备份。从导致数据失效的因素可以看出，大部分造成整个硬件系统瘫痪的原因，硬件备份是无能为力的，而硬件的备份是受其技术设计前提所约束的。

1）硬盘驱动器。硬盘驱动器是计算机中损坏率比较高的设备，这是由硬盘本身的工作原理所决定的。硬盘驱动器利用磁头与盘面间的相对运动来读写，磁头与磁盘间利用空气轴承原理保持一定的间隙。随着存储密度的增加，间隙越来越小、极易因振动或冲击而造成头盘相撞，或因密封失效，使灰尘进入盘腔而引起盘片划伤，并且划伤类损坏是无法修复的，通常会造成数据丢失的严重后果。硬盘的损坏通常是突发性、没有先兆。

2）磁盘阵列。磁盘阵列（RAID）是采用若干个硬磁盘驱动器按一定要求组成一个整体。其中有一个热备份盘，其余是数据盘和校验盘。整个阵列由阵列控制器管理，使用上与一个硬磁盘一样。磁盘阵列有许多优点：首先，提高了存储容量。单台硬磁盘的容量是有限的，组成阵列后形成的"一台"硬磁盘容量将是单台的几倍或几十倍。现在用于服务器的磁盘阵列容量已达 TB 数量级。其次，多台硬磁盘驱动器可以并行工作，提高了数据传输率。第三，由于有校验技术，从而提高了可靠性。如果阵列中有一台硬磁盘损坏，利用其他盘可以重组出损坏盘上原来的数据，不影响系统正常工作，并且可以在带电状态下更换坏的硬磁盘，阵列控制器自动把重组的数据写入新盘，或写入热备份盘而使用新盘作热备份。可见，磁盘阵列不会使还没有来得及写备份的数据因盘损坏而丢失。磁盘阵列的可靠性很高，但不等于不需要备份。理由之一是，磁盘总会损坏，一台坏了可以重组，两台同时坏了则无法重组。这种情况的概率并不等于零。因此，为了以防万一，重要的数据要及时做备份。理由之二是，磁盘阵列容量虽然大但也有限，而且每兆字节成本高，在阵列上长期保存不用的数据，既影响工作效率，又是浪费。

3）双机热备份。在国外，一般称为高可用系统（High Availability System），它的基本原理是指同一个计算机应用软件系统，采用两个或两个以上的主机/服务器硬件系统来支持。当主要的主机/服务器发生故障时，通过相应的技术，由另外的主机/服务器来承担应用软件运行所需的环境。因此，它主要解决的问题是保持计算机应用软件系统的连续运作。对于一些柜台业务系统、大数据量连续处理系统来说，这种数据管理是必不可少的。但对于天灾人祸来说，双机备份也是无能为力的，根据统计数字，在所有造成系统失效的原因当中，人为的错误是第一位的，对于人为的误操作，如错误地覆盖系统文件，则会同样发生在热备份的机器上。此外，备份除了制作第二份拷贝的这一层含义，还有一层历史资料的，双机热备份也是无法做到的。

可见，无论是磁盘阵列，还是双机热备份，着重点是增强了系统连续运行时的性能与可靠性，这些硬件备份与真正的备份概念还相差很多。

（2）将拷贝等同于备份

备份不能仅仅通过拷贝来完成，因为拷贝不能留下系统的注册表等信息，也不能将历史记录保存下来，以做追踪；当数据量很大时，手工的拷贝工作又非常麻烦。事实上，备份＝拷贝＋管理，而管理包括备份的可计划性、磁带机的自动化操作、历史记录的保存以及日志记录等。

4.3.8 主要术语

确保自己理解以下术语：

CPU 占用	服务器存储管理 SAS	网络带宽占用
LAN-free 备份	服务器高可用集群技术	无服务器备份
备份系统性能	高可用系统	系统资源占用率
差分备份	全备份	硬盘驱动器
磁盘镜像	数据备份	远程容灾技术
磁盘空间占用	数据备份技术	增量备份
磁盘阵列（RAID）	数据存储解决方案	主流备份技术
存储区域网络	双机热备份	资源存储管理
单位数据量的备份时间		

4.3.9 练习与实验：使用 MS Access 建立数据库

1. 实验目的

本节"练习与实验"的目的是：

1）熟悉数据备份的基本概念，了解数据备份技术的基本内容。

2）了解桌面数据库软件 Access 的基本操作及其应用领域。

2. 工具/准备工作

在开始本实验之前，请认真阅读教科书的相关内容。

需要准备一台带有浏览器，能够访问因特网的计算机。

3. 实验内容与步骤

[概念理解]

阅读课文内容，请回答：

1）除了作为存储系统的重要组成部分之外，数据备份的另一个重要作用是什么？

_____

_____

2）请分别解释3种常用的备份方式：

全备份：_____

_____

增量备份：_____

_____

差分备份：_____

_____

3）请分别解释下面3种资源存储管理的模式：

SAS：_____

_____

NAS：_____

_____

SAN：_____

_____

请对这3种模式进行简单分析比较：

_____

_____

_____

_____

4）请分别解释下面两种目前主流的数据备份技术：

LAN-free 备份：_____

_____

_____

无服务器备份：_____

_____

_____

[建立 Access 数据库]

下面，我们来学习如何在 Access 数据库向导的帮助下建立自己的数据库——客户订单管理数据库。"数据库向导"是 Access 为了方便用户建立数据库而设计的向导类型的程序。

　　步骤 1：在"开始"菜单中单击"Microsoft Office Access 2003"命令，进入 Access 操作界面。在"新建文件"栏中单击"本机上的模板"，进一步在"模板"对话框的"常用"和"数据库"两个选项卡中选择"数据库"选项，如图 4-13 所示。

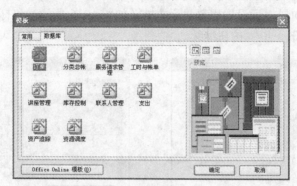

图 4-13　数据库"模板"对话框

　　步骤 2：选择所需要的数据库类型。不同类型的数据库有不同的数据库向导，不能选错向导。

　　第一个图标是关于订单的，它可以帮助我们建立一个关于公司客户、订单等情况的数据库。双击这个图标，数据库向导就开始工作了。

　　步骤 3：定义数据库名称和所在目录。在"文件新建数据库"对话框中输入数据库文件名为"向导型数据库"，在"保存位置"选择这个数据库文件的存放目录，并选择保存类型为"Microsoft Access 数据库"，然后单击"创建"按钮，创建新数据库这一步就完成了。

　　步骤 4：选择数据库中表和表中的字段。屏幕上显示向导信息，如图 4-14 所示，提示数据库需要存储的客户信息、订单信息等内容。

图 4-14　向导提示之一

　　单击"下一步"按钮，向导对话框提示"请确定是否添加可选字段？"。对话框中分类列出了数据库中可能包含的信息，左边框中是信息的类别，右边框中列的是当前选中的类别中的信息项，如图 4-15 所示。

可以通过单击信息项前的小方框来决定数据库中是否要包含某些信息项。绝大多数的信息项是不能取消的，这是因为使用数据库向导建立数据库时，向导认为有些信息项是此类数据库必须包含的，它们和数据库中的窗体和报表紧密相关。从外观上很容易区分必选项目和非必选项目，用正常字体书写的项目都是必选项目。选择后，单击"下一步"按钮。

步骤5：接着，向导提示设置屏幕显示方式（如图4-16所示）和打印报表的样式（如图4-17所示）。单击"下一步"按钮继续。

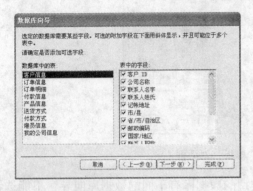

图4-15　向导提示之二

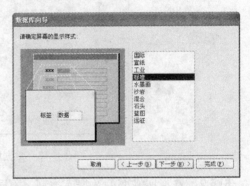

图4-16　向导提示之三

步骤6：为数据库指定标题。图4-18提示要给新建的数据库指定一个标题。在对话框中输入"客户订单数据库"。

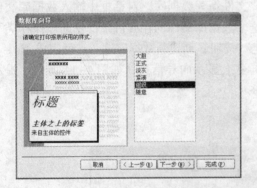

图4-17　向导提示之四

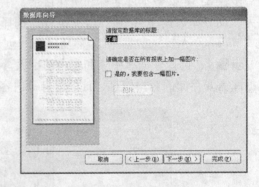

图4-18　向导提示之五

对话框中起的名字是新建的数据库入口窗体上的标题词，这和前面给数据库文件起的名是不一样的。"在所有报表上加一幅画"的意思是，如果想在这个数据库打印出来的所有文件报表上都加上某个图片，就在这儿选择"是的"，并选择一幅图片。接着单击"下一步"按钮。

步骤7：启动数据库，如图4-19所示。单击"完成"按钮，数据库就建好了。选择打开新建的数据库，如图4-20所示。

新建的数据库中还没有数据，因为Access是数据库管理系统，它的向导只是为数据库管理搭建好数据库框架，而数据则需要自己输入。

步骤8：使用Access示例数据库。还可以继续阅读一些示例数据库，以增加对Access数据库软件的了解。在Access的"帮助"菜单中单击"示例数据库"命令，Access在这里提供了地址簿、联系人、家庭财产和罗斯文商贸示例数据库。

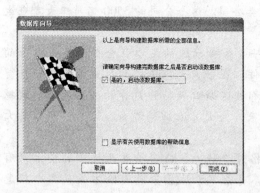

图4-19　向导提示之六　　　　　　　　图4-20　启动数据库

请记录：上述各项操作能够顺利完成吗？如果不能，请说明为什么。

_____

_____

4. 实验总结

_____

_____

_____

_____

5. 单元学习评价

1）你认为本单元最有价值的内容是：

_____

_____

2）下列问题我需要进一步地了解或得到帮助：

_____

_____

3）为使学习更有效，你对本单元的教学有何建议？

_____

_____

6. 实验评价（教师）

_____

_____

4.3.10　阅读与思考：9·11事件中的摩根斯坦利证券公司

2001年9月11日，一个晴朗的日子。

和往常一样，当9点的钟声响过之后，美国纽约恢复了昼间特有的繁华。姊妹般的世贸大厦迎接着忙碌的人们，熙熙攘攘的人群在大楼中穿梭往来。在大厦的 97 层，是美国一家颇有实力的著名财经咨询公司——摩根斯坦利证券公司。这个公司的 3500 名员工大都在大厦中办公。

就在人们专心致志地做着他们的工作时，一件惊心动魄的足以让全世界目瞪口呆的事情发生了！这就是著名的 9·11 飞机撞击事件。在一声无以伦比的巨大响声中，世贸大楼像打了一个惊天的寒颤，所有在场的人员都被这撕心裂肺的声音和山摇地动的震撼惊呆了。继而，许多人像无头苍蝇似的乱窜起来。大火、浓烟、鲜血、惊叫，充斥着大楼的上部。

在一片慌乱中，摩根斯坦利公司却表现得格外冷静，该公司虽然距撞机的楼上只有十几米，但他们的人员却在公司总裁的指挥下，有条不紊地按紧急避险方案从各个应急通道迅速向楼下疏散。不到半个小时，3500 人除 6 人外都撤到了安全地点。后来知道，摩根斯坦利公司在 9·11 事件中共有 6 人丧生，其中 3 个是公司的安全人员，他们一直在楼内协助本公司外的其他人员撤离，同时在寻找公司其他 3 人。另外 3 人丧生情况不明。如果没有良好的组织，逃难的人即便是挤、踩，也会造成重大的死伤。据了解，摩根公司是大公司中损失最小的。当然，公司人员没有来得及带走他们的办公资料，在人员离开后不久，世贸大厦全部倒塌，公司所有的文案资料随着双塔的倒塌灰飞烟灭，不复存在。

然而，仅仅过了两天，又一个奇迹在摩根斯坦利公司出现，他们在新泽西州的新办公地点准确无误地全面恢复了营业！撞机事件仿佛对他们丝毫没有影响。原来，危急时刻公司的远程数据防灾系统忠实地工作到大楼倒塌前的最后一秒钟，他们在新泽西州设有第二套全部股票证券商业文档资料数据和计算机服务器，这使得他们避免了重大的业务损失。是什么原因使摩根斯坦利公司遇险不惊，迅速恢复营业，避免了巨大的经济和人员损失呢？事后人们了解到，摩根斯坦利公司制定了一个科学、细致的风险管理方案，并且，他们还居安思危，一丝不苟地执行着这个方案。

如今，作为 9·11 事件本身已经成为过去，但如何应付此类突发事件，使企业在各种危难面前把损失减小到最低限度，却是一个永久的话题。

据美国的一项研究报告显示，在灾害之后，如果无法在 14 天内恢复业务数据，75% 的公司业务会完全停顿，43% 的公司再也无法重新开业，20% 的企业将在两年之内宣告破产。美国 Minnesota 大学的研究表明，遭遇灾难而又没有恢复计划的企业，60% 以上将在两、三年后退出市场。而在所有数据安全战略中，数据备份是其中最基础的工作之一。

（资料来源：老兵网，http://www.laobing.com.cn/tyjy/lbjy1003.html，本文有删改）

请分析：

1）通过因特网搜索和浏览，了解摩根斯坦利证券公司，以体会数据安全对该企业的意义，并请简单叙述之。

_____

_____

_____

2）本案例对你产生了哪些启迪？请简述之。

3）为什么说"在所有数据安全战略中，数据备份是其中最基础的工作之一"？

第5章 信息系统资源管理

5.1 标准化与信息资源管理标准

随着信息资源管理领域日益受到重视，其管理活动越来越频繁，技术水平越来越高，人们日益认识到信息资源管理标准化工作的重要性。

5.1.1 标准化工作的基础

标准化是一门综合性很强的理论和实践活动，其涉及内容十分广泛。

中国国家标准《标准化和有关领域的通用术语 第一部分：基本术语》（GB/T 3935.1-1996）对标准的定义是："标准是对重复性事物和概念所做的统一规定，它以科学、技术和实践经验的综合成果为基础，经有关方面协商一致，由主管机构批准，以特定形式发布，作为共同遵守的准则和依据。"对标准化的定义是："在经济、技术、科学及管理等社会实践中，对重复性事物和概念通过制定、发布和实施标准，达到统一，以获得最佳秩序和社会效益。"

1. 标准化及其体系结构

标准化工作是一门以标准化整体为对象、研究整个标准化领域的普遍规律的科学。标准化工作的研究对象包括具体和总体两种类型。具体对象是指各专业、各方面需要制定标准的对象；总体对象是指在各类具体对象的基础上进行综合、概括起来的对象。

标准化体系是从标准化的角度，对整个国民经济体系内在联系的综合反映，即对其体制、政策、经济结构、科技水平、资源条件、生产社会化和组织程度、经济效益，以及涉及这些方面的标准化程度的综合反映。

标准化体系结构是指在一定时期内，必须有与当时的科学、技术、经济发展水平相适应，并受当时可用于标准化方面的人力、物力、财力和时间周期所制约的标准化体系。

2. 标准的分类

基于不同的目的，可从不同的角度对标准进行合理的分类。常见的分类方法包括：

1）层次分类法。它是指将标准系统的结构要素（标准），按其发生作用的有效范围划分成不同的层次，通常又称为标准的级别。例如，有国际标准、区域性标准（或国家集团标准）、国家标准、行业标准、地方标准和企业标准等级别。

2）性质分类法。它是指按标准本身的属性来进行分类。通常可将标准分为管理标准、技术标准、经济标准、安全标准、质量标准等，各类标准还可进一步细分为强制性标准和推荐性标准两种。

3）对象分类法。它是指按标准化的对象来进行分类。习惯上，将标准按对象分为产品标准、工作标准、方法标准和基础标准等，也可将其进一步概括为物类标准（包括产品标准、工程标准、设备标准、工具标准、原材料标准等）和非物类标准（包括工作标准、程序标准、操作标准、方法标准等）两种类型。其中，产品标准是指为了保证产品的适用性，对产品必须达到的某些或全部要求所制定的标准，其范围包括品种、规格、技术性能、检验规则、包装、储藏、运输等；方法标准是指以试验、检查、分析、抽样、统计、计算、测定、作业等各种方法为对象制定的标准；基础标准是指在一定范围内（如企业、专业、国家等）作为其他标准的基础而普遍使用，具有广泛指导意义的标准。

3. 标准的分级

国际标准是指由国际上权威组织制定、并为大多数国家所承认和通用的标准。例如，在信息技术领域，由国际标准化组织（ISO）、国际电工委员会（IEC）、国际电气和电子工程师学会（IEEE）以及国际电报和电话咨询委员会（CCITT，现在已经被称为 ITU-T——国际标准化组织电信标准化分部）等制定的标准被视为国际标准。

我国没有设立专门的信息技术标准化机构，负责信息技术标准化具体工作的主要组织是全国计算机与信息处理标准化技术委员会（学术团体）下属的各分支技术委员会。

国内按层次分类，把标准分为国家标准、行业标准、地方标准和企业标准四级。

国家标准是指由国家或者政府标准化组织批准发布，在全国范围内统一的标准。各国国家标准前面通常都有特殊的代号。例如，GB 代表"中华人民共和国国家标准"；ANSI（American National Standards Institute）代表"美国国家标准"；JIS（Japanese Industrial Standard）代表"日本国家标准"等。

企业标准是指企业因其生产的产品没有相应的国家标准和行业标准而自行制定的标准。

军用标准是指由某个国家或者地区的国防部门或者军事部门制定和发布的标准。各国军用标准前面也都有特殊的代号。例如，GJB 代表"中华人民共和国国家军用标准"；DOD-STD（Department of Defence-Standards）代表"美国国防部标准"；MIL-S（Militiary-Standard）代表"美国军用标准"。

行业标准是指因没有对应的国家标准而又需要在全国某个行业范围内统一而制定的标准。行业标准通常由国家标准化组织下设的某个专业技术委员会负责制定。在我国，行业标准的内容不得与国家标准相抵触。

地方标准是指没有对应的国家标准和行业标准而又需要在省、自治区、直辖市范围内统一制定的标准。地方标准通常由省、自治区和直辖市政府设立的标准化机构负责制定。在我国，地方标准的内容不得与国家标准和行业标准相抵触。

4. 标准的代号与编号

标准的代号与编号简称为标准号。标准号既是标准外形的一大特征，也是区分不同标准的主要标志，还是查找标准的重要入口。世界各国标准的代号与编号各不相同，如果熟悉标准号，则有助于更深入地了解各类标准。

中国国家标准的编号方法是：GB＋标准顺序号＋间隔线＋批准（修订）年代号。例如，国家标准《国徽》的编号是：GB 15093—1994。

1988 年 12 月 29 日我国颁布《中华人民共和国标准化法》规定强制性国家标准代号为"GB"，推荐性国家标准代号为"GB/T"；内部发行的国家标准代号为"GBn"，工程建设方面的国家标准代号为"GBJ"，国家实物标准代号为"GSB"。

5.1.2 信息资源管理标准化的作用

信息技术标准化的内容十分丰富，主要包括信息的采集、编码与记录标准、中文信息处理标准、数据通信与开放系统互联标准、软件工程标准、信息的安全与保密标准、声像技术标准以及文献标准等7大类。

由于信息资源管理的标准化涉及社会生产、人民生活的很多领域，所以它在许多方面都具有非常重要的作用。

1）为信息产品的开发与使用各个环节的技术衔接和协调提供了保证。随着科学技术的迅速发展，信息产品日益复杂和多样化，生产协作也越来越广泛，面对这种复杂的纵横关系，单靠行政命令和相互协调是不行的，必须从技术上使它们保持衔接，这就要求通过制定和贯彻执行各种技术标准和规范，才能保证各种信息资源的开发和利用有条不紊地进行。

标准化是组织现代化生产的重要手段，是科学管理的重要组成部分。现代化科学管理在某种程度上说，也就是标准化（或者规范化）管理。没有标准化，就没有信息资源管理，也就没有专业化、高质量、高速度的各类信息资源的开发和利用。

2）可以改进、保证和提高信息资源的质量。一个好的标准，是在正确总结科学技术成果以及生产与使用实践经验等基础上制定出来的，它应该能够充分反映生产者与使用者之间各方面的客观要求，最大限度地合理利用各类资源，并能够直接指导生产实践。如果标准制定得比较合理，就能够促进技术进步、提高产品质量、促进生产发展；反之，如果缺乏科学、合理的标准，则会妨碍技术进步、降低产品质量、制约生产发展。

标准与产品质量是密切相关的。标准反映和体现了该标准被制定时的生产技术水平和产品质量状况。随着生产技术的发展和产品质量要求的提高，标准也必须及时加以修订，使其水平相应提高；标准水平的提高，反过来又会促进生产技术的发展，不断改进和提高产品的质量。标准和产品质量，就是这样互相促进、互相制约的。

3）为合理发展产品品种提供了保障。合理发展产品品种包含两层意思：一层意思是简化品种，另一层意思是发展需要的新品种。目前，我国信息资源管理无论在品种简化方面，还是在发展新品种规范方面，都面临着比较严重的任务，还有许多工作要做。因此，认真搞好标准化工作，充分发挥标准化在信息资源管理中的作用，可以有效地促进各类信息资源的合理开发和有效利用。

4）可以促进科研成果和新技术的推广应用。标准化与科学技术的发展有着极其密切的关系，标准是建立在生产实践经验和科学研究成果基础上的，反过来又可以促进科研成果和新技术的发展。

标准是科技成果转化为生产力的桥梁，是维系科研、生产和使用三者的纽带。一项科研成果、新产品、新工艺或者新技术开始只能在小范围内推广使用，但经过技术鉴定并纳入相应的标准之后，就可以在大范围内迅速推广。

5）为使用和维护信息资源提供了极大的便利。随着信息技术的迅速发展，对信息资源的开发和利用已逐步渗透到社会的各个领域，信息资源的积累正呈现出一种爆炸性的增长趋势，这些产生于社会各个行业的大量信息资源，最终将会形成一个统一的信息资源网并服务于全社会。因此，必须形成统一的标准和规范，用统一标准进行规范的开发、管理和维护，以提高信息资源产品的重用性和可维护性，降低维护和使用成本。

6）可以缩短信息资源的开发周期，提高劳动生产率。通过标准化，简化产品品种，提高其通用化程度，可以实现专业化、规模化生产，有利于采用新方法和新技术，实现自动化，以提高劳动生产率。例如，在软件开发过程中，如果采用结构化和模块化设计标准，则可以有效地提高软件成分的可重用性，减少大量的重复劳动，缩短软件开发周期。

7）可以有效地保护用户和消费者利益。几乎所有的标准都是为用户的最终利益而制定的。因此，从某种程度上说，保护用户和消费者的权益是标准化的一种主要目的或者主要作用。

信息资源管理的主要目的是便于大量信息资源得到合理、有效的利用。因此，提高服务质量是关键，而标准则是质量的保证，其中就包括产品标准和服务标准。

5.1.3　信息系统开发文件编制指南

任何工程项目都要经过计划、设计、施工、检验等一系列步骤，在这些步骤中，资料和图纸是绝对必要的，其中记载了大量的数据、方案、报表、图示和文字说明等有关工程项目的重要信息。信息资源管理系统建设的主体是软件系统，建设过程中的软件工程文件资料在其软件生存周期中的地位和作用就显得更加突出了。

一项计算机软件的筹划、研制及实现，构成一个软件开发项目，它一般需要在人力和资源等方面做重大的投资。为了保证项目开发的成功，最经济地花费这些投资，并且便于运行和维护，在开发工作的每一阶段，都需要编制一定的文件。这些文件连同计算机程序及数据一起，构成为计算机软件。这些文件作为软件产品的主要形式，集中体现了软件开发人员的大量脑力劳动成果，是软件不可缺少的组成部分。

1. 软件文档的目的和作用

软件文件（Document），通常又称为文档，是指与软件研制、维护和使用有关的材料，是以人们可读的形式出现的技术数据和信息。

软件文件的作用可概括为：

1）提高软件开发过程的能见度。把软件开发过程中一些"不可见的"事物转变为"可见的"文字资料，以使管理人员在软件开发各阶段进行进度控制及软件质量管理。

2）提高开发效率。软件文件的编制将使开发人员对各个阶段的工作都进行周密的思考、全盘权衡，从而减少返工，并可在开发早期发现错误及不一致性，便于及时纠正。

3）作为开发人员在一定阶段内的工作成果和结束标志。

4）记录开发过程中的有关技术信息，便于协调以后的软件开发、使用和维护。

5）提供对软件的运行、维护和培训的有关信息，便于管理人员、开发人员、操作人员和用户之间的协作、交流和了解，使软件开发活动更加科学、更有成效。

6）便于潜在用户了解软件的功能、性能等各项指标，为他们选购符合自己需求的软件提供依据。

在有关软件工程的各项国家标准中，对软件文件的编制作出了具体而详尽的叙述。例如，计算机软件产品开发文件编制指南（GB/T 8567—1988）建议在软件的开发过程中编制下述14种文件：可行性研究报告、项目开发计划、软件需求说明书、数据要求说明书、概要设计说明书、详细设计说明书、数据库设计说明书、用户手册、操作手册、模块开发卷宗、测试计划、测试分析报告、开发进度月报以及项目开发总结报告等；计算机软件需求说明编制指南（GB/T 9385—1988）和计算机软件测试文件编制规范（GB/T 9386—1988）等则对上述中的一些文件的编制有更为详尽的阐述；软件文档管理指南（GB/T 16680—1996）为那些对软件或基于软件的产品开发负有职责的管理者提供了软件文档的管理指南。

2. 软件文件编制的质量要求

计算机软件产品开发文件编制指南（GB/T 8567—1988）给出的 14 种软件文件的编制提示，同时也是这 14 种文件编写质量的检验准则。

高质量的文件应当体现在以下一些方面：

1）针对性。应分清读者对象，按不同类型、不同层次的读者，决定怎样适应他们的需要。

2）精确性。文件的行文应当十分确切，不能出现多义性的描述。

3）清晰性。文件编写应力求简明，如有可能，配以适当图表，以增强其清晰性。

4）完整性。任何一个文件都应是完整的、独立的，它应自成体系。

5）灵活性。各个不同的软件项目，其规模和复杂程度有着许多实际差别，不能一概而论。

6）可追溯性。由于各开发阶段编制的文件与各阶段完成的工作有着紧密的关系，前后两个阶段生成的文件，随着开发工作的逐步扩展，具有一定的继承关系。因此，在一个项目各开发阶段之间提供的文件必定存在着可追溯的关系。

5.1.4 软件工程国家标准

1983 年 5 月，当时的国家标准总局和电子工业部主持成立了"计算机与信息处理标准化技术委员会"，下设 13 个分技术委员会。其中，与软件相关的是程序设计语言分技术委员会和软件工程技术委员会。我国制定和推行标准化工作的总原则是向国际标准靠拢，对于能够在我国适用的标准一律按等同采用的方法，以促进国际交流。

已得到国家质量监督检验检疫总局（原国家标准总局、国家技术监督局）批准的有关软件工程的几个主要的国家标准简单介绍如下。

（1）信息技术 软件生存周期过程（GB/T 8566—2001）

此标准原名"软件开发规范（GB 8566—88）"。新标准于 2001 年 11 月 2 日批准，2002年 6 月 1 日起实施。

本标准为软件生存周期过程建立了一个公共框架，它包括在含有软件的系统、独立软件产品和软件服务的获取期间以及在软件产品的供应、开发、运作和维护期间需应用的过程、活动和任务。

本标准还提供一种过程，这种过程能用来确定、控制和改进软件生存周期过程。

（2）计算机软件产品开发文件编制指南（GB/T 8567—1988）

本指南于 1988 年 1 月 7 日批准，1988 年 7 月 1 日起实施。

本指南是一份指导性文件。本指南建议，在一项计算机软件的开发过程中，一般地说，应该产生 14 种文件，本指南规定了这 14 个软件文件的编制形式，并提供对这些规定的解释。同时，本指南也是这 14 种文件的编写质量的检验准则。

（3）计算机软件需求说明编制指南（GB/T 9385—1988）

本指南于 1988 年 4 月 26 日批准，1988 年 12 月 1 日起实施。

本指南为软件需求实践提供了一个规范化的方法，适用于编写软件需求规格说明，它描述了一个软件需求说明所必须的内容和质量，并且提供了软件需求说明大纲。

（4）计算机软件测试文件编制规范（GB/T 9386—1988）

本规范于 1988 年 4 月 26 日批准，1988 年 12 月 1 日起实施。

本规范规定一组软件测试文件。文件中所规定的内容可以作为对测试过程完备性的对照检查表，故采用这些文件将会提高测试过程的每个阶段的能见度，提高测试工作的可管理性。

（5）信息处理——数据流程图、程序流程图、系统流程图、程序网络图和系统资源图的文件编制符及约定（GB/T 1526—1989）

本标准于 1989 年 7 月 4 日批准，1990 年 1 月 1 日起实施。

本标准规定在信息处理文件编制中使用的各种符号，并给出在下列图中使用的这些符号的约定，即数据流程图、程序流程图、系统流程图、程序网络图和系统资源图等。这几种图可广泛用于描绘各种类型的信息处理问题及其解决方法。

在应用中，所确定的内部规则必须满足实际的处理或数据规格说明。本标准中给出一些指导性原则，遵循这些原则可以增强图的可读性，有利于图与正文的交叉引用。图中包含具有确定含义的符号、简单的说明性文字和各种连线。本标准不涉及说明性文字的内容，但每个符号有一个无歧义、有意义的名称，它在整个文件编制中都是一致的。

本标准认为：图可以分为详细程度不同的层次，而层次的数目取决于信息处理问题的规模和复杂性。这些详细程度不同的层次应使得不同部分及各部分间相互关系可作为一个整体来理解。正常情况下，要有一个表明整个系统主要组成部分的图，该图作为层次图形的顶层图。每一较低层都对上一层的一个或几个部分进行详细的描述。

（6）软件工程术语（GB/T 11457—1989）

本标准于 1995 年 5 月 4 日批准，1995 年 12 月 1 日起实施。

本标准定义软件工程领域中通用的术语，适用于软件开发、使用维护、科研、教学和出版等方面。

（7）计算机软件质量保证计划规范（GB/T 12504—1990）

本标准于 1990 年 11 月 15 日批准，1991 年 7 月 1 日起实施。

本规范规定了在制订软件质量保证计划时应该遵循的统一的基本要求。适用于软件特别是重要软件的质量保证计划的制订工作。对于非重要软件或已经开发好的软件，可以采用本规范规定的要求的子集。

（8）计算机软件配置管理计划规范（GB/T 12505—1990）

本标准于 1990 年 11 月 15 日批准，1991 年 7 月 1 日起实施。

项目承办单位（或软件开发单位）中负责软件配置管理的机构或个人，必须制订一个软件配置管理计划。本规范规定了在制订软件配置管理计划时应该遵循的统一的基本要求。本标准适用于软件，特别是重要软件的配置管理计划的制订工作。对于非重要软件或已经开发好的软件，可以采用本规范规定的要求的子集。

（9）软件维护指南（GB/T 14079—1993）

本标准于 1993 年 1 月 7 日批准，1993 年 8 月 1 日起实施。

本标准描述软件维护的内容和类型、维护过程及维护的控制和改进。适用于软件生存周期的运行和维护阶段，主要供软件管理人员和维护人员使用。

（10）软件文档管理指南（GB/T 16680—1996）

本标准于 1996 年 12 月 18 日批准，1997 年 7 月 1 日起实施。

本标准为那些对软件或基于软件的产品的开发负有职责的管理者提供软件文档的管理指南，目的在于协助管理者在其机构中产生有效的文档。

不论项目的大小，软件文档管理的原则是一致的。本标准可应用于各种类型的软件，从简单的程序到复杂的软件系统，并覆盖各种类型的软件文档，作用于软件生存期的各个阶段。

本标准针对文档编制管理而提出，不涉及软件文档的内容和编排。

（11）计算机软件单元测试（GB/T 15532—1995）

本标准于 1995 年 4 月 5 日批准，1995 年 12 月 1 日起实施。

本标准为软件单元测试过程规定了一个标准的方法，使之成为软件工程实践中的基础。目的是对软件单元进行系统化的测试，包括测试计划的执行、测试集的获取以及测试单元与其需求的对照衡量。

本标准可适用于任何计算机软件的单元测试（包括新开发的或修改过的软件单元），标准的使用者是测试人员和开发人员。

（12）计算机软件可靠性和可维护性管理（GB/T 14394—1993）

本标准于 1993 年 5 月 1 日批准，1994 年 1 月 1 日起实施。

本标准规定了软件产品在其生存周期内如何选择适当的软件可靠性和可维护性管理要素，并指导软件可靠性和可维护性大纲的制定和实施。标准适用于软件产品生存周期的各个阶段。

（13）其他

除了上面这些标准之外，其他一些相关的国家标准如：

1）信息处理程序构造及其表示的约定（GB/T 13502—1992）。

2）计算机软件分类与代码（GB/T 13702—1992）。

3）信息处理系统 计算机系统配置图符号及约定（GB/T 14085—1993）。

4）软件工程标准分类法（GB/T 15538—1995）。

5）软件支持环境（GB/T 15853—1995）。

6）软件工程 产品评价（GB/T 18905.1～6—2002）。

7）信息技术 软件产品评价 质量特性及其使用指南（GB/T 16260—1996）。

8）信息技术 软件包 质量要求和测试（GB/T 17544—1998）。

9）信息技术 CASE 工具的评价与选择指南（GB/T 18234—2000）。

10）信息技术 系统及软件完整性级别（GB/T 18492—2001）。

5.1.5　主要术语

确保自己理解以下术语：

标准	工作标准	软件需求说明书
标准编号	国际标准化组织（ISO）	数据库设计说明书
标准分类	国际电报和电话咨询委员会（CCITT）	
标准化	国际电工委员会（IEC）	数据要求说明书

标准化体系	国际电气和电子工程师学会（IEEE）文档	
操作手册	国家标准	测试分析报告
基础标准	详细设计说明书	测试计划
计算机软件产品开发文件编制指南		项目开发计划
层次分类法	开发进度月报	产品标准
可行性研究报告	项目开发总结报告	地方标准
模块开发卷宗	信息资源管理标准	对象分类法
企业标准	行业标准	方法标准
软件工程国家标准	性质分类法	概要设计说明书
软件文件	用户手册	

5.1.6 练习与实验：熟悉标准化和信息技术标准

1. 实验目的

本节"练习与实验"的目的是：

1）了解信息资源管理的标准化在信息资源管理过程中的重要意义和作用。

2）了解支持国家标准和其他相关标准信息的专业网站。

3）熟悉和掌握信息资源标准化的概念，较为系统和全面地了解与信息资源管理相关的国家标准。

1）了解信息技术标准中关于软件工程的有关国家标准。

2）熟悉和掌握国家标准 GB/T 8567—1988。

3）掌握软件项目规模与软件文档实施关系的处理方法，了解软件文档管理的基本要求。

2. 工具/准备工作

在开始本实验之前，请回顾教科书的相关内容。

请通过收集了解或者虚拟构思一个应用软件开发项目，以这个项目开发过程中软件文档需求为基础，来进行本实验。

请联系指导老师或者熟识信息资源管理标准化技术的业内人士，收集一般是由国家质量监督检验检疫总局（即原国家技术监督局）发布的现行的信息资源管理国家标准。

需要准备一台带有浏览器，能够访问因特网的计算机。

3. 实验内容与步骤

（1）标准化的概念

请查阅有关资料（如教材和专业网站等），结合自己的理解回答以下问题：

1）标准一般分哪 5 个层次，并做简单解释。

① _____

_____

② _____

_____

③ _____

_____

④ _____

_____

⑤ _____

_____

2）请简单解释下列符号的含义：

GB：_____

GJB：_____

ISO：_____

ANSI：_____

IEEE：_____

（2）上网搜索和浏览

了解从事国家标准咨询服务的专业网站，了解信息技术国家标准的基本运用情况，并在表 5-1 中记录搜索结果。

> 提示：一些国家标准咨询服务网站的例子包括：
>
> Chinagb. org（中国国家标准咨询服务网）
>
> nits. gov. cn（全国信息技术标准化技术委员会）
>
> Standard. com. cn（标准化信息网）
>
> UCST. CN（中国技术监督情报协会 WTO 信息咨询中心）

你习惯使用的网络搜索引擎是：_____

你在本次搜索中使用的关键词主要是：_____

_____

表 5-1 实验记录

标准化专业网址	网站名称	内容描述

请记录：你认为比较重要的两个标准化专业网站是：

1）网站名称：_____

2）网站名称：_____

（3）信息技术与软件工程国家标准

1983 年 5 月，当时的国家标准总局和电子工业部主持成立了"计算机与信息处理标准化技术委员会"，下设 13 个分技术委员会。我国制定和推行标准化工作的总原则是向国际标准靠拢，对于能够在我国适用的标准一律按等同采用的方法，以促进国际交流。

已得到国家质量监督检验检疫总局（原国家标准总局、国家技术监督局）批准的有关软件工程的几个主要的国家标准简单介绍如下，请阅读和学习标准的正式文本并记录。

1）信息技术 软件生存周期过程（GB/T 8566—2001）。

此标准原名"软件开发规范（GB8566-88）"。新标准于 2001 年 11 月 2 日批准，2002 年 6 月 1 日起实施。

本标准为软件生存周期过程建立了一个公共框架，它包括在含有软件的系统、独立软件产品和软件服务的获取期间以及在软件产品的供应、开发、运作和维护期间需应用的过程、活动和任务。

本标准还提供一种过程，这种过程能用来确定、控制和改进软件生存周期过程。

有否阅读本标准正式文本： □ 已阅读　　　　□ 未阅读

你认为本标准的意义何在？为什么？_____

_____

2）计算机软件产品开发文件编制指南（GB/T 8567—1988）。

本指南于 1988 年 1 月 7 日批准，1988 年 7 月 1 日起实施。

本指南是一份指导性文件。本指南建议，在一项计算机软件的开发过程中，一般地说，应该产生 14 种文件，本指南规定了这 14 个软件文件的编制形式，并提供对这些规定的解释。同时，本指南也是这 14 种文件的编写质量的检验准则。

有否阅读本标准正式文本： □ 已阅读　　　　□ 未阅读

你认为本标准的意义何在？为什么？_____

_____

3）计算机软件需求说明编制指南（GB/T 9385—1988）。

本指南于 1988 年 4 月 26 日批准，1988 年 12 月 1 日起实施。

本指南为软件需求实践提供了一个规范化的方法，适用于编写软件需求规格说明，它描述了一个软件需求说明所必须的内容和质量，并且提供了软件需求说明大纲。

有否阅读本标准正式文本： □ 已阅读　　　　□ 未阅读

你认为本标准的意义何在？为什么？_____

_____

4）计算机软件测试文件编制规范（GB/T 9386—1988）。

本规范于 1988 年 4 月 26 日批准，1988 年 12 月 1 日起实施。

本规范规定一组软件测试文件。文件中所规定的内容可以作为对测试过程完备性的对照检查表，故采用这些文件将会提高测试过程的每个阶段的能见度，提高测试工作的可管理性。

有否阅读本标准正式文本： □ 已阅读　　　　□ 未阅读

你认为本标准的意义何在？为什么？_____

_____

5）信息处理——数据流程图、程序流程图、系统流程图、程序网络图和系统资源图的文件编制符及约定（GB/T 1526—1989）。

本标准于 1989 年 7 月 4 日批准，1990 年 1 月 1 日起实施。

本标准规定在信息处理文件编制中使用的各种符号，并给出在下列图中使用的这些符号的约定，即数据流程图、程序流程图、系统流程图、程序网络图和系统资源图等。这几种图可广泛用于描绘各种类型的信息处理问题及其解决方法。

在应用中，所确定的内部规则必须满足实际的处理或数据规格说明。本标准中给出一些指导性原则，遵循这些原则可以增强图的可读性，有利于图与正文的交叉引用。图中包含具有确定含义的符号、简单的说明性文字和各种连线。本标准不涉及说明性文字的内容，但每个符号有一个无歧义、有意义的名称，它在整个文件编制中都是一致的。

本标准认为：图可以分为详细程度不同的层次，而层次的数目取决于信息处理问题的规模和复杂性。这些详细程度不同的层次应使得不同部分及各部分间相互关系可作为一个整体来理解。正常情况下，要有一个表明整个系统主要组成部分的图，该图作为层次图形的顶层图。每一较低层都对上一层的一个或几个部分进行详细的描述。

有否阅读本标准正式文本：　□ 已阅读　　　　□ 未阅读

你认为本标准的意义何在？为什么？＿＿＿＿＿＿＿＿＿＿＿＿＿＿＿＿＿＿＿

＿＿＿＿＿＿＿＿＿＿＿＿＿＿＿＿＿＿＿＿＿＿＿＿＿＿＿＿＿＿＿＿＿＿＿＿＿＿

6）软件工程术语（GB/T 11457—1989）。

本标准于 1995 年 5 月 4 日批准，1995 年 12 月 1 日起实施。

本标准定义软件工程领域中通用的术语，适用于软件开发、使用维护、科研、教学和出版等方面。

有否阅读本标准正式文本：　□ 已阅读　　　　□ 未阅读

你认为本标准的意义何在？为什么？＿＿＿＿＿＿＿＿＿＿＿＿＿＿＿＿＿＿＿

＿＿＿＿＿＿＿＿＿＿＿＿＿＿＿＿＿＿＿＿＿＿＿＿＿＿＿＿＿＿＿＿＿＿＿＿＿＿

7）软件文档管理指南（GB/T 16680—1996）。

本标准于 1996 年 12 月 18 日批准，1997 年 7 月 1 日起实施。

本标准为那些对软件或基于软件的产品的开发负有职责的管理者提供软件文档的管理指南，目的在于协助管理者在其机构中产生有效的文档。

不论项目的大小，软件文档管理的原则是一致的。本标准可应用于各种类型的软件，从简单的程序到复杂的软件系统，并覆盖各种类型的软件文档，作用于软件生存期的各个阶段。

本标准针对文档编制管理而提出，不涉及软件文档的内容和编排。

有否阅读本标准正式文本：　□ 已阅读　　　　□ 未阅读

你认为本标准的意义何在？为什么？＿＿＿＿＿＿＿＿＿＿＿＿＿＿＿＿＿＿＿

＿＿＿＿＿＿＿＿＿＿＿＿＿＿＿＿＿＿＿＿＿＿＿＿＿＿＿＿＿＿＿＿＿＿＿＿＿＿

8）计算机软件单元测试（GB/T 15532—1995）。

本标准于 1995 年 4 月 5 日批准，1995 年 12 月 1 日起实施。

本标准为软件单元测试过程规定了一个标准的方法，使之成为软件工程实践中的基础。目的是对软件单元进行系统化的测试，包括测试计划的执行、测试集的获取以及测试单元与其需求的对照衡量。

本标准可适用于任何计算机软件的单元测试（包括新开发的或修改过的软件单元），标准的使用者是测试人员和开发人员。

有否阅读本标准正式文本：　□ 已阅读　　　　□ 未阅读

你认为本标准的意义何在？为什么？＿＿＿＿＿＿＿＿＿＿＿＿＿＿＿＿＿＿＿

＿＿＿＿＿＿＿＿＿＿＿＿＿＿＿＿＿＿＿＿＿＿＿＿＿＿＿＿＿＿＿＿＿＿＿＿＿＿

9）计算机软件可靠性和可维护性管理（GB/T 14394—1993）。

本标准于 1993 年 5 月 1 日批准，1994 年 1 月 1 日起实施。

本标准规定了软件产品在其生存周期内如何选择适当的软件可靠性和可维护性管理要素，并指导软件可靠性和可维护性大纲的制定和实施。标准适用于软件产品生存周期的各个阶段。

有否阅读本标准正式文本： □ 已阅读　　　　　□ 未阅读

你认为本标准的意义何在？为什么？_____

_____

10）其他。

除了上面这些标准之外，其他一些与软件工程相关的国家标准如：

- 信息处理系统 计算机系统配置图符号及约定（GB/T 14085—1993）。
- 软件工程 产品评价（GB/T 18905.1~6—2002）。
- 信息技术 软件产品评价 质量特性及其使用指南（GB/T 16260—1996）。
- 信息技术 软件包 质量要求和测试（GB/T 17544—1998）。
- 信息技术 CASE 工具的评价与选择指南（GB/T 18234—2000）。

4. 实验总结

_____

_____

_____

_____

5. 实验评价（教师）

_____

_____

5.1.7 阅读与思考：《未来之路》和《数字化生存》

1996 年，微软公司的缔造者比尔·盖茨（Bill Gates），如图 5-1 所示，曾撰写过一本在当时轰动一时的书——《未来之路》，他在书中预测了微软乃至整个科技产业未来的走势。盖茨在书中写道："虽然现在看来这些预测不太可能实现，甚至有些荒谬，但是我保证这是本严肃的书，而决不是戏言。十年后我的观点将会得到证实。"十年后，回望盖茨的《未来之路》，部分预测已经成为现实。

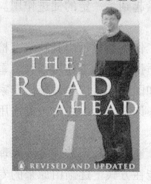

图 5-1　比尔·盖茨

图 5-2　尼葛洛庞帝

1996 年，一本充满洞见的《数字化生存》风靡中国，它的翻译出版曾经引发中国人对未来信息世界的狂热激情和无尽梦想，这几乎被视为中国因特网启蒙运动的开始。而此书的作者尼古拉斯·尼葛洛庞帝（Nicholas Negroponte）如图 5-2 所示，也由此被称为中国因特网的启蒙者。

尼葛洛庞帝是美国麻省理工学院教授及媒体实验室的创办人，同时也是《连线》杂志的专栏作家。他被西方媒体推崇为"电脑和传播科技领域最具影响力的大师之一"，一直倡导利用数字化技术来促进社会生活转型。回顾 10 多年来，尼葛洛庞帝的数字化生存理论已经被一一验证。一场轰轰烈烈的数字革命使中国人的生活方式、生存方式乃至思维方式发生了深刻的变革。

阅读提示：结合本课程的学习，建议你找出时间来阅读一下盖茨的《未来之路》和尼葛洛庞帝的《数字化生存》，尝试从广泛阅读中体会学习的乐趣和汲取丰富的知识。阅读后，建议你找个机会和老师、同学们来分享你所获得的体会和认识。

5.2 信息系统质量管理

在实际生活中，"质量"常被解释为"适用性"、"用户的满意程度"或者"符合顾客的要求"，但这些解释仅仅表示了质量的部分属性。国际标准化组织 2000 年发布的 ISO 9000：2000 国际标准中，将质量定义为"反映实体满足明确和隐含需要的能力的特性总和"。国家标准 GB/T 19000—2000 等同采用了 ISO 9000：2000 给出的质量定义。

ISO 9000：2000 中将质量管理定义为"确定质量方针、目标和职责，并在质量体系中通过诸如质量策划、质量控制、质量保证和质量改进，使其实施的全部管理职能的所有活动"。GB/T 19000—2000 也等同采用了 ISO 9000：2000 给出的质量管理定义。

5.2.1 质量管理的发展

按解决质量问题所依据的手段和方式来划分，质量管理的发展已经经历了检验质量管理、统计质量管理和全面质量管理等 3 个阶段。

（1）检验质量管理阶段

第二次世界大战前，人们对质量管理的理解还只限于对质量的检验。在这个阶段，质量管理的内容主要是由检验部门来负责产品的检验，这种做法实际上是"事后把关"，目的是过滤出不合格的产品，这对提高工作效率、保证产品质量起到了一定的促进作用。

（2）统计质量管理阶段

二战后，由于战争对大量军需品的需要，质量检验工作逐渐显示出其缺陷，检验部门成为生产过程中最薄弱的环节。例如，由于事先无法控制质量，检验工作量很大，军火生产常常拖延交货期，影响前线的军需供应。因此，美国政府和国防部组织数理统计专家采用质量控制的统计方法，扭转了军需品生产的困难局面。此后，许多公司纷纷将该方法用于其产品的质量管理上。

在这个阶段，为了提高产品合格率、降低生产成本，通常是利用数理统计原理，事先控制不良产品的出现，并检验成品的质量。质量管理的职能在方式上逐渐由原来的专职检验人员转移到专业的质量控制工程师和技术人员身上。实践证明，统计质量管理是保证产品质量、预防不良产品的一种有效方法。但这一阶段过分强调质量控制的统计方法，忽视管理工作，使人们误认为"质量管理就是统计方法"，并且由于数理统计理论较深奥，所以还使人们误认为"质量管理是统计学家的事"，因而对质量管理产生"高不可攀"、"望而生畏"的感觉，在一定程度上限制了质量管理统计方法的普及和推广。

（3）全面质量管理阶段

20世纪50年代以来，生产力迅速发展，科学技术日新月异，社会经济进步很快，人们对产品质量的要求更高、更多了，质量管理被看成是生产管理大系统中的一个子系统，更加重视质量保证问题，管理理论获得了新的发展。在此背景下，美国通用电气公司的质量总经理费根堡姆（A. V. Feigenbaum）于1961年出版了《全面质量管理》一书，率先提出全面质量管理的概念。

20世纪60年代以后，生产实践进入到全面质量管理阶段，要求把质量问题作为统一的有机整体进行综合分析，由此产生了动员企业全体职工参与质量管理的全面质量管理思想。全面质量管理概念逐步被世界各国所接受，并取得了较丰硕的成果，逐渐形成了一门较完整的质量管理学科。20世纪80年代以来，人们又提出了一些新概念。例如，日本提出了"全公司质量控制（Company-Wide Quality Control，CWQC）"，美国提出了"质量经营管理（QM，Quality Management，QM）"，欧洲一些国家提出了"全面质量保证（Total Quality Assurance，TQA）"。国际标准化组织也将QM和TQA纳入ISO9000系列国际标准中。我国自1978年开始推行全面质量管理活动以来，经过宣传试点、普及推广到深化提高，不仅取得了显著的效益，而且逐渐形成了具有中国特色的质量管理理论。

5.2.2 全面质量管理

国际标准化组织在2000年发布的ISO 9000：2000国际标准中将全面质量管理（Total Quality Management，TQM）定义为："一个组织以质量为中心，以全员参与为基础，目的在于通过顾客满意和本组织成员及社会受益而达到长期成功的管理途径。"国家标准GB/T 19000—2000中也等同采用了ISO 9000：2000中给出的全面质量管理的定义。

具体来说，全面质量管理就是以质量为中心，全体职工以及有关部门积极参与，将专业技术、经营管理、数理统计和思想教育等结合起来，建立起产品的研究、设计、生产、服务等全过程的质量体系，从而有效地利用人力、物力、财力、信息资源等，以最经济的手段生产出让顾客满意的产品，使组织、全体成员以及全社会均能够受益，从而确保组织获得长期的成功和发展。

从上面定义中，可以归纳出全面质量管理具有以下特点：

1）全面质量管理目标以"适用性"为标准。传统的质量管理以"符合性"为质量标准，即以是否符合技术标准和规范为目标。全面质量管理以是否适合用户需要、用户是否满意为基本目标，即以"适用性"为其质量标准。

2）全面质量管理是"三全"的质量管理。"三全"，即全企业的质量管理、全过程的质量管理以及全员参加的质量管理。

3）全面质量管理是企业管理的中心环节。20世纪70年代，日本质量管理专家水野滋提出"质量经营"思想，认为全面质量管理是以质量为中心的经营管理，全面质量管理在企业各项工作和经营中处于中心地位。

4）全面质量管理是以人为本的管理。全面质量管理强调在质量管理中要调动人的积极性，发挥人的创造性。产品质量不仅要使用户满意，而且要使本组织的每位职工满意。以人为本，就是要使企业的全体员工齐心协力搞好质量管理工作。

5）全面质量管理是动态性质量改进。传统质量管理思想的核心是质量控制，它是一种静态的管理。全面质量管理强调有组织、有计划、持续地进行质量改进，不断地满足变化着的市场和用户的需求，所以是一种动态的管理。

全面质量管理的基本要求可以概括为"三全一多样"。所谓"三全"，是指全员工的质量管理、全过程的质量管理、全企业的质量管理；所谓"一多样"，是指多方法的质量管理。

5.2.3　ISO 9000 族标准

根据 ISO 9000-1 给出的定义，ISO 9000 族标准是指"由 ISO/TC 176 技术委员会制定的所有国际标准"。由于 ISO 9000 族标准是由国际标准化组织（ISO）颁布的关于质量管理和质量保证方面的系列标准，所以它已被世界上 80 多个国家或者地区等同或者等效采用，该系列标准在全球具有广泛深刻的影响。

据统计，由 ISO/TC 176 技术委员会制定并由国际标准化组织正式颁布的国际标准有 20 多项，ISO/TC 176 技术委员会正在制定但尚未经 ISO 颁布的国际标准还有若干项。我国在 1988 年正式发布国家标准 GB/T 10300—1988，决定等效采用 ISO 9000 族标准。在 1992 年 5 月召开的"全国质量工作会议"上，决定等同采用 ISO 9000 族标准，并立即将 GB/T 10300—1988 修订为 GB/T 19000—1992 国家标准。1994 年，我国又按 ISO 9000（1994 年版）国际新标准进行同期转化，修订了 GB/T 19000 系列国家标准。

ISO 9000 族标准可分为 5 大组成部分，即质量术语标准、使用或实施指南标准、质量保证模式标准、质量体系要素标准、质量技术标准。每一类标准都有其特定的应用范围，正确理解各类标准的概念，掌握各类标准的内容，对于合理选择和使用标准具有十分重要的意义。

ISO 9000 族标准是在总结各国成功经验的基础上形成的，建立在实践观点和以人为本等观点之上，并且具有科学性、系统性、可控性等优点，按这套标准建立质量体系并坚持运行，通常都可以取得较明显的经济效益和社会效益。因此，ISO 9000 族标准已经受到世界各国的普遍重视和广泛采用，并成为世界各国发展经济贸易的一项重要措施。

5.2.4　信息系统的质量管理

由于信息系统的核心是软件，所以下面主要从软件质量管理的角度入手来讨论信息系统的质量管理问题。

1. 软件质量

软件质量是软件的生命，它直接影响到软件的使用与维护。软件开发人员、维护人员、管理人员和用户都十分重视软件的质量。

（1）软件质量的定义

在国际标准 ANSI/IEEE Std 729-1983 中，软件质量被定义为："与软件产品满足规定的和隐含的需求能力有关的全部特征和特性，包括软件产品质量满足用户要求的程度、软件各种属性的组合程度、用户对软件产品的综合反映程度、软件在使用过程中满足用户要求的程度。"

在软件项目开发过程中,项目经理眼中的质量就是能"令人满意"地工作以完成预期功能的软件产品。所谓"令人满意",包括功能、性能、接口需求以及其他指标(如可靠性、可维护性、可复用性和正确性等)。在实际工作中,一旦出现问题时,项目管理人员必须权衡利弊,作出取舍,在满足某一个指标的同时,牺牲另外一个或多个指标。例如,为了按期交货,就需要对软件功能进行分类,在第一个版本中实现优先级较高的功能,在第二个版本中实现优先级较低的功能。因此,项目经理需要了解对其工作有重要指导意义的质量模型和度量方法,该模型不仅可以帮助项目经理生产出符合标准的软件产品,而且可以识别出可能影响产品质量的各种风险。

(2)软件质量的特性指标

从面向管理(或使用者)的观点来看,软件质量可由功能性(Functionality)、有效性(Efficiency)、可靠性(Reliability)、安全性(Security)、易用性(Usability)、可维护性(Maintainability)、可扩充性(Expandability)、可移植性(Portability)和重用性(Reusability)等9个主要特性指标来定义。

2. 软件质量管理概念

软件质量管理可以定义为:"为了确定、达到和维护需要的软件质量而进行的有计划、系统化的所有管理活动。"软件质量管理活动大致上可分为质量控制和质量设计,这两类活动内容在功能上是互补的。

(1)质量控制

质量控制主要包括计划、规程评价和产品评价。

为了进行质量控制,首先必须制订一个软件质量管理计划,该计划确定了质量目标、在每个阶段为实现总目标所应达到的要求、对进度进行安排、确定所需人力、资源和成本等内容,它贯穿于整个软件的生存期之中,并指导软件开发各个阶段的具体活动。规程是指对在软件生存期中应当遵循的一些政策、规则和标准的具体实施的描述。软件质量管理应包括对软件开发、生产、管理和维护过程中所遵循的各种规程的评价。

软件质量管理应包括对软件产品本身的评价。软件产品评价的主要目的是确保产品与其需求相符合,常用的软件产品评价方法主要包括走查、代码的审计、测试结果的分析以及软件的质量度量和评估等。

(2)质量设计

质量设计主要是指质量准则的实际运用。在软件质量设计过程中,应当确定该软件应该达到什么水平,并考虑如何设计高质量的软件,以及如何通过测试来确定软件产品的质量等问题。

5.2.5 主要术语

确保自己理解以下术语:

ISO 9000 族标准	可扩充性	信息系统质量管理
安全性	可维护性	易用性
等同采用	可移植性	有效性

功能性	全面质量管理	质量
国际标准	软件质量	质量控制
软件质量管理	质量设计	检验质量管理
适用性	重用性	可靠性
统计质量管理		

5.2.6 练习与实验：软件开发文件编制指南

1. 实验目的

本节"练习与实验"的目的是：

1）进一步熟悉和掌握信息资源标准化的概念，较为系统和全面地了解与信息资源管理相关的国家标准。

2）了解信息技术标准中关于软件工程的有关国家标准，熟悉和掌握国家标准 GB/T8567-1988。

3）掌握软件项目规模与软件文档实施关系的处理方法，了解软件文档管理的基本要求。

2. 工具/准备工作

在开始本实验之前，请回顾教科书的相关内容。

请通过收集了解或者虚拟构思一个应用软件开发项目，以这个项目开发过程中软件文档需求为基础来开展本实验。

需要准备一台带有浏览器，能够访问因特网的计算机。

3. 实验内容与步骤

（1）软件生存周期与各种文件的编制

一个计算机软件，从出现一个构思之日起，经过开发成功投入使用，在使用中不断增补修订，直到最后决定停止使用，并被另一项软件代替为止，被认为是该软件的一个生存周期。计算机软件开发规范（GB8566-1988）将软件生存周期划分为以下 8 个阶段，即可行性研究与分析、需求分析、概要设计、详细设计、实现（包括单元测试）、组装测试、确认测试、使用和维护。

软件文件是在软件开发过程中产生的，与软件生存周期有着密切关系。请参阅有关资料（教科书、背景知识或专业网站等），了解就一个软件而言，其生存周期各阶段与各种文件编写的关系，并在表5-2 中适当的位置上填入"√"。

表5-2 软件生存周期各阶段中的文件编制

文件 ＼ 阶段	可行性研究与计划	需求分析	设计	实现	测试	使用与维护
可行性研究报告						
项目开发计划						
软件需求说明书						
数据要求说明书						
测试计划						
概要设计说明书						

阶　段 文　件	可行性研究与计划	需求分析	设　计	实　现	测　试	使用与维护
详细设计说明书						
数据库设计说明书						
模块开发卷宗						
用户手册						
操作手册						
测试分析报告						
开发进度月报						
项目开发总结						

请注意其中有些文件的编写工作可能要在若干个阶段中延续进行。

（2）文件的读者及其关系

文件编制是一个不断努力的工作过程，是一个从形成最初轮廓，经反复检查和修改，直到程序和文件正式交付使用的完整过程。

在软件开发的各个阶段中，不同人员对文件的关心不同。请根据你的判断，用符号"√"表示某部分人员对某个文件的关心，完成表 5-3 的填写。

表 5-3　各类人员与软件文件的关系

人　员 文　件	管 理 人 员	开 发 人 员	维 护 人 员	用　户
可行性研究报告				
项目开发计划				
软件需求说明书				
数据要求说明书				
测试计划				
概要设计说明书				
详细设计说明书				
数据库设计说明书				
模块开发卷宗				
用户手册				
操作手册				
测试分析报告				
开发进度月报				
项目开发总结				

（3）文件内容的重复性

由于不同软件在规模上和复杂程度上差别极大，在计算机软件产品开发文件编制指南（GB/T8567-1988）所要求的 14 种软件文件的编制中，允许有一定的灵活性，这主要体现在应编制文件种类的多少、文件的详细程度、文件的扩展与缩并、程序设计和文件的表现形式等方面。

此外，分析在 GB/T8567-1988 中列出的 14 种软件文件的"内容要求"部分，可以看出其中存在着某些重复。较明显的重复有两类，即：

第一类：_____；

第二类：_____。

这种内容重复的目的，是为了：_____

_____

（4）文件编制实施规定的实例

GB/T8567-1988 指出，对于具体的软件开发任务，应编制的文件种类、详细程度等取决于开发单位的管理能力、任务规模、复杂性和成败风险等因素。为了控制文件编制中存在的灵活性，保证文件质量，软件开发单位应该制定一个文件编制实施规定，说明在什么情况下应该编制哪些文件。

我们通过下面的例子，来说明如何建立这种实施规定，使项目经理能确定本项目开发过程中应编制的文件的种类。

我们采用求和法来确定应编制的文件。该方法的要点是：提出 12 个考虑因素来衡量一个应用软件，每个因素可能取值的范围是 1~5。项目经理可用这 12 个因素对所要开发的程序进行衡量，确定每个因素的具体值；把这 12 个因素的值相加，得到一个总和；然后由这个总和的值来确定应该编制的文件的种类。

步骤1：虚拟一个你正要组织开发的软件项目。你考虑的这个项目的名称是：

_____

步骤2：按表5-4 中的 12 个因素衡量所要开发的软件，得到每个因素的值。

表5-4　文件编制的12 项衡量因素

序号	因　素	因素取值准则				
		1	2	3	4	5
1	创造性要求	没有-在不同设备上重编程序	很少-具有更严格的要求	有限-具有新的接口	相当多-应用现有的技巧	重大的-应用先进的技巧
2	通用程度	很强的限制-单一目标	有限制-功能范围是参量化的	有限的灵活性允许格式上有某些变化	多用途、灵活的格式有一个主题领域	很灵活-能在不同设备上处理范围广泛的主题
3	工作范围	局部单位	本地应用	行业推广	全国推广	国际项目
4	目标范围的变化	没有	极少	偶尔有	经常	不断
5	设备复杂性	单机、常规处理	单机、常规处理，扩充的外设系统	多机，标准外设系统	多机，复杂的外设系统	主机控制系统、多机、自动I/O 显示
6	人员/人	1~2	3~5	5~10	10~18	18 人以上
7	开发投资	6 人月以下	6 人月~3人年	3~10 人年	10~30 人年	30 人年以上
8	重要程度	数据处理	常规过程控制	人身安全	单位成败	国家安危

序 号	因　素	因素取值准则				
		1	2	3	4	5
9	对程序改变的完成时间要求	2 周以上	1 ~ 2 周	3 ~ 7 天	1 ~ 3 天	24 小时以内
10	对数据输入的响应时间要求	2 周以上	1 ~ 2 周	1 ~ 7 天	1 ~ 24 小时	60 分钟以内
11	程序语言	高级语言	高级语言带一些汇编	高级语言带相当多汇编	汇编语言	机器语言
12	并行的软件开发	没有	有限	中等程序	很多	完全并行开发

你为自己要开发的软件确定的各个因素的值是：

1）创造性要求：＿＿＿＿＿＿＿＿

说明：＿＿＿＿＿＿＿＿＿＿＿＿＿＿＿＿＿＿＿＿＿＿＿＿＿＿＿＿＿＿＿

2）通用程度：＿＿＿＿＿＿＿＿

说明：＿＿＿＿＿＿＿＿＿＿＿＿＿＿＿＿＿＿＿＿＿＿＿＿＿＿＿＿＿＿＿

3）工作范围：＿＿＿＿＿＿＿＿

说明：＿＿＿＿＿＿＿＿＿＿＿＿＿＿＿＿＿＿＿＿＿＿＿＿＿＿＿＿＿＿＿

4）目标范围：＿＿＿＿＿＿＿＿

说明：＿＿＿＿＿＿＿＿＿＿＿＿＿＿＿＿＿＿＿＿＿＿＿＿＿＿＿＿＿＿＿

5）设备复杂性：＿＿＿＿＿＿＿＿

说明：＿＿＿＿＿＿＿＿＿＿＿＿＿＿＿＿＿＿＿＿＿＿＿＿＿＿＿＿＿＿＿

6）人员：＿＿＿＿＿＿＿＿

说明：＿＿＿＿＿＿＿＿＿＿＿＿＿＿＿＿＿＿＿＿＿＿＿＿＿＿＿＿＿＿＿

7）开发投资：＿＿＿＿＿＿＿＿

说明：＿＿＿＿＿＿＿＿＿＿＿＿＿＿＿＿＿＿＿＿＿＿＿＿＿＿＿＿＿＿＿

8）重要程度：＿＿＿＿＿＿＿＿

说明：＿＿＿＿＿＿＿＿＿＿＿＿＿＿＿＿＿＿＿＿＿＿＿＿＿＿＿＿＿＿＿

9）对程序改变的完成时间要求：＿＿＿＿＿＿＿＿

说明：＿＿＿＿＿＿＿＿＿＿＿＿＿＿＿＿＿＿＿＿＿＿＿＿＿＿＿＿＿＿＿

10）对数据输入的响应时间要求：＿＿＿＿＿＿＿＿

说明：＿＿＿＿＿＿＿＿＿＿＿＿＿＿＿＿＿＿＿＿＿＿＿＿＿＿＿＿＿＿＿

11）程序语言：＿＿＿＿＿＿＿＿

说明：＿＿＿＿＿＿＿＿＿＿＿＿＿＿＿＿＿＿＿＿＿＿＿＿＿＿＿＿＿＿＿

12）并行的软件开发：＿＿＿＿＿＿＿＿

说明：＿＿＿＿＿＿＿＿＿＿＿＿＿＿＿＿＿＿＿＿＿＿＿＿＿＿＿＿＿＿＿

步骤 3：把衡量所得的各个因素的值相加，得总和之值：＿＿＿＿＿＿＿＿分。

步骤 4：根据总和之值，从表 5-5 查出应编制的文件的种类。

表 5-5　各项因素总和与文件编制要求的关系

因素值	可行性研究报告	项目开发计划	软件需求说明书	数据要求说明书	概要设计说明书	详细设计说明书	数据库设计说明书	用户手册	操作手册	模块开发卷宗	测试计划	测试分析报告	项目开发总结报告	开发进度月报
12~18①	√						√					√		
16~26		√	√	③			③	√		√	√	②	√	√
24~38	√	√	√	③			③	√	√	√	√	②	√	√
36~50	√	√	√	③	√		③	√	√	√	√	√	√	√
48~60	√	√	√	③	√	√	③	√	√	√	√	√	√	√

① 在因素总和较低的情况下，项目开发总结报告的内容应包括：程序的主要功能、基本流程、测试结果和使用说明。
② 测试分析报告应该写，但不必很正规。
③ 数据要求说明和数据库设计说明是否需要编写应根据所开发软件的实际需要来决定。

在你虚拟构思的开发项目中，确定应编制的文件的种类是：

1) _____

2) _____

3) _____

4) _____

5) _____

6) _____

7) _____

8) _____

9) _____

10) _____

11) _____

12) _____

13) _____

14) _____

4. 实验总结

_____

_____

_____

_____

5. 实验评价（教师）

_____

_____

5.2.7　阅读与思考：数字化生存与人性化思考

生存与思考，是人类的永恒主题，也是科学家和艺术家使命之所在。

法国南部拉斯科洞穴岩画至今已有一万五千年历史，欧洲先民在岩画上留下的巨大的彩色野牛攻敌图依然使人惊心动魄；非洲东南部加坎斯伯洞穴岩画经过了约九千年的风霜，非洲先民描绘的集体使用弓箭的狩猎场面和白衣妇人的舞蹈姿态仍在召唤后人的加入。

自公元前 3500 年苏美尔人在泥板上书写象形文字以来，生存与思考成了有文字记载的人类文明史的主线。从西方的泥板书、羊皮纸到东方的甲骨文、青铜器，生存状态的改变、科学技术的进步与人类记录思想、保存思想的不懈追求始终联系在一起。埃及金字塔是科学也是艺术；悉尼歌剧院是艺术又是科学。苹果砸出的牛顿地心引力是由生存状态引发的科学思考；罗丹的雕塑精品《思想者》是对科学思考的艺术提炼。

科学家与艺术家是人类文明的代表，他们都关注着人类的生存状态。在使命感、责任感的强烈驱动下，科学家和艺术家们所表现的共同点是他们的创新意识。所不同的是：科学家们更多地是通过自己的实践行为直接参与和推动改变外部世界和人类生存状态的过程——研究生命起源、探索外层空间就是这种追求的体现；而艺术家们对人类生存状态表现更多地是强烈的爱憎感情和深刻的哲学思考，他们内心情感的积淀和爆发通常是各种艺术创作源泉之所在——对现实的批判和对理想的追求是大师们作品的共同主题。

科学的参与性、实践性与艺术的思想性、情感性是人所共见的事实。然而，艺术家们对科学实践的探求和科学家们对社会人生的思考是在科学和艺术的创造中更值得我们关注的现象。

深处音乐殿堂的交响乐出现于 18 世纪后半叶。交响乐以其内容深刻、结构完美，能够表现复杂而变化多样的思想感情，被认为代表了人类音乐思维的最高成就。而由铜管乐器组、木管乐器组、弦乐器组和打击乐器组构成的，能够演奏交响乐的管弦乐队则是 18 世纪声学和乐器制造技术水平的最高体现。

摄影艺术和电影艺术均诞生于 19 世纪，是基于科学家对光学原理的深刻理解。在 20 世纪发展过程中，有声电影、彩色电影、立体电影、宽银幕电影、球幕电影等形式的不断出现，更是把艺术创作与科学进步融为一体。当然，艺术家们不仅仅是接受科学成果，他们的艺术创作也在某种程度上推动着科学技术的进步和发展。法国电影大师梅里爱 1902 年在电影《月球旅行记》中，利用现代蒙太奇手法和特技手段讲述了一个科学家登月探险的故事。虽然银幕上的科学家显得那样幼稚，类似炮弹的登月工具显得那样拙劣，但这毕竟是第一次把人类登月的愿望付诸行动的尝试，尽管这种尝试是在银幕上。我们很难说 1969 年美国宇航员阿姆斯特朗等人登上月球的行动不是这种努力的延续。

1905 年爱因斯坦提出的相对论，揭示了空间、时间、物质和运动之间的内在联系。他的相对时空观不仅为科学认识世界提供了思想武器，也为艺术家对现实世界的思考和反馈提供了理论依据。作为科学家的爱因斯坦从小学习小提琴，并经常与身为出色钢琴家的母亲一起演二重奏。爱因斯坦的传记作者巴内什·霍夫曼写道：爱因斯坦的深刻本质藏在他的质朴个性之中；而他的科学本质藏在他的艺术性之中——他对美的非凡感觉。毕加索的分析立体主义油画作品，把对象分解后重新装配组合，在一个平面上同时表现人物的正面、侧面和斜侧面，在一定程度上是从艺术创作的角度印证了爱因斯坦科学理论中的相对空间概念。

从某种意义上说，艺术家和科学家的共通点是人性的流露。毕加索的大型油画《战争》与《和平》用的是分析立体主义手法，表现的却是人类最直白的呼声；爱因斯坦是最早认识到原子分裂可能释放出可怕的毁灭性力量的科学家之一，他又是战后积极呼吁废除所有核武器的和平斗士。正是有了这样一个共通的基点，人类才得以生存，社会才得以发展。

今天，人类已经走到了21世纪。20世纪末，美国麻省理工学院媒体实验室主任尼格拉庞地的《数字化生存》一书给人类的生存与思考打上了新的时代烙印。当人们用计算机、多媒体、互联网等数字化元素重新构建我们的生存环境时，数字化生存与人性化思考就成了当代科学家与艺术家们所必须关照的共同主题。

计算机出现于20世纪40年代。计算机是科学技术进步的产物，然而，一般人可能不太注意，从计算机诞生的第一天起，科学家们就思考着在计算机的数字化内核中融入人性化元素。从纯数字化的汇编语言到以英语为基本指令的高级编程语言的发展，是计算机与人对话的成功尝试；从占据一栋楼的大型主机到可放在办公桌面上的个人计算机的出现，是计算机与普通人交往的开始。

个人计算机的早期操作系统需要用户记忆DOS指令，苹果公司发明的图形界面使没有学过操作系统的用户也能使用计算机。键盘曾经是计算机输入的唯一途径，道格拉斯·恩格尔巴特发明的鼠标却用一个按键动作完成了人机交互的复杂过程。计算机表现的纯文本信息过于单调，立体声和动态视频在计算机信息处理中的应用使人的感官得到了充分的满足。语音识别、远程登录、动态交互、人工智能等，这些与计算机技术相关的科学进步实际上反映的是科学家们在数字化生存中最直接的人性化思考。

富有感情的艺术家们是人性化的代表。在20世纪的艺术殿堂中我们却常常看到艺术家们的数字化生存方式。

电子音乐是现代电子技术和音乐艺术的结合。以电子振荡为发声原理的电子琴和电子合成器具有以物理发声为基础的传统乐器不可比拟的长处。电子合成器不但能模拟传统乐器和自然界音响，而且能合成自然界不存在的音响。电子计算机音乐的出现使音乐家的创作空间更为拓展，他们可以将音乐的速度、力度、节奏、和声风格、曲式结构按自己的愿望编成计算机程序输入计算机，实现创作和演奏。截止2001年4月，在网上设有自己主页、有姓名可考的电脑音乐人有1105人之多。目前在世界范围内专业化电子音乐、社会化电子音乐和家庭化电子音乐已经成为音乐艺术创作中不可或缺的有机组成部分。

电脑美术是从计算机界面设计中逐渐分离出来的一个独立艺术门类。早期的电脑美术作者多为从事计算机图像处理或略有色彩和造型基础的计算机软件人员。他们与计算机的天然缘分和工作需求使早期的电脑美术作品带有明显的实用目的。计算机界面、书籍装帧、设计效果图是最常见的样例。随着专业美术人员计算机水平的提高和介入，电脑美术才真正出现了以艺术创作为目的的作品。近年来，世界各地每年都有国际性的计算机美术作品展示和学术研讨会举行。网上的电脑艺术虚拟展览会更是电脑美术领域的专利。从展示的大量作品中，你除了看到表现计算机长处的线条、色彩、拼接和变形处理的创作手法外，艺术家们将计算机表现能力与传统油画甚至中国画技法结合的作品，已可达到乱真的程度。

计算机交互媒体艺术的出现是艺术家们数字化生存的高级阶段。从二维平面到三维动画，从视觉艺术到视听交互，从虚拟现实空间到可以由用户选取交互点的虚实结合的交互媒体——计算机技术的每一步发展，都为艺术家们提供了更为广阔的创作空间。交互媒体艺术的集中表现是在电子游戏领域。2001年3月，第16届世界游戏开发者大会在美国硅谷附近的圣何塞举行，会议的主题是关于"电子游戏中的人工智能生命"。所有在计算机行业工作的人都知道一个奇怪的事实：最新的计算机软硬件技术一定是在游戏领域最先应用。在电子游戏的创作和开发过程中，计算机科学的最新发展与艺术家的无边想象力得到了完美的结合。声音、光影、色彩与无数个三维模型一起构成了许多令儿童和成人都为之疯狂的生动场景。人们在虚拟世界中赛车、探险、打斗，身不由己地扮演一个有着数字生命的角色去与他人交往，去构建新的社区，甚至去创建你自己的帝国。

可以想见，随着计算机在日常生活中的普及与在艺术领域的广泛应用，艺术家的数字化生存与科学家的人性化思考将是未来社会的突出主题。

20世纪70年代中期，当个人计算机刚刚从实验室走向公众的时候，美国电影《未来世界》就给我们展现了缺乏人性化的数字化发展将给人类社会带来怎样的灾难。1984年，从没使用过电脑的加拿大小说家威廉·吉普森在作品《神经漫游者》中，第一次提出了当时科学家们还未能描述的网络虚拟空间的概念。在作品中，作家担心的不是网络空间是否能够形成，而是在融合现实世界和虚拟空间的网络社会中人性的挑战和争斗。

生存与思考是人生的基本状态，数字化生存与人性化思考则揭示了人生基本状态中现实的矛盾与对立。我们相信，艺术家的数字化生存与科学家的人性化思考将为消除生存矛盾、推动社会发展起到不可替代的决定作用。

（资料来源：本文作者为熊澄宇，新华网，http://news.xinhuanet.com）

请分析：从以上的阅读中，你能得到什么启发？请简述之。

_____

_____

_____

_____

5.3 信息系统项目管理

计算机硬件、软件、网络以及跨学科的甚至是遍及全球的工作团队已经彻底改变了我们的工作环境，这些变化促进了对复杂项目的需求，同样也增加了对先进项目管理的要求。实际上，今天的企业都已经认识到，要想获得成功，就必须熟悉并能够运用现代项目管理方法。

5.3.1 信息资源规划

信息资源规划是指对企业生产经营所需要的信息，从采集、处理、传输到使用的全面规划。

以企业信息化为例，不论企业的产品设计、材料采购、加工制造，还是销售和客户服务等过程，无不充满着信息的产生、流通和运用。要使每个部门内部、部门之间，部门与外部单位的频繁、复杂的数据流畅通，就要充分发挥信息资源的作用，就必须进行统一和全面的规划。

再以电子政务建设为例，为加快政府职能转变，提高行政质量和效率，增强政府监管和服务能力，就必须对政务系统中所涉及的来自各个方面的复杂数据流做好分析工作，搞好统一规划，建立统一的数据标准，这样才能开发出集成化、网络化的信息系统。

如今，许多企业都已经认识到信息资源规划的重要性，认识到它是企业信息化建设的基础工程。只有做好信息资源规划工作，才能理清并规范企业的真正需求，才能消除因缺乏信息资源管理基础标准而产生的"信息孤岛"，从而整合信息资源，实现应用系统集成，才能指导 CRM、SCM、ERP 等应用软件的选型并保证成功实施。

5.3.2 项目管理基础

IT 项目管理是 IT 工程尤其是软件工程的保护性活动，它先于任何技术活动之前开始，且持续贯穿于整个 IT 项目的定义、开发和应用维护之中。

就一般而言，如果没有软件系统的支持，IT 项目管理的技术和方法的实现是比较困难的，因为不仅需要用模型来描述它们，而且还需要进行大量的计算。

Microsoft Project 和 Excel 都是实现项目管理技术应用的很好的工具。一项统计调查显示，Project 是最常用的计算机项目管理工具。人们使用 Project 的目的是进行项目控制和跟踪、详细的时间安排、早期的项目计划、沟通、报告、高级计划、甘特图、CPM 和 PERT；而人们使用 Excel 的主要目的，是为了进行成本预算、成本分析、方差分析、跟踪和报表，以及创建工作分解结构（WBS）。

1. WBS 代码

工作分解结构（Work Breakdown Structure，WBS）代码是一种字母数字混合的代码，用来标志每项任务在项目大纲结构中的唯一位置，可用于报告日程和跟踪成本。WBS 是一种以结果为导向的分析方法，用于分析项目所涉及的工作，所有这些工作构成了项目的整个范围。WBS 是项目管理的一个非常基础的文件，它是计划和管理项目的进度、成本和变更的基础。项目管理专家认为，没有包含在 WBS 里的工作是不应该做的。

Project 中有两类 WBS 代码：

1）大纲数字。这是最简单的一类 WBS 代码。Project 会根据任务列表的大纲结构来为每项任务计算大纲数字。大纲数字只包含数字，且不允许进行编辑，但当用户在任务列表中将任务上下移动或者进行升降级时，它们会随着自动更改。

2）自定义代码。用户可以为每个项目定义一组自定义的 WBS 代码，并将其显示在"WBS"域中。WBS 代码的每一级代表了任务列表中相应的大纲级别。但与大纲数字不同的是，代码的级别可以由大小写字母、数字或字符（大写字母、小写字母与数字的组合）表示，这取决于在创建 WBS 代码时为每一级指定什么样的代码掩码。可以选择是否为新任务自动计算自定义的 WBS 代码和是否允许将重复的 WBS 代码赋予不同的任务。

2. Project 数据库

Project 数据库中保存了有关项目的详细数据，可以利用这些信息计算和维护项目的日程、成本以及其他要素，并创建项目计划。为其提供的信息越详细，计划就越精确。在 Project 中，成本是指任务、资源、工作分配或整个项目的目前规划成本的总和。有时成本也称为当前成本或预算。

与电子表格相似，Project 会立即显示它的计算结果。但是只有在输入了所有任务的关键信息后，它才能最终完成项目计划。也只有这时，我们才能了解项目完成的时间或者任务日程的具体日期。

Project 将用户输入的和它计算出的各种信息保存在域中。"域"指的是在工作表、窗体或图表中包含关于一个任务或资源的特定类型信息的位置。例如，在工作表中，每一列就是一个域；在窗体中，域是已命名的单元框或是列中的某一位置；在"网络图"中，域包含在"网络图"方框中。每个域都包括特定类型的信息，如任务名称或工期。在 Project 中，域通常按列显示。

5.3.3 项目管理的应用

项目管理是指对于一个项目要实现的目标，所要执行的任务、进度及资源所做的管理，它包含了如何制定目标、安排日程以及跟踪与管理等。

项目管理也可以定义为：将知识、工具和技术应用于项目的各项活动中，以实现或超过项目干系人的要求和期望。这一定义不仅强调了使用专门的知识和技能，还强调项目管理中各参与人的重要性。

图 5-3 是项目管理概念的框架示意图，其中的关键要素包括项目干系人、项目管理知识领域以及项目管理工具和技术。

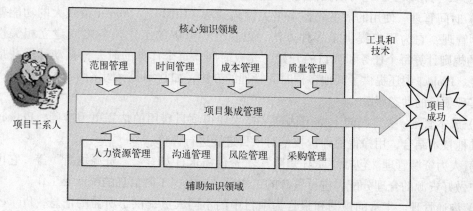

图 5-3　项目管理框架

在图 5-3 中，项目干系人是指参与项目或受项目活动影响的个人和组织，包括项目发起人、项目组、协助人员、顾客、使用者、供应商，甚至是项目的反对人。人们的需要和期望在项目开始直至结束期间都是非常重要的。

知识领域是指项目经理必须具备的一些重要的知识和能力。图 5-3 的中间表示项目管理的 9 大知识领域。

项目管理的四大核心知识领域是指范围、时间、成本和质量，这是因为在这几个方面会形成具体项目的项目目标。

- 范围管理（SM）。它是确定和管理为成功完成项目所要做的全部工作。
- 时间管理（TM）。包括项目所需时间的估算，制订可以接受的项目进度计划，并确保项目的及时完工。
- 成本管理（CM）。包括项目预算的准备和管理工作。
- 质量管理（QM）。它是要确保项目满足明确约定的或各方默认的需要。

四大项目管理辅助知识领域包括人力资源管理、沟通管理、风险管理和采购管理。之所以称为辅助知识领域，是因为项目目标是通过它们来实现的。

- 人力资源管理（HM）。关心的是如何有效地利用参与项目的人。
- 沟通管理（COM）。包括产生、收集、发布和保存项目信息。
- 风险管理（RM）。包括对项目相关的风险进行识别、分析和应对。
- 采购管理（PM）。它是指根据项目需要从项目执行组织外部获取和购进产品和服务。

5.3.4 项目管理软件 Project

Project 为项目管理提供了灵活的协作计划与项目追踪的能力，并且可以将项目的所有信息有效地传达给与项目有关的人员。

Project 可以从项目管理所有 9 个知识领域的角度来帮助用户辅助实施项目管理，但它主要还是用来辅助项目范围、时间、成本、人力资源和沟通的管理。而用户能用好 Project 工具的条件是，他必须理解项目管理的基本概念。

Project 能够实现的项目管理功能包括：

1）范围管理。使用的是 WBS 技术。Project 能方便地对项目进行分解，且项目分解的层次可达到 5 万个以上，还可以在任何层次上进行各种信息的汇总。

2）时间管理。使用的最主要技术是关键路径法（CPM）。Project 最强大的功能就是进度计划管理，它为用户提供了多种方法，以在已经分解的工作任务之间建立相关性，按 CPM 的规则计算每个任务和项目的开始、完成时间，每个任务的时差，自动计算并指出关键路径。Project 中还提供了其他多种时间管理的方法，如甘特图、网络图、日历图等，并且能够实现项目的动态跟踪。

3）成本管理。"自底向上费用估算"技术使得项目费用的估算更为准确，Project 还可以与其他技术结合，用挣得值评价技术对项目进展进行评价。

4）人力资源管理。包括"责任矩阵"、"资源需求直方图"、"资源均衡"等，它可以帮助用户做好资源的合理分配，进行资源的工作量、成本、工时信息的统计等工作。

5）沟通管理。丰富的视图和报告为项目中的不同人员提供了所需的信息，Project Central 和电子邮件则为沟通提供了渠道。项目经理可以通过这两个渠道来分配任务、更新任务信息、询问或上报任务完成情况。

6）集成管理。集成管理就是对整个项目的范围、时间、费用、资源等进行综合管理和协调，而 Project 是一个良好的项目集成管理工具。

事实上，Project 并没有覆盖项目管理的全部技术，但它的确包含了项目管理的多方面的、重要的技术和方法。使用 Project 能够改善项目管理的过程，提高管理水平，更好地实现项目的目标。

5.3.5 主要术语

确保自己理解以下术语：

项目管理（PM）	风险管理（RM）	时间管理（TM）
Microsoft Excel	辅助知识领域	项目干系人
Microsoft Project	工作分解结构（WBS）	项目管理工具
Project 数据库	沟通管理（COM）	项目管理技术

采购管理（PM）	核心知识领域	项目管理框架
成本管理（CM）	集成管理	信息资源规划
范围管理（SM）	人力资源管理（HM）	质量管理（QM）

5.3.6 练习与实验：Project 入门

1. 实验目的

本节"练习与实验"的目的是：

1）了解项目管理的基本概念和项目管理核心领域的一般知识。

2）熟悉项目管理软件 Microsoft Project 的操作界面。

3）熟悉项目管理软件 Microsoft Project 的基本操作，学会应用 Project 软件工具开始项目管理工作。

2. 工具/准备工作

在开始本实验之前，请回顾教科书的相关内容。

需要准备一台安装了 Microsoft Project Professional 2003 软件的计算机。

3. 实验内容与步骤

我们先来学习和回顾关于项目管理的一些技术概念，然后就项目的范围管理、时间管理、成本管理、人力资源管理和沟通管理等方面，来学习 Project 的项目管理操作。

（1）项目管理的概念

请查阅有关资料（如教材和专业网站等），结合自己的理解，回答以下问题：

1）什么是项目管理？

_____

_____

_____

_____

2）项目管理的 9 大知识领域指的是：

① _____ : _____

② _____ : _____

③ _____ : _____

④ _____ : _____

⑤ _____ : _____

⑥ _____ : _____

⑦ _____ : _____

⑧ _____：_____

⑨ _____：_____

3）Microsoft Project 软件主要包括两部分，即 Project 和 Project Central，后者以 Web 方式来管理、浏览项目信息而新增加的功能。Project 能够实现的项目管理功能主要包括：

_____

_____

_____

（2）Project 用户界面

本实验以 Microsoft Office Project 2003 简体中文版（简称 Project）为例，利用一个假想的 IT 项目——"项目跟踪数据库"，来介绍如何使用 Project 软件。

1）熟悉 Project 操作界面。操作并熟悉 Project 的工作窗口。分别新建几个项目文件，调整并观察它们的显示方式。

请记录：操作能够顺利完成吗？如果不能，请说明为什么。

_____

2）用 Project 制订第一份计划。在了解 Project 的基本操作界面之后，我们来尝试使用 Project 制订第一份计划。

假设某出版社计算机图书中心拟在温州雁荡山组织一次关于新版计算机专业教材的研讨会，会期 3 天。为此，通常的会议准备工作步骤是：

1）征求社领导和部分作者、编辑的意见，设计一个 3 天的会议安排。

2）根据日程安排，编制费用预算，报主管领导批准。

3）编制一个工作计划，安排合适的人选负责。

4）通知并确定参加该会议的人员，以便按人数预定酒店、准备交通工具。

5）做好其他准备工作，待一切齐备后按时出发。

打开 Project 软件，开始编制项目管理计划。从"文件"菜单中执行"新建"命令，选择"空白项目"，并选择当前日期为项目开始日期，如图 5-4 所示。

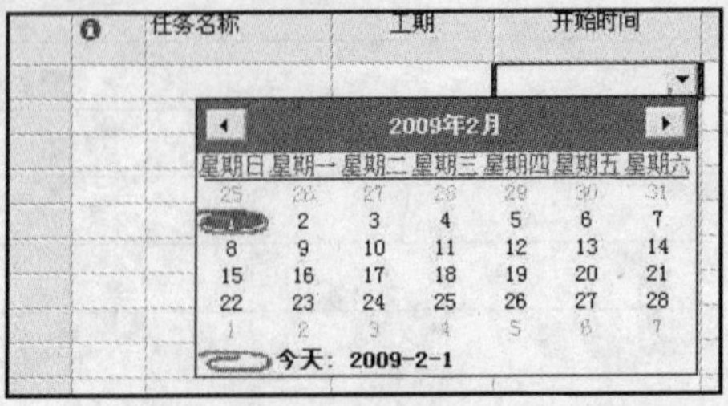

图 5-4　设置开始时间

为把这次会议的标题和其他相关信息一并输入到系统中，以备需要时可以随时取得，单击"文件"菜单下的"属性"命令并输入有关信息，如图 5-5 所示。

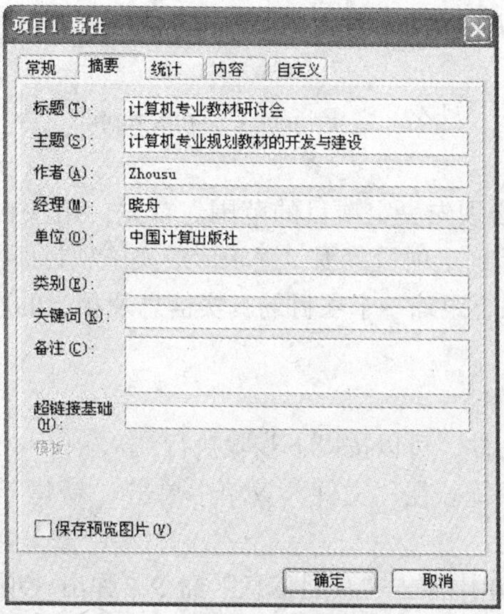

图 5-5　设置项目属性信息

单击"确定"按钮返回甘特图视图。在甘特图视图上先把需要做的工作列举出来，大体上按先后次序进行整理，并估计每项工作所需要的时间，结果如图 5-6 所示。

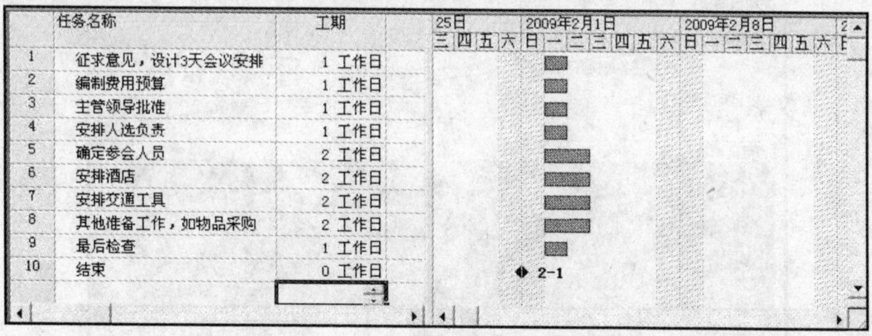

图 5-6　任务列表和持续时间

这些工作不能同时进行。例如，只有在预算编制好以后领导才能审批等。可以使用 Project 提供的建立链接关系的功能，将任务关联起来（例如，可以把工期数据图符拖动到对应的日期单元格中），最后的结果如图 5-7 所示。

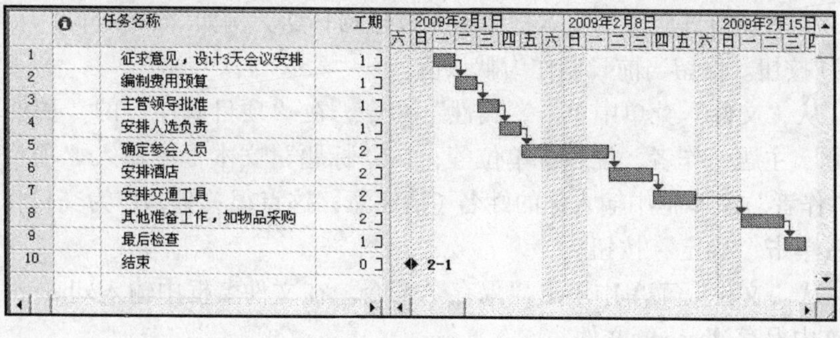

图 5-7　项目甘特图

请记录：操作能够顺利完成吗？如果不能，请说明为什么。

计划制订完毕，请按以下文件名格式保存该项目计划文件，并以电子邮件方式交给你的实验指导老师：

〈班级〉_ 〈学号〉_ 〈姓名〉_ Project_ Exmp. mpp

（3）Project 范围管理

在使用 Project 之前，必须先决定项目的范围。首先，用项目名称和开始日期来创建一个新的项目文件，然后开始确定项目范围，逐步形成实施项目所需要的任务列表，也就是工作分解结构（WBS）。如果想跟踪一个项目的真实信息及相应的原始计划，还需要设立一个基准线。

1）创建一个新项目文件。

为创建一个新的项目文件，可以按以下步骤执行：

步骤1：进入 Project 系统。在"文件"菜单中单击"新建"命令，选择"空白项目"，屏幕显示空白项目操作界面。

步骤2：从"项目"菜单中单击"项目信息"命令，弹出"项目信息"对话框，如图5-8所示。

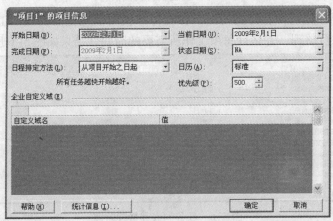

图 5-8 "项目信息"对话框

可以在"项目信息"对话框中设置项目日期、选择日历和浏览项目统计信息。项目的默认日期就是创立文件的日期。默认的文件名是项目1、项目2，以此类推。

步骤3：在"开始日期"的文本框中输入或选择日期，例如"2009 年 2 月 1 日"，然后单击"确定"按钮。保留当前日期作为默认值。

步骤4：从"文件"菜单中单击"属性"命令，在"项目属性"的"摘要"对话框中输入项目标题、主题、作者、经理、单位等；在"标题"文本框中输入"项目跟踪数据库项目"，在"作者"文本框中输入你的姓名（请注意：这点很关键，作为交付作业的评判依据之一）等，单击"确定"按钮。

步骤5：从"文件"菜单中单击"保存"命令。在文件名框中输入 dbscope，在预先设置好的文件夹中保存 dbscope 文件。

2）创建工作分解结构（WBS）。

可以将项目任务输入 Project，从而形成一个工作分解结构（WBS）。在使用 Project 之前应先创建 WBS，这样可以更容易地将任务输入到 Project 的工作表格中。利用表 5-6 中的信息来为"项目跟踪数据库"项目创建 WBS 图，操作步骤如下：

表 5-6 项目跟踪数据库的任务

序　号	任　务	序　号	任　务
1	项目启动	16	同项目干系人一起检查计划
2	启动任务	17	执行任务
3	与项目发起人的启动会议	18	分析任务
4	研究类似项目	19	设计任务
5	草拟项目要求	20	执行任务
6	同发起人和其他项目干系人一起检查项目要求	21	控制任务
7	制订项目章程	22	状态报告（作为循环任务输入）
8	签署合同	23	输入项目实际信息
9	编制任务计划	24	浏览报告
10	创建 WBS	25	如果有必要，调整计划
11	估算工期	26	结束任务
12	分配资源	27	准备最后项目报告
13	决定任务关系	28	向项目干系人提交最后项目
14	输入成本信息	29	总结项目经验和教训
15	预览甘特图和 PERT 图	30	项目结束

步骤 1：打开"项目跟踪数据库"项目文件 dbscope。

步骤 2：从第一行开始，在工作表格的"任务名称"栏中，按表 5-6 中的内容顺序输入 30 个任务的名字。如果偶然跳过了一项任务，可以选择"插入"菜单中的"新任务"命令，得到空白行并输入内容。

步骤 3：调整任务名称栏的大小，显示任务栏内全部内容。

这种 WBS 分离任务是以项目启动、计划、执行、控制和收尾这样的项目过程为基础的。WBS 应该包括项目要求的所有工作，而不是仅仅包括那些需要执行的任务。

对于一个实际项目来说，为了更好地描述制造项目产品所包含的工作，应该提供更多的有关执行任务的具体细节。例如，任务分析也许要包括数据库实体关系图，以及用户界面开发的指导思想。设计任务也许包括准备原型、考虑用户反馈、录入数据和测试数据库。执行任务也许包括安装新的硬件和软件、培训用户以及项目文件归档等。

3）创建摘要任务。

WBS 任务输入之后，第二步是创建摘要任务。本例中的摘要任务就是表中的任务 2（启动任务）、9（计划任务）、17（执行任务）、21（控制任务）和 26（结束任务）。可以用突出的显示方式来创建摘要任务，同时相应的子任务呈现缩排形式。

创建摘要任务的操作步骤是：

步骤 1：缩排任务 3 ~ 任务 8，将它们标识为子任务。从任务 3 的文本开始，按住鼠标左键并拖动至任务 8 的文本，选中这 6 行任务文本。

步骤 2：在格式工具栏上单击"降级"按钮，子任务（任务 3 ~ 任务 8）就被缩排了，注意此时任务 2 自动变为黑体，标志它是一项摘要任务，同时甘特图中的摘要任务符号也由蓝线变为带箭头的黑线，表示任务开始和结束日期。

步骤 3：接着，按相同步骤，为任务 9、17、21 和 26 创建子任务和摘要任务。即缩排任务 10 ~ 16；缩排任务 18 ~ 20；缩排任务 22 ~ 25；缩排任务 27 ~ 29。

也可以对一项任务使用"升级"按钮，把它从子任务改变为摘要任务。可以使用 < Tab > 键和 < Alt + Tab > 键来对任务进行降级和升级。

在完成任务输入，创建摘要任务和子任务之后，项目文件如图5-9所示。

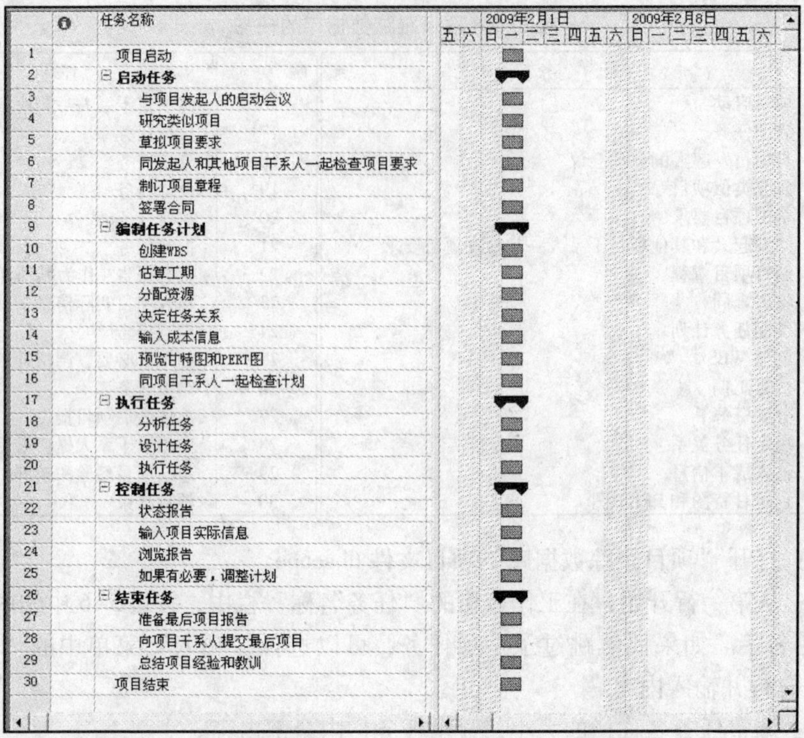

图5-9　显示所有任务、区分摘要任务和子任务的项目文件

（4）Project时间管理

使用项目时间管理功能的第一步，是输入任务工期或者任务开始的特定日期。输入的工期和特定日期将会自动更新甘特图。如果要做关键路径分析，还必须设置任务之间的依赖关系。在输入任务工期和依赖关系之后，就能看到PERT图和关键路径信息。

1）输入任务工期。每输入一个任务，Project会自动分配一个默认的工期"1天"。要想改变默认工期，可在"工期"栏目中输入任务估计工期。工期长度单位符号包括：

d = 天

w = 星期

m = 分钟

h = 小时

例如，若一个任务工期为1个星期，可以在工具栏中输入1w等。

输入时间估计和工期必须遵守下列规则：

① 不要为摘要任务输入工期，摘要任务工期是基于子任务工期自动计算的。

② 要把一个任务标记为里程碑，可对其输入零工期。

③ 对于周期性任务（如每周的会议、每月的状态报告等），可在"插入"菜单中单击"周期性任务"命令，输入任务名称和工期。Project将会根据项目工期和要求发生的周期性任务的数量自动插入于任务的恰当位置。

④ 可以输入一项活动的开始日期和结束日期来代替输入工期。

下面，我们在"项目跟踪数据库"项目中设置任务日期，创建一个周期性任务和输入日期。首先将任务22的"状态报告"作为周期性任务。其次，为其他任务输入工期。

将任务22（状态报告）设置为周期性任务的操作步骤是：

步骤1：在"任务名称"栏中单击"状态报告"，选择任务22。在"插入"菜单中单击"周期性任务"命令，弹出"周期性任务信息"对话框，如图5-10所示。

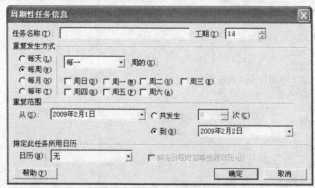

图5-10 设置"周期性任务信息"

步骤2：在"任务名称"文本框中输入"状态报告"，在"工期"文本框中输入1小时，在"重复发生方式"组中选择"每周"，从每周下拉列表中选择"每一"，在日期选项中选择"周三"，在"重复范围"框中输入从"2009年2月1日"到"2009年5月30日"。

步骤3：单击"确定"按钮。Project在"任务名称"这一栏中插入了一个新的"状态报告"子任务。注意：这一新的子任务是粗体，且在任务名称左边有一个加号和提示标记。

步骤4：右键单击第二个状态报告子任务的序号（任务40）并选择"删除"命令，删除原来的状态报告任务，这样就只有一个状态报告子任务，即循环任务。

这时，屏幕显示如图5-11所示。注意到循环任务在甘特图上显示出相应的日期。可扩展和折叠时间刻度，来查看循环任务。

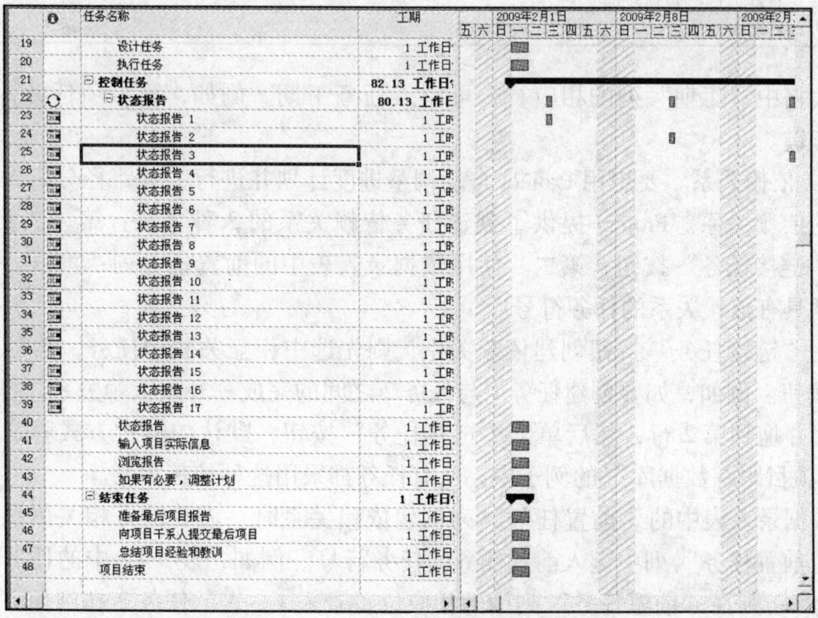

图5-11 设置了循环任务的项目文件

根据表5-7给出的信息，录入其他任务的工期。因为已经录入了循环任务的工期，循环任务自动地往各周项目状态报告里增加了几行（23行~39行）。

表5-7　项目跟踪数据库任务的工期

序　号	任　务	工期（天）	前置任务
1	项目启动	0	
2	启动任务		1
3	与项目发起人的启动会议	1	1
4	研究类似项目	5	3
5	草拟项目要求	3	4
6	同发起人和其他项目干系人检查项目要求	1	5
7	制订项目章程	1	6
8	签署合同	0	7
9	编制任务计划		8
10	创建 WBS	5	8
11	估算工期	5	10
12	分配资源	4	10
13	决定任务关系	2	10
14	输入成本信息	3	10
15	预览甘特图和 PERT 图	1	13
16	同项目干系人一起检查计划	1	11, 12, 13, 15
17	执行任务		16
18	分析任务	20	16
19	设计任务	30	18
20	执行任务	20	19
21	控制任务		8
22~39	状态报告（作为循环任务输入）		8
40	输入项目实际信息	60	8
41	预览报告	60	8
42	如果有必要，调整计划	1	8
43	结束任务		20
44	准备最后项目报告	3	20
45	向项目干系人提交最后项目	1	44
46	总结项目经验和教训	2	45
47	项目结束	0	46

单击表格中"工期"列的相应行，可键入任务工期。例如，第一项任务，就录入 0d，然后按回车键。

2）任务依赖关系。要想用 Project 自动调整进度计划并进行关键路径分析，则必须确定任务之间的依赖关系。Project 提供了创建任务依赖关系的 3 种方法：第一，使用"常用"工具栏的"链接任务"按钮；第二，使用数据录入表中的前置任务列；第三，在甘特图上单击并拖动具有依赖关系的任务符号。

如果用"链接任务"按钮创建依赖关系，则先选中相互关联的任务，然后再单击"链接任务"按钮。例如，如要创建任务 1 与任务 2 之间的完成—开始依赖关系，可单击 1 行任一单元格，并拖到第 2 行，然后单击"链接任务"按钮，默认的链接方式就是"完成—开始"。在"项目跟踪数据库"的例子中，所有任务都采用这种依赖关系。

当用数据录入表中的"前置任务"列创建依赖关系时，需要输入相关信息。可在数据录入表的"前置任务"列中键入前置任务的任务行号。例如，表 5-7 中的任务 2 的前置任务的行号为 1，则在"前置任务"列中的相应位置录入 1，表示任务 2 在到任务 1 结束后才能开始。

也可以在甘特图上单击并拖动具有依赖关系的任务符号来创建任务依赖关系。例如，单击任务1的里程碑符号，按住鼠标按钮，并拖到任务2的摘要任务栏符号以创建依赖关系。

下一步，使用表5-7中的信息为所示的任务录入前置任务。通过在"前置任务"列中录入前置任务，就创建了一些依赖关系，其他依赖关系是用"链接任务"图标创建的。

为链接任务和建立依赖关系，可按以下步骤操作：

步骤1：调整屏幕拆分条，显示出"前置任务"列。

步骤2：单击任务2的前置任务单元格，键入"1"然后回车。对任务3~47重复这一过程来输入前置任务。注意：录入任务依赖关系时，甘特图会发生相应的变化，显示出一个新的进度计划。

如果正确录入了所有的任务，项目应该在2009年6月17日结束。完成上述工作后，单击"常用"工具栏的"缩小"按钮调整（折叠）时间刻度，再单击"打印预览"按钮，屏幕显示如图5-12所示。

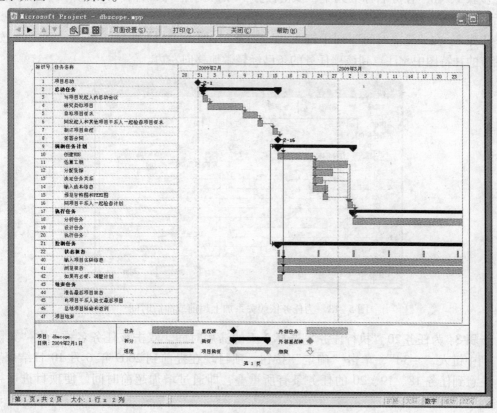

图5-12 表示工期和依赖关系的项目文件

任务依赖关系反映了一项任务是如何与另一项任务的开始或完成相互联系的。通过有效地使用依赖关系，可以变动关键路径，并缩短项目进度。

为要改变依赖关系的类型，可按以下步骤进行：

步骤1：双击具有前置任务的任务，弹出"任务信息"对话框。

步骤2：单击"前置任务"标签。

步骤3：单击"类型"列的第一个单元格，然后单击列表箭头来查看和选择新的依赖关系类型。

可以通过"前置任务"的"延隔时间"列向一个依赖关系录入超前或滞后时间。超前时间是具有依赖关系的任务之间的重叠。例如，如果任务 B 在其前置任务 A 完成一半时开始，就可以规定一个具有 50% 超前于后续任务的完成—开始依赖关系。超前时间用负数表示。增加超前时间也被称为赶工，它是压缩项目进度的一种方法。

滞后时间是超前时间的对立面。如果在任务 C 完成与任务 D 开始之间需要 2 天的延期，则在任务 C 和任务 D 之间建立完成 - 开始的依赖关系，并规定 2 天的滞后时间。用正数录入滞后时间。

在实际工作中，人们常常在设计工作快要完成的时候就开始执行任务。要创建一个更加实际的进度计划，就要为设计和实施任务增加超前时间。

为设计和实施任务增加超前或滞后时间，可按以下步骤进行：

步骤 1： 在"任务名称"列中，双击任务 19 的文本框"设计任务"。弹出"任务信息"对话框。单击"前置任务"标签。

步骤 2： 在"延隔时间"列中键入" - 10%"，如图 5 - 13 所示，单击"确定"按钮。在相应的甘特图中，注意到该项任务的条已经轻微地移向左边。

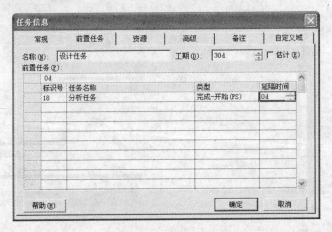

图 5 - 13 为任务依赖关系加上超前或滞后时间

步骤 3： 为任务 20"执行任务"选择 3 天的滞后时间。双击该任务名称，在"延隔时间"列中键入" - 3d"，单击"确定"按钮。项目现在提前到 2009 年 6 月 10 日结束。同时，注意到任务 18、19、20 的任务条有所重叠，即通过增加超前时间，使项目进度得以压缩。

3）甘特图。Project 将甘特图作为其最主要的视图，它反映了项目及其所有活动的时间范围。关于甘特图有几点需要注意：

① 要调整时间范围，可单击放大与缩小图标。这一操作可以使甘特图上日期显示得更加详细或者概括。例如，如果甘特图上的时间标度为月，你可以单击放大图标，则时间范围会调整到季。再单击放大图标，时间范围会改变为以年显示；相反亦然。

② 也可以从"格式"菜单中通过选择"时间刻度"命令来调整时间范围。

③ "格式"菜单中的"甘特图向导"命令可以帮助调整甘特图的格式。

④ 设置基准项目计划及录入实际任务工期可以浏览甘特图。跟踪甘特图则显示两个任

务栏，较低的那条任务栏反映了计划的或基准的开始与完成日期，而上面那条反映了实际开始与完成日期。

因为创建了任务依赖关系，可以由此找出项目的关键路径。使用"格式"菜单中的"文本样式"命令，可以通过改变"任务名称"列中"关键路径"项的颜色，突出显示关键任务。

4）PERT 图。PERT 代表计划评审技术，是一种执行可能时间估算的方法。在 Project 中，PERT 图实际上是一种网络图，任务或活动放在方框或节点中，节点之间的箭线表示活动之间的依赖关系。在 PERT 视图中，关键路径上的节点会自动呈现红色。

要想浏览"项目跟踪数据库"的 PERT 图，可以进行如下操作：

步骤 1：单击"视图栏"中的"网络图"图标。

步骤 2：为了调整显示结果，可在"格式"菜单中单击"版式"命令，调整设置"版式"对话框中的"链接样式"部分，如图 5-14 所示。

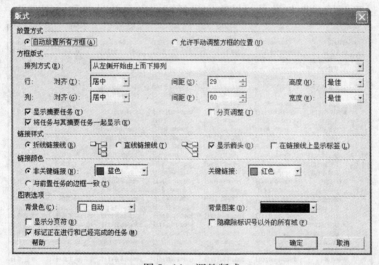

图 5-14 调整版式

屏幕显示的网络图，如图 5-15 所示。

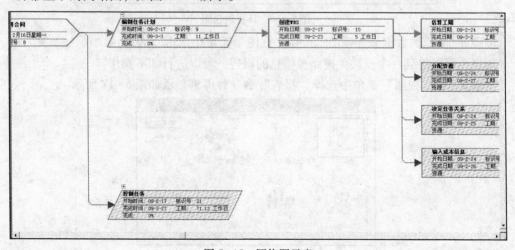

图 5-15 网络图示意

步骤3：单击主屏幕左侧视图滚动栏中的甘特图图标，返回甘特图视图。

5）关键路径分析。关键路径是网络图中没有时差的路径，它是完成项目的最短可能时间。如果关键路径上的一项任务比计划费时更长，则项目进度计划将被拖延，除非随后能将关键路径上的任务工期减少。有时，可以通过调配任务之间的资源来保持进度。Project有几种视图和报告可以帮助分析关键路径信息。

首先是日程表视图和关键任务报告。日程表视图反映了各项任务的最早、最晚开始日期与最早、最晚完成日期，以及总时差和可用时差。这些信息反映了进度计划的灵活性如何，并且有助于制订压缩进度计划的决定；关键任务报告只列出项目关键路径上出现的任务。如果满足项目截止日期要求对项目而言至关重要，项目经理则要严密控制关键路径上的任务。

要显示日程表视图，可按以下步骤执行：

步骤1：在"视图"菜单中单击"表"→"日程"命令，屏幕显示日程表。

步骤2：将拆分条向右移，直到看到整个进度表，如图5-16所示。该视图反映了各项任务的最早、最晚开始日期与最早、最晚完成日期，以及总时差和可用时差。

	任务名称	开始时间	完成时间	最晚开始时间	最晚完成时间	可用时差	总时差
1	项目启动	2009年2月1日	2009年2月1日	2009年2月2日	2009年2月2日	0 工作日	0 工作日
2	启动任务	2009年2月2日	2009年2月16日	2009年2月2日	2009年2月17日	0 工作日	0 工作日
3	与项目发起人	2009年2月2日	2009年2月2日	2009年2月3日	2009年2月3日	0 工作日	0 工作日
4	研究类似项目	2009年2月3日	2009年2月9日	2009年2月3日	2009年2月9日	0 工作日	0 工作日
5	草拟项目要求	2009年2月10日	2009年2月12日	2009年2月10日	2009年2月12日	0 工作日	0 工作日
6	同发起人和其	2009年2月13日	2009年2月13日	2009年2月13日	2009年2月13日	0 工作日	0 工作日
7	制订项目意程	2009年2月16日	2009年2月16日	2009年2月16日	2009年2月16日	0 工作日	0 工作日
8	签署合同	2009年2月16日	2009年2月16日	2009年2月17日	2009年2月17日	0 工作日	0 工作日
9	编制任务计划	2009年2月17日	2009年3月3日	2009年2月17日	2009年6月17日	0 工作日	0 工作日
10	创建WBS	2009年2月17日	2009年2月23日	2009年2月17日	2009年2月23日	0 工作日	0 工作日
11	估算工期	2009年2月24日	2009年3月2日	2009年2月24日	2009年3月2日	0 工作日	0 工作日
12	分配资源	2009年2月24日	2009年2月27日	2009年2月25日	2009年3月2日	1 工作日	1 工作日
13	决定任务关系	2009年2月24日	2009年2月25日	2009年2月26日	2009年2月27日	0 工作日	2 工作日
14	输入成本信息	2009年2月26日	2009年2月26日	2009年6月17日	2009年6月17日	79 工作日	79 工作日
15	预览甘特图和	2009年2月26日	2009年3月2日	2009年3月1日	2009年3月2日	2 工作日	2 工作日
16	同项目干系人	2009年3月3日	2009年3月3日	2009年3月3日	2009年3月3日	0 工作日	0 工作日
17	执行任务	2009年3月4日	2009年6月9日	2009年3月4日	2009年6月9日	0 工作日	0 工作日
18	分析任务	2009年3月4日	2009年3月31日	2009年3月4日	2009年3月31日	0 工作日	0 工作日
19	设计任务	2009年4月1日	2009年5月12日	2009年4月1日	2009年5月12日	0 工作日	0 工作日
20	执行任务	2009年5月13日	2009年6月9日	2009年5月13日	2009年6月9日	0 工作日	0 工作日
21	控制任务	2009年2月17日	2009年5月27日	2009年3月26日	2009年6月17日	15.88 工作日	15.88 工作日
22	状态报告	2009年2月17日	2009年5月27日	2009年3月26日	2009年6月17日	15.88 工作日	15.88 工作日
40	输入项目实际	2009年2月17日	2009年5月27日	2009年3月26日	2009年6月17日	27 工作日	27 工作日
41	浏览报告	2009年2月17日	2009年5月11日	2009年3月26日	2009年6月17日	27 工作日	27 工作日
42	如果有必要，	2009年2月17日	2009年2月17日	2009年6月17日	2009年6月17日	86 工作日	86 工作日
43	结束任务	2009年6月10日	2009年6月17日	2009年6月10日	2009年6月17日	0 工作日	0 工作日
44	准备最后项目	2009年6月10日	2009年6月12日	2009年6月10日	2009年6月12日	0 工作日	0 工作日
45	向项目干系人	2009年6月15日	2009年6月15日	2009年6月15日	2009年6月15日	0 工作日	0 工作日
46	总结项目经验	2009年6月16日	2009年6月17日	2009年6月16日	2009年6月17日	0 工作日	0 工作日
47	项目结束	2009年6月17日	2009年6月17日	2009年6月17日	2009年6月17日	0 工作日	0 工作日

图5-16　日程表视图

步骤3：要返回数据录入视图，可在"视图"菜单中单击"表"→"项"命令。

用户也可以得到一个反映关键路径信息的报告，可以进行如下操作：

步骤1：从"视图"菜单中选择"报表"命令，屏幕显示如图5-17所示。

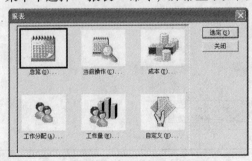

图5-17　选择报表

步骤2：单击"总览"图标，然后单击"选定"按钮，弹出"总览报表"对话框。屏幕显示如图5-18所示。

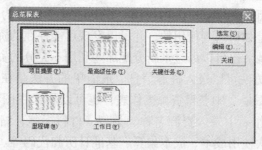

图5-18 "总览报表"对话框

步骤3：单击"关键任务"，然后单击"选定"按钮。屏幕将显示"项目跟踪数据库"当前日期的关键任务报表。

步骤4：在检查关键任务报表后，单击"关闭"按钮并退出报表操作。

（5）Project成本管理

虽然许多组织已经有了一个较为完善的成本管理软件系统，但使用Project的成本管理功能，却可以更方便地综合和分析全部项目信息。

1）固定成本和可变成本估算。

使用Project成本管理功能的第一步是录入成本相关信息，如录入固定成本、以单位使用物料成本为基础的可变成本或者以所用资源类型与数量为基础的可变成本等。与人员相关的成本常常是项目成本非常重要的一部分。

图5-19为"项目跟踪数据库"项目的成本表视图。

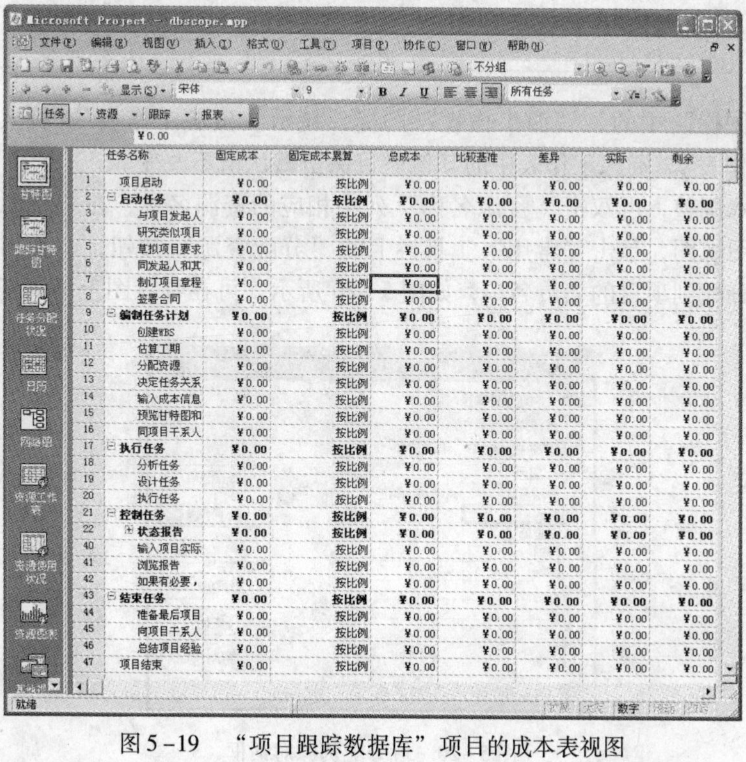

图5-19 "项目跟踪数据库"项目的成本表视图

207

用户可以为资源分配一个单位使用成本，它代表了物料或供应品，并以它为基础来计算一项任务的总物料或供应品成本。

人力资源在许多项目中发挥着巨大的作用。在 Project 中通过为任务定义并分配人力资源，可以跟踪人力资源是如何得到使用的，并可以发现可能存在的资源缺乏状况，还可以确定那些利用不充分的资源。也可以通过重新分配那些利用不充分的资源来缩短项目进度。

在 Project 中有几种方法可以录入资源信息。最简单的方法是在资源工作表中录入基本资源信息。可以从"视图栏"中获得资源工作表，也可以从"视图"菜单中选择"资源工作表"命令。在资源工作表中录入资源名称、类型、材料标签、缩写、组、最大单位、标准费率、加班费率、每次使用成本、成本累算、基准日历和代码等。

将数据录入资源工作表中与录入数据到电子数据表中的情况类似，并且可以从"项目"菜单中选择"排序"命令对各项进行排序。另外，还可以利用格式工具条上的"筛选器"列表对资源进行筛选。一旦在"资源工作表"中建立了资源，在"视图：输入"表的"资源名称"列上单击单元格，就会出现下拉列表箭头，从中选择和为各项任务分配这些资源。"资源名称"列是"数据录入表"中最后一列。

现在，我们来给任务分配资源。假定"项目跟踪数据库"项目中有 4 个工作人员，并且该项目的唯一成本是人力成本，如表 5-8 所示。

表 5-8　"项目跟踪数据库"项目的资源数据

资源名称	缩　写	组	标准费率（美元/小时）	加班费率（美元/小时）
凯西	PM（项目经理）	1	50	60
约翰	BA（系统分析员）	1	40	50
玛丽	DA（数据库工程师）	1	40	50
克里斯	IN（实习生）	1	20	25

单击"视图栏"中的"资源工作表"图标，显示"资源工作表"。将人员的基本情况录入"资源工作表"。资源工作表中的其他栏目保留默认值不改变。

为进行成本调整，可双击"资源名称"列中相应的资源名称，在"资源信息"对话框中返回到甘特图视图，单击"常用"工具栏上的"分配资源"按钮，会弹出分配资源对话框，上面列有分配到项目的人员名单，如图 5-20 所示。可在甘特图上不同任务之间移动以分配资源。

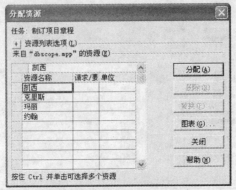

图 5-20　可分配资源对话框

修改。项目中具体的资源分配情况假定如表5-9所示。

为给一项任务分配资源，可按以下步骤进行：

步骤1：将屏幕调整到数据录入表格（即单击"视图"菜单中的"表"→"项"命令）。

表5-9 "项目跟踪数据库"项目的资源分配

序　号	任　务	资源名称	分配比率
1	项目启动		
2	启动任务		
3	与项目发起人的启动会议	凯西、约翰、玛丽	各50%
4	研究类似项目	约翰	100%
5	草拟项目要求	凯西、约翰	50%，100%
6	同发起人和其他项目干系人检查项目要求	凯西 约翰 玛丽	各50%
7	制定项目章程	凯西	100%
8	签署合同		
9	编制任务计划		
10	创建 WBS	全体	各25%
11	估算工期	凯西、约翰、玛丽	各25%
12	分配资源	凯西	10%
13	决定任务关系	凯西	10%
14	输入成本信息	克里斯	50%
15	预览甘特图和 PERT 图	凯西	25%
16	同项目干系人一起检查计划	全体	各25%
17	执行任务		
18	分析任务	约翰	75%
19	设计任务	玛丽	75%
20	执行任务	玛丽、克里斯	各75%
21	控制任务		
22～39	状态报告（作为循环任务输入）	凯西	10%
40	输入项目实际信息	克里斯	5%
41	预览报告	凯西	5%
42	如果有必要，调整计划	凯西	25%
43	结束任务		
44	准备最后项目报告	全体	各100%
45	向项目干系人提交最后项目	全体	各100%
46	总结项目经验和教训	全体	各25%
47	项目结束		

步骤2：选中该项任务，然后单击"分配资源"对话框中的相应资源，再单击"分配"。

步骤3：按照表5-9依次进行资源分配。

一旦输入了资源信息，项目的成本就会计算出来。通过拆分甘特图视图屏幕，可以同时浏览工期和资源信息，任务工期会在分配更多资源的时候自动变化。

要浏览成本信息，可以按以下步骤操作：

步骤1：从"视图"菜单中选择"表"→"成本"命令。成本表将显示出成本信息，表的右边仍显示甘特图。

步骤2：从"视图"菜单中选择"报表"命令，弹出"报表"对话框。

步骤3：选择"成本"，然后单击"选定"，弹出"成本报表"对话框。

步骤4：选择"现金流量"，然后单击"选定"，则显示"项目跟踪数据库"的"现金流量报表"。单击"下一页"图标，可以继续显示下一页。关闭现金流量表。

步骤5：在"报表"对话框中，再选择"成本"，然后单击"选定"按钮。接下来，单击"预算"，然后单击"选定"按钮。则会显示一张"项目跟踪数据库"的预算报表，按总成本的顺序列出所有的任务。这是查看成本是否现实的一个很好的报表。如果有哪些显示不正常，可以调整资源信息。

2）建立基准计划。

一旦完成了创建计划的初始过程——录入任务、建立依赖关系、分配成本等，就可以准备创建一份基准计划了。在项目进行期间，通过将基准计划的信息与更新计划里的信息进行比较，可以发现并解决问题。在项目完成以后，可以利用基准计划和实际信息来精确地计划类似的、未来的项目。要利用 Project 控制项目，必须建立基准计划、录入实际成本与实际工期。

项目范围管理的一项重要任务就是设置基准计划。如果要比较一些实际信息（如实际工期和成本等），首先必须将 Project 文件保存为基准计划，在"工具"菜单中选择"跟踪"→"保存比较基准计划"命令。在设置基准计划之前，必须完成基准计划数据的输入，即录入时间、成本和人力资源信息。

在创建基准计划的时候，应该为项目保存（另存为）一份独立的基准计划的备份。将录入的实际项目信息保存在主文件中，而所保存的备份文件中不包含实际数据，这样就将基准计划与实际数据分开保存。

为保存基准计划数据，可从"工具"菜单中选择"跟踪"命令，然后单击"保存比较基准"，弹出"基准计划"对话框。检查其中是否选中了"保存比较基准"与"完整项目"单选按钮。单击"确定"按钮。

3）录入实际成本与时间。

设置比较基准之后，随着项目的进行，就可以跟踪各项任务的信息。也可以对尚未实施的将来任务调整其计划的任务信息。

练习录入实际信息，可以只录入一些基准计划的变动数据。例如，假定任务1、3、4、6、7和8按计划完成，但任务5多花了3天。

要录入按计划完成任务的实际信息，可按以下步骤进行：

步骤1：从"视图"菜单中选择"工具栏"命令，从"工具栏"子菜单中选择"跟踪"，并将"跟踪"工具栏移到相应的位置。

步骤2：要想在录入实际信息时看到更多的信息，可从"视图"菜单选择"表"→"跟踪"命令。

步骤3：突出显示"任务1"，单击"跟踪"工具栏上的"100%"图标，"实际开始时间"列与"实际完成时间"列均显示"2009年2月1日"，在"完成百分比"列中应该显示"100%"。

步骤4：对任务3、4、6、7、8重复这一过程。记住：摘要任务的完成状态取决于它们子任务的完成状态。

步骤5：对任务5，输入实际开始时间为"2009年2月11日"，"实际完成时间"为"2009年2月18日"。在跟踪表上，"完成百分比"列应该自动调整为"100%"。注意这些任务的甘特图条也会变化。完成任务的甘特图条会在条中间显示出一条黑线。对于完成的任务，在标记列的任务名称的左侧会出现一个对钩（如果没有显示标记列，则从"插入"菜单中选择"列"命令。利用"域名称"下拉列表选择"标记"并单击"确定"按钮）。

步骤6：也可以从"视图栏"中选择"跟踪甘特图"来浏览实际进度信息与基准计划信息。跟踪甘特图显示了基准计划信息和实际进度信息。注意到任务5的较上的条比下面的条长，表示实际工期与基准工期不同。

4）挣值分析。

挣值分析是用来测量项目绩效的一项重要的项目管理技术。因为在"项目跟踪数据库"项目中已经为初始任务录入了实际信息，现在可以用Project来浏览挣值信息，操作步骤如下：

步骤1：在"视图"菜单中单击"表"命令，然后选择"其他表"，会弹出"其他表"对话框。选择"盈余分析"，单击"应用"按钮。

步骤2：将拆分条移向右边，显示出所有的列。

步骤3：在标有VAC（完工偏差）的列中，注意到任务5发生偏差。该偏差是由于任务实际花费了7天的时间完成，而不是计划的3天。因为该任务是"启动任务"中唯一比计划延长的任务，所以摘要任务2"启动任务"也产生了同样的偏差。

（6）Project人力资源管理

除了在成本管理部分录入资源信息外，还应该考虑人力资源领域的资源日历和直方图等，以及了解如何利用Project进行资源调配。

1）资源日历。

在创建"项目跟踪数据库"文件时，用到了标准Project日历。该日历假定标准工作时间是从周一至周五、早上8点钟到下午5点，中午有一个小时的休息时间。除了使用标准日历外，还可以创建一份完全不同的、考虑到各项目具体要求的日历。

为创建一份新的基础日历，可按以下步骤操作：

步骤1：从"工具"菜单中，选择"更改工作时间"命令，弹出"更改工作时间"对话框。

步骤2：单击"新建"按钮，弹出"新建基准日历"对话框，选择"新建基准日历"单选框，在"名称"文本框中键入新日历的名称，然后单击"确定"按钮。在对该基准日历作出调整后，单击"确定"按钮。

可以将该日历应用到整个项目，也可以只用于项目的某一特定资源。

为将新日历分配到整个项目，可以进行如下操作：

步骤1：从"项目"菜单中选择"项目信息"命令，弹出"项目信息"对话框。

步骤2：单击"日历"下拉列表箭头，显示可利用的日历列表，从列表中选择日历，单击"确定"按钮。

为将新日历应用到某一特定资源，可以进行如下操作：

步骤1：从"视图"菜单中选择"资源工作表"命令。

步骤2：选择想为其分配新日历的资源名称。

步骤3：单击该资源名称的基准日历单元格。用鼠标左键，单击列表箭头，然后拖到相应的日历并放开鼠标。

步骤4：也可以通过选择日历上的相应日期来标出假期时间，并将它们标记为非工作日。

2）资源图表。

资源图表是反映分配到项目上的资源出现分配过度情况的一种图表。个人的资源图表反映了其是否在某段特定的时间内过度分配。

为在 Project 中浏览资源图表，可从"视图栏"中选择"资源图表"。用 Project "资源图表"视图可以：

① 评价哪项资源被过度分配以及过度分配多少。

② 查看各项资源工作能力发挥的百分比。

③ 找出各项资源计划的工作时间。

④ 决定一项资源有多少时间可以用到其他的工作上。

⑤ 审查资源成本。

为浏览"项目跟踪数据库"项目的资源图表，可按以下步骤操作：

步骤1： 从"视图栏"中选择"资源图表"，屏幕显示资源图表。注意到屏幕被分成了两个部分，左边格子显示资源名称（人名），右边的格子显示该资源的直方图。

步骤2： 用缩小与放大图标可以调整资源图表的时间刻度，从而使它能以季或月为单位显示。

步骤3： 要浏览下一个人的资源图表，可单击"资源名称"格底部的向右滚动箭头。

Project 有两个工具可以看到资源过度分配的更加详细的情况，即"资源使用状况"视图和资源管理工具栏。

用"资源使用状况"视图查看过度分配资源的详情，可按以下步骤进行：

步骤1： 从"视图栏"中单击"资源使用状况"按钮。

步骤2： 必要时，滚动姓名与任务的列表。

步骤3： 为调整时间刻度，可单击标准工具栏上的"缩小"、"放大"图标。姓名左边带感叹号的黄色图标表示被过度分配了。

用资源管理工具栏了解过度分配资源，可按以下步骤进行：

步骤1： 从"视图"菜单中选择"工具栏"命令，再单击"资源管理"。屏幕上会显示资源管理工具栏，位于格式工具栏的下方。

步骤2： 在资源工具栏上单击"资源分配视图"图标，会弹出资源分配视图，在屏幕上部显示资源使用状况视图，在屏幕下部显示甘特图。

资源分配视图可以帮助用户确定资源过度分配的原因。如果资源取得了平衡，那么就会有助于解决问题。

3）资源调配。

资源调配是一项根据任务的总时差来拖延任务而使资源冲突问题得到解决的技术。资源调配为资源的使用建立了更加平衡的分配。

要进行资源调配，可以进行如下操作：

步骤1： 在"工具"菜单中单击"调配资源"命令。弹出"资源调配"对话框，注意不要改变默认设置。

步骤2： 单击"开始调配"，弹出"开始调配"对话框，单击"确定"按钮。

步骤3： 如果想撤销调配操作，可立即从"常用"工具栏中单击"撤销"按钮。另一种方法是返回到"资源调配"对话框，单击"消除调配"。

步骤 4：如要更加清楚地看到调配的结果，则在"视图"菜单中单击"其他视图"命令，选择"甘特图"，然后单击"应用"按钮。在甘特图中，Project 用绿色条表示经过调配的任务。

步骤 5：调配后要查看新的分配情况。

（7）Project 沟通管理

Project 可以用来帮助产生、收集、发布、保存与报告项目信息。许多不同的表、视图和报告都可以用来进行项目沟通管理。我们列举一些常用的报告与视图，读者也可以通过 Project 的帮助文档来学习如何使用模板、从 Project 中向其他项目文件插入链接、如何将 Project 文件转化为可在网络上使用的 HTML 文件，以及如何在工作组的情况下使用 Project 等内容。

表 5-10 简要介绍了 Project 的常用报告和视图，有助于了解在 Project 中，什么时候使用各种不同的方法来收集、浏览与显示项目信息，以提高 Project 项目沟通的水平。

表 5-10   Project 的常用报告和视图

特　点	功　能
甘特图视图	输入基本的任务信息
统筹图视图	用图表示任务的依赖关系和关键路径
日程表	用表格形式表明进度信息
成本表	输入固定成本或查看成本信息
资源表视图	输入资源信息
资源信息和甘特图视图	为任务配置资源
保存基准计划	保存项目基准计划
跟踪工具栏	输入实际信息
盈余分析表	查看挣值信息
资源图表	查看资源分配
资源使用状况表	查看详细资源使用状况
资源管理工具栏	查看资源使用和甘特图，以找出过度分配问题
资源调配	调配资源
视图报表：	制作下列报表：
总览报表：	项目摘要、最高级任务、关键任务、里程碑、工作日
当前操作报表	未开始的任务、即将开始的任务、进行中的任务、已完成的任务、应该已开始的任务、进度落后的任务
成本报表	现金流量、预算、超过预算的任务和资源、盈余分析
工作分配报表	谁在做什么、谁在何时做什么、待办事项、过度分配的资源
工作量报表	任务分配状况、资源使用状况
自定义报表	可以对每类报表进行自定义
保存为 HTML	保存为 HTML 文档
插入超级链接	插入与其他文件或网站的超级链接

在 Project 中有许多不同的报表可以使用：

1）总览报表提供了高级管理层希望看到的摘要信息。例如，项目摘要与关键任务报表。

2）当前操作报表帮助项目经理紧密关注并控制项目活动。进行中的任务报表与进度落后的任务报表可以提醒项目经理那些可能存在问题的地方。

3）成本报表提供了与项目现金流量、预算信息、超出预算的项和盈余分析（实际为挣值分析）相关的信息。

4）工作分配报表对整个项目组都有帮助，它提供了谁在做哪些项目工作的各种视图。可以通过运行过度分配的资源报表或两张工作量报表，来观察谁处于过度分配状态。

也可以利用在 Project 中输入的项目信息来创建自己定制的报表。

请记录：本实验各项操作能够顺利完成吗？如果不能，请说明为什么。

_____

4. 实验总结

_____

_____

_____

_____

5. 实验评价（教师）

_____

_____

_____

5.3.7 阅读与思考：向唐僧学习项目团队管理

对于许多项目经理而言，项目团队管理恐怕是他们所面临的最头疼的问题之一，而团队管理恰恰又是项目管理过程中最重要的部分之一：尽管成功的团队管理不一定能保证项目的成功，但失败的团队管理必然导致项目的失败。

一个项目团队中的各种不同人员，具有不同的背景，有着不同的特长，也具有不同的性格特征。如何充分发挥每一位团队成员的积极性和特长，并保证这些积极性和特长的发挥能够与项目目标保持一致，是每位项目经理在团队管理中所必须处理好的问题。有趣的是，我们在中国的古典小说《西游记》中找到了这样一个非常生动，也非常成功的案例。

《西游记》中的"项目团队管理"

在《西游记》中，唐僧师徒四人历经千难万险，从"东土大唐"出发，最终完成"西天取经"的任务。从项目管理的眼光来看，这本身就是一个项目的实施过程，也符合项目的一般特征，即"特定性"（项目任务为"西天取经"，项目交付物为"佛经"）和"过程性"（完成取经任务，提交项目交付物——"佛经"之后，该项目即宣告结束）。任务完成过程中的其他要素也很齐全：包括项目交付物的"受益人"（唐朝皇帝）、项目的"资助人"（如来佛祖）、项目实施过程中的支持保障体系（各位神仙）等。

《西游记》中的"项目团队"也很符合项目团队的一般特征：唐僧师徒四人构成了项目实施团队，其团队成员有着不同背景、能力和性格特征；而唐僧这位团队领导人也面临着许多项目经理在团队管理中所面临的一般问题：

项目团队成员并不是他自己挑选的，而是项目实施组织的管理机构指派给他的。唐僧的三个徒弟，甚至包括白龙马，都是"上级领导"观音菩萨在他出发前确定的。换句话说，他没有"选人权"。

项目团队成员的技术能力都强于他（至少都能腾云驾雾，论武功更是个个比他强），都有一定的来头（原来都是天宫中大将以上职位），个别人还有一定的管理经历（如猪八戒曾是水军元帅）。

团队成员业务能力和工作态度各异，有业务能力强但心高气傲的（如孙悟空），有业务能力中等但工作态度不认真、不积极，"推一下动一下"的（如猪八戒），也有尽管勤勤恳恳、任劳任怨但业务水平较差的（如沙僧），如何将这些人组成一个具有战斗力的团队是一个大难题。

尽管名义上有一定的"行政权力"，如"惩罚权"（念"紧箍咒"）、"解聘权"（将徒弟撵走）等，但自己也知道缺了这些人（尤其是业务能力强但心高气傲的那位）项目就无法完成；况且"绩效考核权"和"奖励权"都在上级领导手中（取经完成后的封赏工作都是如来佛祖负责的，唐僧连"建议权"都没有）。

但就是这位缺乏"行政权力"，"技术能力"也不强的唐僧，带着这个团队完成了常人看起来难以完成的任务。由此看来，作为"项目经理"，唐僧确实有许多值得学习之处。

向唐僧学习团队管理的艺术

在一般人看来，唐僧是一个胆小固执，有时还有些是非不分的人，但作为这个团队的领导人，他在团队管理方面确实有着许多过人之处，值得项目经理在管理项目团队时学习。概括起来，有以下几个方面：

1）意志坚定，不怕困难。这是作为团队领导人最重要的品质，项目实施过程中会遇到许多意想不到的困难，这些困难甚至会使人认为无法实现项目目标。此时，作为项目经理，最重要的就是具有顽强的意志力，有一种不达目的誓不罢休的气概，这种意志力是提高团队士气最重要的因素。在《西游记》中我们看到，无论在取经路上遇到多大的艰难险阻，唐僧对于实现目标具有坚定的信念，抱着"不取真经，誓不还乡"的决心。只有具有这样的意志和信念，才能在遇到困难，甚至团队中某些成员开始打退堂鼓时（如猪八戒一遇到点困难，就要"分行李"、"回高老庄做女婿"等），保持整个团队的士气和克服困难的决心。

2）对项目交付物和客户的需求具有深刻的理解。在《西游记》中，尽管唐僧既不会飞，又不能打，但只有他熟读佛经（对项目交付物有着清晰的理解），也只有他深刻地了解他所要取的佛经对于唐朝皇帝和黎民百姓的重要性（对客户需求有着深刻的认识），而对于他们这个团队所要完成的任务而言，"取经"才是目的，团队成员（他的那些徒弟们）所拥有的能力只是完成上述目的的手段。这就提示我们，对于项目经理而言，项目目标和客户需求才是最重要的。许多项目经理，尤其是相当一部分从技术岗位上提升起来的项目经理，往往在项目实施过程中颠倒了目标与手段的主次关系，沉湎于技术层面，甚至抱着通过项目实施提升自己技术能力的想法，而忽视了作为一个项目经理，其最重要的能力之一是对客户需求和项目交付物的深入理解。也就是说，项目经理必须将自身的能力提升与项目目标和客户需求结合起来，这才是项目经理的核心竞争力，也是他在项目团队内部具有威信的基础。

3）知人善任，合理分配工作，适当控制。项目团队成员具有不同的业务能力和性格特征，只有知人善任，根据其特长和能力分配工作岗位，并根据其性格特点进行适当的控制，才能最大限度地发挥其特长和积极性。唐僧的三个徒弟各自有着不同的才能和性格，但他很恰当地进行了工作分配，并辅之以一定的控制手段。例如，对于业务能力强、工作积极但心高气傲的（孙悟空），一方面给他分配能够充分发挥其专业特长的工作，如降妖除怪、在危险环境中探路等；另一方面也注意约束其行为以防止其专业能力的过度发挥影响项目目标的实现，即当在"降妖除怪"与"误伤好人"（这可能影响"取经"的核心目标）之间存在疑问时，就毫不犹豫地保证项目目标的实现（宁可放过一千，决不错杀一个），否则就要采取惩罚措施（念"紧箍咒"）。这种情况在软件开发项目中很容易发生：对于那些"技术高手"而言，很容易陷入追求技术上的完美以至于影响项目实施进度或成本的境地，此时，就需要项目经理通过一定的控制手段对其上述行为加以限制。对于业务能力中等但工作态度不积极的（猪八戒），则让他与业务能力强、工作积极的协同工作（《西游记》中经常出现孙悟空和猪八戒一同打妖怪的场面），以督促他完成工作；同时充分利用其"善于处理人际关系"的特点，分配一些能发挥其特长的特殊任务（如化斋、问路等）。而对于勤勤恳恳但业务水平较差的（沙僧），则分配给他技术要求不高，但对工作态度要求较高的规范性强但比较枯燥的工作（如挑行李等），这一点在许多项目管理过程中是很重要的：任何项目的实施过程都有一些枯燥但需要责任心的工作（如项目文档管理等），而将这些工作分配给那些能力稍差但踏实肯干的团队成员，往往能起到发挥特长、提高积极性的效果。

4）平等对待，坦诚相见。在一个项目团队里，由于团队成员所承担的工作任务不同，对项目的贡献也有大小，因此在工作中完全做到平等对待是很难的，但团队成员如果过分感觉到自身在团队中的地位差异的话，其积极性又会受到影响。在《西游记》里，唐僧的三个徒弟中，其地位明显是有差别的，对此，唐僧采取了"地位高的要求也高"这样一种措施，来实现某种意义上的"平等"。对于能力最强、贡献最大，从而地位也最高的成员（孙悟空）要求也最高，几乎使用了所有的惩罚权（念"紧箍咒"）和解聘权（将其撵走）；对于地位次之的成员（猪八戒），当发现其有不当行为时主要采取"训斥"的方法；而对于地位最低的成员（沙僧），则要求更低（几乎没有受到任何惩戒）。相对而言，团队中地位高的成员由于其承担的责任重大，其行为的负面影响也大，因此对其要求更高是完全有必要的。另一方面，唐僧一旦发现自己因判断失误而处置失当（如因误将妖魔当好人而将孙悟空撵走），又能坦诚地承认错误，并不因自己"师父"的地位而死要脸面、拒不认错，这恐怕也正是孙悟空尽管屡次遭其误解却仍对其忠心耿耿的重要原因之一。这样在这个团队里，地位高的、能力强的忠心，地位低的、能力差的舒心，大家荣辱与共，团队战斗力自然大为提高。

一群最优秀的人组成的项目团队不一定是优秀的项目团队，只有充分发挥团队成员的积极性和特长的团队才是具有战斗力的团队，也才是最能够保证项目成功的团队，而这其中，项目经理的意志力、管理知识和协调艺术起着关键性的作用。

（资料来源：陈小新，项目管理者联盟 http://mypm. net/）

请分析：

1）阅读以上文章，你能从中理解"《西游记》中的项目团队管理"和"唐僧的团队管理艺术"吗？请简述之。

_____

_____

_____

2）换个思路：我们考虑加强团队建设，如把唐僧的武功锻炼得和孙悟空一样，把不成器的猪八戒开除以纯洁队伍……，你认为这样做是否能更有利于"《西游记》取经项目"的成功完成？为什么？

_____

_____

_____

3）从本文的阅读中，你还得到了哪些启发？请简述之。

_____

_____

_____

5.4 信息系统安全管理

信息安全是一门涉及计算机科学、网络技术、通信技术、密码技术、信息安全技术、应用数学、数论、信息论等多种学科的综合性学科。从广义上说，凡是涉及网络上信息的保密性、完整性、可用性、真实性和可控性的相关技术和理论都属于信息安全的研究领域。

5.4.1 信息安全的目标

无论是在计算机上存储、处理和应用，还是在通信网络上传输，信息都可能被非授权访问而导致泄密，被篡改破坏而导致不完整，被冒充替换而导致否认，也有可能被阻塞拦截而导致无法存取。这些破坏可能是有意的，如黑客攻击、病毒感染；也可能是无意的，如误操作、程序错误等。因此，普遍认为，信息安全的目标应该是保护信息的机密性、完整性、可用性、可控性和不可抵赖性（即信息安全的五大特性）。

1）机密性。它是指保证信息不被非授权访问，即使非授权用户得到信息也无法知晓信息的内容，因而不能利用。

2）完整性。它是指维护信息的一致性，即在信息生成、传输、存储和使用过程中不发生人为或非人为的非授权篡改。

3）可用性。它是指授权用户在需要时能不受其他因素的影响，方便地使用所需信息。这一目标是对信息系统的总体可靠性要求。

4）可控性。它是指信息在整个生命周期内部可由合法拥有者加以安全控制。

5）不可抵赖性。它是指保障用户无法在事后否认曾经对信息进行的生成、签发、接收等行为。

事实上，安全是一种意识，一个过程，而不仅仅是某种技术。进入 21 世纪后，信息安全的理念发生了巨大的变化，从不惜一切代价把入侵者阻挡在系统之外的防御思想，开始转变为预防－检测－攻击响应－恢复相结合的思想，出现了 PDRR（Protect/Detect/React/Restore）等网络动态防御体系模型（如图 5-21 所示），倡导一种综合的安全解决方法，即针对信息的生存周期，以"信息保障"模型作为信息安全的目标，以信息的保护技术、信息使用中的检测技术、信息受影响或攻击时的响应技术和受损后的恢复技术作为系统模型的主要组成元素，在设计信息系统的安全方案时，综合使用多种技术和方法，以取得系统整体的安全性。

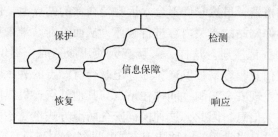

图 5-21 信息安全的 PDRR 模型

PDRR 模型强调的是自动故障恢复能力，把信息的安全保护作为基础，将保护视为活动过程，用检测手段来发现安全漏洞，及时更正；同时采用应急响应措施对付各种入侵；在系统被入侵后，采取相应的措施将系统恢复到正常状态，使信息的安全得到全方位的保障。

5.4.2　信息安全技术发展的四大趋势

信息安全技术的发展主要呈现以下四大趋势。

1）可信化。它是指从传统计算机安全理念过渡到以可信计算理念为核心的计算机安全。面对愈演愈烈的计算机安全问题，传统安全理念很难有所突破，而可信计算的主要思想是在硬件平台上引入安全芯片，从而将部分或整个计算平台变为"可信"的计算平台。目前，主要研究和探索的问题包括：基于 TCP 的访问控制、基于 TCP 的安全操作系统、基于 TCP 的安全中间件、基于 TCP 的安全应用等。

2）网络化。由网络应用和普及引发的技术和应用模式的变革，正在进一步推动信息安全关键技术的创新发展，并引发新技术和应用模式的出现。如安全中间件、安全管理与安全监控等都是网络化发展所带来的必然发展方向。网络病毒、垃圾信息防范、网络可生存性、网络信任等都是重要的研究领域。

3）标准化。安全技术要走向国际，也要走向应用，政府、产业界和学术界等将更加高度重视信息安全标准的研究与制定，如密码算法类标准（加密算法、签名算法、密码算法接口等）、安全认证与授权类标准（PKI、PMI、生物认证等）、安全评估类标准（安全评估准则、方法、规范等）、系统与网络类安全标准（安全体系结构、安全操作系统、安全数据库、安全路由器、可信计算平台等）、安全管理类标准（防信息遗漏、质量保证、机房设计等）。

4）集成化。即从单一功能的信息安全技术与产品，向多种功能融于某一个产品，或者是几个功能相结合的集成化产品发展。安全产品呈硬件化/芯片化发展趋势，这将带来更高的安全度与更高的运算速率，也需要发展更灵活的安全芯片的实现技术，特别是密码芯片的物理防护机制。

5.4.3　因特网选择的几种安全模式

目前，在因特网应用中采取的防卫安全模式归纳起来主要有以下几种：

1）无安全防卫。在因特网应用初期多数采取此方式，安全防卫上只使用随机提供的简单安全防卫措施，这种方法是不可取的。

2）模糊安全防卫。采用这种方式的网站总认为自己的站点规模小，对外无足轻重，没人知道；即使知道，黑客也不会对其实行攻击。事实上，许多入侵者并不是瞄准特定目标，只是想闯入尽可能多的机器，虽然它们不会永远驻留在你的站点上，但它们为了掩盖闯入你网站的证据，常常会对你网站的有关内容进行破坏，从而给网站带来重大损失。为此，各个站点一般要进行必要的登记注册。这样，一旦有人使用服务时，提供服务的人知道它从哪来，但是这种站点防卫信息很容易被发现，如登记时会有站点的软、硬件以及所用操作系统的信息，黑客就能从这发现安全漏洞，同样在站点与其他站点连机或向别人发送信息时，也很容易被入侵者获得有关信息，因此，这种模糊安全防卫方式也是不可取的。

3）主机安全防卫。这是最常用的一种防卫方式，即每个用户对自己的机器加强安全防卫，尽可能地避免那些已知的可能影响特定主机安全的问题，这是主机安全防卫的本质。主机安全防卫对小型网站是很合适的，但是，由于环境的复杂性和多样性，如操作系统的版本不同、配置不同以及不同的服务和不同的子系统等都会带来各种安全问题。即使这些安全问题都解决了，主机防卫还要受到软件本身缺陷的影响，有时也缺少有合适功能和安全的软件。

4）网络安全防卫。这是目前因特网中各网站所采取的安全防卫方式，包括建立防火墙来保护内部系统和网络、运用各种可靠的认证手段（如一次性密码等），对敏感数据在网络上传输时，采用密码保护的方式进行。

5.4.4 安全防卫的技术手段

在因特网中，信息安全主要是通过计算机安全和信息传输安全这两个技术环节，来保证网络中各种信息的安全。

1. 计算机安全技术

计算机安全技术主要包括：

1）健壮的操作系统。操作系统是计算机和网络中的工作平台，在选用操作系统时，应注意软件工具齐全和丰富、缩放性强等因素。例如，当有多个版本可供选择时，应选用户群最少的那个版本，使入侵者用各种方法攻击计算机的可能性减少，另外还要有较高的访问控制和系统设计等安全功能。

2）容错技术。尽量使计算机具有较强的容错能力，如组件全冗余、没有单点硬件失效、动态系统域、动态重组、错误校正互连；通过错误校正码和奇偶校验的结合来保护数据和地址总线；在线增减域或更换系统组件，创建或删除系统域而不干扰系统应用的进行，也可以采取双机备份同步校验方式，保证网络系统在一个系统由于意外而崩溃时，计算机进行自动切换以确保正常运转，保证各项数据信息的完整性和一致性。

2. 防火墙技术

这是一种有效的网络安全机制，用于确定哪些内部服务允许外部访问，以及允许哪些外部服务访问内部服务，其准则就是：一切未被允许的就是禁止的；一切未被禁止的就是允许的，防火墙有下列几种类型：

1）包过滤技术。通常安装在路由器上，对数据进行选择，它以 IP 包信息为基础，对 IP 源地址、IP 目标地址、封装协议（如 TCP/UDP/ICMP/IPtunnel BFQ）、端口号等进行筛选，在 OSI 协议的网络层进行。

2）代理服务技术。通常由两部分构成：服务端程序和客户端程序；客户端程序与中间节点（Proxy Server）连接，中间节点与要访问的外部服务器实际连接等。与包过滤防火墙的不同之处在于内部网和外部网之间不存在直接连接，同时提供审计和日志服务。

3）复合型技术。把包过滤和代理服务两种方法结合起来，可形成新的防火墙，所用主机称为堡垒主机，负责提供代理服务。

4）审计技术。通过对网络上发生的各种访问过程进行记录和产生日志，并对日志进行统计分析，从而对资源使用情况进行分析，对异常现象进行追踪监视。

5）路由器加密技术。加密路由器对通过路由器的信息流进行加密和压缩，然后通过外部网络传输到目的端再进行解压缩和解密。

3. 信息确认技术

安全系统的建立依赖于系统用户之间存在的各种信任关系，目前在安全解决方案中，多采用两种确认方式：一种是第三方信任；另一种是直接信任，以防止信息被非法窃取或伪造。可靠的信息确认技术应具有：身份合法的用户可以校验所接收的信息是否真实可靠，并且十分清楚发送方是谁;发送信息者必须是合法身份用户,任何人不可能冒名顶替伪造信息;出现异常时,可由认证系统进行处理。目前,信息确认技术已较为成熟,如信息认证、用户认证和密钥认证,数字签名等,为信息安全提供了可靠的保障。

4. 密钥安全技术

网络安全中的加密技术种类繁多,它是保障信息安全最关键和最基本的技术手段和理论基础,常用的加密技术分为软件加密和硬件加密。信息加密的方法有对称和非对称密钥加密两种,各有所长。

1) 对称密钥加密。在此方法中,加密和解密使用同样的密钥,目前广泛采用的密钥加密标准是 DES 算法,其优势在于加密解密速度快、算法易实现、安全性好,缺点是密钥长度短、密码空间小,"穷举"方式进攻的代价小,它的机制就是采取初始置换、密钥生成、乘积变换、逆初始置换等几个环节。

2) 非对称密钥加密。在此方法中加密和解密使用不同密钥,即公开密钥和秘密密钥,公开密钥用于机密性信息的加密;秘密密钥用于对加密信息的解密。一般采用 RSA 算法,其优点在于易实现密钥管理,便于数字签名。其不足是算法较复杂,加密解密花费时间长。

在安全防范的实际应用中,尤其是信息量较大,网络结构复杂时,常采取对称密钥加密技术。为了防范密钥受到各种形式的黑客攻击,如基于因特网的"联机运算",即利用许多台计算机采用"穷举"方式进行计算来破译密码,密钥的长度越长越好。目前,一般密钥的长度为64 位、1024 位,实践证明它是安全的,同时也满足当前计算机速度的现状。2048 位的密钥长度,也已开始在某些软件中应用。

5. 病毒防范技术

计算机病毒实际上是一种在计算机系统运行过程中能够实现传染和侵害计算机系统的功能的程序。在系统穿透或违反授权攻击成功后,攻击者通常要在系统中植入一种能力,为攻击系统、网络提供方便。如向系统中渗入病毒、蛀虫、特洛依木马、逻辑炸弹;或通过窃听、冒充等方式来破坏系统正常工作。从因特网上下载软件和使用盗版软件是病毒的主要来源。

针对病毒的严重性,我们应提高防范意识,做到:所有软件必须经过严格审查,经过相应的控制程序后才能使用;采用防病毒软件,定时对系统中的所有工具软件、应用软件进行检测,防止各种病毒的入侵。

5.4.5 主要术语

确保自己理解以下术语:

PDRR 模型	可控性	网络安全防卫模式
病毒防范技术	可用性	网络安全管理
不可抵赖性	密钥安全技术	无安全防卫模式
防火墙技术	模糊安全防卫模式	信息安全
机密性	容错技术	信息确认技术
计算机安全技术	完整性	主机安全防卫模式
IPSec	Windows 数据保护类型	文件系统的安全性
IP 安全性管理	安全区域	用户验证
NTFS	访问控制	域

Windows 安全模型　　　活动目录和安全性　　　　账户和组
Windows 安全设置

5.4.6　练习与实验：了解信息安全技术

1. 实验目的

本节"练习与实验"的目的是：

1）熟悉信息安全技术的基本概念，了解信息安全技术的基本内容。

2）通过因特网搜索与浏览，了解网络环境中主流的信息安全技术网站，掌握通过专业网站不断丰富信息安全技术最新知识的学习方法，尝试通过专业网站的辅助与支持来开展信息安全技术应用实践。

2. 工具/准备工作

在开始本实验之前，请回顾教科书的相关内容。

需要准备一台带有浏览器，能够访问因特网的计算机。

3. 实验内容与步骤

（1）概念理解

1）查阅有关资料，根据你的理解和看法，请给出"信息安全技术"的定义：

_____

_____

_____

_____

这个定义的来源是：_____

2）请通过阅读教科书和查阅网站资料，尽量用自己的语言解释以下信息安全技术的基本概念：

① 信息安全的五大特性是指（请简单介绍）：

a) _____ : _____

_____

_____

b) _____ : _____

_____

_____

c) _____ : _____

_____

_____

d) _____ : _____

_____

_____

e) _____ : _____

_____

_____

② 信息安全技术发展的四大趋势是：

a) _____：_____

_____

b) _____：_____

_____

c) _____：_____

_____

d) _____：_____

⑥ 加密技术：_____

_____

⑦ 认证技术：_____

_____

⑧ 病毒防治技术：_____

_____

⑨ 防火墙与隔离技术：_____

_____

⑩ 入侵检测技术：_____

_____

（2）你的系统安全吗

以下是一些普通的计算机用户经常会犯的安全性错误，请对照并根据自己的实际情况作出选择（在供选择的答案前面打"√"，单选）。

1）使用没有过电压保护的电源。这个错误真的能够毁掉计算机设备及其所保存的数据。你可能以为只在雷暴发生时，系统才会有危险，但其实任何能够干扰电路，使电流回流的因素都能烧焦你的设备元件。有时甚至一个简单的动作，比如打开与电脑设备在同一个电路中的设备（如电吹风、电加热器或者空调等高压电器）就能导致电涌。如果遇到停电，当恢复电力供应时也会出现电涌。

使用电涌保护器就能够保护系统免受电涌的危害，但是请记住，大部分价钱便宜的电涌保护器只能抵御一次电涌，随后需要进行更换。不间断电源（UPS）更胜于电涌保护器，UPS 的电池能使电流趋于平稳，即使断电，也能给你提供时间，从容地关闭设备。

请选择：

□ A. 我懂并已经做到了　　　　　□ B. 我懂得一点，但觉得没必要

□ C. 知道电涌的厉害，但不知道 UPS　　□ D. 现在刚知道，我会关注这一点

□ E. 不知道也无所谓，我是外行我怕谁

2）不使用防火墙就上网。许多家庭用户会毫不犹豫地启动电脑开始上网，而没有意识到他们正将自己暴露在病毒和入侵者面前。无论是宽带调制解调器或者路由器中内置的防火墙，还是调制解调器或路由器与电脑之间的独立防火墙设备，或者是在网络边缘运行防火墙软件的服务器，或者是电脑上安装的个人防火墙软件（如 Windows XP 中内置的防火墙，或者第三方防火墙软件），总之，所有与互联网相连的计算机都应该得到防火墙的保护。

在笔记本电脑上安装个人防火墙的好处在于，当用户带着电脑上路或者插入酒店的上网端口，或者与无线热点相连接时，已经有了防火墙。拥有防火墙不是全部，你还需要确认防火墙是否已经开启，并且配置得当，能够发挥保护作用。

请选择：

☐ A. 我懂并已经做到了　　　　　　　☐ B. 我懂得一点，但觉得没必要

☐ C. 知道有防火墙但没有用过　　　　☐ D. 现在刚知道，我会关注这一点

☐ E. 不知道也无所谓，我是外行我怕谁

3）忽视防病毒软件和防间谍软件的运行和升级。事实上，防病毒程序令人讨厌，它总是阻断一些你想要使用的应用，而且为了保证效用还需要经常升级，在很多情况下升级都是收费的。但是，尽管如此，在现在的应用环境下，你无法承担不使用防病毒软件所带来的后果。病毒、木马、蠕虫等恶意程序不仅会削弱和破坏系统，还能通过你的电脑向网络其他部分散播病毒。在极端情况下，甚至能够破坏整个网络。

间谍软件是另外一种不断增加的威胁。这些软件能够自行在电脑上进行安装（通常都是在你不知道的情况下），搜集系统中的情报，然后发送给间谍软件程序的作者或销售商。防病毒程序经常无法察觉间谍软件，因此需要使用专业的间谍软件探测清除软件。

请选择：

☐ A. 我懂并已经做到了　　　　　　　☐ B. 我懂得一点，但觉得没必要

☐ C. 知道防病毒，但不知道防间谍　　☐ D. 现在刚知道，我会关注这一点

☐ E. 不知道也无所谓，我是外行我怕谁

4）安装和卸载大量程序，特别是测试版程序。由于用户对新技术的热情和好奇，经常安装和尝试新软件。免费提供的测试版程序甚至盗版软件能够使你有机会抢先体验新的功能。另外还有许多可以从网上下载的免费软件和共享软件。

但是，安装软件的数量越多，使用含有恶意代码的软件，或者使用编写不合理的软件而可能导致系统工作不正常的几率就高。这样的风险远高于使用盗版软件。另一方面，过多的安装和卸载也会弄乱 Windows 的系统注册表，因为并不是所有的卸载步骤都能将程序剩余部分清理干净，这样的行为会导致系统逐渐变慢。

你应该只安装自己真正需要使用的软件，只使用合法软件，并且尽量减少安装和卸载软件的数量。

请选择：

☐ A. 我懂并已经做到了　　　　　　　☐ B. 我懂得一点，但觉得没必要

☐ C. 有点了解但不知道什么是注册表　☐ D. 现在刚知道，我会关注这一点

☐ E. 不知道也无所谓，我是外行我怕谁

5）磁盘总是满满的并且非常凌乱。频繁安装和卸载程序（或增加和删除任何类型的数据）都会使磁盘变得零散。信息在磁盘上的保存方式导致了磁盘碎片的产生，这样就使得磁

盘文件变得零散或者分裂,导致在访问文件时,磁头不会同时找到文件的所有部分,而是到磁盘的不同地址上找回全部文件,这样就使得访问速度变慢。如果文件是程序的一部分,程序的运行速度就会变慢。

可以使用 Windows 自带的"磁盘碎片整理"工具（在 Windows 的"开始"→"所有程序"→"附件"菜单中单击"系统工具"命令）来重新安排文件的各个部分,以使文件在磁盘上能够连续存放。

另外,一个常见的能够导致性能问题和应用行为不当的原因是磁盘过满。许多程序都会生成临时文件,运行时需要磁盘提供额外空间。

请选择:

☐ A. 我懂并已经做到了　　　　　　☐ B. 我懂得一点,但觉得不重要

☐ C. 有点知道但不懂"磁盘碎片整理"　☐ D. 现在刚知道,我会关注这一点

☐ E. 不知道也无所谓,我是外行我怕谁

6）打开所有的附件。收到带有附件的电子邮件就好像收到一份意外的礼物,总是想窥视一下是什么内容。但是,电子邮件的附件可能包含能够删除文件或系统文件夹,或者向地址簿中所有联系人发送病毒的编码。

最容易被洞察的危险附件是可执行文件（即扩展名为 .exe、.cmd 的文件）以及其他很多能自行运行的文件,如 Word 的 .doc 和 Excel 的 .xls 文件等,其中能够含有内置的宏。脚本文件（Visual Basic、JavaScript、Flash 等）不能被计算机直接执行,但是可以通过程序进行运行。

过去一般认为纯文本文件（.txt）或图片文件（.gif、.jpg、.bmp）是安全的,但现在也不是了。文件扩展名也可以伪装,入侵者能够利用 Windows 默认的特性设置,将文件的实际扩展名隐藏起来,这样收件人会以为它是图片文件,但实际上却是恶意程序。

你只能在确信附件来源可靠并且知道是什么内容的情况下才打开附件。即使带有附件的邮件看起来似乎来自你可以信任的人,也有可能是某些人将他们的地址伪装成这样,甚至是发件人的电脑已经感染了病毒,在他们不知情的情况下发送了附件。

请选择:

☐ A. 我懂并已经做到了　　　　　　☐ B. 我懂得一点,但觉得并不严重

☐ C. 知道附件危险但不太了解扩展名　☐ D. 现在刚知道,我会关注这一点

☐ E. 不知道也无所谓,我是外行我怕谁

7）点击所有链接。点击电子邮件或者网页上的超级链接有可能将你带入植入 ActiveX 控制或者脚本的网页,利用这些就可能进行各种类型的恶意行为,如清除硬盘,或者在计算机上安装后门软件,这样黑客就可以潜入并夺取控制权。

点错链接也可能会带你进入具有色情图片、盗版音乐或软件等不良内容的网站。如果你使用的是工作电脑就可能会因此麻烦缠身,甚至惹上官司。

在点击链接之前请务必考虑一下。有些链接可能被伪装在网络钓鱼信息或者那些可能将你带到别的网站的网页里。例如,链接地址可能是 www.a.com,但实际上会指向 www.b.com。一般情况下,用鼠标在链接上滑过而不点击,就可以看到实际的 URL 地址。

请选择:

☐ A. 我懂并已经做到了　　　　　　☐ B. 我懂得一点,但觉得并不严重

☐ C. 以前遇到过但没有深入考虑　　☐ D. 现在刚知道,我会关注这一点

□ E. 不知道也无所谓,我是外行我怕谁

8）共享或类似共享的行为。分享是一种良好的行为,但是在网络上,分享则可能将你暴露在危险之中。如果你允许文件和打印机共享,别人就可以远程与你的电脑连接,并访问你的数据。即使没有设置共享文件夹,在默认情况下,Windows 系统会隐藏每块磁盘根目录上可管理的共享。一个黑客高手有可能利用这些共享侵入你的电脑。解决方法之一就是,如果你不需要网络访问你电脑上的任何文件,就请关闭文件和打印机共享。如果确实需要共享某些文件夹,请务必通过共享级许可和文件级（NTFS）许可对文件夹进行保护。另外,还要确保你的账号和本地管理账号的密码足够安全。

请选择：

□ A. 我懂并已经做到了　　　　　　　　□ B. 我懂得一点,但觉得并不严重

□ C. 知道共享文件和文件夹有危险,但不知道共享打印机也危险

□ D. 现在刚知道,我会关注这一点

□ E. 不知道也无所谓,我是外行我怕谁

9）用错密码。这也是使我们暴露在入侵者面前的又一个常见错误。即使网络管理员并没有强迫你选择强大的密码并定期更换,你也应该自觉这样做。不要选用容易被猜中的密码,且密码越长越不容易被破解。因此,建议你的密码至少为 8 位。常用的密码破解方法是采用"字典"破解法,因此,不要使用字典中能查到的单词作为密码。为安全起见,密码应该由字母、数字以及符号组合而成。很长的无意义的字符串密码很难被破解,但是如果你因为记不住密码而不得不将密码写下来的话,就违背了设置密码的初衷,因为入侵者可能会找到密码。例如,可以造一个容易记住的短语,并使用每个单词的第一个字母,以及数字和符号生成一个密码。

请选择：

□ A. 我懂并已经做到了　　　　　　　　□ B. 我懂得一点,但觉得并不严重

□ C. 知道密码但不了解密码　　　　　　□ D. 现在刚知道,我会关注这一点

□ E. 不知道也无所谓,我是外行我怕谁

10）忽视对备份和恢复计划的需要。即使你听取了所有的建议,入侵者依然可能弄垮你的系统,你的数据可能遭到篡改,或因硬件问题而被擦除。因此,备份重要信息,制订系统故障时的恢复计划是相当必要的。

大部分计算机用户都知道应该备份,但是许多用户从来都不进行备份,或者最初做过备份但是从来都不定期对备份进行升级。应该使用内置的 Windows 备份程序或者第三方备份程序以及可以自动进行备份的定期备份程序。所备份的数据应当保存在网络服务器或者远离计算机的移动存储器中,以防止水灾、火灾等灾难情况的发生。

请牢记数据是你计算机上最重要的东西。操作系统和应用都可以重新安装,但重建原始数据则是难度很高甚至根本无法完成的任务。

请选择：

□ A. 我懂并已经做到了　　　　　　　　□ B. 我懂得一点,但灾难毕竟很少

□ C. 知道备份重要但不会应用　　　　　□ D. 现在刚知道,我会关注这一点

□ E. 不知道也无所谓,我是外行我怕谁

请汇总并分析：上述 10 个安全问题,如果 A 选项为 10 分,B 选项为 8 分,C 选项为 6 分,D

选项为 4 分,E 选项为 2 分,请汇总,你的得分是:＿＿＿＿＿＿分。

用户总是会用层出不穷的方法给自己惹上麻烦。与你的同学和朋友们分享这个"傻事清单",将能够避免他们犯这些原本可以避免发生的错误。你觉得呢? 请简述你的看法:

＿＿＿＿＿＿＿＿＿＿＿＿＿＿＿＿＿＿＿＿＿＿＿＿＿＿＿＿＿＿＿＿＿

＿＿＿＿＿＿＿＿＿＿＿＿＿＿＿＿＿＿＿＿＿＿＿＿＿＿＿＿＿＿＿＿＿

＿＿＿＿＿＿＿＿＿＿＿＿＿＿＿＿＿＿＿＿＿＿＿＿＿＿＿＿＿＿＿＿＿

(3) 上网搜索和浏览

看看哪些网站在做着信息安全的技术支持工作? 请在表 5-11 中记录搜索结果。

提示:

一些信息安全技术专业网站的例子包括:

http://www.itsec.gov.cn/(中国信息安全产品测评认证中心)

http://safe.it168.com/(IT 主流资讯平台——安全)

http://soft.yesky.com/security/(天极网——软件频道——网络安全)

http://www.isec.org.cn/(国家信息化安全教育认证)

http://tech.itzero.com/security/index.html(IT 动力源——安全)

你在本次搜索中使用的关键词主要是:＿＿＿＿＿＿＿＿＿＿＿＿＿＿＿＿＿＿

表 5-11　信息安全技术专业网站实验记录

网 站 名 称	网　　址	主要内容描述

请记录:在本实验中你感觉比较重要的两个信息安全技术专业网站是:

1) 网站名称:＿＿＿＿＿＿＿＿＿＿＿＿＿＿＿＿＿＿＿＿＿＿＿＿＿＿＿

2) 网站名称:＿＿＿＿＿＿＿＿＿＿＿＿＿＿＿＿＿＿＿＿＿＿＿＿＿＿＿

请分析:你认为各信息安全网站当前的技术热点(如从培训项目中得知)是:

1) 名称:＿＿＿＿＿＿＿＿＿＿＿＿＿＿＿＿＿＿＿＿＿＿＿＿＿＿＿＿＿

技术热点:＿＿＿＿＿＿＿＿＿＿＿＿＿＿＿＿＿＿＿＿＿＿＿＿＿＿＿＿

＿＿＿＿＿＿＿＿＿＿＿＿＿＿＿＿＿＿＿＿＿＿＿＿＿＿＿＿＿＿＿＿＿

＿＿＿＿＿＿＿＿＿＿＿＿＿＿＿＿＿＿＿＿＿＿＿＿＿＿＿＿＿＿＿＿＿

2) 名称:＿＿＿＿＿＿＿＿＿＿＿＿＿＿＿＿＿＿＿＿＿＿＿＿＿＿＿＿＿

技术热点:＿＿＿＿＿＿＿＿＿＿＿＿＿＿＿＿＿＿＿＿＿＿＿＿＿＿＿＿

＿＿＿＿＿＿＿＿＿＿＿＿＿＿＿＿＿＿＿＿＿＿＿＿＿＿＿＿＿＿＿＿＿

＿＿＿＿＿＿＿＿＿＿＿＿＿＿＿＿＿＿＿＿＿＿＿＿＿＿＿＿＿＿＿＿＿

3）名称：＿＿＿＿＿＿＿＿＿＿＿＿＿＿＿＿＿＿＿＿＿＿＿＿＿＿＿＿＿＿
技术热点：＿＿＿＿＿＿＿＿＿＿＿＿＿＿＿＿＿＿＿＿＿＿＿＿＿＿＿＿
＿＿＿＿＿＿＿＿＿＿＿＿＿＿＿＿＿＿＿＿＿＿＿＿＿＿＿＿＿＿＿＿＿＿＿＿＿
＿＿＿＿＿＿＿＿＿＿＿＿＿＿＿＿＿＿＿＿＿＿＿＿＿＿＿＿＿＿＿＿＿＿＿＿＿

4. 实验总结

＿＿＿＿＿＿＿＿＿＿＿＿＿＿＿＿＿＿＿＿＿＿＿＿＿＿＿＿＿＿＿＿＿＿＿＿＿
＿＿＿＿＿＿＿＿＿＿＿＿＿＿＿＿＿＿＿＿＿＿＿＿＿＿＿＿＿＿＿＿＿＿＿＿＿
＿＿＿＿＿＿＿＿＿＿＿＿＿＿＿＿＿＿＿＿＿＿＿＿＿＿＿＿＿＿＿＿＿＿＿＿＿
＿＿＿＿＿＿＿＿＿＿＿＿＿＿＿＿＿＿＿＿＿＿＿＿＿＿＿＿＿＿＿＿＿＿＿＿＿

5. 单元学习评价
1）你认为本单元最有价值的内容是：
＿＿＿＿＿＿＿＿＿＿＿＿＿＿＿＿＿＿＿＿＿＿＿＿＿＿＿＿＿＿＿＿＿＿＿＿＿

2）下列问题我需要进一步地了解或得到帮助：
＿＿＿＿＿＿＿＿＿＿＿＿＿＿＿＿＿＿＿＿＿＿＿＿＿＿＿＿＿＿＿＿＿＿＿＿＿

3）为使学习更有效，你对本单元的教学有何建议？
＿＿＿＿＿＿＿＿＿＿＿＿＿＿＿＿＿＿＿＿＿＿＿＿＿＿＿＿＿＿＿＿＿＿＿＿＿
＿＿＿＿＿＿＿＿＿＿＿＿＿＿＿＿＿＿＿＿＿＿＿＿＿＿＿＿＿＿＿＿＿＿＿＿＿

6. 实验评价（教师）
＿＿＿＿＿＿＿＿＿＿＿＿＿＿＿＿＿＿＿＿＿＿＿＿＿＿＿＿＿＿＿＿＿＿＿＿＿

5.4.7 阅读与思考：信息安全管理的核心是人的尽职意识和警觉

近年来，信息安全在我国越来越受到重视，但从审计署首次信息安全专项审计调查发现的问题来看，在信息安全工作上思想松懈和疏于管理的现象仍很普遍。有的单位虽有专门的安全机构和规章制度，但一到实际工作中却常常形同虚设。在信息化时代，安全防范是不是处于一种漏洞百出、无所作为的状态？有什么办法、用什么理念来应对这个全新时代显现的复杂多元的新问题？

记者就有关问题专访了中国工程院院士、信息技术专家、国家信息化专家咨询委员会副主任何德全先生，以下是何德全先生有关信息安全、信息安全审计的独到见解。

讲中国的信息安全不能离开中国的基本历史环境和历史特点。西方是在工业化完成之后再搞信息化的，他们对这场新科技革命给社会带来的正负影响有较多的思想准备，并把工业化时代已有的标准策略、风险评估、测评认证、应急处理等安全理念和措施较快地移植到信息安全领域并加以发展。

我国还远未完成工业化，采取了工业化与信息化相融合地发展的方针，大家对上述的安全理念和措施尚比较生疏，思想准备不足。

信息这种资源不同于物质、能量，网络有其虚拟性，看不见感不到，虽然它的扩散性、可复制性很强，但容易被人们忽视。例如，一次空难、大交通事故，全世界都会报道，因而世人皆知；银行被黑客攻击一次损失可能更大，但因为它是无形的，可能被隐瞒不报，报道了也不能引起群众的关注。

计算机网络的技术性很强，又给人一种神秘感，一般人会认为信息安全是一个技术性问题，与己关系不大。其实，国外的信息安全实践也经历了从单纯的技术措施到强调管理和"人"的问题的过程。

近年美国一个老安全专家 Donn Parker 提出，信息安全要跳出原来的技术框框，代之以 Due Diligeuce。Due Diligeuce 可以翻译成"勤勉的尽职调查"，就是说你干信息这一行，就必须对它的安全问题尽职尽责。不能只是被动地照章办事，而是主动地、勤奋地、有警觉地恪尽职守，遵纪守法，随时发现情况及时主动处理。搞公司上市的律师都懂，在准备上市公司材料时，不能仅仅看公司送来的材料，还要勤勉地进行深入的调查，否则一旦出问题仍然有责任。我想"勤勉的尽职调查"对信息安全审计也是一样。

所以，在信息安全领域，警觉问题很重要，警觉是风险管理的核心。这在很大程度上是教育问题，也要通过有关的制度（比如，责任的追踪、追溯和激励机制等）来强化。

有关软件的安全漏洞问题也很重要。复杂性原理告诉我们：复杂系统有漏洞是不可避免的。软件越复杂，漏洞也越多，查出也越困难，这是信息安全形势越来越严峻的一个原因。

但是，面对这种复杂性，人不是无能为力的。

钱学森院士说过，"实际问题总是复杂的、多因素的。……遇到这种非线性的复杂问题怎么办？就得设法加以简化。这就要求我们对问题有深刻理解，才能抓住主要矛盾，只要主要矛盾抓对了，你的简化就是合理的。"（原文见 2002 年 6 月 24 日《人民日报》）我看信息安全可以从信息的流动和存储这两个相辅相成的环节抓起，把问题简化。流和存的问题带有普遍性，企业有流动资金，有固定资产；过日子也是这样，工资发下来后不是一次花完，钱流进来了，得存一部分。

我们必须看到，信息流动的速度和存储容量都在超高速地发展，几个月翻一番，价格直线下降，信息安全的管理主要就是要控制好信息流动和信息存储。从信息安全审计来看，就是要查清楚有没有保密信息流出去了，有没有恶性信息流进来了，并造成安全事件，不同级之间不该流的你有没有阻止。

存储问题也是这样，数据库怎么样，硬盘和移动硬盘是否安全，都要审查。

审计署把信息安全列为审计内容很有必要。美国审计总署（GAO）在 10 多年前就出过关于美国政府机关和重要信息系统信息安全状况的报告，这个报告相当具有权威性，而且一直在出安全指南。他们的办法，一是从网管相关部门了解到这一年出过多少安全事件（当然，只是真正发生事件的一部分），其中有多少是与被审计单位可能有关的，然后再对比单位自报的安全事件（一般比例不大），再进一步查清在不报当中有多少是自己也没有发现的，有多少是瞒报的（好处是可以对"勤勉的尽职调查"加以量化）；二是深入到单位从记录中查内部、外部信息流和信息存储两个方面存在的问题，然后写出报告。

信息安全管理的通常做法是在操作系统、应用系统层面设系统管理员、安全员和审计员；再宏观一些，确实应该有一个相互制约、相互促进的机制。所以，我国首次信息安全专项审计调查开了一个好头，这项工作未来必定有更大的发挥的空间。

（资料来源：胡俊刚，中国审计新闻网 http://www.sjxww.com，2008-04-29，中国审计报）

请分析： 从以上文章内容你能得到什么启发？请简述之。

_____

_____

_____

_____

第6章　网络信息资源管理

网络信息资源是指将文字、图像、声音、动画等多种形式的信息，以数字化形式存储，并借助计算机与网络通信设备发布、收集、组织、存储、传递、检索和利用的信息资源。随着通信和网络技术的迅速发展，因特网以其海量的信息、多样化的媒体形式、强大的功能正改变着人类社会的方方面面。

6.1　网络信息资源的分布

按照发布、组织和提供信息资源的主体划分，网络信息资源分布在不同的资源站点上。

1）大学、科研院所站点发布和提供的信息资源。这类站点的主要特色是大多提供学术性较强的信息，包括各种科研动态、学术新闻、学术活动等，用户能从中获取专业性较强的网络信息资源。

2）公司、企业站点发布和提供的信息资源。这类站点的主要特色是提供公司或企业的总体概况、动态新闻、各类产品或服务介绍、行业新闻、招聘信息等。

3）专业信息服务机构站点发布和提供的信息资源。这类站点的主要特色是提供各类专题信息，如科技类、经济类专题等；各类传统信息，如报刊、图书、专利、会议信息等；各种数据库资源、文件资源、电子化出版物等。这类服务站点主要有图书馆、情报中心和各个行业的信息中心等。

4）政府机构发布的信息资源。这类站点的主要特色是提供政府部门职能或业务介绍、政府公告、法律法规、政府新闻、统计资料查询和电子政务等。

5）商业网站发布和提供的信息资源。与主要业务在网下的企业相比，商业网站是指虚拟的网络型公司，如新浪、搜狐等。商业网站的主要服务有电子商务、信息搜索、电子信箱、网络新闻等。

6.2　网络信息资源的特点和分类

有效地获取网络信息资源的前提是认识和了解因特网信息资源的特点、种类、组织管理和检索方法等内容。因特网为人们提供了一个全新的交流信息、查找信息的渠道，多样性的网络信息资源为信息检索提供了极大的便利。

6.2.1　网络信息资源的特点

相对于传统的信息媒体和信息交流渠道而言，网络信息资源主要有以下特点：

1）广泛性。在网络环境下，信息来源越来越广泛，不再局限于传统意义上特定的传媒或机构，几乎任何机构和个人都可能成为网络上的信息源、发布点。

信息量大，传播面广，信息发布几乎没有限制，网络信息量呈爆炸性增长，并且随着网络的不断普及，传播的范围还将继续扩大。

2）多样性。因特网是一个集声音、图像、文字、照片、图形、动画、电影、音乐为一体的综合性信息系统。信息来源的广泛与形式各异决定了网络信息资源具有丰富的内容，涵盖了不同学科，不同领域、不同语言的信息，可谓包罗万象。

3）参与性。网络信息资源需要人们的主动参与，主动在网上数据库、电子图书馆中查找自己所需要的信息，发送或通过电子邮箱交流信息。

4）时效性。利用信息技术，几乎在事件发生的同一时间内，就能将信息快速制作并上网传播，因此，网络信息的更新周期短、内容新颖。

5）关联性。因特网的信息组织基于超文本，因此，有关联的信息之间通过链接形成一个相互联系的信息渠道，人们可以由此及彼、由远而近、顺藤摸瓜，找到想要的信息。

6）开放性。由于因特网具有全球性分布的结构，大量信息分别存储在世界各地的服务器与主机上，因此随着时间的推移和知识的更新，在不断补充新的信息的同时也不断淘汰旧的信息，以保证其信息的整体数量和使用价值。

但是，网络信息资源也有它无序的缺点，即网络信息资源来源分散、无序，没有统一的管理机构，也没有统一的发布标准，且变化、更迭、消亡等都时有发生，难以控制。

6.2.2　网络信息资源的分类

从不同的角度对网络信息资源进行分类，其目的是便于人们更好地认识和了解、组织和检索、管理和使用网络信息资源。

1）按所对应的非网络信息资源分。沿用图书情报中的文献资料分类方法，将网络信息资源划分为图书馆馆藏目录、电子书刊、论文、法律文件、参考工具书、数据库和其他7种类型。但这没有充分揭示网络信息资源的特点。

2）按网络信息资源的存取方式分。可分为电子邮件型、图书馆目录、书目与索引、全文资料及电子出版物、数据库等类型。这种分类法从存取方面体现了网络信息资源的特点。

3）按人类信息交流的方式分。可将网络信息分为非正式出版物、半正式出版物、正式出版物。这体现了网络将非正式的、半正式和正式的信息交流汇集在一起的特点。

4）按信息传播的手段和环境分。网络环境中的信息传播只是非网络环境中信息传播功能的延伸和发展，两者所要实现的基本目标和功能在本质上是一致的，只是实现的手段和环境不同，进而将网络信息资源分为不稳定信息资源和稳定性信息资源。

5）按信息资源的时效性和文件组织形式分。按时效性分为电子报纸、动态信息、全文信息和书目数据库4大类；按文件组织形式可分为自由文本和规范文本两大类。

6）按信息来源划分。可划分为政府、公众、商用等信息资源。

7）按网络传输协议划分。可分为WWW、Telnet、FTP、E-mail、用户服务组、Gopher和BT等信息资源。

6.3　网络信息资源的组织和评估

信息的组织是指采用一定的方式，将某一方面大量的、分散的、杂乱的信息经过整序、优化，而形成一个便于有效利用的系统的过程。如今，网络信息资源的"量"与"质"都发生了巨大变化，信息组织的方式也随之发生了根本性的变化，传统的信息资源管理方式和技术手段已不再完全适用。

6.3.1 网络信息资源的组织

在因特网环境中，信息组织的对象从各种类型的数据发展到具有丰富内容的知识，组织形式从数据结构发展到知识表示，组织方式从手工单一发展到网络群体，组织的结果从静态的文本格式发展到动态的多模式的链接。

1. 网上一次信息资源的组织方式

网上一次信息资源的组织方式有：

1）文件方式。以文件系统来管理和组织网络信息资源简单方便，是存储图形、图像、图表、音频、视频等非结构化信息的天然单位，但对于结构化信息则难以实现有效的控制和管理。

2）自由文本方式。这种方式主要是对非结构化的文本信息进行组织和管理，它不是对文献特征的格式化描述，而是用自然语言深入揭示文献中的知识单元，主要用于全文数据库建造。

3）超文本方式。这种方式将网络上相关文本的信息有机地编织在一起，以节点为基本单位，节点间以链路相连，将文本信息组织为网状结构。

4）主页/页面方式。这种方式通过页面对某机构、个人或专题作全面介绍，用主页将这些信息集中组织到一起，相当于网上的档案全宗。

2. 网上二次信息资源的组织方式

大量的一次信息入网后，为快速、高效地找到用户所需的信息，必须构建网上一次信息检索工具，将一次信息经过替代、重组、综合、浓缩后形成二次信息。从信息的查询方式来看，这些二次信息主要有以下形式：

1）搜索引擎方式。这种方式是指因特网上专门提供查询服务的一类检索工具，实质是存储、报导网上一次信息。由用户输入自己的检索式，搜索引擎自动将其与存储在网上的一次信息特征进行比较匹配，将符合用户要求的一次信息的描述记录以超文本方式显示出来。搜索引擎方式是因特网上对二次信息进行组织的主要方式之一。

2）目录指南方式。这种方式将信息资源按照事先确定的概念体系分门别类地逐层加以组织，用户先通过浏览的方式层层遍历，直到找到所需信息的线索，再通过信息线索联接到相应的网络信息资源。它的优点是专指性较强，能较好地满足类别检索的要求。

3）指示数据库方式。在对网上的信息资源进行分类编目时，除了提供详细的书目信息外，还要对其存储位置——URL 或 IP 地址这样的信息资源线索或链接点进行描述。指示数据库便是存储有关网上一次信息的网址以及相关信息的描述信息。通过这种方式进行检索，首先在数据库中获得地址，再在浏览器的地址栏中输入地址进行查找，而不像搜索引擎那样一次检索的结果就是超文本方式，只需直接点击链接便可获得所需的一次信息。它的优点是入库记录要经过严格选择，具有较强的针对性和可靠性，检索结果适用性强，常用来组织专题性的或专用的网上二次信息。

对二次信息的组织方式也可以采用其他的划分标准。比如，从信息的存储形式又可以分为文件、数据库、主题树、超媒体等方式。通过这样一些方式实现了对网络一次信息的加工、控制，在逻辑上序化和优化了网络信息资源。如有必要，也可以对网络二次信息进行组织控制，形成网络三次信息。帮助用户更快捷地找到合适的搜索引擎、目录指南或指示数据库，以进一步提高检索效率。

通过这样的信息组织方式，极大地增强了网络信息资源的可控性、有序性和易用性，为高效地利用网络信息资源提供了前提条件。

6.3.2 网络信息资源的评估

网络信息资源多种多样，为人们的使用带来了极大的便利，但也带来了信息的良莠不齐等问题。因此，在获取网络信息资源的同时，应该掌握有关的评价标准和评价方法，对网络信息资源进行评估。

网络信息资源的评估最主要的是对其内容进行评估，主要标准有：

1）准确性。信息的来源、出处，页面语言的准确、严谨等。

2）权威性。网站主办者的权威性、声誉、版权保护等。

3）新颖性。网站信息的提供时间、更新周期及最近一次的修改日期。

4）独特性。该网站信息提供的优势，是否有特别的服务功能等。

5）可靠性。网站的稳定性，连接及检索的速度等。

6）链接。向其他资源的链接是否明确，有无空链、死链等。

事实上，在查找网络信息时，真正运用这些标准来判断所查到的信息是非常困难的事情。为了便于获取权威、准确的网络信息资源，很多学科的专家学者自发地结成组织或团体，致力于收集相关学科的网络信息资源，并对已收集的网络信息资源进行评估，最终把经评估的网络信息资源建设成高质量的网站供人们使用。

6.4 网络信息的检索

信息检索起源于图书馆的参考咨询和文摘索引工作，至20世纪40年代，索引和检索已成为图书馆独立的工具和用户服务项目。

6.4.1 信息检索的核心技术

信息检索通常是指文本信息检索，包括信息的存储、组织、表查询、存取等各个方面，其核心为文本信息的索引和检索。从历史上看，信息检索经历了手工检索、计算机检索到网络化、智能化检索等多个发展阶段。信息检索的对象也从相对封闭、稳定一致、由独立数据库集中管理的信息内容扩展到开放、动态、更新快、分布广泛、管理松散的 Web 内容；信息检索的用户也由原来的情报专业人员扩展到普通大众，对信息检索从结果到方式都提出了更高和多样化的要求。适应网络化、智能化以及个性化的需要是信息检索技术发展的新趋势。

当前，信息检索技术的热点主要有：

1. 智能检索或知识检索

传统的全文检索技术基于关键词匹配，往往存在查不全、查不准、检索质量不高的现象，特别是在网络信息时代，利用关键词匹配很难满足人们检索的要求。智能检索通常利用分词词典、同义词典、同音词典等来改善检索效果。比如，用户查询"计算机"，与"电脑"相关的信息也能检索出来；进一步还可在知识层面或者说概念层面上辅助查询，通过主题词典、上下位词典、相关同级词典等，形成一个知识体系或概念网络，给予用户智能知识提示，最终帮助用户获得最佳的检索效果。例如，用户可以进一步缩小查询范围至"微机"、"服务器"或扩大查询至"信息技术"或查询相关的"电子技术"、"软件"、"计算机应用"等范畴。另外，智能检索还包括歧义信息和检索处理，如"苹果"，究竟是指水果还是电脑品牌，"华人"与"中华人民共和国"的区分，将通过歧义知识描述库、全文索引、用户检索上下文分析以及用户相关性反馈等技术结合处理，高效、准确地反馈给用户最需要的信息。

2. 知识挖掘

知识挖掘主要指文本挖掘技术的发展，目的是帮助人们更好地发现、组织、表示信息，提取知识，满足信息检索的高层次需要。知识挖掘包括摘要、分类（聚类）和相似性检索等方面。

自动摘要就是利用计算机自动地从原始文献中提取文摘。在信息检索中，自动摘要有助于用户快速评价检索结果的相关程度；在信息服务中，自动摘要有助于多种形式的内容分发，如发往 PDA、手机等。

相似性检索技术基于文档内容特征检索与其相似或相关的文档，是实现用户个性化相关反馈的基础，也可用于去重分析。自动分类可基于统计或规则，经过机器学习形成预定义分类树，再根据文档的内容特征将其归类；自动聚类则是根据文档内容的相关程度进行分组归并。自动分类在信息组织、导航等方面非常有用。

3. 异构信息整合检索和全息检索

在信息检索分布化和网络化的趋势下，信息检索系统的开放性和集成性要求越来越高，需要能够检索和整合不同来源和结构的信息，这是异构信息检索技术发展的基点，包括支持各种格式化文件，如 TEXT、HTML、XML、RTF、MS Office、PDF 等的处理和检索；支持多语种信息的检索；支持结构化数据、半结构化数据及非结构化数据的统一处理；关系数据库检索的无缝集成以及其他开放检索接口的集成等。所谓"全息检索"的概念就是支持一切格式和方式的检索。

随着因特网的普及和电子商务的发展，企业和个人可获取、需处理的信息量呈爆发式增长，而且其中绝大部分都是非结构化和半结构化数据。内容管理的重要性日益凸现，而信息检索作为内容管理的核心支撑技术，亦将应用到各个领域，成为人们日常工作生活的密切伙伴。

6.4.2 网络信息的检索方式

在因特网的发展过程中，先后产生了许多用于网络信息检索的工具。目前，人们实现对网络资源检索的主要方式是基于浏览和基于关键词方式。

1. 基于浏览的检索方式

在因特网上发现和检索信息最原始的方法是顺链而行的浏览方式，即在网上漫游，随机地发现一些有用的信息，这种方式最大的特点是没有太强的目的性，不依靠检索工具，如定期浏览某些网站或栏目，以保证对某一领域的信息有及时的了解。

最常见的基于浏览的检索工具是以 Yahoo 为代表的网络检索目录，这种工具是由信息管理的专业人员在广泛搜集网络信息资源并加工整理的基础上，按照分类体系编制的一种可供检索的等级结构目录，这类检索工具的优点是检索质量较高，因为目录通常是由各学科的专业人员编制，所以分类合理，而且入选的内容都经过较严格的筛选和验证，信息资源的价值较高。其缺点是检索到的信息数量有限，而且新颖性不够。

2. 基于关键词的检索方式

随着因特网发展的日新月异，信息急剧膨胀，基于浏览的方式已经无法满足用户快速准确定位网上目标信息的需要，而基于关键词的检索方式在搜索引擎自动全文索引技术的支持下，已经成为检索因特网信息资源最主要的检索方法。基于关键词的检索工具中最有代表的就是搜索引擎，如现在较流行的 Google。还有一类与搜索引擎相似的工具，称为元搜索引擎，元搜索引擎本身并没有存放网页的数据库，当用户检索一个关键词时，它把用户的检索请求转换成其他搜索引擎能够接受的命令格式，并行地访问数个搜索引擎来检索这个关键词，并把这些搜索引擎返回的结果经过处理后再呈现给用户。

6.5　主要术语

确保自己理解以下术语：

半正式出版物	链接	网上一次信息资源
不稳定信息资源	论文	文本挖掘技术
参考工具书	目录指南方式	文本信息检索
参与性	全文检索技术	稳定性信息资源
电子书刊	全文资料及电子出版物	新颖性
独特性	全息检索	信息检索的核心技术
多样性	权威性	异构信息整合检索
法律文件	商用信息资源	正式出版物
非正式出版物	时效性	政府信息资源
公众信息资源	书目与索引	知识检索
关联性	搜索引擎方式	知识挖掘
广泛性	图书馆馆藏目录	指示数据库方式
规范文本	网络信息资源	智能检索
基于关键词的检索方式	网络信息资源的分类	准确性
基于浏览的检索方式	网络信息资源的特点	资源站点
开放性	网络信息资源评估	自由文本
可靠性	网上二次信息资源	

6.6　练习与实验：熟悉因特网搜索

6.6.1　实验目的

本节"练习与实验"的目的是：

1）熟悉网络信息资源管理的基本概念。

2）学习评估网络信息资源的内容与质量。

3）掌握常用网络信息检索工具的使用，掌握利用网络资源获取有用信息的方法。

6.6.2 工具/准备工作

在开始本实验之前，请回顾教科书的相关内容。

需要准备一台带有浏览器，能够访问因特网的计算机。

6.6.3 实验内容与步骤

在本实验中，我们分别通过商品信息检索、企业网站比较和文献检索等操作，来体验网络信息资源的检索与利用。

1. 因特网搜索

在网上寻找以下问题的答案（请不要使用百科全书网站），并写下答案内容和答案所在的网址。

1）月球的重量是多少？

答案：_____   网址：_____

2）塞纳河流入哪里？

答案：_____   网址：_____

3）长曲棍球由什么制成？

答案：_____   网址：_____

4）纳斯达克股市昨日收盘是多少？

答案：_____   网址：_____

5）人体内最经常破碎的骨头是什么？

答案：_____   网址：_____

6）怀孕的金鱼被称为什么？

答案：_____   网址：_____

7）第一个到非洲的人是谁？

答案：_____   网址：_____

8）雨量计是用来量什么的？

答案：_____   网址：_____

9）人的哪只耳朵听力最好？

答案：_____   网址：_____

10）英国的守护神是谁？

答案：_____   网址：_____

11）最早驯养的鸟是哪种鸟？

答案：_____   网址：_____

12）美国目前的人口数是多少？

答案：_____   网址：_____

13）百慕大群岛的首都是哪里？

答案：_____   网址：_____

14）澳大利亚的国家航空公司是什么？

答案：＿＿＿＿＿＿＿＿＿　　　网址：＿＿＿＿＿＿＿＿＿＿＿＿＿＿＿＿

15）拿破仑的第一任妻子是谁？

答案：＿＿＿＿＿＿＿＿＿　　　网址：＿＿＿＿＿＿＿＿＿＿＿＿＿＿＿＿

16）南极光的另一个名称是什么？

答案：＿＿＿＿＿＿＿＿＿　　　网址：＿＿＿＿＿＿＿＿＿＿＿＿＿＿＿＿

17）哪一个行星每 248 年环绕太阳一周？

答案：＿＿＿＿＿＿＿＿＿　　　网址：＿＿＿＿＿＿＿＿＿＿＿＿＿＿＿＿

18）谁是伊斯兰教的创立者？

答案：＿＿＿＿＿＿＿＿＿　　　网址：＿＿＿＿＿＿＿＿＿＿＿＿＿＿＿＿

19）九边形有多少个面？

答案：＿＿＿＿＿＿＿＿＿　　　网址：＿＿＿＿＿＿＿＿＿＿＿＿＿＿＿＿

20）法国的哪一位印象派画家是由于他的油画"芭蕾舞"而出名的？

答案：＿＿＿＿＿＿＿＿＿　　　网址：＿＿＿＿＿＿＿＿＿＿＿＿＿＿＿＿

2. 商品信息检索

设想你需要为你心爱的手机购买一个时髦的蓝牙耳机。

步骤 1：请通过网络浏览，了解什么是蓝牙技术？

＿＿＿＿＿＿＿＿＿＿＿＿＿＿＿＿＿＿＿＿＿＿＿＿＿＿＿＿＿＿＿＿＿＿＿＿

＿＿＿＿＿＿＿＿＿＿＿＿＿＿＿＿＿＿＿＿＿＿＿＿＿＿＿＿＿＿＿＿＿＿＿＿

＿＿＿＿＿＿＿＿＿＿＿＿＿＿＿＿＿＿＿＿＿＿＿＿＿＿＿＿＿＿＿＿＿＿＿＿

步骤 2：请通过网络搜索浏览，了解你的手机是否支持蓝牙功能？

你的手机型号是：＿＿＿＿＿＿＿＿＿＿＿＿＿＿＿＿＿＿＿＿＿＿＿＿＿＿

搜索结果表明，你的手机是否支持蓝牙功能：□支持　　　□不支持

步骤 3：如果你现在在用的手机支持蓝牙功能，则请转向步骤 4。

否则，你现在使用的手机不支持蓝牙功能，则设想换个新的手机。请通过网络浏览，选择一款支持蓝牙功能的手机。

你的新款手机型号是：＿＿＿＿＿＿＿＿＿＿＿＿＿＿＿＿＿＿＿＿＿＿＿

我们假设这台新手机的蓝牙耳机需要单独购买。

步骤 4：搜索过程中，可调整搜索条件和搜索引擎，从中体会搜索方法。

请记录你搜索过的主要网站：

1）＿＿＿＿＿＿＿＿＿＿＿＿＿＿＿＿＿＿＿＿＿＿＿＿＿＿＿＿＿＿＿＿＿

2）＿＿＿＿＿＿＿＿＿＿＿＿＿＿＿＿＿＿＿＿＿＿＿＿＿＿＿＿＿＿＿＿＿

3）＿＿＿＿＿＿＿＿＿＿＿＿＿＿＿＿＿＿＿＿＿＿＿＿＿＿＿＿＿＿＿＿＿

4）＿＿＿＿＿＿＿＿＿＿＿＿＿＿＿＿＿＿＿＿＿＿＿＿＿＿＿＿＿＿＿＿＿

5）＿＿＿＿＿＿＿＿＿＿＿＿＿＿＿＿＿＿＿＿＿＿＿＿＿＿＿＿＿＿＿＿＿

步骤 5：根据搜索得来的信息，编制采购计划（例如，包括采购方式、采购价格、采购地点等信息）：

＿＿＿＿＿＿＿＿＿＿＿＿＿＿＿＿＿＿＿＿＿＿＿＿＿＿＿＿＿＿＿＿＿＿＿＿

＿＿＿＿＿＿＿＿＿＿＿＿＿＿＿＿＿＿＿＿＿＿＿＿＿＿＿＿＿＿＿＿＿＿＿＿

_____

_____

_____

3. 比较搜索引擎

搜索产品及比较价格可利用多种搜索引擎。请尝试利用不同搜索引擎来搜索同一商品信息，比较这几种搜索引擎（建议选择 3 种）哪个对你而言更有效。

你选用的搜索引擎是：

1) _____

2) _____

3) _____

你搜索比较的商品（关键字）是：

商品（关键字）1：_____

三个搜索引擎的搜索结果比较：

_____

_____

_____

_____

商品（关键字）2：_____

三个搜索引擎的搜索结果比较：

_____

_____

_____

_____

商品（关键字）3：_____

三个搜索引擎的搜索结果比较：

_____

_____

_____

_____

4. 比较网站运营质量

进入网上书城（如当当、网易、新浪和互动出版网等），订购一本《网络营销学》书，比较其商品数量、价格（折扣）、配送和支付手段等环节的优劣。

请简述你的分析结论：

_____

_____

_____

_____

_____

5. 专业企业网站比较

请对中国钢铁联合网（custeel. com）和上海宝山钢材交易市场（Sinometal. com）进行比较，试分析两者服务的共同点和不同点以及成功之处，如果投资者必须在两者之间选择一个，请问：你将选择那一个？请说明理由。

_____

_____

_____

_____

_____

进一步扩大你的搜索范围，你认为时下钢铁市场的行业状况如何？请简述之，并简单评价这个行业对因特网的利用状况。

_____

_____

_____

_____

_____

6. 文献检索

由实验指导老师给出关键词，请在网上检索相关文献。

例如，教师给出关键字"数据挖掘"，你在搜索引擎中输入"数据挖掘，杂志"或者"数据挖掘，期刊"并记录搜索结果。

教师给出的关键词是：_____

1）搜索并从中选择 3 个网络中文期刊：

网络中文期刊 1：_____

网络中文期刊 2：_____

网络中文期刊 3：_____

2）记录检索到的主要文献（包括题目、来源、期刊号等）：

文献 1：_____

文献 2：_____

文献 3：_____

文献 4：_____

文献 5：_____

3）在以上所搜索到的文献中，你认为哪一篇比较好，为什么？

_____

_____

_____

4）试比较所选择的几种网络中文专业期刊（如搜索的信息量、搜索速度等）：

6.6.4 实验总结

6.6.5 单元学习评价

1）你认为本单元最有价值的内容是：

2）下列问题我需要进一步地了解或得到帮助：

3）为使学习更有效，你对本单元的教学有何建议？

6.6.6 实验评价（教师）

6.7 阅读与思考：数字地球——21 世纪认识地球的方式

这是美国前副总统戈尔（Al GORE），如图 6-1 所示，于 1998 年 1 月 31 日在美国加利福尼亚科学中心发表的题为 "The Digital Earth：Understanding our planet in the 21st Century" 的中文译文。

一场新的技术革新浪潮正允许我们能够获取、储存、处理并显示有关地球的空前浩瀚的数据以及广泛而又多样的环境和文化数据信息。大部分的这类数据是"参照于地理坐标的"，即数据的地理位置是参照于地球表面的特定位置。

充分利用这些浩瀚的数据的困难之处在于把这些数据变得有意义——即把原始数据变成可理解的信息。今天，我们经常发现

图 6-1　戈尔

240

我们拥有很多数据，却不知如何处置。有一个很好的例子可以说明这一点，陆地卫星（LANDSAT）是设计来帮助我们了解全球环境的，它在两星期内将全球拍摄一遍，并已经这样持续收集图像数据二十多年了。尽管存在着对这些数据的大量需求，但是这些图像的绝大部分并未使任何一个人的任何一个神经细胞兴奋起来——它们仍静静地躺在电子数据仓库里。正如我们过去一个时期的农业政策一样，一方面生产的粮食被堆积在中西部的粮食仓库里霉烂，另一方面却有数百万人被饿死。现在，我们贪婪地渴求知识，而大量的资料却闲置一边，无人问津。

把信息显示出来能部分地解决这个问题。有人曾经指出，如果用计算机术语来描述人脑，人脑似乎有较低的比特率和很高的分辨率。比如，研究人员很早就知道，在短时记忆中，人们很难记住7个以上的事项，这就是比特率低下。另一方面，如果把大量的数据相互关联地排列成可辨认的图案——如人脸或是星系，我们却能在瞬间理解数十亿比特的信息。

目前，人们通用的数据操作的工具——如像在 Macintosh 和 Microsoft 操作系统上所用的被称为"台式隐喻"（desktop metaphor）的图形工具等，都不能真正适应这一新的挑战。我相信我们需要一个"数字地球"，一种关于地球的可以嵌入海量地理数据的、多分辨率和三维的表示。

比如，可以设想一个小孩来到地方博物馆的一个数字地球陈列室，当她戴上头盔显示器，她将看到就像是出现在空中的地球。使用"数据手套"，她开始放大景物，伴随越来越高的分辨率，她会看到大洲，随之是区域、国家、城市、最后是房屋、树木以及其他各种自然和人造物体。在发现自己特别感兴趣的某地块时，她可乘上"魔毯"，即通过地面三维图像显示去深入查看。当然，地块信息只是她可以了解的多种信息中的一种。使用数字地球系统的声音识别装置，小孩还可以询问有关土地覆盖、植物和动物种类的分布、实时的气候、道路、行政区线以及人口等方面的文本信息。在这里，她还可以看到自己以及世界各地的学生们为"全球项目"收集的环境信息。这些信息可以无缝地融入数字地图或地面数据里。用数据手套继续向超连结部分敲击，她还可以获得更多的有关她所见物体的信息。比如，为了准备全家去国家黄石公园度假，她策划一个完美的步行旅游，去观看刚从书中读到的喷泉、北美野牛和巨角岩羊。甚至在离开她家乡的地方博物馆之前，她就可以把要去步行旅游的地方从头到尾地浏览一遍。

她不仅可以跨越不同的空间，也可以在时间线上奔驰。为了去参观卢浮尔宫，她先在巴黎作了一番虚拟旅游之后，又通过细读重叠在数字地球表面上的数字化地图、时事摘要、传说、报纸以及其他第一手材料，她便回到过去，了解法国历史。她会把其中一些信息转送到自己的 E-mail 库里，等着以后研读。这条时间线可伸回很远，从数日、数年、数世纪甚至到地质纪元，去了解恐龙的情况。

显然，这不是一个政府机构，一个产业或一个研究单位能担负起的事业。就像万维网（WWW）一样，它需要有成千上万的个人、公司、大学研究人员以及政府机构参加的群众性努力。虽然数字地球的部分数据将是公益性的，但是也有可能成为数字化市场，一些公司可将大批的商业图像从中出售，并开展附加值信息服务。它也可能形成一个"合作实验室"——一个没有墙的实验室，让科学家们去弄清人与环境间的错综复杂的奥妙。

1. 数字地球所需要的技术

虽然这一方案听起来就像科幻小说一样，然而建设数字地球的大部分技术和能力或是已经具备或是正在研制。当然，数字地球本身的能力也将随着时间的推进而不断增强，2005年时的数字地球与2020年的相比较，前者就会显得初级多了。下面是几项所需要的技术：

1）计算科学。在发明计算机之前，以实验和理论研究的方法来创新知识都很受局限。许多实验科学家想研究的现象却很难观察到——它们不是太小就是太大，不是太快就是太慢，有的一秒钟之内就发生了十亿次，而有的十亿多年才发生一次。另一方面，纯理论又不能预报复杂的自然现象所产生的结果，如雷雨或是飞机上空的气流。有了高速的计算机这个新的工具，我们就可以模拟从前不可能观察到的现象，同时能更准确地理解观察到的数据。这样，计算科学使我们能超越了实验与理论科学各自的局限。建模与模拟给了我们一个深入理解正在收集的有关地球的各种数据的新天地。

2）海量储存。数字地球要求储存海量的数据。今年年末，美国宇航局（NASA）实施的地球行星项目每天都将得到大量的数据。所幸的是，在这方面我们正进行着奇迹般的改进。

3）卫星图像。美国政府部门已经批准从1998年年初开始提供分辨率为1m的卫星图像的商业卫星系统。这达到了制作精确详图的水准，而在过去这只能由飞机摄影才能办到。这种首先在美国情报界研制出来的卫星图像技术非常精确。正像一家公司所比喻的，"它像一台能从伦敦拍巴黎的照相机，照片中像汽车前灯间距离大小的每种物体"都能看清。

4）宽带网络。整个数字化地球所需的数据将被保存在千万个不同的机构里，而不是放在一个单独的数据库里。这就意味着参与数字地球的各种服务器需由高速的种种计算机网络联接起来。在因特网通信量爆炸性增加的驱使下，电信营运部门已经试用了每秒可以传送一万兆比特的数据的网络。下一代因特网的技术目标之一就是每秒传送一百万兆比特的数据。要使具有如此能力的宽带网络把大多数家庭都接通，这还需要时间，这就是为什么有必要把连通数字地球的站点放在像儿童博物馆和科学博物馆这样的公共场所。

5）互操作。因特网和万维网能有今天的成功，离不开当时出现的几项简明并受到广泛赞同的协议，如因特网协议（Internet Protocols）。数字地球同样需要某种水准的互操作，以至由一种应用软件制作出的地理信息能够被其他软件通用，地理信息系统产业界正在通过"开放地理信息系统集团"（Open GIS Consortium）来寻求解决这方面问题的答案。

6）元数据。元数据是指"有关数据的数据"。为了便于卫星图像或是地理信息发挥作用，有必要知道有关的名称、位置、作者或来源、时间、数据格式、分辨率等。联邦地理数据委员会（FGDC）正同工业界以及地方政府合作，为元数据制定自发的标准。

当然，要充分实现数字地球的潜在力还有待技术的进一步改进，特别是这些领域：卫星图像的自动解译，多源数据的融合和智能代理，这种智能代理能在网上找出地球上的特定点并能将有关它的信息联接起来。所幸的是，现在已有的条件足够保证我们去实施这一令人激动的创想。

2. 潜在的应用

广泛而又方便地获得全球地理信息使得数字地球可能的应用广阔无比，并远远超出我们的想象力。如果我们看看现今主要是由工业界和其他一些公共领导机构驱动的地理信息系统和传感器数据的应用，就可以从中对数字地球应用的种种可能性有一个概貌。

1）指导仿真外交。为了支持波斯尼亚地区的和平谈判，美国国防部开发出了一个对于有争议边界地区的仿真景观，它能让谈判双方对此地区上空作模拟飞行。一次，塞尔维亚主席在查看到萨拉热窝与哥端得地区的穆斯林领地之间的通道由于山峦阻挡变得狭窄时，便同意放宽该通道。

2）打击犯罪。加利福尼亚州的萨里拉斯城市，运用地理信息系统来监视犯罪方式和集团犯罪活动情况，从而减少了青年手枪暴行。根据收集到的犯罪活动的分布和频率，该城还可以迅速对警察进行重新部署。

3）保护生态多样性。加利福尼亚地区的庞得隆野营地计划局预计，该地区的人口将从1990 年的 110 万增到 2010 年的 160 万。该区有 200 多种动植物被联邦或州署列为受到危险、威胁或是濒于灭绝的动植物。科学家们依据收集到的有关土地、土壤类型、年降雨量、植被、土地利用以及物主等方面的信息，模拟出不同的地区发展计划对生态多样性的影响。

4）预报气候变化。在模拟气候变化上的一个重要未知量是全球的森林退化率。美国新罕布什尔州大学的研究人员与巴西的同事们合作，通过对卫星图像的分析，监测亚马逊地区土地覆盖的变化，从而得出该地区的森林退化率以及相应位置。这一技术现在正向世界上其他森林地区推广。

5）提高农业生产率。农民们已经开始采用卫星图像和全球定位系统对病虫害进行较早的监测，以便确定田地里那些更需要农药、肥料和水的部分。这被人们称为准确耕种或"精细农业"。

3. 今后的路

我们有一个空前的机遇，来把有关我们社会和地球的大量原始数据转变为可理解的信息。这些数据除了高分辨率的卫星图像、数字化地图，也包括经济、社会和人口方面的信息。如果我们做得成功，将带来广阔的社会和商业效益，特别是在教育、可持续发展的决策支持、土地利用规划、农业以及危机管理等方面。数字地球计划将给予我们机会去对付人为的或是自然界的种种灾害，或者说能帮助我们在人类面临的长期的环境挑战面前通力合作。

数字地球提供一种机制，引导用户寻找地理信息，也可供生产者出版它。它的整个结构包括以下几个方面，一个供浏览的用户界面，一个不同分辨率的三维地球，一个可以迅速充实的联网的地理数据库以及多种可以融合并显示多源数据的机制。

把数字地球同万维网作一下比较是有建设性意义的（事实上，它可能依据万维网和因特网的几个关键标准来建立）。数字地球也会像万维网一样，随着技术的进步以及可提供的信息的增加而不断改进。它不是由一个单独的机构来掌握，而是由公共信息查询、商业产品和成千上万不同机构提供的服务组成。就像万维网的关键是互操作一样，对于数字地球，至关重要的能力是找出并显示不同格式下的各种数据。

我相信，要使数字地球轰轰烈烈地发展起来的最初方式在于建立一个由政府、工业界和研究单位都参与的实验站。该站的目标应集中在以下较少的若干方面的应用上：教育、环境、互操作以及如私有化等方面的有关政策问题。当相应的原型完成后，这就可能通过高速网络在全国多个地方试用，并在因特网上以有限程度方式对公众开放。

十分清楚的是，数字地球不会在一夜之间发生。

第一阶段，我们应集中精力把我们已有的不同渠道的数据融合起来，也应该把儿童博物馆和科学博物馆接上如同前面说的"下一代因特网"一样的高速网络，让孩子们能在这里探索我们的星球。应该鼓励大学与地方学校及博物馆合作来加强数字地球项目的研究——目前可能应集中在当地的地理信息上。

下一步，我们应该致力于研制 1 m 分辨率的数字化世界地图。

从长远来看，我们应当努力寻求使有关我们星球和我们历史的各个领域的数据垂手可得。

在以后的数月里，我将提议政府机构、工业界、研究单位以及非盈利机构里的专家们行动起来，为实现这一美好前景制定战略方案，大家一起努力，我们就能解决大部分我们社会面临的最紧要的问题，激励我们的孩子更多地了解他们周围的世界，并且加速数十亿美元的工业的增长。

（资料来源：翻译：刘戈平，校对：杨崇俊，转自：http：//www. digitalearth. net. cn/readingroom/c_gore. htm）

请分析：

1）你是怎么理解戈尔首先提出的"信息高速公路"和"数字地球"概念的？

_____

_____

_____

2）从戈尔身上，你怎么看待政治家与科学家的结合？

_____

_____

_____

第7章 信息资源管理实验总结

至此，我们顺利完成了本书有关信息资源管理的全部实验。为巩固通过实验所了解和掌握的相关知识和技术，请就所做的全部实验做一个系统的总结。由于篇幅有限，如果书中预留的空白不够，请另外附纸张粘贴在边上。

7.1 实验的基本内容

（1）本学期完成的信息资源管理实验主要有（请根据实际完成的实验情况填写）：

1）实验＿＿＿＿＿＿：主要内容是：＿＿＿＿＿＿＿＿＿＿＿＿＿＿＿＿＿
＿＿＿＿＿＿＿＿＿＿＿＿＿＿＿＿＿＿＿＿＿＿＿＿＿＿＿＿＿＿＿＿＿＿＿

2）实验＿＿＿＿＿＿：主要内容是：＿＿＿＿＿＿＿＿＿＿＿＿＿＿＿＿＿
＿＿＿＿＿＿＿＿＿＿＿＿＿＿＿＿＿＿＿＿＿＿＿＿＿＿＿＿＿＿＿＿＿＿＿

3）实验＿＿＿＿＿＿：主要内容是：＿＿＿＿＿＿＿＿＿＿＿＿＿＿＿＿＿
＿＿＿＿＿＿＿＿＿＿＿＿＿＿＿＿＿＿＿＿＿＿＿＿＿＿＿＿＿＿＿＿＿＿＿

4）实验＿＿＿＿＿＿：主要内容是：＿＿＿＿＿＿＿＿＿＿＿＿＿＿＿＿＿
＿＿＿＿＿＿＿＿＿＿＿＿＿＿＿＿＿＿＿＿＿＿＿＿＿＿＿＿＿＿＿＿＿＿＿

5）实验＿＿＿＿＿＿：主要内容是：＿＿＿＿＿＿＿＿＿＿＿＿＿＿＿＿＿
＿＿＿＿＿＿＿＿＿＿＿＿＿＿＿＿＿＿＿＿＿＿＿＿＿＿＿＿＿＿＿＿＿＿＿

6）实验＿＿＿＿＿＿：主要内容是：＿＿＿＿＿＿＿＿＿＿＿＿＿＿＿＿＿
＿＿＿＿＿＿＿＿＿＿＿＿＿＿＿＿＿＿＿＿＿＿＿＿＿＿＿＿＿＿＿＿＿＿＿

7）实验＿＿＿＿＿＿：主要内容是：＿＿＿＿＿＿＿＿＿＿＿＿＿＿＿＿＿
＿＿＿＿＿＿＿＿＿＿＿＿＿＿＿＿＿＿＿＿＿＿＿＿＿＿＿＿＿＿＿＿＿＿＿

8）实验＿＿＿＿＿＿：主要内容是：＿＿＿＿＿＿＿＿＿＿＿＿＿＿＿＿＿
＿＿＿＿＿＿＿＿＿＿＿＿＿＿＿＿＿＿＿＿＿＿＿＿＿＿＿＿＿＿＿＿＿＿＿

9）实验＿＿＿＿＿＿：主要内容是：＿＿＿＿＿＿＿＿＿＿＿＿＿＿＿＿＿
＿＿＿＿＿＿＿＿＿＿＿＿＿＿＿＿＿＿＿＿＿＿＿＿＿＿＿＿＿＿＿＿＿＿＿

10）实验＿＿＿＿＿＿＿＿＿＿：主要内容是：＿＿＿＿＿＿＿＿＿＿＿＿＿＿＿＿＿＿＿

＿＿＿

＿＿＿

11）实验＿＿＿＿＿＿＿＿＿＿：主要内容是：＿＿＿＿＿＿＿＿＿＿＿＿＿＿＿＿＿＿＿

＿＿＿

12）实验＿＿＿＿＿＿＿＿＿＿：主要内容是：＿＿＿＿＿＿＿＿＿＿＿＿＿＿＿＿＿＿＿

＿＿＿

13）实验＿＿＿＿＿＿＿＿＿＿：主要内容是：＿＿＿＿＿＿＿＿＿＿＿＿＿＿＿＿＿＿＿

＿＿＿

14）实验＿＿＿＿＿＿＿＿＿＿：主要内容是：＿＿＿＿＿＿＿＿＿＿＿＿＿＿＿＿＿＿＿

＿＿＿

15）实验＿＿＿＿＿＿＿＿＿＿：主要内容是：＿＿＿＿＿＿＿＿＿＿＿＿＿＿＿＿＿＿＿

＿＿＿

16）实验＿＿＿＿＿＿＿＿＿＿：主要内容是：＿＿＿＿＿＿＿＿＿＿＿＿＿＿＿＿＿＿＿

＿＿＿

(2) 通过实验，你认为自己主要掌握的信息资源管理的知识点是：

1）知识点：＿＿＿＿＿＿＿＿＿＿＿＿＿＿＿＿＿＿＿＿＿＿＿＿＿＿＿＿＿＿＿＿＿＿

简述：＿＿＿＿＿＿＿＿＿＿＿＿＿＿＿＿＿＿＿＿＿＿＿＿＿＿＿＿＿＿＿＿＿＿＿＿＿

＿＿＿

＿＿＿

2）知识点：＿＿＿＿＿＿＿＿＿＿＿＿＿＿＿＿＿＿＿＿＿＿＿＿＿＿＿＿＿＿＿＿＿＿

简述：＿＿＿＿＿＿＿＿＿＿＿＿＿＿＿＿＿＿＿＿＿＿＿＿＿＿＿＿＿＿＿＿＿＿＿＿＿

＿＿＿

＿＿＿

3）知识点：＿＿＿＿＿＿＿＿＿＿＿＿＿＿＿＿＿＿＿＿＿＿＿＿＿＿＿＿＿＿＿＿＿＿

简述：＿＿＿＿＿＿＿＿＿＿＿＿＿＿＿＿＿＿＿＿＿＿＿＿＿＿＿＿＿＿＿＿＿＿＿＿＿

＿＿＿

＿＿＿

4）知识点：＿＿＿＿＿＿＿＿＿＿＿＿＿＿＿＿＿＿＿＿＿＿＿＿＿＿＿＿＿＿＿＿＿＿

简述：_____
_____
_____
_____

7.2　实验的基本评价

（1）在全部实验中，你印象最深，或者相比较而言你认为最有价值的实验是：

1）_____

你的理由是：_____

_____

_____

2）_____

你的理由是：_____

_____

_____

（2）在所有实验中，你认为应该得到加强的实验是：

1）_____

你的理由是：_____

_____

_____

2）_____

你的理由是：_____

_____

（3）对于本实验课程和本书的实验内容，你认为应该改进的其他意见和建议是：

_____

_____

_____

_____

_____

7.3　课程学习能力测评

请根据你在本课程中的学习情况客观地对自己在信息资源管理（IRM）方面做一个能力测评。请在表7-1的"测评结果"栏中合适的项下打"√"。

表 7-1　课程学习能力测评

关键能力	评价指标	测评结果					备注
		很好	较好	一般	勉强	较差	
课程主要内容	1. 了解本课程的主要内容						
	2. 熟悉 IRM 的基本概念，了解 IRM 的理论基础						
	3. 熟悉 IRM 的网络计算环境						
应用基础知识	1. 了解 IRM 的理论基础						
	2. 了解电子商务的基本知识						
	3. 熟悉 CRM、SCM 知识						
	4. 了解 ERP 基本知识						
技术基础知识	1. 了解 IRM 的技术基础						
	2. 了解网络技术和多媒体技术						
	3. 了解 IRM 的数据库技术知识						
网络资源管理知识	1. 了解标准化和质量管理知识						
	2. 初步掌握项目管理知识和 Project 的使用方法						
	3. 了解信息系统安全管理知识						
	4. 掌握网络信息管理的基本知识						
自我管理和交流能力	1. 知道尊重他人的观点，能与他人有效沟通，在团队合作中表现积极						
	2. 能获取并反馈信息						
解决问题能力	1. 学会使用信息资源						
	2. 能发现并解决一般问题						
设计创新能力	1. 能根据现有的知识与技能创新地提出有价值的观点						
	2. 使用不同的思维方式						

说明："很好"为 5 分，"较好"为 4 分，其余类推。全表栏目合计满分为 100 分，你对自己的测评总分为：_____分。

7.4　信息资源管理实验总结

_____

_____

_____

_____

_____

_____

_____

_____

_____

7.5　实验总结评价（教师）

_____

_____

参 考 文 献

[1] 周苏，等. 管理信息系统新编 [M]. 北京：中国铁道出版社，2010.

[2] 周苏. 信息资源管理实验教程 [M]. 北京：科学出版社，2006.

[3] 肖明. 信息资源管理 [M]. 北京：电子工业出版社，2005.

[4] 麦迪·克斯罗蓬. 信息资源管理的前沿领域 [M]. 沙勇忠，等译. 北京：科学出版社，2005.

[5] 张凯. 信息资源管理 [M]. 北京：清华大学出版社，2005.

[6] 刘兰娟. 企业信息系统资源管理 [M]. 上海：上海财经大学出版社，2007.

[7] 周苏，王文，等. 软件工程学教程 [M]. 2版. 北京：科学出版社，2004.

[8] 周苏，等. 系统集成与项目管理 [M]. 2版. 北京：科学出版社，2004.

[9] 周苏，王文，等. 软件工程学实验 [M]. 北京：科学出版社，2005.

[10] 周苏，等. 网页设计与网站建设实验 [M]. 北京：科学出版社，2006.